五陵遊

紅樓夢斷
系列

新校版

高陽

目次

第一章 005
第二章 035
第三章 071
第四章 104
第五章 145
第六章 182
第七章 216
第八章 253
第九章 295
第十章 326

第十一章 347
第十二章 380
第十三章 400
第十四章 433
第十五章 468
第十六章 489
第十七章 518

第一章

大毛衣服在大太陽裡曬過兩天，拿藤拍子拍淨了灰，在空屋子裡晾得冷透，該收回樟木箱了；哪知打開第一口空箱子，震二奶奶就發覺少了一樣東西。

「那本冊子呢？」她問錦兒。

「甚麼冊子？」

「還有甚麼冊子，不就壓箱底的那玩意嗎？」

「怎麼？」錦兒一驚，「我還以為二奶奶收起來了呢！」

震二奶奶一聽這話，也很著急。原來要找的是一冊祕戲圖——也不知誰行出來的說法，春冊可以鎮邪，箱子裡有了它，「鐵算盤」都算不走的；又說可以辟火，相傳火神祝融氏是個老小姐，性子潑辣無比，但到底是未出嫁的閨女，一看到這「羞死人也麼哥」的玩意，自然嚇得退避三舍。因此，震二奶奶所置貴重物品的箱子裡，都有此物。

「我哪裡收起來了？沒有！你看看別的箱子。」

收皮貨的樟木箱，一共四口，其餘三口空箱中都有，「就少這麼一本！」錦兒困惑地：「是到哪裡去了呢？沒有人來過呀！」

深閨豔祕，流落在外，震二奶奶可以想像得到那些輕薄男子的口吻：「喏！曹家震二奶奶的東西，你們看她有多風流！」

轉念到此，汗流遍體，「不行！」她說：「非找到不可，你去查一查！」

明知別的丫頭、老媽絕不敢私拿，還是找了來問；果然，一個個斬釘截鐵地否認。

「那麼！」錦兒問道：「前天，晌午那一會兒，有誰來過？」

大家都凝神細想，你說一個，他說一個，算得出來的，一共有七個人來過。

「二奶奶！」錦兒回來，悄悄說道：「只怕是芹官拿的。」

震二奶奶如當頂轟了一個焦雷，「可了不得了！」她說：「這要讓四老爺知道了，會把他打死！就是老太太瞧見了，也是一場風波。趕快，趕快找春雨！」

春雨今年十七，比芹官大五歲。進府那年才十三歲，已是大人的樣子了，沉靜、靈巧，懂得用眼色窺伺。曹老太太要看個唱本甚麼的，總是不等開口，她就把裝眼鏡的荷包找了來，有那妒忌的，背後說她會拍馬屁，她笑笑不作聲；若是誇獎她兩句，必是惶恐不勝的樣子。就這與人無忤，有功不伐的這份德性，為冷眼旁觀的馬夫人所看中了，跟震二奶奶商議，想跟曹老太太要春雨專門去照料芹官。

那是前年的事，芹官十歲。旗人家的子弟，十歲就得拉弓「壓馬」，預備「比棍」當差了。可是，芹官是曹老太太的「命根子」，留在上房裡不放出去。每天上家塾是小廝在中門口等著接；放了學仍舊送到中門，丫頭老媽捧鳳凰似地送到老太太面前，由此就很少出中門了。

馬夫人跟震二奶奶不止提過一次：「人一天一天大了，成天跟些小丫頭混在一起，等知識一開，不知道會鬧出甚麼笑話來。得有個靠得住的人能託付才好。」

「難！」震二奶奶也總是這樣回答：「咱們這位小爺，變著方兒淘氣，靠得住的人老實，降不住他；降得住他的，又怕他心裡不服，一吵一鬧讓老太太知道了，嘔不完的氣。必得有這麼一個德性好耐性好，能管得住他，還能叫他服她的人才行。」

春雨恰好就是這麼一個人。震二奶奶認為馬夫人挑得不錯，曹太夫人也欣然相許。馬夫人還特為將春雨找了來，說了許多心腹話，籠絡備至，還特為關照震二奶奶，從她的月例銀子中，另提二兩津貼給春雨。

兩年下來，成效大著，芹官除了不大愛念書以外，若說待人接物的規矩，可真是懂了不少，那都是春雨循循善誘之功。最使馬夫人滿意的是，照料芹官的起居，無微不至：每天上學，親自送到中門，對小廝必有一番話交代；書包以外，另有一個衣包，燠寒溫涼，該換該加的衣服，都在裡面，再無受涼受熱、飲食不慎而致病的情形發生過。

因為如此，芹官發育得極好；十二歲的孩子，看上去像十五六歲的少年。這一來，馬夫人又有隱憂了！

震二奶奶也知道她的這個隱憂，為此，對那本春冊是不是落在芹官手裡，格外擔心。等到將春雨找了來，卻又不知如何開口，只怔怔地望著春雨。

春雨卻突然之間臉紅了，紅到耳朵根上。震二奶奶大為訝異，凝神靜想了一回，恍然大悟！但也不足為奇，反正總有那麼一遭；只不知是怎麼上的手？想到這裡，深感興趣，不由得綻開了詭祕的笑容。

在異樣的沉默中，春雨的頭一直低到胸前，連她的心跳都清晰可聞。這就不但是羞，而且也在害怕。震二奶奶心想，像這樣是問不出甚麼來的；就問出來了，以自己當家人的身分，不能不管，但一定難管，倒不如暫且莫問。

於是她說：「沒事！你先回去吧！」

特為把她叫了來，卻又沒事，這不透著蹊蹺？春雨明知她有話未說，卻以心虛之故，不敢多說一句，答應一聲：「是！」如釋重負地踩著碎步，走得好急。錦兒發現她的影子，想留她說兩句話，都沒有能攔住她。

「怎麼！是芹官拿的不是？」

「錦兒，」震二奶奶答非所問地：「我看春雨是破了身子了！」

錦兒大吃一驚，「二奶奶從哪裡看出來的？」她說：「不會吧？」

「一副作賊心虛的樣子！」等震二奶奶將她的所見，細細說了以後，錦兒亦覺得深為可疑，可是，「是跟誰呢？」她問。

「還有誰？自然是芹官。」

「芹官！」錦兒失聲說道：「才十二歲啊！」

「生得壯，發育得好，十二歲開智識也不是甚麼稀罕事兒。老皇的第一個阿哥，就是十三歲生的。」震二奶奶又說：「你去一趟，詳詳細細打聽明白了來告訴我。」

話當然宜從那本春冊談起，錦兒的想法是，這樣的事，千萬冒失不得，只有以話套話，步步為營地踩進去，哪知她剛開得一句口，春雨就把她的話打斷了。

「你還來問我！」她滿臉漲得通紅，恨恨地說，「都是你們主子奴才害人！這種東西也是混丟、混丟的！」

錦兒先是一楞，會過意來，隨即笑了，「怎麼啦？」她問：「怎麼害人？害了你啦？」

春雨是話一出口，便知失言。不過她做事向來不悔，沉吟了一會，臉上的紅暈漸漸褪去，平靜地說：「你晚上來，我告訴你，只告訴你一個人。」

「你放心！我不會隨便跟人去說。不過，二奶奶那裡，不能瞞她，其實也瞞不住。我跟你實說吧，二奶奶已經看出來了。」

「我知道！」春雨低著頭說：「二奶奶那雙眼睛再毒不過。」她突然抬頭又問：「喔，前天我聽人說，你有喜信兒了，那可真是大喜事啊！」

原來錦兒已為曹震收了房——為了繡春，曹震跟他妻子大打饑荒。震二奶奶不管怎麼說，肚子不爭氣，在提到「不孝有三」，理上總是虧了些，所以不能不讓他「弄個人」。

想來想去，只有錦兒最合適，而錦兒不願。震二奶奶下了好大的功夫，才將她說動。曹家的規矩，丫頭收房，要生了子女才能改稱姨娘。錦兒有了喜信，便意味著快有正式的身分了。

所以春雨說是「大喜事」。

「沒有的事！也不知是誰在嚼舌根？倒是你——」錦兒本來想說：「倒是你，倘或芹官能跟老皇那樣，十三歲生個兒子，那一來，老太太說不定會把你看得比震二奶奶還重。」想想這個玩笑開得太早了些，所以縮口不語。

到晚來浴罷納涼，三更時分她才派一個小丫頭去問春雨，此時去看她，是不是太早？春雨懂她的意思，叫小丫頭帶回來的話是：晚點去不要緊，或者就睡在哪裡好了。

這是打算著竟夕深談。錦兒便跟震二奶奶回過一聲，直到三更過後，才悄悄來到雙芝仙館——芹官所住的那座院落。

「睡了？」錦兒往裡指了指，是指芹官。

「早睡了。來，這裡坐。」

春雨在梧桐樹下設兩張藤榻，備了瓜果清茶，剛一坐定，小丫頭便又送來點心，「你真把我當客人待了！」錦兒說道：「別張羅了！讓她們睡去罷！」

春雨點點頭，吩咐小丫頭說：「這裡沒事了！叫楊媽也去睡，今晚上不用『坐夜』，門閂上好了，錦姑娘今天睡在這裡。」

把不應該在這個院子裡的人都打發走了，原本面對月光的春雨，走過來坐在錦兒旁邊。兩人都是背光，誰也看不清楚誰的臉，說話就方便了。

「那天下午，從你們哪裡順手牽羊偷了那缺德的玩意回來，一人躲在書房裡偷看，我先還沒有留意，後來看他臉上通紅，只當他受了暑，摸他頭上，可又不怎麼燙。問他是怎麼了，可又支支吾吾地說不上來。這一下，我可留了神了，半夜裡醒過來，看前屋燈還亮著，我特為從屋子外面繞到窗口，偷偷兒往裡一瞧。你知道他在幹甚麼？」

「幹甚麼？」錦兒答說：「你別問我，只管你自己說好了。」

「在畫畫呢！我就在窗外咳嗽一聲，還沒有說話，他就嚇得趕緊藏那本冊子。我知道有花樣了，回進來跟他要那玩意。他不肯給！」

「後來呢？」錦兒催問著：「你快說啊，他給了沒有？」

「給了。」

「這時候你才知道，原來是這玩意？」

「是呀！我一看嚇壞了，問他是哪裡來的？他說從你們哪裡取來的。我心想，真好險！如果不是這會兒捉住，他明天帶到塾裡，這一流傳出去，讓四老爺知道了，那一場禍還小得了？只怕連震二奶奶都得落包涵。」

聽這一說，錦兒也有不寒而慄之感，「真是！」她慶幸地說：「多虧得你。以後呢？」

「以後——」春雨停了一下說：「換了你不知道怎麼樣？我可是沒有想到，所以一時竟愣住了！」

「你說的甚麼？沒頭沒腦地！甚麼事愣住了？」錦兒驀然意會，「是不是來了個霸王硬上弓？」

「那，他倒不敢。他，他要我跟他照方兒吃炒肉。」

「那麼，你幹不幹呢？」

「我當然不幹！又嚇他，又哄他，最後他說了一句話。錦兒，換了你，恐怕也不能不依他。」

「喔，他說了句甚麼？」

「他說：你不肯，我找別人去。」

錦兒不作聲。心想：芹官的那句話，大概除了「四老爺」以外，都不會覺得他過分。至多說一句：你才十二歲嘛！可是，「甘羅十二歲為丞相」，只要像大人了，自然能幹大人的事。

「我們這位小爺，你知道的，說甚麼就是甚麼；這一找開了頭，怎麼得了？說不定還用不上他去找，自有人在招惹這位小爺——」

「那是誰？」錦兒搶著問了一句。

「你別問了，反正有人。當時，我主意是拿定了。不過，」春雨加重了語氣說：「到底是女孩兒家一生就這麼一回的事，即使不明不白地斷送了，多少也總要值得。所以我跟他說；你依我兩件事，我就依你：一是除了我再不准找別人；務必改了那個吃人嘴上胭脂的毛病。」

芹官這個毛病，由來已非一日。大概兩三歲的時候，不知哪個丫頭逗著他玩，親他的嘴，卻說：「來！吃姐姐嘴上的胭脂。」由此成了慣例，要親丫頭的嘴，就說要吃人家嘴上的胭脂。錦兒也讓他這樣親過，當時心裡很不舒服，覺得無緣無故吃了虧。因而這時聽得春雨的話，頗有深獲我心之快。

「你也看出來了，他這個沒出息的毛病，若是能改掉，真正功德無量。」錦兒很起勁地問：「他依了你沒有呢？」

「自然依了我。」

「你也依了他？」

這是隨嘴一句話，在春雨聽來，便有明知故問的意味，停了一下方始開口：「你別笑我不識廉恥！我也是好好想過的，剛開智識的人，混在脂粉堆裡，又有老太太在上頭護著，你倒想，還不是盡著他的性子胡鬧？不懂這件事便罷，一懂了誰能管得住他？只怕要不了一兩年就會得童子癆。我是識得輕重，心想太太、震二奶奶，把老太太的命根子託給我，我能只顧自己的清高，不顧他心裡是怎麼在想？我也想到頭了，橫豎拿我的身子拘住他的心就是了。我不知道你是怎麼樣，我自己覺得很值得，很對得住太太跟震二奶奶。」

原來她還有這番深心，這番大道理！錦兒心想，誰要只當她是個十七歲的女孩子看，可真是大錯特錯了。

這樣想著，不由得笑道：「你怎麼懂得這麼多啊？我比你大四歲，還不懂怎麼拿自己的身子，拘住人家的心。」

一句無心的話，立刻使得春雨臉上發燒。原來她並非處子，早就為她的一個在海鹽腔班子裡唱小旦的表兄偷上手了。所以聽得錦兒的話，以為意存諷刺，轉念又想，自己的祕密連自己的親娘都不知道，錦兒從何得知？於是定定心答道：「我也只是這麼癡心妄想，到底還不知道拘得住拘不住他的心？」

這卻也是錦兒關心的一件事，隨即問道：「那麼，你看呢？你自己總知道吧，他是真的一句，聽你的話呢？還是假的依你？」

「照眼前看，倒是說話算話。往後就難說了。」

錦兒點點頭說：「本來，這件事也要打兩方面來看，只要大家不招惹他，他一個人哪裡就胡鬧得起來？」

「正就是這話。」春雨停了一會說：「不過，這話，我可不能說。」

「當然！當然！有人會說。」錦兒很滿意地：「今晚上沒有白來。你明兒還要起早，睡去吧！」說著，已站起身來。

「等等！」春雨一面說，一面已轉身急步而去。

錦兒不知她要做甚麼，只能站在那裡等候。不一會，只見春雨去而復回，將一個手巾包遞到她手裡。捏一捏是軟軟的一本書，心知便是那本春冊。只是另外圓鼓鼓地一個小罐子，就猜不出是甚麼東西了。

「那本害人的玩意，請你帶回去。還有一罐擦臉的東西，我也叫不上名兒來，那天我到老太太那裡去，正好在開箱子，老太太順手把這罐給了我了，說能保養皮膚，冬天用最好。」

「我知道，」錦兒很高興地：「那是西洋進貢來的膏子，貴重得很呢！你留著自己用吧。」

「不！」春雨答說：「我也不能一個人用，一打開來，你舀一點、他舀一點，不用三天就光了。倒不如送給你，起碼可以用一冬天。」

「你這麼說，我可就老實不客氣了。多謝，多謝！」

錦兒笑嘻嘻地走了，愈覺得這一趟沒有白來。

聽完錦兒的話，震二奶奶沉吟著，拿枝象牙籤剔牙，不斷地齜牙吸氣，好久都不作聲。

錦兒知道，遇見這種樣子，就是她有很要緊的事在盤算，也許得要好半天的功夫。不必擾亂她，管自己悄悄溜開。

「你別走！」震二奶奶說：「我有話跟你說。」

錦兒便站住腳，拿震二奶奶的茶去續上了開水，自己也捧了杯茶，在她身旁一張矮骨牌凳上坐了下來。

「春雨今年多大？」

「不是十七嗎？」

「大五歲！」震二奶奶說：「略為嫌大了一點兒。」

明知她是拿春雨跟芹官的年齡作比，錦兒卻故作不解地問：「二奶奶倒是說甚麼呀？」

「春雨是個腳色！」震二奶奶說：「你以後在她面前說話要小心。」

錦兒心裡一跳，「怎麼啦？」她問：「我可不知道說甚麼話要小心？」

「還不是咱們自己的事嗎？」震二奶奶說：「她的心可比你又細又深，又會籠絡，你別小看她了。」她忽又說道：「我這話你只放在肚子裡。走！上太太屋裡去。」

有兩句話，是馬夫人入耳如雷，再也忘不了的，這兩句話，一則以懼：「要不了一兩年就會得童子癆。」一則以喜：「拿我的身子拘住他的心就是。」

「天可憐見！」馬夫人噙著淚在笑，「有這麼教人為難，怎麼樣也想不出好法子的事，就偏有這麼一個意想不到的人，讓咱們碰上了。真正是祖宗有德！」

將芹官關在中門以內不放出去，確是件教人為難的事。此中的利害得失，連曹老太太自己也知道，她曾跟曹頫說道：「我也不是不明白，男孩子應該到外面闖一闖，見一見世面，將來才有出息。不過我家不比別家，他爺爺就是這麼一條根，這條根上又繫著我跟他娘的兩條命。萬一闖出事來，我們祖孫三代都完了。我的日子不多；三年、五年，等我一伸腿去了，由著他去闖，反正我是眼不見為淨了。眼前，可不能讓我成天把顆心懸著，我得看著他，日子才過得下去。如果天倒不收我這個老廢物，居然三、五年還不死，到了該他進京當差的年歲，聖命難違，我自然也只好死心塌地。」

這話是前年四月裡，芹官過十歲生日時所說的。包衣子弟十六歲進京到內務府當差，曹老太太的意思，已經很明白，要留芹官到那時候，才能從中門之內放出來。反正只有六年的功夫，不必跟她去爭。可是這六年正當發育，「女大十八變」就在這時候，男孩子開智識成人，也在這時候。如何得能把這六年功夫，平平穩穩地度過去，不出麻煩，是馬夫人一直想不出好辦法的一大隱憂。

如今，這個隱憂少說也解消了一半，所以內心激動不已。「人心都是肉做的，」她說：「人家是這樣子掏心掏肝待人，咱們也不能不格外看待。而況，往後還要她多費心思在芹官身上，說句老實話，也宜乎想個法子，籠絡籠絡。」

「太太說得是！」震二奶奶很謹慎地問：「可不知道太太心裡有了打算沒有？」

「我在想，」馬夫人徐徐說道：「人家到底也是黃花閨女，能這樣說是拿她自己的身子，拘住芹官的心，自然也是有貪圖的。索性就把名分給了她，好教她死心塌地。你看呢？鳳英！」

馬夫人對震二奶奶是兩個稱呼，當著親族下人面前用「官稱」，私底下只當在娘家喚內姪女。用到這個稱呼，就意味著是關起門來說話，無事不可談了。

「太太見得是！春雨確是有這個貪圖，其實也不算過分。不過，如今到底還不到挑明的時候，倘說十二歲就有個人在房裡，且不說四叔那裡通不過，傳出去也不好聽。」

「這倒也是！」馬夫人問：「那麼，你看？」

「反正只要讓她明白，她的好處，做主子的知道，將來也一定不埋沒她的功勞。」震二奶奶又說，「太太不妨把她找了來，話說得活動些，能讓心裡有這麼一個想法：照料芹官能用十分心，就有十分的好處，一切全看她自己。她自然就會巴結。」

「嗯、嗯！」馬夫人深深點頭，「我想，總得另外再賞她一點兒甚麼？」

「已經在月例銀子裡，添了她二兩了！是太太津貼她的，旁人也不好說話，不然，我就為難了。」

馬夫人的意思，本想將春雨的月例銀子，照已收房未生子女的丫頭之例，如錦兒那樣，提升到每月八兩。此刻聽震二奶奶的話風，此一辦法如果提出來，必不以為然，因而改了主意說：「那麼，在我的那一份裡面，再提二兩吧！」

「太太恤下，又不是動公中的銀子，我本來不應該說甚麼，」震二奶奶笑道：「太太散漫慣了，也常鬧虧空；再說，太太屋裡的人多，對春雨兩次三番地加，也怕旁人背後抱怨——」她沉吟了一下又說：「這樣吧！我來提二兩銀子津貼春雨。」

「不必！我鬧虧空，也不在乎這二兩銀子。不過，怕旁人當我偏心，倒也不可不防。錢還是我出，你出個名兒好了。」

震二奶奶原也想藉此籠絡春雨，如今居其名而不必有其實，更為得計。便即答說：「是！我來跟她說。」

「鳳英，」馬夫人問道：「是甚麼人在勾引芹官？」

「是春雨這麼在說。我問錦兒，錦兒也不知道。慢慢留意就看出來了。」

「一定得要找出來！」馬夫人對此事看得很重要，「錦兒的話說得很透澈，只要大家不招惹他，他一個人哪裡胡鬧得起來。如今有春雨在內裡拘住他，再告訴丫頭們，不准再遷就他那個吃胭脂的毛病，兩下一湊合，把他逼到讀書寫字的那條正路上去，有多好！」

「是。」震二奶奶想了一下說，「別的都沒有甚麼，老太太屋裡的人，可得太太去說，只跟秋月一個人提好了。」

「對！」馬夫人又說，「鳳英，你看這件事要不要告訴老太太？」

「不要！」震二奶奶是怕曹老太太得知此事，直接干預，那就無法「拿」得住春雨，所以很堅決地說：「連秋月面前都不必提。」

「那就不提！」馬夫人突然想起，「喔，你知道不知道，今兒有人來替秋月說媒？」

「沒有啊！」震二奶奶彷彿深感興趣地，「早晚的事？」

其實，她早知道是這天上午的事，來說媒的人，也根本就是她間接策動的。秋月今年三十二歲，十年前便已矢志不嫁，願伺候曹老太太一輩子。勸過她多少次，她執詞不移，就這樣虛度了大好青春。曹老太太自然感動，少不得另眼相看的。

因此，曹家內裡掌權的人，除了震二奶奶就得數秋月。她說的話，就是曹老太太要說的話，猶之乎「口啣天憲」，誰都得敬重三分。秋月倒也並不弄權，即或自作主張，拿個主意，也都在分寸上。曹老太太信任極專，自不待言，裡裡外外亦都很服她。震二奶奶跟她一直相處得很好，但這兩年卻不斷在算計，怎麼樣能把秋月掌管著的那一大串鑰匙弄了過來？

那一大串鑰匙是曹老太太交付給秋月的。曹家並未分家，當初只有曹顒一個親生兒子，別無同胞兄弟，根本不須分家。及至曹頫過繼，也只是承襲了織造的職位，外帳房由曹震在管，中門以內由震二奶奶當家，但他們夫婦倆所能管的錢，也只有織造衙門撥過來的盈餘，與房地田租等等不動產的收入。曹寅一生的積聚、藏書當然由曹頫接管，古董字畫在曹寅下世補虧空時，已變賣得差不多，但現銀珠寶都在曹老太太手裡，實際上是在秋月手裡。

這些現銀珠寶，共值幾何？曹老太太沒有說過，旁人也不敢問。據震二奶奶的估計，總值不下五十萬銀子之多。有一年曹老太太倒說過，她手裡的「那點東西」，除了提一份專為芹官將來「辦喜事」之用以外，餘下分作四份，馬夫人、曹頫、曹震各得一份，餘下一份？散給多年世僕，及有往來幾家的窮親戚。可是這就不知哪年才得到手了。

震二奶奶起這個心思，也不過是這兩三年的事。從先皇駕崩，曹家的差使就不如以前好當了，收支帳目，內務府及戶部都查得很緊，不能像從前那樣可以開花帳，但一切進貢及應酬的花費卻不能少，這些情形又不能跟曹老太太說，怕她著急，至於跟曹頫說了也沒有用，倒不如不說。只有東拉西扯，把個場面照原樣子綳著。就這四年功夫，又虧了十萬銀子下去，連以前的虧空，二十萬出頭了。

「這麼下去，怎麼得了，放著老太太箱子裡白花花的銀子都變黑了，不拿出來救救急，倒吃人家的重利。那是甚麼算盤？」

像這樣的話，曹震不知說過多少次了！震二奶奶先不理他，慢慢地心思也活動了。夫婦倆枕上燈下，密密地計議過好幾次，唯有使一條調虎離山之計，才能將秋月所掌的那串鑰匙弄過來。

所謂「調虎離山」亦只有一法，將秋月嫁了出去。曹震認為秋月矢志不嫁，是自知身分，如果不是為人作妾，無非配個有出息的「家生子」；倘或一定要擺脫「奴才」這兩個字，充其量嫁個小商人。她的眼孔大，不會放在眼裡，所以索性認命不嫁，是不能嫁，卻非不願嫁。

要怎樣的人才願嫁呢？曹震夫婦琢磨過不止一遍了，第一，必得是一夫一妻；其次大小要是個官太太；最後要長得一表人才，年紀還不能太大，最好只比秋月大個三、四歲，至多不能超過四十。

這樣一個人倒也不難找，但找到了，人家不一定願意婢作夫人。所以蹉跎至今，總算有志竟成，讓曹震找到了一個。

此人姓劉，單名一個鈞字，今年三十八歲。家境清寒，而眼界甚高，蓬門碧玉，難邀他一顧，所以至今孑然一身，最近發了筆小小的橫財，有個堂房叔叔，身死無子，遺產歸族人按親疏遠近派分，劉鈞拈鬮拈了一塊好田，時價值兩百多兩銀子。

於是有人勸他，不如將這塊田變價，娶個小家碧玉為妻，做個甚麼小本經營的買賣，也是成家立業之道。劉鈞對「成家立業」四個字倒是聽進去了，但立業不願做小買賣，成家不願娶小家碧玉，他自有他的盤算。

其時年羹堯、岳鍾琪剛平了青海；西北興辦屯田，願意運米若干石到那裡，就可以捐到一個官，當然，官兒大小要看運米多寡。劉鈞賣去了那方田，量力而為，捐了個縣丞，而且自願往邊遠省份效力，已由吏部分發四川候補。餘下一百多兩銀子，想娶個大家婢女做妻子。他的想法是，官宦人家的丫頭，見過世面，知道禮節，站出來像個「官太太」，反正帶到他省，誰也不知道他們夫婦的出身，婢作夫人，亦復何礙。

為此，劉鈞託了個常在震二奶奶那裡走動的法藏庵當家法明師太，來探口氣。這一下倒正是找對了門路，震二奶奶細問了劉鈞的情形，而且關照法明安排機會，悄悄去相遇劉鈞，看他文質彬彬，言語大方，是頗有出息的樣子，覺得此事大可一談。

於是她跟法明說，最相當的莫如秋月，不過她是曹老太太面前得力的人，不便出面去說。最好拜託後街上的「本家三太太」來作媒，她一定在暗中促成好事。只是千萬不能說破她也知道這件事，否則，事必不成。法明素知震二奶奶手腕高明，她這樣說，總有道理在內，只聽她的就是。

這天上午就是本家三太太來過了。她跟曹老太太算是妯娌，三十年前隨夫從老家來投奔曹寅，不久夫死，撫孤守節，直到如今。曹家三世宦遊南京，來投靠的窮本家、窮親戚很不少，平時爭寵干求，常有是非。唯獨這個三太太，從不道人長短，也很少來為人討個差使、說個人情。所以她雖比曹老太太小到十歲之多，卻深受敬重，常常邀來鬥牌閒話，盤桓整日。震二奶奶認為由她來為秋月作媒，曹老太太先就會有一個想法：這可不是個媒婆，光長了一張能把死的說活了來的嘴，她的話是靠得住的。那一來，就有三分之望了。

「是三太太來作的媒。」馬夫人告訴震二奶奶說：「姓劉，四十歲不到，是個縣丞，打算辦了喜事，到四川去上任。據說家道不怎麼好，不過，很肯上進。」

「肯上進就行！縣丞往上爬一爬，就是縣大老爺；秋月一嫁過去，就是現成的官太太。這是好事啊！老太太怎麼說？」

「老太太說要問秋月本人。」

「問了沒有呢？」

「還沒有！老太太告訴三太太，這件事好倒好，急不得，要慢慢兒來。」

「可是，」震二奶奶說：「人家不是等著要到四川上任嗎？」

「那可是叫沒法子了。如果不是指明要秋月，事情就好辦了。譬如你那裡的如意，人也很穩重的，如果姓劉的真的有出息，秋月又不肯，把如意嫁了他，不也很好？」

震二奶奶心生警惕，此事不能操之過急，急則生變，倘或到得頭來，秋月依然，把自己得力的一柄如意弄得脫了手，豈非做了件偷雞不著蝕把米的傻事？

一半是放不下芹官的心，一半是心裡的一個疙瘩，難以消除，不免衝動；馬夫人到底沉不住氣，悄悄將春雨喚來，除了給了她所希望得到的東西以外，額外又添了馬夫人自己的一片真心。

「說真個的，把芹官關在裡面不放出去，是我心裡的一塊病，為了老太太，明知道極不妥當，可是不能說。難得你有見識，而且肯把甚麼都給芹官，人心都是肉做的，我怎麼能不給你一句切切實實的話。春雨，」馬夫人想了一下說：「從今天起，我把芹官的這一輩子都託付給你了。」

這句話是春雨所承望不到的，又驚又喜，心還有點亂，強自定下神來，想了一下說：「也沒有甚麼是我的！就算身子是爹娘給的，可是我爹也使了府裡賞的身價銀子了——」

「你別這麼說！」馬夫人急急打斷她的話，「你的那張『紙』，過一天我讓震二奶奶找出來，交給你自己收著。」她將自己手上的一個祖母綠的戒指卸了下來，拉起春雨的手，待要給她戴上。

「謝謝太太！」春雨就勢跪在馬夫人面前，「如今還不敢領太太的賞，就領了太太的賞也不敢戴。」

「一時不戴倒不要緊！」馬夫人說：「東西還是給了你。這不算，過一天我理箱子，再好好兒找幾樣東西給你。」

春雨正要答話，發現簾外有人。她的眼力銳利，只看身影，便知是馬夫人的丫頭楚珍，急忙閃開幾步。楚珍好強善妒，她怕跟馬夫人形跡太親，楚珍會不高興，特意躲遠些。

果然，湘竹簾一掀，是嬌小卻豐滿的楚珍，驟看彷彿十三、四，其實比春雨還大兩個月。她的皮膚白，一出了汗更白，漆黑的一雙眼睛，進屋便先向春雨瞟了過來。

「震二奶奶派人來催了。」春雨知道是來催馬夫人到萱榮堂——曹老太太頤養之處去侍膳，當即問道：「太太還有甚麼吩咐？」

「我——」馬夫人沉吟了一下說：「等我想起來再跟你說。」

「是！」春雨退後兩步，看馬夫人再無別話，方向楚珍笑一笑，作為招呼，然後悄悄轉身而去。

回雙芝仙館有條捷徑，是穿過震二奶奶的院落，一進無花門就遇見錦兒，「怎麼？」她問：「你看家？」

「也不知怎麼回事？老太太叫人來，指明了要如意跟了去。我樂得躲懶。」錦兒又說：「我蒸了塊糟鰣魚，你陪我一起吃，好不好？」

春雨忽然想到，馬夫人所說的那些話，應該告訴震二奶奶，才顯得當她是「當家人」，事事不瞞她。震二奶奶不在，跟錦兒說也一樣。

「你不留我，我也要在你這裡吃。我有話告訴你。」

「好啊！」錦兒很高興地說：「難得安閒自在吃一頓飯，有你陪我，可就更美了。」

「不過，我先得回去一趟——」

「何必？這麼熱的天。有事我叫人替你去辦。」錦兒接著便喊：「小蓮，小蓮！」

等小蓮來了，春雨好言好語地說：「妹妹，勞你駕，到我那裡去一趟，你說給玉燕，回頭別忘了到中門去關照，派人到安將軍府去接芹官；野百合趁早剝出來，燉好了煨上。」

「一共兩件事。」錦兒問一句：「記住了沒有？」

「這麼兩件事還記不住？」

「好！我再讓你記一件。」春雨接口說道，「你告訴玉燕，竹子櫥裡有兩盒蜜餞，一盒開了的，讓她分給大家吃掉，省得招螞蟻；一盒交給你帶回來。」

小蓮答應著去了。錦兒便讓春雨先到她臥室裡洗臉，一進房門，就看到壁上懸著一支皮馬鞭，不由得問起曹震。

「震二爺到杭州去了不少日子了吧？怎麼還不回來？」

「早得很呢！」錦兒放低了聲音說：「公事上頭捅了個大婁子，怕要出麻煩。」

春雨一驚，也將聲音壓低了問道：「怎麼回事？」

「這件事是瞞著老太太的，你可別說出去！」

「當然！我又不是不知道輕重的人。」

於是錦兒告訴春雨說，這年春天，皇帝發覺新製的綢子內衣，比往時來得粗糙，交內務府查奏。結果發現，粗糙是因為摻用了生絲的緣故，而且每匹綢子亦不足規定的分兩。

這一來便要徹底檢查了。將江寧、蘇州、杭州三處織造，自雍正元年起交到緞庫中的綢緞，一匹一匹看、一匹一匹秤，三處織造都難逃偷工減料的責任。

「查出來上用緞三十八匹；預備皇上賞人的官緞三十匹，都嫌粗糙輕薄。不過比起蘇州來，還算好的，蘇州光是上用緞要剔出去的，就有一百多匹。」

「蘇州織造有皇上這座靠山，不要緊。咱們這裡——」春雨憂形於色地，「可得趁早想法子。」

「你也別說有靠山，蘇州織造早就革職了。」

「怎麼？」春雨大惑不解，「不說他是皇上的連襟嗎？」

「不錯！是皇上的連襟，可也是年大將軍的妹夫。年大將軍那麼慘的下場，他的妹夫也就好不到那裡去了。」

「真是！」春雨無端一陣悵惘，又定定神問：「咱們這裡呢？責罰下來沒有？」

「責罰得倒還不算重，四老爺罰俸一年、不好的緞子照賠，這都是小事。四老爺說：以後再不能出這種亂子了！第一絲要好，買絲就不能馬虎，要震二爺到杭州，親自在那兒監督收新絲。前天寫信回來說，今年的絲不好，稍為好一點兒的，都叫人先買走了，豈不是麻煩？」

「我看不見得。」春雨不以為然，「只要肯出價，就讓人買走了，也可以買回來。」

錦兒聽得這話，倏地抬眼；怔怔地望著春雨，彷彿突然上了一件心事似地。春雨不免詫異，正要發問，只聽窗外小蓮在喊：「春雨姐姐，話都交代了，蜜餞也帶來了。」

「喔！你真能幹。」春雨將她遞過來的蜜餞又推了回去：「這玩意送給你吃。」

小蓮不作聲，望著錦兒，要她允許才敢收下。錦兒自然點頭，「大家分著吃！」她轉臉對春雨說：「你真會做人！你也真肯用心！」

春雨臉一紅，「我可不是存心買好兒。」她說，「藏著甚麼算計人的心思。」

「不是，不是！你錯會了我的意思。」錦兒低聲說道：「你剛才那句話提醒了我。我們那位二爺必是在鬧鬼，甚麼好絲買不到？趁此又在裡面開花帳，落下錢來狂嫖爛賭。」

「不會吧！」

「一定是。」錦兒憤憤地，「回頭我可得提醒二奶奶。」

「姐姐，姐姐！」春雨急忙拉著她的手說：「可千萬不能說是我說的。」

「我怎麼會賣原告？再說，也不是你這麼說，不過是由你一句話中悟出來的道理而已。」錦兒站起身來，「去吧！吃飯去。」

「慢一點兒！我先給你看樣東西！」

馬夫人的那個祖母綠的戒指，是連曹老太太都誇讚過的！錦兒自然入眼即知，大為驚異，馬夫人竟以這樣珍貴的飾物相賜，是件非常令人難信的事。

因此，她這樣問說：「這是怎麼回事？」

「太太賞我的。當時要給我戴上，那有多招搖！不過，我雖藏著不戴，可也不能不來告訴震二奶奶。」

錦兒想了一下問說：「太太還說了些甚麼？」

「話很多——」

「那就是，一面吃，一面說給我聽。」

飯桌擺在通風的穿堂中，五菜一湯，除了一碟糟鰣魚以外，其餘的是小廚房的例菜，炒豆苗、蝦子拌筍尖、小炒肉絲、鰲雞，一大碗火腿冬瓜湯。」

「這是你主子的菜？」

「是我的。」

「怪道！我們那兒老是筍煮白鰲湯，筍老得吃不動。原來筍尖兒全在你這裡。」春雨又說：「你這飯菜可不能讓桂珍瞧見，不然可就有得跟胡媽打饑荒了。」

「你道是天天這個樣兒嗎？有個緣故在裡頭。」

原來胡媽管小廚房，只供應曹老太太、馬夫人、震二奶奶、芹官等四處的飯食，每處主僕各一桌。這幾天說是物價漲了，胡媽正在活動錦兒，替她在震二奶奶面前說話，要加每天例規的菜錢，所以例菜格外精緻。

「這班人，沒有個夠！」錦兒又說，「她來託我，我樂得把她懸在那裡，先吃她幾頓好的再說。喔，胡媽還送了我一罈子人參、紅花、當歸泡的酒，咱們打開來嘗嘗。」

等小蓮把個紅布封口的白磁罈抱了來，錦兒舀出一小壺來，與春雨對酌。小蓮打橫吃飯，飯罷下桌，春雨才能談她去見馬夫人的經過。

「知道不知道這個戒指的貴重？」

「自然知道。老太太都誇過，說綠得這麼透的翡翠，她只見過兩個，除了太太這一個，再就是在那位老妃手上見過。」

「東西本身貴重，自不必說，我說的貴重，只怕你還不知道。太太說過，她這個戒指，將來是要傳給兒媳婦的。」

一聽這話，春雨猛然心跳，不過，馬上就恢復平靜了，「那也不過太太隨口一句話而已。」她說，「她還能，還能——」

「自然不能把你當媳婦。」錦兒率直地說：「不過，意思也夠重了。反正，你這個『芹二姨奶奶』是當定了。」

春雨臉一紅，借酒蓋著臉說：「我比他大著五歲呢！」

「那怕甚麼！來，我敬你點酒。」

春雨卻不肯舉杯，「這是幹甚麼？」她說，「你得先說個緣故，我再喝。」

「你先喝了我再說。如果你覺得我道理不通，一杯罰三杯！」

春雨便乾了酒，照一照杯，舀一匙湯喝了，抬眼望著錦兒。

「我這杯酒是祝你早生貴子！你要是能替老太太添個重孫子……。」

「算了，算了！」春雨大聲打斷：「罰酒！」

「怎麼，我道理不通？」錦兒笑道，「要不要讓小蓮來評評理？」

「你算是拿住我了！」春雨覺得委屈，但想到那枚戒指，立即心平氣和，不由得把錦兒的話想了起來。

如果真的有了喜，會發生些甚麼事？春雨想到的第一個念頭是，那會成為轟動曹家親友的一個大笑話！十二歲的芹官，自己還是孩子，居然已經生子。

於是第二個念頭又轉，那時或許有人會說：只怕不是芹官生的吧？

第一個念頭，已自覺難堪；轉到第二個念頭，更是惶恐不安。「不行，」她不自覺地說，

「那一來可就糟了！」

「怎麼會？」錦兒詫異地問。

「怎麼不會？」

春雨挪個座位，靠近錦兒，用極低的聲音將她的感想說了出來。錦兒心想不錯，到底是自己切身有關的事，想得深了，便跟旁人的看法不同。

「好在還早！不過，如果真的有了，那也是沒法子的事！你總也不能像繡春那樣。」

這倒是提醒了春雨。不過她的思慮周密，心想要早早想個避孕的法子，這還不能請教錦兒，因為即令錦兒同情，也絕不敢胡出主意，說不定反倒防著她了。常聽人說，涼藥服多了，不易受孕。不妨設法弄一帖涼藥來服。

芹官回來時，已是日色偏西，春雨到中門口親自接回。他一路嚷熱，在夾弄中就要脫馬褂，春雨一面哄，一面讓小丫頭跟在他後頭打扇。到得雙芝仙館，才讓他卸去玄色亮紗馬褂、寶藍寧綢大衫與杭紡小褂子，絞兩把熱手巾，一把送到他手裡，自己擦臉；一把用來替他抹身擦背。然後為他換上一件短袖葫蘆領的對襟綢褂子，讓他坐在廊上喝茶，同時問道：「是先開西瓜呢？還是先吃點心？今天是紅棗煨的野百合，冰鎮了一會兒了。」

「冰鎮的還不解熱。乾脆你拿兩塊冰來，讓我咬著吃。」

「不！剛打大太陽下面回來，不能吃冰，一冰一熱，激出病來，不又讓老太太擔心？你忍一忍，心靜自然涼，我替你扇著！」

卻不過春雨的軟語柔情，芹官點點頭說：「也罷！喝百合湯、吃西瓜。」

約。

於是春雨一面照料飲食，一面跟他說話，這天是安將軍的獨子十六歲生日，雖是成年的年齡，畢竟也是小生日，只約了親友至好家的子弟吃個便飯。芹官是其中之一，曹老太太本來還因天時炎熱，怕他受暑不肯放出去，是曹頫說了句：「安將軍的交情，辭謝了不好。」方始准他應約。

正娓娓談著，只見小蓮急急走來，老遠地就開口了：「四老爺在問，回來了沒有？快去一趟吧！」

一聽這話，春雨就懊悔。她是早就想到了，既然這天赴安家之約，是「四老爺」作的主，那麼一回來就該先去打個照面，才合道理。當時一半心疼芹官，想讓他先息一息；一半也是因為他熱得滿臉發紅，一身是汗，顯得有點狼狽的樣子，不如先容他休息一會，然後從從容容換上衣服，再到一到鵲玉軒，接著上萱榮堂去陪老太太吃飯，豈非順理成章的事。

誰知「四老爺」竟會先來催問，便已顯得失禮，得要上緊才是。但芹官的臉色卻又使她不敢催得太急——每一聽到「四老爺找」這句話，芹官便有莫來由的怯意，只覺得從裡到外，一身都不自在。春雨只有軟語哄他：「今天是四老爺讓你去的，一定不會說甚麼。你別亂說話就是。」

「四叔如果問我喝了酒沒有，我怎麼說？」芹官摸著臉問：「我說沒有，臉上紅是教太陽曬的？」

春雨想了一下，斷然決然地說：「不！你說喝了一杯。是壽酒嘛！」

「不錯，不錯，」芹官的臉色好些了，「本是給人拜生去的，不能不喝生日酒。」

「對了！你有甚麼說甚麼，包管沒事。」春雨一面替他披上大衫，一面喊道：「小蓮，你來扣紐子，我把芹官的頭髮梳兩下。」

兩個人連芹官自己，拿手巾、取扇子、繫荷包，一陣忙亂，芹官臉上又見了汗，他邊走邊擦臉，口中說道：「讓小蓮在中門等著，如果我老不進來——」

「知道了，知道了！你去吧！」春雨搶著說，「我在中門等你，時候久了，我自會傳老太太的話，把你弄回來。」

一進鵲玉軒，只見曹頫跟清客張先生在圍棋，兩個人聚精會神地都注視著棋局。曹頫手拈一枚「滇子」，一翻一拍，敲得「啪嗒、啪嗒」地響。芹官不敢驚動，小廝要言語，他搖搖頭示意噤聲，在進屋之處靜靜站著。

「這個劫，」曹頫落子了，「不能不應吧！」

「得失參半，倒要好好想一想。」張先生一抬頭發現芹官，脫口說道：「啊！世兄來了！」

這時芹官方始上前，等曹頫轉過臉來，隨即蹲身請了個安。

「你甚麼時候回來的？」

「剛到家一會兒，先在屋子裡換衣服。」

「喔！」曹頫的視線又落在棋盤上了。

張先生心裡明白，曹頫要等這盤棋下完，才會向姪子問話。應該知趣，別讓芹官「罰站」。於是，他裝模作樣地在棋局上通盤檢查，嘴裡念念有詞地似乎在計算夠不夠一百八十一子，然後慨然說道：「算了！不能不服輸，就這個劫打贏了，還要『收官』一子都不吃虧，也還要差到十個『空』，重擺一盤。」

曹頫哈哈一笑，投子而起，但看到芹官笑容立即收斂，「今天有些甚麼人？」他問。

「除了主人以外，有——」芹官報了名單，「一共兩桌。」

「幹些甚麼呢？」

「清談、下棋、打牌。喔——」芹官急忙補一句：「打詩牌。」

「你呢？」曹頫問說，「你必是一角！書不好好念，就對這些玩意起勁。」

芹官不即回答，略停一下，方始答說：「人多了，我沒有上桌。我給烏都統的老二寫了一幅字。」

「你聽聽，」曹頫回頭對張先生說：「文章還沒有完篇，附庸風雅的花樣都會了。」

「這是好事！」張先生很快地答說：「博弈猶賢，寫字總比下棋也還要正經一點兒。」

曹頫想想也是，便又問道：「你給他寫的甚麼？」

「寫了一首朱竹垞的〈解珮令〉。」

「是哪一首？朱竹垞的〈解珮令〉很多，知道你是哪一首？」

「是這一首。」芹官念道：「『十年磨劍，五陵結客，把平生涕淚都飄盡——』」

口中在念，眼中在看，看到曹頫臉色不怡，他的聲音也慢了下來，終於無聲。

「哼！」曹頫冷笑道：「你怎麼不往下念了？一天到晚正經書不念，就弄這些輕薄浮詞！你知道甚麼叫『十年磨劍，五陵結客』？你待造反不是？唉——」說著又長嘆一聲，搖頭不語，竟有些泫然欲涕的光景。

這一下不但將芹官嚇得脊梁骨上發冷，連張先生也吃了一驚，不知他何以有此神情？

「你走吧！」曹頫轉臉揮手，「見老太太去。」

芹官如逢大赦，垂手答應一聲：「是！」慢慢地往後退，快到房門口才轉身踏出門檻，一溜煙似地往裡直奔。

「張兄，家門如此！你看如何是好？」曹頫說道，「我自父兄相繼下世，自知菲材，終無大用，一心寄望在此子身上，唯有把他教養成人，重振家聲，才能報答先父視我如己出的深恩。不想此子是這等不成材！此刻已看出來，他的福澤有限。『十年磨劍，五陵結客』，把家敗完了，就該是飄不盡的涕淚了！」

原來是這樣一種想頭，張先生笑道：「我公也未免想得太遠了！世兄頭角崢嶸、健壯茁實，將來是必成大器的。至於喜愛麗詞豔句，哪個肯讀書的少年不是如此？何足為病！」

正談到這裡，有個小廝走來，向曹頫輕聲說道：「回四老爺的話，安將軍派了人來，說有話要跟老爺當面回。」

「喔？」曹頫問道：「是甚麼人？」

「是安將軍的聽差。」那還好。有時安將軍派人來談公事，派的是有職銜的武官，那就得看官階大小，穿公服，或者至少得加一件馬褂，才能接見。既是聽差，無須更衣了。

「讓他進來。」

帶進來的人，曹頫知道，是安將軍貼身的跟班桂升。等他行了禮，曹頫很客氣地說道：「管家少禮！安將軍有甚麼話，請說吧！」

「將軍剛才接到京裡一封信，提到平郡王的事，著我來請曹四老爺到府裡當面談。」

一聽這話，曹頫驚疑不定，但也不便擺在臉上，當即答說：「好！請管家先回去上覆將軍，說我馬上就去。」接著便喊：「曹泰！」

「在！」頗得曹頫信任的老僕曹泰高聲答應著，從廊上走了進來。

「你帶著桂管家去，好好款待。」

所謂「好好款待」，便是拿最大的賞封，八兩銀子。曹頫為人忠厚謙和，最不喜擺官派，所以用這句話作為賞銀八兩的隱語。

一會兒「好好款待」完畢，曹泰回到鵲玉軒來伺候，曹頫正在換公服。這樣大熱天冠帶整齊地出門拜客，是一件苦事，加以心中嘀咕不安，所以愁眉苦臉地，顯得非常不自在。

「提轎！」他對曹泰說，「你別跟去了。」

「是！轎子已經預備了。」曹泰問說，「回頭老太太如果要問，怎麼說？」

曹頫想了一下答說：「先別跟老太太說去看安將軍，只說我去送一位進京的客人好了。」

第二章

到得將軍府，請到花廳中坐，桂升說道：「將軍交代，請曹四老爺先換衣服吧！」這是安將軍的禮遇，曹頫也知必然如此，道聲謝，喚小廝進來，打開衣包，換上白夏布長衫、玄色亮紗馬褂、科頭無帽。就這樣又已累出來一身汗，心裡恨不能芹官早早長大成人，接了他的這個世襲差使，好讓他飲酒吟詩，享幾天清福。

這時聽得一聲咳嗽，聽差打開竹簾，安將軍捧著個水煙袋，從腰門中出來，一見面便說：「曹四哥，穿馬褂幹甚麼？」

曹頫不及答說，先蹲身請了個安。等他站起來，桂升已伸手作勢，要幫他卸脫馬褂。旗人的禮數，繁文縟節，頗費周旋。曹頫苦於拘束，卻不能不耐性忍受。等坐定下來，安將軍閒閒問道：「最近跟平郡王府有沒有信札往來？」

「還是上個月初，接到王府福晉給家母一封賀節的信，只是些敘家常的話。」

「喔！提到平郡王沒有？」

「說他近來頗為蕭閒。」曹頫問道：「是不是將軍這裡，得了平郡王甚麼消息？」

「剛接到一封信，事情還不知怎麼樣？你先看一看。」

安將軍請曹頫來，就為的要給他看這封信，信是內務府一個名叫豐昇的司官寫來的。他跟安將軍都隸屬於鑲紅旗，而鑲紅旗從成軍以來，就歸平郡王統轄，稱為「旗主」，安將軍就因為他的「旗主」平郡王訥爾蘇是曹家的女婿，所以對曹頫另眼相看。兩家有甚麼關於平郡王的任何消息，向來亦都是互相通知的。

這一次的消息，非常突兀，亦非常可驚可憂！豐昇的信上說，皇帝最近召見平郡王訥爾蘇，垂詢幾近一個時辰之久。殿庭深邃，語不可聞，只看到平郡王出殿時，面無人色，汗水透到袍褂上。日來盛傳平郡王即將削爵，是否尚有其他嚴譴，不得而知。

看完這封信，曹頫亦是汗流浹背，方寸之間，惶惑無主。將信遞回安將軍時，竟無一句話說。

「這封信是二十天前寫的，可能半個月前的『宮門鈔』都到了，並無平郡王削爵的上諭。」

安將軍說：「看起來，事情已經過去了。」

「是！」曹頫不假思索地答說：「但願如此。」

「這個消息來得很怪。曹四哥，不知道你有甚麼看法？」

這是想探索平郡王訥爾蘇所以獲罪的原因，安將軍的想法是，他們是至親，而且常有書札往還，對平郡王的情形，一定比他了解得多。可是他失望了，曹頫所能想到的原因，是安將軍早就知道了的。

「只怕還是當初不肯將恂郡王在西邊的情形，詳細上奏的緣故。」

「那是早就過去的事了。」安將軍說：「當初，平郡王就是為此才調回京的。古人說是『不貳過』，總不至於舊事重提，又責備他吧？」

「那，那可就費猜疑了。」

安將軍點點頭，不作聲，「噗嚕嚕，噗嚕嚕」地抽了好一會水煙，突然抬頭問道：「平郡王世子，常有信來吧？」

這是指平郡王的長子福彭，也就是曹老太太嫡親的外孫。「他只是給他母親代筆，寫信給家母的時候，附筆提一句問好的話。」曹頫答說：「從未單獨來過信。」

「那麼，福晉的家信中，可提到過世子跟四阿哥交好的話？」

「這是聽王府裡的來人這麼說，信上可從沒有提過。」

「嗯，嗯！」安將軍用安慰的語氣說：「曹四哥不必擔心，我想，平郡王即使出事，至多也不過他本人削爵，爵位總在的。」

這意思是說，平郡王是開國以來，世襲罔替的八個「鐵帽子王」之一，平郡王訥爾蘇獲罪，只能奪他本人的名號、俸祿，平郡王這個爵位，無法取消，須歸世子福彭承襲。

將安將軍話中的本意想了一遍，曹頫忽有領悟，平郡王訥爾蘇既是鑲紅旗的旗主，皇帝要指揮鑲紅旗，必須透過訥爾蘇，或者訥爾蘇有甚麼不同的意見，使得皇帝的命令打了折扣。如果奪他的爵，由世子福彭來承襲，利用四阿哥與福彭交好的關係，豈不是就把鑲紅旗完全抓在手裡了？

由此看來，如說要削訥爾蘇的爵，自然是「莫須有」的罪名。曹頫認為自己的想法不錯，但卻不便告訴安將軍。

回到鵲玉軒，曹頫第一件事是找曹泰，問清楚曹老太太並不知道他曾應安將軍之約，心裡稍為輕鬆了些。因為如果曹老太太知道此事，即令不問，而照舊家的規矩，出了門回來，必得到父母面前去打個照面，表示安然到家，免得老人懸念。這一打照面，曹老太太倘或問起跟安將軍談些甚麼？話很難答。此刻就不妨索性瞞到底了。

不過，平郡王削爵，是一件可能關乎闔家禍福的大事，他也不能把這個消息只藏在自己肚子裡。再說，消息遲早也瞞不住，等「宮門鈔」一到，親友皆知，少不得也會傳到萱榮堂，那時如何對答，倒要預為之計。

他所能商量公事家務的，只有兩個人，正就是曹震夫婦。曹震未歸，便只有一個震二奶奶了。「跟中門上說，得便告訴震二奶奶，等伺候老太太完了，到鄒姨娘那裡來一趟。」

曹頫元配早逝，伉儷情深，不肯續絃：不過有兩個姨太太，一個姓季，一個就是鄒姨娘。姓季的姨娘頗具丰姿，而且也生了子，比芹官只小五個月，但曹頫比較看重的，卻是鄒姨娘。如果要跟震二奶奶談事，不是在鵲玉軒，就是在鄒姨娘院子裡，因為他比震二奶奶大得有限，而且生性拘謹，覺得只有在這兩個地方見面，才能避嫌。

即使如此，亦絕少在晚間邀晤。因此，震二奶奶聽錦兒來傳了話以後，隨即問說：「說了辰光沒有？是明兒早晨，還是今晚上。」

「我問了。中門上也不知道，只說剛讓曹泰來傳的話。」錦兒緊接著又說：「四老爺傍晚上安將軍那兒去了，聽說是安將軍派人來請了去的。」

震二奶奶心頭一凜，想了一下說：「你派個人跟鄒姨娘去說，等起了更我就去。」

曹老太太未到起更，便有神思困倦的模樣。震二奶奶看丫頭已經在放帳門、趕蚊子，伺候曹老太太安置了，便悄悄向秋月說道：「四老爺不知道有甚麼話要跟我說，我到鄒姨娘那裡去一趟，包不定有要緊事。你可別睡！回頭我再通知你。」

於是悄沒聲息地出了萱榮堂，得穿過曲曲折折的一條夾弄，才能到鄒姨娘的那座小院落。但見堂屋中燈火明亮，曹頫卻站在廊上負手望月。

「四叔！」震二奶奶問道：「鄒姨娘怎麼不見？」

「在這裡吶！」鄒姨娘從屋子裡邊迎了出來，一隻手拿著小刀，一隻手是個削了一半皮的香瓜。

「請堂屋裡坐！」曹頫說道：「我有件事告訴你。」

「是！四叔請。」

曹頫進屋坐定，震二奶奶卻先跟鄒姨娘敘了些家常，方始走了進來，扶著桌子站著。

「坐吧！」曹頫說道：「我今天從安將軍那裡得了個消息，不知是真是假？看來確有其事，不知道該怎麼跟老太太說。」

一聽到後面的話，震二奶奶便重重地咳嗽一聲，接曹頫的話說：「慢慢兒商量！四叔先別告訴她。」

於是，曹頫將有關平郡王削爵的消息，細細地說了給震二奶奶聽，然後向她問計，這件事應該怎麼樣告訴曹老太太？在甚麼時候，如何措詞，由誰開口，才不致讓她受驚？

卻不知震二奶奶先已大大地受驚了，「四叔，」她問：「怎見得一定是讓小王子襲爵呢？」

當初稱訥爾蘇為「鑲紅旗王子」，沿襲此例，從福彭出生時便稱他為「小王子」。在震二奶奶看，果真是福彭襲爵，竟是大大的一件喜事，但恐這只是曹頫的如意算盤。

「平郡王的爵位世襲罔替，這個成例是絕不會改的。」

「當今皇上甚麼事做不出來！」震二奶奶脫口相答。話一說出來，隨即發覺大為不妥，但已無法收回。雖不怕隔牆有耳，畢竟說這樣的話，只有壞處，沒有好處，所以深自悔責，低頭不語。

曹頫倒不覺得她的話說錯了，只想到去年下半年，先是「舅舅」隆科多，兵柄被解，降罪發往寧夏去修理城池。接著是接恂郡王撫遠大將軍印信的年羹堯，以九十一款大罪，賜令自盡。開年以來，不斷有嚴詞責備八貝子和九貝子的詔諭，到了四月裡，終於將胤禩、胤禟勒令除宗，廢為庶人，改名「阿其那」、「塞思黑」。凡此又有何成例可循？

這樣轉著念頭，不免失去自信。對福彭是否能襲爵，也像震二奶奶那樣，覺得事在兩可之間，不由得吸著氣說：「咱們不能這麼想，不能朝壞的地方去想！」

這話真是又可笑又可憐！不過震二奶奶轉念尋思，若非朝好的方面去想，自我寬慰，又有甚麼更好的辦法？而且到底還只是傳聞之詞，不必過於認真。

「四叔！」震二奶奶說道：「老太太那裡，唯有暫且瞞著，反正只要是小王子襲了爵，話怎麼說都行。」

「嗯，嗯！我也是這麼想。」

「至於消息到底怎麼樣？請四叔多派人去打聽。不論好壞，咱們的消息，不能落在別人後頭。」

這是一句要緊話：「說得是，說得是！」曹頫深深點頭：「我明天一早就派人去打聽。」

平郡王削爵之事，不知真偽，阿其那、塞思黑及恂郡王胤禎的「罪名」卻已定出來了，王公大臣合疏臚列阿其那罪狀四十款，塞思黑罪狀二十八款，胤禎罪狀十四款。曹頫最關心的是胤禎；因為訥爾蘇曾是胤禎的副手。

這是京中來的一封密函，蠅頭細字，寫著胤禎的十四款罪狀。曹頫從頭細細檢查：第一款是說胤禎曾力保阿其那，並無謀奪東宮之罪。第二款：先帝避暑口外，未令胤禎隨扈，而胤禎化裝為商販，私自跟蹤；入夜與阿其那在帳房中密語通宵，形跡詭異。第三款：胤禎在軍前時，與阿其那、塞思黑密札往來，幾無虛日。很明顯的，這三款罪狀，是要坐實他與阿其那、塞思黑同黨。

以下提到胤禎領兵的「不法」情事；這與訥爾蘇有關，曹頫格外注意。這一部分共計四款，一款是縱酒淫亂；一款是糜費兵餉；一款是貪贓受賄；再有一款是：「在西寧時，張瞎子為之算命，詭稱此命定有九五之尊。胤禎大喜稱善，賞銀二十兩。」

再接下來，便是指責胤禎奔喪到京，如何不守法度，與訥爾蘇更無關係。曹頫放心了，不管恂郡王如何「大逆不道」，扯不到訥爾蘇身上，即無大罪，就算革爵，亦只是他一己的得失。

果然，上諭到了，平郡王訥爾蘇以貪婪革去王爵，由世子福彭承襲。消息一傳，曹頫仍舊是請震二奶奶來商議。

「老太太面前，只說郡王自願告退，由小王子襲爵好了。」震二奶奶接著又說：「倒是要打點賀禮，不知道四叔的意思怎麼樣？」

「要賀嗎？」曹頫微覺意外。

「我想該賀的。當上了『鐵帽子王』到底不是小事。」

「等我想想。」曹頫一面盤算，一面說道：「有得就有失，兒子襲了爵該賀，老子削了爵該怎麼說呢？」說到這裡，他大為搖頭：「不妥，不妥！沒有致賀的道理。」

震二奶奶心想：書獃子的習氣又發作了！這是她最無可奈何的一件事。唯一的辦法是繞個彎子將事情辦通。

思索了一會，她想到一個說法：「小王子今年十九，明年是二十歲整生日，這份禮是少不了的。四叔，你說呢？」

「這份禮當然是少不了的。不過，是明年的事。」

「明年六月廿六日的生日，提前送有甚麼不行？」曹頫想不出不能提前送禮的理由，只好這樣答：「那就預備吧！」他接著又說：「這幾年境況大不如前，彼此至親，應該是能夠體諒的。我看，這份禮只要不豐不儉，能過得去，也就行了。」

「是的。」震二奶奶不跟他爭，「四叔就不必費心了。等我預備好了，再請四叔過目。此刻，請四叔進去告訴老太太吧！」

「好！我就去。」

這時早有震二奶奶的丫頭，搶先報到萱榮堂，曹老太太一聽便有些皺眉，因為曹頫來得不是時候。

原來，這夕陽西下，月亮未上的傍晚時分，是萱榮堂在夏天的一段好辰光，好是好在一座大天井。曹老太太喜歡軒敞高爽，天井中不准擺甚麼魚缸盆景之類的陳設，道是「那些玩意，擺不上三天就看厭了，反倒招蚊子，又不乾淨。」要觀賞時令花卉，或蘭或菊，都是臨時送進來，賞玩過了，立刻搬走。這在秋冬間，空宕宕顯得有些蕭瑟，夏天的感覺就大不相同。每到太陽偏西，蓆棚高捲，汲幾桶新井水，澆遍大方青石板，暑氣一收，清風徐來，就在院子裡支上桌子擺飯，每天都用大圓桌，因為每天都會有客來——族中的女眷，知道曹老太太愛熱鬧，也貪圖這萱榮堂中夏日黃昏的舒服，洗了澡來趕晚飯，也是炎炎溽暑中的一件樂事。

不想曹頫忽然在這時候要來，說「有事跟老太太回」，族中女眷年紀輕的固然要迴避；年紀輩分俱長，可以不必迴避的，卻以人家有正事要談，不便打攪，亦不能不躲一躲。更有些知趣的，起身告辭，丫頭亦都四散，熱熱鬧鬧的場面，霎時就顯得冷清了。天井中只剩下馬夫人與芹官，芹官還是侷促不安，因為他只穿了一身熟羅的褂袴。

芹官繫了一條白綢繡黑蝶，還帶黑絲穗的汗巾，在左腰上垂下來一大截，擔心「四叔」見了會責備，一直惴惴不安。

先進來的是震二奶奶，一眼看到芹官的汗巾，大吃一驚，急忙走上兩步，衝著他的左腰一指，喝一聲：「趕快掖起來！」

芹官一楞，旋即省悟，自責後又自笑，徒然著急，竟連這一點都不曾想到。笨得如此，恨不得自己摑自己一掌。

「四老爺來了！」

等小丫頭這一喊，芹官便迎了上去，叫一聲：「四叔！」跟在他身後走來。

天井中靠東面設著一張大藤榻，是曹老太太的坐處，左右散列著幾張藤椅，卻只有馬夫人一個人坐著。曹頫一一招呼，在馬夫人對面坐下，芹官便站在他身後。

「四叔是喝茶，還是喝薄荷菊花露？」震二奶奶接著又說：「我看先喝一盞菊花露，再喝茶吧！」

「都行！」曹頫轉臉說道：「京裡來了封信，郡王把爵位讓給小王子了。」

此言一出，曹老太太與馬夫人無不驚異，「是怎麼回事？」曹老太太問：「誰來的信？」

「內務府的朋友。」曹頫又說：「也見了上諭了。」

「上諭上怎麼說？」

「只說平郡王由小王子承襲，沒有說別的。」

「那怎麼說是把爵位讓出來的呢？一定有個緣故在內。」曹老太太問道：「是不是皇上對郡王生了甚麼意見？」

「不會的。」曹頫有些窮於應付，向站在曹老太太後面的震二奶奶看了一眼。

「依我看，倒不是皇上對郡王生了甚麼意見，必是皇上看小王子能成大器，早早讓他襲了爵，好栽培他。」

「是的！」馬夫人附和著，「我也這麼想。」

曹老太太想了一會，向曹頫問說：「你看清楚了，上諭上沒有說別的？」

「是！」

「那就是了。」曹老太太面露微笑，旋即蹙眉：「到底只有十九歲。」

「十九歲襲爵，也不算早，應該甚麼差使都能當了。康熙爺是十九歲那年定了削藩的大計——」

「你怎麼拿康熙爺來作比？」曹老太太冷冷地打斷他的話，「那是幾千年才出一位的聖人。」

「是！」曹頫碰了釘子，卻還是陪著笑說：「娘說得是。」

曹老太太是怕他由福彭十九歲襲爵，又說到芹官已經十二歲，卻還視如童稚，事事縱容。此刻看他知趣不曾提到這一點上，便也放緩了臉色問道：「你今天沒有應酬？」

「沒有！」

「那就輕快、輕快，跟張先生他們喝酒去吧！」

「是！」曹頫停了一下又說：「還有件事，跟娘請示。二少奶奶的意思，藉小王子明年二十歲整生這個題目，提前把禮送去，暗含著也是賀他襲爵之意。娘看如何？」

「這個法子也使得。不忙，等我們娘兒倆商量商量，該怎麼樣寫信，再通知你好了。」

「有話我會叫人說給你。」曹老太太也很慈愛地說：「天太熱，你酒也不宜多喝！」

「是！兒子知道。」

說著，徐步向外走去，芹官跟在後面相送。送到垂花門前，曹頫照例不教他再送，但這天卻多了一句話。

「你陪老太太吃完飯，到我那裡來一趟。」

就為了這句話，芹官又上了心事。震二奶奶料知必有緣故，一問果然。「四叔讓我陪老太太吃完飯，到前面去一趟，不知道有甚麼事？」芹官說道：「快拿飯來！不拘甚麼，我吃了好走。」

「你這又急點兒甚麼？」曹老太太說：「舒舒服服吃完了去，倒不好？」

「要讓他吃得舒服，只有一個法子。」震二奶奶插嘴說道：「乾脆你先到前面去一趟，看四叔說甚麼。應完了卯回來，不就沒事了嗎？」

「二奶奶這個法子好！」秋月附和，且有意見：「就說老太太交代的，先到四老爺那裡去了，回來吃飯。四老爺看老太太在等，自然說兩句話就放回來。」

「不錯，不錯！就這麼辦！」芹官很高興地說：「我回去換衣服。」

「還回去幹甚麼？」震二奶奶說，「一定有大褂兒脫在這裡，隨便找一件來套上就是。」

「沒有！」秋月接口，「本來倒有三件脫在這裡，昨兒個春雨收走了。」

「我去拿！」夏雲自告奮勇。

「不囉！」芹官搖搖手，「還是我回去一趟。也許四叔要查我的功課，正好我全補上了，順便帶著。」

聽得這話，曹老太太跟馬夫人都很高興，震二奶奶便即笑道：「原來是要去『獻寶』呢！快去吧，等四叔誇獎你幾句，回來多吃半碗飯。」

芹官笑著走了。回到雙芝仙館，只見春雨仰起了臉，披散著一頭半濕的長髮，正讓小丫頭替她在搧乾。看到芹官，自然要問：「你怎麼回來了？」

「四老爺找我！」芹官答說，「你別管了，我穿件大褂兒就走。」

一面說，一面往裡走，春雨還是跟了進來問道：「四老爺找你，倒是幹甚麼呀？」

「不知道，也許是查問功課，反正我全補上了。把書包拿來，我看！」

等小蓮將書包取來，芹官自己找齊了最近十天的窗課：二十篇大字、十篇小楷、兩篇文章、五副對子，交給小蓮找一方書帕包好，接著便由春雨照料他換衣服。

「真是『騎騾撞著親家公』，」芹官笑著告訴春雨，「難得使這麼一條汗巾，偏偏說是四老爺要進來，我可真是急了！虧得二嫂子教我。」

「她怎麼教你？」

「她教我把汗巾掖在腰上，別把絲穗子露出來。」

在替他扣淡藍夏布紐襻的春雨，「噗哧」一聲笑了出來，「這也得教嗎？真是！」她正一正顏色又說，「只要自己有把握，該做的功課做完了，不該做的別做，四老爺自然不會生氣，你也就不必怕成這個樣子！」

「我可不知道甚麼是不該做的事？譬如說，那天給人寫了一幅字——」

「放手！」春雨在他那隻在她身上摸索的左手背上，打了一下，「像這樣毛手毛腳，就是不該做的事。」

「那是跟你。」

「跟我也得看是甚麼地方、甚麼時候。」春雨又說：「還有，你那個吃人嘴上胭脂的毛病，一定得改。剛好了兩天，又犯了！我也不說是誰？反正你自己知道就是了。」

芹官臉一紅，訕訕地說：「一個人總有管不住自己的時候。」

「那就得別人來管了！」春雨已替他扣好最後一個紐襻，退後兩步，看著他說：「行了！快去吧！」接著又喊：「小蓮，你把功課拿著，送到中門上，守在那裡，等芹官回來了再回來。」

芹官知道她是不放心，便即說道：「不必送，更不必等。今天一定沒事！」

「你坐下來！我有話跟你說。」

這幾乎是從未有過的事，芹官反而惴惴不安。曹家的家規，一向是「長者賜、不敢辭」，他只能答應一聲，就近在一張紫檀大理石的椅子上落座。這種椅子俗稱「太師椅」，極大，芹官只臀部挨著椅邊，有坐之名，無坐之實，全靠兩條腿撐住，反而比站著更吃力。

「我給你看首詩，是你爺爺給我的。」

聽到第二句，芹官正好趁機站了起來，從曹頫手中接過一張花箋；先看詩題，寫的是：「辛卯三月聞珍兒殤，書此忍慟，兼示四姪，寄東軒諸友。」

芹官聽母親說過，他有個庶出的胞叔，未滿十歲而殤，此刻才知道夭折在「辛卯三月」，他默默計算了一下，辛卯是康熙五十年，便即說道：「這是十五年前，爺爺在京裡做的詩。」

「對了！那年是帶你父親進京當差。得到家信，你珍叔出痘不治，在京裡寫了這三首詩寄給我。」曹頫又說：「你看第二首。」

三首五絕中的第二首是：「予仲多遺息，多才在四三。承家賴猶子，努力作奇男。」

「看得懂嗎？」

「是！不知道我說得對不對？頭一句是指二爺爺——」

芹官口中的「二爺爺」，即是曹寅的胞弟，先名曹宣，後來因為御名玄燁，而宣玄聲近，為避音諱，改名曹荃。

曹荃共有四子，長、次二子是紈袴，倒是小的兩個兒子有出息，所以曹寅說「多才在四三」，而對行四的曹頫，期望更高。詩中所謂「承家賴猶子」，即指從小便由曹寅帶到江南撫養成人的曹頫而言。

「真想不到，這首詩竟成了語讖。」曹頫感傷地說：「辛卯那年，你父親十九歲，身子很好，筆下亦很來得，先帝對他期望甚至。『承家』當然是他。而你爺爺無端寄望於我，豈不可怪！」

提到父祖，芹官縱未見過，亦不能不有傷心的模樣，閉著嘴、低著頭，彷彿在默禱似的。

「我在想，你爺爺的這首詩，既成語讖，則事皆前定。『承家賴猶子，努力作奇男』，你爺爺當初教誨我的這兩句話，如今我要用來期望你！」

芹官一驚，頓有不勝負荷之感，但他只覺得有負擔，對「四叔」說這些話的意思卻還不十分了解。

「你能領會我的意思不能？」

芹官不敢說不能，想了一下答道：「四叔是期望我努力上進！」

這是就表面解釋，深一層的意思，芹官卻還不能領會。原來曹頫因為訥爾蘇無端削爵，改歸十九歲的福彭承襲，深感富貴無常。加上新君嗣位以來，公事不甚順手，所以對平郡王爵位遞嬗一事，感觸警惕皆深。怕的是世襲江寧織造這個差使，在他手裡保不住，巴望芹官能夠「努力作奇男」，成為曹家傑出的子弟，如福彭那樣，襲職「承家」。倘或芹官成了百無一用，唯知揮霍的紈袴，以「今上」的英察，絕不會讓他承襲江寧織造。那一來，曹頫認為雖死亦無面目見父兄於泉下，所以內心對芹官期望之深，匪言可喻。

不過，芹官道是「努力上進」，這句話卻是不錯的，自然要加以鼓勵，「我所希望你的，就是這四個字。」他說：「努力上進，唯有讀書。讀書始足以明理，明理始足以自立。」

「是！」

「你手上是甚麼東西？」曹頫問說：「是你的功課不是？」

「是！十天的功課。」芹官將書帕解了開來，拿一疊窗課，擺到曹頫面前。

曹頫只略略翻了一下，搖搖頭說：「這麼讀書，何時才能有成？等過了夏天，不必上學了。」

一聽這話，芹官大感意外，不知他是何用意，不敢接口。

「十天功夫，就做這麼一點功課，管甚麼用？我——」

曹頫沉吟不語，芹官卻看出端倪來了，似乎有親自課姪之意。一想到此，脊梁上直冒冷汗。倘或每天面對這樣一位叔叔，除了書本以外，目不旁視，那種日子怎麼過得下去？

「等我好好來想一想。」曹頫將他的功課往前推一推，「你先回去吧！」

「是！」

芹官收好功課，退了出來。到得中門，只見春雨在那裡等候，便將書帕遞了給她，口不擇言地說：「可了不得了！簡直沒有我過的日子了！」

一句話將春雨嚇出一身汗；「你說甚麼？」她結結巴巴地問：「出了甚麼事？」

這一來芹官才知道自己的話，說得太急，嚇著了春雨；因而歉然說道：「沒有事，沒有事！你別急。咱們回頭好好商量。」

「不！」春雨將他拉到一邊說道：「你先告訴我，是怎麼回事？」

「四老爺嫌我的功課少，打算自己教我呢！」

春雨透了口氣，拍拍胸說：「我的小爺！你也真是。」

「怎麼？你當不要緊！你不想想，到那時候，整天督著啃書，不准亂走一步，不准多說一句。那種日子，生不——」

春雨很快地伸手掩住他的嘴，「別瞎說。」她放下手說道：「我不是說，四老爺親自教你讀書，你的日子好過。」

「那麼你是說甚麼呢？」

「傻小爺！」春雨低聲說道：「不會不讓四老爺教你嗎？」

「啊！」芹官恍然大悟，輕快地笑道：「你必有辦法！快，快說給我聽。」

「不忙！你只沉住氣，回頭我來琢磨。這會兒快上去吧！別讓老太太惦著。」

「嗯！」芹官又問：「老太太問我，四叔跟你說些甚麼？我怎麼說？」

「有甚麼說甚麼？只先別提四老爺要親自教你的話。」

芹官想了一下，點點頭說：「我懂了！我會說。」

「你會說就好！我送你去。」

到得萱榮堂，不道讓震二奶奶攔住了，問他經過情形，芹官將曹頫給他看詩，以及詩成語讖的話，據實相答。

「老太太面前，你可千萬別提這段兒，提起來惹老太太傷心。」震二奶奶說：「為了小王子襲爵，老太太心裡有點兒不自在，不能再給她添心事。你只說四叔查問功課就是了。」

芹官向來最聽「二嫂子」的話，這一回當然亦無例外。等曹老太太問到時，他便以「四叔查功課相答」。震二奶奶有意無意地在中間打岔，以致芹官竟無機會將曹頫以當年伯父期望他「承家」的至意，如今轉而期望於芹官的話，轉述給祖母聽。

飯罷納涼，到得起更時分，秋月暗示可以散了。芹官回到雙芝仙館，在春雨服侍他洗澡時，便提到他最關心的一件事：「怎麼能不要四老爺來教我念書？」

「法子多得很。」春雨答說：「你別忙！回頭把今天去見四老爺的情形，細細說給我聽，我自然就會知道該怎麼辦？」

等洗完澡，芹官精神一爽，天公作美，忽然起風，接著細雨飄灑，暑氣全收。他忽然詩興勃然，而且覺得做一首七絕還不饜所欲。雄心勃勃地在想，起碼做它兩首西崑體的七律，能湊成四首最好。

於是喚小丫頭從多寶槅上把那具「蟹殼青」的宣德爐取了下來，親自焚上一爐香，手捧一盞新茶，望著裊裊爐煙，開始構思。

首先想到的，自然是李商隱的那些無題詩，「昨夜星辰昨夜風」、「來是空言去絕蹤」、「鳳尾香羅薄幾重」，他很奇怪，何以李商隱好用一東、二冬的韻？是不是這兩個韻宜於做西崑體的詩？

轉到這個念頭，便將象牙韻牌盒中一東、二冬兩個小屜抽了出來，撿出最常用的字，排列在桌上；先是茫然相對，慢慢地在一個「空」字上有了著落，口中念念有詞地終於湊成一句：「錦字書憐密約空！」

自己念了兩遍，覺得音節還不壞，這就得找個上句把它對了起來。律詩有了一聯，就等於做成一半。他很用心地在想，這句詩中最要緊的是「密約」，要對就須先對這兩個字。既有「密約」，自有「深情」，這不是現成的兩個字？下面這個「空」字，更虛實相生，對個反面的字眼，心裡琢磨密約既定，深情如何？深情猶在。「深情在」對「密約空」，銖兩相稱，足足對得過。

正當興致勃勃時，卻為春雨打斷了。她穿一件短袖的對襟綢衫，搖著一把細薄扇，悄悄走了進來說道：「你可以把見四老爺的情形告訴我了。」

詩興被阻，芹官不免怏怏，但那也只是剎那間的感覺，等她坐在他身旁，一手揚起為他打扇，一手為他移過茶杯來時，他的一片思緒，便都注在她身上了。

「我一去，四老爺便把爺爺給他的詩，拿給我看！」

聽得這話，春雨大感驚異，她的感覺中，「四老爺」這個舉動，就是把芹官當大人看待了！這是件了不得的事！

「啊，怎麼好端端拿老太爺的詩給你看呢？」

「自然有個緣故——」

這個緣故，芹官還不甚了了，春雨卻完全能夠領悟，一面聽，一面想，想得越深越感動，以至於眼眶都有些潤溼了。

「啊！」芹官詫異，「你怎麼啦？」

春雨不願透露心裡的感想，「大概是煙燻的。」她揉一揉眼說：「你知道四老爺是甚麼意思？」

「那還不明白嗎？無非逼著我念書。」芹官問說，「如今該你替我想法子了。」

「你的話還沒有完。後來呢？」

「甚麼後來？後來不就上老太太那裡去了嗎？」

「我就是問你到了老太太那裡，你是怎麼說的？」

「我沒有說甚麼！二嫂子跟我說，別提這一段兒，提起來老太太會傷心。」

「喔，」春雨很注意地，「你把震二奶奶跟你說的話，原樣兒跟我說一遍。」

等芹官重新細說以後，春雨心頭疑雲大起，因為她曾聽人說過，「震二爺」似乎指望著將來能承襲織造的差使。這話聽過也就丟開了，因為世家大族的下人，慣會編造主人家的謠言，認不得真；一認真就有是非。但如今看震二奶奶的態度，似乎關於震二爺的話，並非謠言。

當然，這只是深藏在她心中的想法，她頗有警惕，這個想法是連在馬夫人面前都不能透露的。不過「四老爺」的這番意思，卻不能不告訴馬夫人。

「四老爺是把你當大人看待了，恨不得你一下子就能甚麼都挑得起來。就算他沒功夫親自教你，一定也會請人來教。那可不比在塾裡，掛個念書的名兒，敷衍兩篇大字小楷就算過關。野馬上籠頭，不會輕鬆。你心裡可得有個譜。」

一聽這話，芹官頓時悶悶不樂。春雨知道，他的性子最怕拘束，可是這是沒法子的事！「四老爺」的意思再明白不過，將來要把織造的差使交給他，到那時如果承擔不起來，莫非真的讓給「震二爺」？這是無論如何不能令人甘服的事。

「『玉不琢，不成器』，四老爺不常跟你說這句話？你總不能一輩子讓人叫你芹官吧？」

芹官不作聲，好半天懶懶地將韻牌一推，說一句：「鋪床！」

床是早鋪好了的，龍鬚草蓆上，一床湖水色熟羅的夾被；珠羅紗帳子中，趕淨了蚊子，掖緊著帳門，上床便可安臥。但春雨仍舊再去檢點了一遍，同時心裡在想，是不是要想個甚麼法子安撫他？

正躊躇未定之際，只聽芹官又說：「你明天跟二奶奶去說，請老師的事要快辦，等四老爺開了口，再請老太太駁他的回，就不合適了。」

聽他的語氣，春雨倒是一喜，不過此事亦造次不得，想了一下，定了主意，便即答說：「你別心急，反正包在我身上，不會讓四老爺親自教你的書就是。」

「還有書房呢？」

「書房怎麼樣？」

「書房要早早挑好一個地方，別靠近鵲玉軒，而且還得四老爺走不到的所在。不然順著路就來了！一天不用多，只來一趟就受不了啦！」

春雨笑了，「也沒有像你這樣子怕四老爺的。」她說：「要我就偏要爭口氣！」

「這個氣怎麼爭法？」

「你不會狠狠心，發個憤？讓四老爺挑不出你的毛病？」

芹官笑笑不答。

兩天之中，春雨到馬夫人那裡去了三趟，每次去都有藉口，譬如馬夫人給了芹官一盤荔枝，就可以藉送回盤子為名，相機行事。可是機會沒有！不是馬夫人有事，無法從容細談，就是有楚珍或者別的丫頭在，不便開口。

到得第四趟，馬夫人也看出來了，悄然問道：「你是不是有話要跟我說？」

「是！」春雨將這個機會緊緊抓住了，「要稟告太太的還不是三兩句話，也不能讓人知道。」

馬夫人點點頭，正要發話，看楚珍端了茶來，便住口不語，反向楚珍問道：「鄒姨娘要你幫她描幾個花樣，你去了沒有？」

「沒有。」楚珍答說：「鄒姨娘說不忙，我因為天太熱，想涼快一點兒再替她去描。」

「說不忙是客氣話，你就老實相信了？答應了人家，早早替人家辦了，也了掉一樁心事。」

「那，那我明天吃了午飯去。」

「先跟鄒姨娘說一聲兒！別是你去了，人家倒又沒有功夫。再說，要描甚麼你也得先問一問，自己好有個預備。我看，你這會兒就去吧！」

楚珍如言照辦，不一會回來覆命，「鄒姨娘說，不如趁早風涼動手，明兒早上，給老太太請了安以後，就到她那兒。要描的花樣很多，只怕得一整天的功夫。」

「我知道了。」

春雨也知道了，馬夫人是故意如此安排。到了第二天上午，約莫辰牌時分，來到了馬夫人院子裡，這一次不需要有何藉口，大大方方地空著手來的。

馬夫人倒真是充分體會了她的意思，除了楚珍以外，將另外一個大丫頭亦藉故遣了開去。小丫頭不奉呼喚是不准進屋子的，兩人在深邃的後軒說話，不必擔心會洩漏。

「太太，我是個丫頭，有些話我刮到耳朵裡，連想都不應該去多想，更哪裡有我說長道短的分兒。不過，太太這麼看得起我，我恨不得把心剖開來給太太看，所以睡到半夜裡也好好盤算過，寧願我話說錯了，讓太太責罰我，罵我不識輕重；不願因為我這會兒怕挨罵不敢說，到將來讓太太問我一句：你早為甚麼不說？」

這番話在馬夫人聽來，真是披肝瀝膽，感動之外，也很興奮，因為她在曹家的地位特殊，由於曹老太太另眼相看，所以上上下下，對她無不格外尊敬；復由於曹老太太當初出於體恤，總說「凡事別讓太太操心」，久而久之，把她看成個沒主張而又怕煩的人，這一來，她就是有主張也說不出口了。其實，她何嘗沒有主張？連自己胞姪——震二奶奶都不以為她能當得了這個家，她還能有何作為？現在有這麼一個赤膽忠心且有見識的春雨，可以收為心腹，想到自己的許多想法，已有一一見諸事實的可能，自然有著掩抑不住的興奮。

「你不用表白，我全知道。我倒不怕你不忠心，只怕你沉不住氣，急於見好。你只要識得透、看得準，有甚麼話儘管跟我說。說錯了，我告訴你，絕不會怪你。其實，我也不見得就對，不過，兩個人總比一個人強，有甚麼事，咱們娘兒倆商量著辦，就錯了，也總不至於太離譜。」

「太太，太太！」春雨的雙眼潤濕了，「太太怎麼待我，我若是有絲毫不盡心，天也不容。如今，我就斗膽在太太面前說一句：四老爺實在是好的！」

「喔，」馬夫人點點頭，「你說這話，必是看出甚麼來了？你慢慢兒告訴我！」

「請太太先看這個！」

春雨取出來一張摺得整整齊齊的紙，正就是芹官寫了他祖父的四句詩的那張花箋。有物為證，說來越易動聽。馬夫人認為春雨的看法不差，但頗驚異於曹頫是存著這樣的深心——她一直覺得曹頫雖是正人君子，但不免迂腐不近人情，現在才知道對芹官責之嚴是望之深的緣故。看起來他從繼嗣襲職那天起，便已下定決心，如果她的遺腹子是個男孩，他一定要好好培植這個姪子，能擔當得起世襲的差使。

「吁！」馬夫人長長地透了一口氣，心中多年隱現不定的一個疙瘩，暫時可以消除了。她想告訴春雨：「我有時候會擔心，四老爺將來告了老，未見得會寫奏摺給皇上，拿織造的差使讓芹官承襲。如今看來，這個隱憂，似乎是多餘的了。」但終於只是這樣說：「現在要看芹官爭不爭氣了！」

「正是，太太再聖明不過。」春雨很欣慰地，「四老爺也是『恨鐵不成鋼』。不過光靠四老爺一個人督得嚴也沒有用。不是我說句沒天日的話——」她停了一下終於說出口來：「四老爺那裡不管怎麼嚴，到老太太這裡一寬，全都折了。因為老太太那裡寬，四老爺就覺得格外要嚴。憑良心說，芹官那麼怕四老爺，一半也是老太太逼出來的！」

聽得這話，馬夫人閉上眼，淚光閃現，喃喃自語似地說：「我心裡從來沒有這麼痛快過！你把我想說，可不知道怎麼說的話，給掏出來了！春雨，」她伸手抓住她的臂，「咱們娘兒倆好好核計核計，怎麼樣才能讓芹官爭氣？」

春雨想了一下說：「第一，得勸勸老太太，芹官也不小了，翅膀硬了如果不放出去，一輩子都飛不起來，反倒害了芹官。」

「這話！」馬夫人很快地答說：「得要找機會慢慢兒說。我心裡有數兒就是！」

「第二，如果四老爺管得嚴，請太太不必擔心，我自會留神，不會逼出病來的。」

「對了，我擔心的就是這一層！真的逼出病來，老太太一定責備四老爺，何苦鬧得一家不和！如今你這麼說，我可真的放心了。」

「芹官的身子壯，讀書累一點，算得了甚麼？他是心收不攏，能夠收心，三更燈火五更雞也算不了甚麼？」

「是啊！清寒人家子弟，吃的青菜豆腐，不一樣刻苦用功，也沒有說累出病來，何況咱們這種人家？你說得不錯，倒是收心最要緊！他這個心，怎麼收法呢？」

問到這話，春雨欲言又止，顯得為難。馬夫人不覺詫異，等了一會還不見她開口，少不得要催問了。

「你怎麼不說話！」

「有句話，我很難說。」

「怕甚麼？不管甚麼話，有我！」

「那我就說。」春雨微紅著臉，「芹官到底開知識了，不招惹他，他的心都不大管得住，不過只要多留神，總還不至於野得太厲害了，有人一招惹，那就沒法子了！」

馬夫人悚然動容，「誰招惹他了？」她說：「你告訴我，我絕不說。」

「我也是這麼假定的話。」春雨還是不肯說，「請太太也留點神就是了。」

馬夫人把她的話好好想了一會說：「人要學好，都得打自己開頭，自己不學好，盡怨別人也不對。如果自己想學好，偏偏別人要教壞他，那才是最可惡的。你想得很周到，省了我好些心。以後就像今天這樣，有話你悄悄兒來告訴我，我也會常到你那裡去。」

聽到最後一句話，春雨先則以喜，繼則以懼，因為曹家主子少，奴才多，彼此爭寵，是非很多。春雨怕馬夫人格外假以詞色，會遭人妒忌，帶來許多煩惱，因而決定勸阻。

「太太，我有句話不知道該說不該說？因為是奴才的一點兒私心。」

「不要緊，你儘管說。」

「太太如果真的看得起我，請太太擱在心裡。太太給了我面子，少不得有人心裡不服，人前背後，說些不中聽的閒話；也少不得有人偏要來告訴你，不聽都不行。太太明鑑，我別的長處沒有，不過比別人肯吃虧。可是，吃虧歸吃虧，表面上笑笑，心裡總歸不會舒服，做事難免就打不起精神。太太若是要我全副精神擱在芹官身上，就請太太體諒我，反正我心裡知道。」

聽得後半段，馬夫人不斷點頭。原來她的私心，也是為了主子，這等不矜不伐，真正可敬、可愛！

「你這樣說，我再不許，就顯得我心不誠了！也罷，橫豎日子長在那裡。」

便這句話，就盡在不言中了。春雨怕時間耽擱太久，有人會說：春雨一來就跟太太關起門來，說個沒完。為了不願讓人有此印象，便即起身告辭。

「我們一路走，我要上萱榮堂。老太太說了，要商量送禮的事。」

「是！」春雨試探著問：「四老爺是不是也要來，一起商量。」

「不！我跟老太太、震二奶奶商量好了，再告訴四老爺。」

春雨便不再作聲。她是怕曹頫突然提到要親自督課芹官，倘或曹老太太不知就裡，一口答應，再要打消就麻煩了。既然這天不至於會有曹頫，這件事就暫且可以不提。

以賀二十歲為名，提前送平郡王福彭的禮物，一共四色，但樣數不止四件，光是郡王及福晉的全套朝服，包括朝冠、夏朝冠、吉服冠、朝帶、補褂、端罩，就有十七、八件之多。

「別的都還好辦，朝帶上四塊玉方版，得鑲四顆貓兒眼，這玩意好的太少。」震二奶奶說：「我記得太太那裡有。」

「我有個鐲子，八個貓兒眼，拆下來的東西，不知道合用不合用？」

「不合用再說。」

「東珠呢？」馬夫人問：「帶子上鑲的，小一點還不顯！朝冠上用的，可得要大。」

「大小倒在其次。」曹老太太說：「第一要亮。人老珠黃不值錢，這玩意，怕還難覓。」

「也只好拿銀子當燈籠去找。」震二奶奶說：「這份禮送下來，兩萬銀子頂不住。」

曹老太太不作聲，馬夫人便抬眼去看震二奶奶，哪知她的視線也瞄了過來，兩下一碰，她趕緊避了開去。

「你跟四老爺說了沒有？」

「說了！」震二奶奶答說：「四老爺的意思，能省則省。不過，我看是省不下來，到底是福晉的面子，太寒酸了，不好看。」

一時出現了難堪的沉默，好一會，曹老太太開口了，「開飯吧！」她說，「總不能為了兩萬銀子，愁得飯都不吃了。」

一聽這話，震二奶奶便知兩萬銀子有著落了，陪著笑說：「誰說發愁了？就愁也不能在老太太面前就擺出來。」

「得了吧！別揀好聽的說了。趕緊吃了飯，你替我去找牌搭子是正經。」曹老太太說，「昨兒晚上我得了個夢，鬬牌輸了錢；夢是反的，今兒鬬牌一定贏。」

「是啊！今兒老太太一定贏。」馬夫人向震二奶奶使個眼色。

這意思是，「別讓老太太輸錢，殺了風景」。震二奶奶自然也想到了，笑著問道：「老太太在夢裡輸了多少？」

「那可記不得了。」

「我倒知道。」在擺飯桌的秋月插嘴，「整整兩萬銀子。」

「難怪老太太不愁！」震二奶奶拍著手說：「夢裡輸了兩萬，今兒不就贏兩萬嗎？」

日常為博曹老太太破顏一笑，秋月跟曹老太太是湊泊慣的。果然，曹老太太笑了。

「我看，殺家韃子吧！」震二奶奶又說，「省得東催西請，等人到齊，老太太也許手都不癢了。」

「今兒倒真是有點手癢。」曹老太太看著馬夫人說：「你來一腳？」

馬夫人點點頭問震二奶奶：「你看再找誰？」

「鄒姨娘好了。」震二奶奶躊躇著，「還差一腳。」

這表示她自己不能上場。馬夫人想起一個人，脫口說道：「找春雨吧！」

這是她抬舉春雨，震二奶奶卻想到，今天陪曹老太太鬬牌，只許輸、不許贏，春雨善窺人意，自能體會，只是她輸不起。

「鄒姨娘還罷了，春雨輸了，老太太還不是照數賞回給她，那就沒意思了。」

「不要緊，她輸了我給，不就行了嗎？」

「怎麼不行？」震二奶奶笑道：「不過，我有點兒替老太太擔心。」

「你擔甚麼心？」曹老太太問說。

「太太等於一個人打兩腳，春雨自然向著太太，必是弄頂轎子給老太太坐。」

「有轎子坐有甚麼不好？」曹老太太說，「春雨的牌還是我教的，諒她也不忍心算計師傅。」

說著，起身走向飯桌，又說：「叫人去看看春雨，如果沒有吃飯，乾脆讓她到這裡來吃好了。」

於是震二奶奶派人去喚春雨，順便通知鄒姨娘。心裡卻在琢磨，春雨漸漸爬上來了，是應該好好籠絡，還是壓她一壓，別讓她爬得太快？

「你可點清楚了！」秋月指著藍布包好的金葉子說：「六包，一共八百五十三兩。」

「錯不了。」錦兒笑道：「就少個幾十兩，也不算甚麼。」

「咦！你這叫甚麼話！」秋月頓時沉下臉來。

錦兒知道失言了，窘得滿臉通紅，陪著笑說：「我是跟你說著玩的。剛才一包一包上天平，我就看清楚了！八百五十三兩，一兩不少。」

聽得這一說，秋月的臉色緩和了，「你是第一次跟我一起辦事，你去問問你主子，我從不玩這些花樣。」她停了一下又說：「我也用不著做這些事，剋扣下來倒是給誰啊？」

「我也用不著問，只看老太太這麼相信你就知道了。」錦兒緊接著說：「秋月，我倒問你，你就真的打一輩子光棍？」

「提這個幹甚麼？」

「我知道你不愛聽這句話。不過——」

「好了，好了！」秋月打斷她的話，「抱著你的金葉子走吧！」

「好傢伙，五十來斤重的金子，我怎麼拿？回頭叫人來抬。你別攆我，咱們聊聊。」

「聊聊天兒可以，別提我不愛聽的話。」

「行！我揀你愛聽的話說。」錦兒想了一下問道：「昨天春雨可露了臉了。你看太太對她怎麼樣？」

「太太本來就瞧得起她，再說原是從老太太身邊出去的，太太自然客氣三分。」

錦兒微笑不語，臉上帶著詭祕的神氣，秋月不免詫異，等了一會不見她開口，更要催問了。

「怎麼？你在鬧甚麼玄虛？」

「都說你眼光厲害，這回你可沒有看出來，太太對春雨的情分，大大不同了。」

秋月不作聲，凝思片刻，點點頭說：「嗯！是有點兒不同。」

「你知道甚麼道理？」

「你別問我，你說你的好了。」

「我告訴你吧，」錦兒湊到秋月耳邊，低聲說道：「春雨是將來的芹姨奶奶。」

「不會吧！」秋月不信，「她大著芹官好幾歲呢！」

「可是，可是——」由於秋月還是處子，錦兒覺得有些話礙口，囁嚅了一會，終於想出一句話來說：「已經有那回事了！」

秋月臉一紅，「真的？」她問，「你怎麼知道？別是謠言吧？」

「春雨親口跟我說的，還能是謠言——」

秋月又愛聽，又不好意思，等到聽完，如釋重負地透了口氣，搖搖頭說：「真想不到！」接著又點點頭，不勝欽佩似地：「才十七歲，真比二十七歲還老練。」

「秋月，你真是忠厚好人。不過，我可要提醒你，『逢人只說三分話，未可全拋一片心』。」錦兒又加了一句：「我是為你！」

「我知道。不過，我跟她河水不犯井水，我用不著妒忌她，她也用不著算計我。」

「妳不會妒忌她，這話不錯；她會不會算計你，可就難說了！也不是算計你，是算計這些！」錦兒用手在半空中畫個圈——周遭都是又高又大的櫃子。

「哪還輪得著她來算計？」秋月半真半假地笑著說。

這意思是震二奶奶早就在算計曹老太太的東西了。錦兒當然明白，想了一下答說：「若是她來算計，誰都敵不過她，老太太的『命根子』在她的手裡。」

所謂「命根子」自然是指芹官，這句話聽來驚心！秋月臉色變為凝重了，「真的，」她說，「芹官將來怎麼樣，她的關係很重。我倒跟你商量，這些話要不要告訴老太太？」

「不要，不要！」錦兒搖著手說：「那一來，就會弄得章法大亂！」

「甚麼章法？」

「將來是怎麼一個辦法，太太跟我們二奶奶大概已經商量好了。咱們只在旁邊看好了。」

秋月生性穩重，不喜多事，也覺得她的想法不錯。事後追憶，想到錦兒說過的一句話：「如果春雨能給老太太生個重孫子，那可就熱鬧了！」這口吻是說笑話，但細細想去，是件正經大事，哪裡好開玩笑？

她在想果真十二歲生子，說出去不會有人相信，那一來真的也變成假的了！人多口雜，況且府裡下人，吃飽了飯沒事幹，慣會搬動口舌，一定會造春雨許多謠言，甚至會指名道姓地說春雨所生的孩子，是誰的種。那一來，會鬧得天翻地覆，將曹老太太活活氣死。

轉念到此，驚出一身冷汗，再多想一想，曹老太太精明能幹，如今看似年紀大了，容易受欺受騙，其實也是「不癡不聾，不做阿家翁」之意。就像震二奶奶藉送「小王子」的禮為名，要了兩萬銀子去，曹老太太就跟她說過：「反正這麼一碗水，喝光了為止。好在芹官的一份，我是替他留開了。」可見她胸中還是有定見的。這樣的大事，她一定會拿出妥當的主意來，瞞著她不說，將來等出了事，悔之已晚。

於是這天晚上，背著燈悄悄向曹老太太談這件事，有些礙口的話，不免吞吐其詞，但曹老太太自能會意。聽完，好久不語，秋月心裡倒不免嘀咕了。

「虧得春雨懂事！」曹老太太以略帶嘶啞的聲音說，「我總以為芹官還小，過兩年再讓他搬到外面去住，不想還是出了花樣。不過，這一來，我可更不敢放出去了！塾裡難保沒有人引著他做壞事，一入下流，怎麼得了？還不如我親自勞點神，反倒放心。」

「我在想，」秋月把話引到她所關心的事上去，「春雨真的能替老太太生個重孫子，倒是件大喜事。」

「我看不會，不過也不能不防，要防將來會有那種沒天沒日的謠言。反正不論怎麼樣，只要我知道就行了！」曹老太太沉默了一會又說：「不過，也要春雨自己把得住，站得穩才好。」

「老太太不說春雨懂事，只要她見得到，一定會有分寸。」

曹老太太點點頭，然後問說：「這件事有哪些人知道？」

「太太、震二奶奶、錦兒、我，一共四個人。」

「錦兒不會又告訴別人？」

「我問她了，她說：這是甚麼事！她能胡亂告訴人？除我以外，她沒有跟別人說過。」

「嗯！錦兒也是懂事的，是震二奶奶的好幫手。這件事，我得好好想一想，明天等太太、震二奶奶來了再商量。」曹老太太接著又說：「頂要緊的是，這件事可千萬不能讓四老爺知道。」

「當然，要讓四老爺知道了，那還得了。」

「還有，你跟春雨——」曹老太太突然頓住，沉吟了好一會才用開玩笑的語氣說：「你比春雨大好幾歲，不過，如今你懂的事可沒有春雨多了！有些話我跟你說不明白，趁這會兒沒有人，你讓春雨到我這裡來一趟。」

秋月聽出絃外之音，是說她不懂男女間事，紅著臉答一聲：「我就去！」退了出來。

秋月心想，如果自己去傳命，春雨一定會問：老太太深夜召喚，必有緣故？那時推託不知，難以取信，不免傷了姐妹們的和氣；據實而言，春雨又會疑心她在搬弄是非，不如使喚一個人去為妙。

想停當了，看夏雲在院子裡納涼，並將她找到一邊，低聲說道：「好妹子，你到雙芝仙館去一趟，找著了春雨，悄悄兒跟她說，老太太讓她即刻來一趟，別驚動人！」

「這麼晚了，找春雨？」

「對了！她一定要問你甚麼事？你就說老太太這麼吩咐，甚麼事你不知道。」秋月又說，「真的！我也不知道。」

夏雲點點頭，點上燈籠就走了。到得雙芝仙館，院門已經關了。她記得秋月的告誡，不敢大聲叫門，只輕輕地喊：「春雨，春雨！」

叫了好一會，是小蓮來開的門，「原來是夏雲姐！」她問，「這麼晚來，有事？」

「春雨呢？」

春雨在芹官屋子裡——小蓮是已經被春雨收服了，深怕夏雲闖破真相，諸多不便，因而頗為著急，但人急智生，一面大聲嚷了一句：「春雨，有客人來了！」一面去接夏雲手中的燈籠，拿身子擋著她說：「把燈籠給我。你走好，地有點滑。」

地滑應該照地才是，她卻有意高擎燈籠，夏雲少不得注視腳下，這一來吸引了她的視線，也耽誤了她的功夫。等夏雲到得堂屋裡，春雨已迎了出來，來自芹官臥室內，雖未為人見，臉上那一層紅暈卻一時消褪不得，加以心虛之故，另有一種忸怩之色。夏雲十五歲，情竇已開，看在眼裡，心裡頓時起了一團疑雲。

「老太太要你去一趟。」

一聽這話，春雨一驚，臉色更覺不自然，「有甚麼要緊事嗎？」她問：「這麼晚了，還打發你來叫？」

「不知道！是秋月打發我來的。」

「你坐一坐，我換件衣服就走。」

「換甚麼衣服？就這樣去好了，別讓老太太等。」

春雨點點頭，向小蓮使個眼色說：「我去去就來。回頭你催芹官早點睡，明兒還要上學。」

夏雲也看到芹官臥室中，還有燈光，心裡在想：彼此說話的聲音不輕，芹官居然不出來看一看、問一問。春雨其實也很可以進屋去說一聲，催他早早上床，而要叮囑小蓮傳話，這都是不可解的事。

一路走，一路想，種種可疑，到得萱榮堂，等春雨進了曹老太太臥室，便將秋月衣服一拉，在院子裡將所見的可疑之處，細細說了給她聽。

「你別瞎疑心，芹官也許看書看入迷了，沒有聽見，春雨聽是老太太叫，自然立刻趕了來。還有甚麼可以大驚小怪的。」

夏雲被兜頭潑了盆冷水，十分掃興，心裡也不服氣，一個人在一邊靜靜回想。始終覺得自己並非「瞎疑心」。

也不知過了多少時候，聽得曹老太太在屋子裡叫秋月。秋月進去了好一會，伴著春雨一起出來，手裡拿著個木盒子。夏雲想看看是甚麼東西，便很機伶地親自去點燈籠，說一聲：「來！給你。」

交燈籠時，順便提高了一照，只見春雨臉上有羞窘之色，手裡的東西也看清楚了，是一盒極珍貴的暹羅官燕。

「叫個小丫頭替你拿著吧！」夏雲便喊：「三福，你送春雨姐姐回去。」

三福才十二歲，不敢不聽命，卻頗有憚於此行之意，春雨見機地說：「不必，不必！」

「還有老太太給的一大罐玫瑰醬，沒有人送怎麼行？」秋月也說，「讓三福給你提燈籠，東西你自己拿著好了。」

於是夏雲將燈籠遞了給三福，她接是接到手，一臉要哭出來的神氣，夏雲大為詫異，「怎麼回事？」她問：「誰欺侮你啦？」

「我，我一個人不敢回來。」

原來由萱榮堂到雙芝仙館有兩條路，一條此時已不通了，因為有一處通往曹頫所住那座院落的角門，一到二更天便下了鎖，再一條須經過一處本為下房，現在用來堆置雜物的跨院，那裡有口封閉不用的井，十年來前井中死過一個受了冤屈的丫頭，所以像三福這樣膽小的，入夜視此為畏途。

弄清楚了原因，夏雲慨然說道：「好吧！還是我送。」

春雨實在是無法又提燈又攜物，只好讓她送到雙芝仙館。春雨要留她坐，她看芹官臥室中仍有燈光，很知趣地辭謝了好意。

「老太太找你幹甚麼？」小蓮問說。

「忽然想起來有盒燕窩給芹官。」春雨用一種隨口閒談語氣說，「以後你可有事做了，閒下來發燕窩揀毛吧！」

「老太太怎麼想來著。」小蓮不解地說：「芹官吃這些補品，不太早了一點兒？」

「誰知道她老太太是怎樣想來的呢？」春雨背著燈說，「小蓮，有些話你最好別問，也別跟人說，多問多說就沒有人疼你了。」

第三章

但是，小蓮聽話不說，卻有個人不識奧祕玄妙，跟人在談。

這個人是夏雲，她跟季姨娘的丫頭碧文是兩姨姐妹，碧文比她大三歲，受姨母之託，很關心這個表妹，夏雲亦視之為胞姐，得了甚麼賞賜，都請碧文為她收藏。聽到了甚麼新聞，亦總要告訴碧文。

這天中門以內的新聞是，馬夫人忽然對芹官管得嚴了，不准跟丫頭們動手動腳地不莊重。管家嬤嬤亦已告誡各處丫頭，見了芹官不准有甚麼輕狂樣子。尤其使大家驚異的是，馬夫人是在萱榮堂對芹官這麼教訓，這豈不表示曹老太太也覺得芹官應該管束？

「表姐，我再告訴你件事。有一天晚上，都快三更了吧，秋月忽然叫我到雙芝仙館，說老太太找春雨。到了那裡，春雨的樣子好奇怪——」

夏雲將那晚上的情形，由發現春雨神色有異，到曹老太太給了春雨一盒燕窩，都講了給碧文聽。

「你看清楚了是燕窩？」

「『暹羅官燕』，怎麼沒有看清楚？」

「盒子開過封沒有？」碧文又問。

「那可沒有留心。」

「也許是別的東西，拿裝燕窩的盒子裝了。」

「那，你說是甚麼東西呀？」

「這可不知道。」碧文又說，「反正像燕窩這種補品，絕不會是給芹官吃的。」

「為甚麼？芹官不能吃燕窩？」

「你不懂！別問了。多問多說多是非。」

這碧文忠實能幹，頗識大體，最難得的是安分知命。世家大族的婢僕，表面看來，身分一樣，其實大有區別。有幸有不幸，只看是撥在誰的名下？拿曹家的丫頭來說，運氣最好的，撥到萱榮堂與雙芝仙館；其次是列於馬夫人或震二奶奶名下；就撥給鄒姨娘，也還能清清閒閒過日子，唯有季姨娘的丫頭最不幸，主子不會做人，處處惹厭，連帶下人也抬不起頭來。

因此這雙表姐妹的處境，有如霄壤之別。夏雲常替她抱屈，幾次自告奮勇，要跟秋月去說，想法子把她撥到別處，不論哪裡，都強似跟著季姨娘。反倒是碧文自己不願。

「人往高處爬，水往低處流，能撥到別處，我豈有不願之理。不過想想季姨娘可憐。人不但沒見識，而且糊塗；不但糊塗，還喜歡惹事。你想，她人緣這麼壞，手段又不高，跟人惹事還不是自己吃虧，哪一次不是搞得灰頭土臉的，回來還惹四老爺一頓排揎。這麼一個可憐蟲，連棠官都不大愛理她。你想若非我幫著她一點兒，勸勸她、說說她，她自己覺得有一肚子的苦水，也總還可以在我面前吐一吐。如果連這一點都沒有了，她的日子還能過得下去？」

聽得她這番說法，夏雲唯有報之以嘆息。但僕賢而主愚，碧文以為「多說多問多是非」，季姨娘卻唯恐是非不多。這天她們表姐妹在悄悄談心，不道隔牆有耳，季姨娘聽得清清楚楚，喜心翻倒，決定大大攪它一場是非。

正在盤算之際，只聽碧文在說：「你出來也不少時候了，當心老太太有差遣找不著人，快回去吧！」

「再坐一會。不要緊。」

「不！你去吧。」碧文又說，「我們那位午覺也快醒了，見了你一定問長問短，萬一你不留神，漏了一言半語，就是是非。」

這下提醒了季姨娘，本已從藤榻上坐了起來，復又睡了下去，緊閉雙目，而且微微發出鼾聲，耳聽夏雲腳步遠去，仍舊裝睡，直到碧文進來，方始翻一個身，作出午夢初回的神情。

「棠官呢？」她問，「又野到哪裡去了？」

「跟張師爺學圍棋去了，跟我說了的。」

「這是哪兒來的？」季姨娘指著茶几上的兩個水蜜桃問。

「夏雲帶來給我的，我留著給棠官。」

「哼！」季姨娘冷笑，「都吃得不愛吃了！與其爛掉，不如拿來做人情。」

這就是季姨娘心地糊塗之處，碧文是聽慣了這些話的，最省事的處置辦法是不理她。管自己將桃子收了起來。

「夏雲甚麼時候來的？」

「也就是你剛躺下不久。」

「我竟不知道。」季姨娘又問，「她說了些甚麼？」

「還不是稀不相干的閒白兒。」碧文不願跟她多談，看看天色說，「可以打簾子了。」

季姨娘住的這個院子，天井較小，不宜於搭涼篷，只在簷前掛了幾幅蘆簾，朝放夕收，亦可祛暑。但季姨娘為此忿忿不平，常說：「那一處院子都有涼篷，就我這裡沒有。不是明欺侮人嗎？」此時聽碧文提到簾子，不免又觸心境，恨不得即時到雙芝仙館去看個究竟，能抓住芹官的甚麼短處，掀起一場波瀾來。

用清水發開了燕窩，小蓮帶著一個小丫頭，各用一把鑷子，慢慢地鑷去了夾雜在燕窩中的羽毛。這是件需要埋頭細看，心無旁騖的工作，加以季姨娘向來行路無聲，因而直至她到了面前，方始發覺。

「原來是季姨娘，嚇我一跳！」小蓮拍著胸說，聲音中很明顯地透出不悅。事實上，曹家上下，對她不懂「止步揚聲」的規矩，每每悄然掩至，無不深抱反感，何況小蓮是真的受了驚嚇！

季姨娘沒有答她的話，一面自己拖出桌下的凳子坐了下來，一面眼望著揀好的白雪燕窩說：「這東西很好哇！比四老爺吃的強多了，是給芹官預備的？」

小蓮很機警，早就想到季姨娘的脾氣，一定會問這句話，所以答語也是早想好了的，「哪裡！是秋月看我們閒得無聊，拉我們的伕，派了這麼一件差使。」她向小丫頭使個眼色，「給季姨娘拿茶，再看春雨姐姐在哪裡？你說季姨娘來了。」

小丫頭答應著去倒了杯便茶來，季姨娘一看不是現沏的蓋碗茶，頓時臉色一變，將茶杯推了推說：「我不渴！」

小蓮立即會意，心想小丫頭固然不懂規矩，季姨娘也未免太小氣了！一賭氣便罵小丫頭：「你也不小了，還是一點兒見識都沒有！季姨娘是正經主子，你怎麼倒一杯自己人喝的便茶來？還不拿回去，用專替老太太預備的，五彩御窯金托子的蓋碗，趕緊沏一碗六安瓜片來！」

她的聲音很大，小寐剛醒的春雨，聽得字字清楚，她不知道小蓮緣何動肝火，但指槐罵桑的味道，是誰都辨得出來的。像季姨娘這種人，何苦跟她計較？小蓮太不聰明，實在可恨。

可是，她也知道，這時候沒有功夫生小蓮的氣，要緊的是趕快挽回這個將成衝突的局面。轉念到此，隨即高聲問道：「是季姨娘來了不是？」

讓小蓮那夾槍帶棒的一番話，氣得臉色發白，卻又不便發作的季姨娘，聽得她這一聲，頓時覺得有滿腔委屈要傾訴，隨即答應：「是啊！我討厭來了。」

小蓮還不肯相讓，聽她這麼說，打算跟她講理，但讓剛走出來的春雨，狠狠瞪了她一眼，不敢再響，卻仍是賭氣的模樣，低著頭揀燕窩，一併連春雨都不看。

「你把先前沏給我的茶端來，溫溫地，正好讓季姨娘先喝著。另外燒水——」

「不用費事，不用費事！」季姨娘搶著說，「就喝你的茶，挺好。」

「那，」春雨攙她一把，「請裡面坐！」

季姨娘也願意避開小蓮，好從春雨探聽出一點甚麼來，便即答說：「好，好！我上你屋裡坐坐。」

春雨卻帶了她到西面，常時馬夫人、震二奶奶來了起坐的那間屋子，等小丫頭端了茶來，春雨親自雙手捧上，季姨娘不免有些受寵若驚之感。

「罪過，罪過！你也坐啊！」

一面說，一面拉，春雨便挨著她坐下，開門見山地問：「季姨娘可是有事？」

「沒有甚麼大事。棠官看他二哥哥用的手帕，都繡了字的，吵著也要，我也不知道繡的是甚麼字？特意來借個樣子看看。」

「喔，就是一個芹官的芹字。」春雨答說，「芹官常常掉手帕。小蓮說繡上一個記號，別人就不會錯拿了。繡甚麼記號呢？總不能繡上一把芹菜。芹官就說，乾脆繡上一個芹字好了。其實，棠官的倒好辦，現成有一朵秋海棠。」

「對了！」季姨娘拍著手說，「怪不得大家都讚你心思好。出的主意真不賴。回頭我讓碧文去找楚珍，讓她給描個秋海棠的花樣。」

「那也不用找楚珍，我這裡就有現成的花樣。你老請坐一坐，我去拿。」

春雨知道季姨娘愛貪小便宜，拿了一本蘇州新出的花樣本子、一段上好的杭紡，又是兩雙貢呢的鞋面、一盒新樣的通草花，一起捧到她面前，一一交代。

季姨娘喜不可言，不斷稱謝，然後拉著她的手問道：「你今年多大？」

「十七！」

「唉，可惜！不然配芹官倒是——」

「季姨娘！」滿臉飛紅的春雨，抗聲說道：「好好兒的，怎麼拿我開胃？」說著，沉下臉來。

春雨是瓜子臉，長眉入鬢，一生起氣來，頗具威嚴。季姨娘急忙陪笑說道：「你別生氣，我跟你鬧著玩的。」

「我也知道是玩話。」春雨將臉色放緩和了說，「不過外頭人不知道是玩話，加油添醬地傳了出去，平白裡添好些是非。」

「不會，不會！我們在這裡說笑，哪會有人知道。」季姨娘顧而言他地說，「我看看你的手。」

春雨便將右手伸出去，鮮紅的硃砂掌，而且很軟；季姨娘便又讚她手好，說是生了一雙「掌印把子」的手。

春雨沒有答話，只巴望她早走，季姨娘卻還喋喋不休地問東問西。春雨無奈，只好強打精神陪著她。

外面小蓮卻有些不耐煩了，悄悄叫小丫頭進去說：「震二奶奶著人來請春雨姐姐，說是約好了的，怎麼還不去？」

春雨平時心思極快，遇到對不上頭的話，總要想一想，方始回答。此時因為跟季姨娘無味的周旋過久，神思困倦，不暇細想，詫異地問：「我哪裡跟震二奶奶約好了？人呢？」

小丫頭老實，「我也不知道人在哪裡！」她說。

「你看你，顛三倒四地，怎麼回事？既然沒有人來，怎麼又說震二奶奶著人來請？」

「是小蓮姐姐叫我來說的。」

「不錯！」小蓮聞聲趕了進來，指著小丫頭說：「震二奶奶打發人來說的，她沒有看見。」

到得這時候，春雨如何還不明白？「啊！」她故意裝得突然想起，「看我這個記性！原是早約好了的，竟忘得光光。我趕緊去吧！季姨娘，我順便送了你去。」

季姨娘早就看出是小蓮在搗鬼，心裡氣得不得了，還虧礙著春雨的面子，不便發作，而臉色自然不會好看。

春雨自然也覺察到了，思量著還得討她一個好，才能彌補她對小蓮的不滿。想了一下，說一聲：「季姨娘請等一等！」去取了芹官的一個青玉班指來，「棠官也快拉弓了。把這個送給他。」

「不，不！」季姨娘口中客氣，「芹官自己也要用。」

「他有！還有三個。」

「既然有得多，我就帶一個給棠官。原說了天氣涼快一點兒，就讓他們小哥兒倆下箭道去拉弓，倒正用得著。」

於是春雨陪著她出了雙芝仙館，走到半路，她想起一件事，站住腳不讓春雨再送，態度非常堅決。春雨只當她是客氣，不知道她是不願意讓碧文跟春雨相遇，會發覺她到雙芝仙館去過了。

果然，一到家便意料到碧文會問：「姨娘到哪裡去了？還抱了一大包東西回來。」

「在那邊太太那裡，送了我一點用的東西。」

她口中的「那邊太太」是指馬夫人，彼此蹤跡雖不密，一個月總有幾次見面，所以這句話很容易騙得過碧文。

「有新樣的通草花，你挑幾朵去戴。」季姨娘將包袱解開來說；「有塊紡綢，可以做手絹兒，你閒著沒事，替棠官的手絹兒上繡上一朵秋海棠。喏，新出的花樣本子！」

「手絹兒繡個記號的主意倒不錯！」碧文問道：「是誰教給姨娘的？」

「這還用人教？你就看得我這麼笨，連出這麼個主意都不會！」

碧文笑笑不語，將東西收到一邊。捧著新出的花樣本子，回到自己屋裡，在北窗下細細賞鑒，然後剪裁杭紡、描花樣、配絲線，興致勃勃地動起手來。

季姨娘卻清閒無事，坐下來心思一靜，才想起到雙芝仙館要辦的兩件事，只辦了一件。燕窩是親眼看見了，春雨的神情體態，到底有何不同，卻忘了去留心細看。聽夏雲的話，似乎春雨已經讓芹官破了身子，這可是件稀罕事！到底芹官只得十二歲；可是也說不定，只看他脣上汗毛那麼濃，身子那麼壯，發育得早，比起棠官來，像是大了三歲都不止。

那件事是一定有的，她心裡在想，不過說跟春雨做了那件事，說出去似乎不能教人相信，轉念到此，突然靈機一動，即時定了主意；同時心裡已感到一種報復的快意。

兩妾當值，一旬一輪。這一旬，曹頫是宿在季姨娘這裡。

他到二更多天才進來，棠官已經睡了。在堂屋裡喝茶，是由碧文伺候，一進臥室，就沒有她的事了。曹頫有些頭巾氣，在臥室中從不使喚丫頭的，擦背洗腳都是季姨娘服侍。

曹頫雙手撐著桌沿，讓季姨娘使勁替他擦背時，雙眼注視桌面，很容易地發現那枚班指，隨即問說：「是哪裡找出來這麼個小號的班指？」

「芹官屋裡的春雨，說棠官也快拉弓了，這樣子的班指芹官有四個，拿了一個給棠官。」

曹頫點點頭：「我也聽說了，芹官屋裡大的那個丫頭，很識大體。」

季姨娘正好接口：「大的識大體，可惜小的不識。」

「小的是誰？」

季姨娘不作聲，手上卻更使點勁，然後拿手巾到西洋大瓷面盆中去搓洗，彷彿沒有聽見他的話似地。

「到底甚麼事？你聽人說了些甚麼？」

「我也是聽說。」季姨娘很謹慎地說：「看樣子，有像有不像。」

「啊！小蓮，我記得有這麼一個丫頭。」曹頫問說：「她怎麼不識大體？」

「叫小蓮。」

「怎麼回事？」曹頫本是閒談，此刻卻很關心了。

「別打聽了吧！也不知是真是假，我說了又是是非。何況，老爺也未見得肯信。」

「孰是孰非，可信不可信，我自然知道。你只跟我說老實話就是。」

「有句話我倒可以老實說，因為是我親眼得見，老太太給了芹官一盒燕窩。」

「給了芹官一盒燕窩？」曹頫不解，「幹甚麼？」

「虧老爺也問得出這話！」季姨娘笑道：「燕窩除了滋補身子，還能幹甚麼？」

「這話就不對了！小孩子哪裡談得到滋補？」

「是不是？我早說了，老爺不會相信。不過，我的眼睛可沒瞎。」

「這麼說，是真的了？」

「自然是真的！我親眼看見小蓮在鑷燕窩上的毛，她說是老太太交代她收拾的。這話騙誰？萱榮堂那麼多丫頭，自己不會收拾？再說，老太太向來不大愛這些東西的。」曹頫一聽這話，雙眉深鎖，坐下來沉吟了好一會才又開口：「你說，小蓮怎麼不識大體？」

「老爺也不必打聽，徒然生閒氣。」

季姨娘還在盤馬彎弓，蓄勢待發，曹頫卻不厭煩了，皺著眉說，「哪來這麼多廢話！」

「好！我就說。」季姨娘裝出被逼不過，無可奈何的樣子，「說小蓮勾引芹官，破了芹官的身子。」

一聽這話，曹頫目瞪口呆！這副神情，在季姨娘不免有些害怕，但轉念想到，這正是自己說話見效的明證，此刻是緊要關頭，必得沉住氣，因而跟曹頫對望著，一臉戒備的神色。

「真有這話？」

「誰知道呢？」季姨娘心思突然靈了，答了一句很有力的話：「不過，小蓮在揀燕窩，千真萬確。」

「是你親眼看見的。」

「不早就說過了，我眼睛又不瞎。」季姨娘接著說，「如今裡頭管芹官也管得很緊，不准他再調戲丫頭。不過，有老太太護著，能管得住、管不住，可真難說。」

這幾句話讓曹頫震動了！他原本只以為芹官不喜讀書，難成大器，誰知尚未成年，已成惡少！而且所犯的是首惡之淫，想到李煦家破人亡的往事，更覺驚心。何況少年斲喪，只怕未到成人，便已夭折。想到父兄先後下世，唯獨剩下芹官一線根苗，亦竟斬絕，不覺流下淚來。

季姨娘心想，這眼淚就流得沒有道理了，便即勸說：「老爺也不必傷心，橫豎還有棠官——」

話猶未畢，只聽一聲斷喝，「住嘴！」曹頫怒容滿面，「你懂甚麼！以後不准你提芹官，更不准你到處去說芹官的是非！」

季姨娘不想落得這麼一個結果，自覺委屈得要哭，但卻不敢。綳著臉料理了睡前的一切，也不管曹頫，自己回後房去睡了。

一覺醒來，依稀聽得前房有嘆息之聲，燈也還亮著。她悄悄起床，張望了一下，只見曹頫獨對孤燈，猶自發愣。這是為甚麼？莫非有一場大風波？季姨娘惴惴然地，後半夜再也無法入夢。

江南稱七月為「鬼月」，說是鬼門關開了，孤魂野鬼，到處遊蕩。深怕無意間得罪，便有禍殃，所以在這些日子裡，對孩子們的約束特嚴，棠官愛玩的彈弓，也讓季姨娘收走了，亦是怕他無意間打到了附牆緣壁，視之無形的厲鬼。

偏偏家塾中的兩位老師，由於「秋老虎」的緣故，都病倒了，只得暫且放學。棠官在家無事，約束更難，很想找芹官去玩，剛說得一聲，就讓季姨娘喝住了。

「死沒出息的東西！人家不願意理你，你偏要討上門去看人家的臉嘴。你怎麼這麼賤啊！」

「姨娘也別這麼說！」碧文有些聽不過去，「芹官有時候說他幾句是有的，他在寫字讀書，叫棠官自己在雙芝仙館玩也是有的，哪裡就不願意理他了？」

「就不算他，也還有他那裡的丫頭——」

「那，」碧文搶著說，「我更要說公道話了！不說別的，只說那天棠官因為天雨路滑，摔了跟斗，春雨替他洗臉換衣服，收拾得乾乾淨淨回來。哪裡就錯待了咱們？」

「我不是說春雨。」

「那麼是說小蓮？」

「哼！甚麼小蓮！總是板起一張死臉子，倒像嫁過去就死了男人似地。」

「姨娘！」碧文到底忍不住了，「你就積點口德吧！」

一看碧文板著臉說話，季姨娘有些忌憚她，反倒不開口了。碧文便作主讓棠官去找堂兄。那知不巧，芹官不在雙芝仙館。

原來芹官也是閒得無聊，到各處串門子去了。先到震二奶奶那裡，主僕都在午睡，只好另走一處。

信步踏入馬夫人的院落，靜悄悄地聲息全無，卻有裊裊輕煙，從堂屋門口的竹簾中飄出來。芹官繞道遊廊，掀簾一看，只見楚珍一個人在摺中元祭祖焚化的錫箔。看到芹官也不起身，也不招呼，只含笑目迎。

「太太呢？」

「不在屋子歇午覺？」楚珍向東面努一努嘴說。

「這錫箔——」

「你別動！」楚珍大聲喝阻。

芹官急忙縮回了手，「你嚇我一跳！」他說，「你的嗓門兒好大。」

「天生就是這樣。」楚珍答說，「如果不是你胡亂動手，我也不會喊這麼一嗓子。」

「怎麼叫胡亂動手？看看你摺的錫箔都不行？」

「也不知道你的手乾淨不乾淨？」楚珍答說：「弄髒了錫箔，我可怎麼焚化。」

「咦！你這話好奇怪！」芹官伸出雙手，自己看了一下，「我的手並不髒啊！」

「誰知道你髒不髒？」

「我不懂你的話！」

「不懂就算了。」

「教人納悶。」芹官在她身旁坐了下來，看她穿一件短袖的玄色綢衫，露出大半截渾圓雪白的膀子，真想摸一把，卻是伸出手去又收了回來。

這個動作讓楚珍發覺了，笑著說道：「聽說你這兩天很乖。」

芹官笑笑不答，停了一會，沒話找話地說：「你嘴唇上的胭脂調得很出色。」

「不但出色，而且很香，攙了玫瑰油在裡面的。」楚珍故意逗他，「你敢不敢吃！」說著，便將嘴唇翹向芹官。

就這時聽得西屋暴聲在喊：「楚珍！」

一聽馬夫人這樣的聲音，芹官知道有麻煩了，趕緊起身，溜了出去。楚珍卻不能像他那樣，雖知馬夫人在生氣，卻不知她生氣的緣故？只好硬著頭皮答應。

進得西屋，只見馬夫人已經起身，站在那裡怒容滿面地說：「好好的爺兒們都讓你們教壞了！」說著，一掌摑在楚珍臉上。

楚珍摸著火辣辣生疼的臉，既驚且羞亦悔，兩泡眼淚終於忍不住奪眶而出。

「你還哭！你自己覺得委屈了不是？我問你，甚麼手髒不髒的？我再問你，前兩天我是怎麼交代的，芹官如果跟你們動手動腳，你們躲開別理他！哪知道你反倒去勾引芹官。好下賤的東西！我這裡可容不得你了！」

聽到最後一句，楚珍魂飛天外，雙膝一彎，跪倒在地，顫聲討饒：「太太！我錯了。怎麼罰我都行，就別攆我。」

「我沒有想攆你。是你自己不想在這裡待。」馬夫人大聲向外吩咐：「把趙嬤嬤找來！」外面丫頭答應著，接著，紗窗外面有人影閃過，必是去喚管家趙嬤嬤，要把她帶走了。

楚珍這一急非同小可，膝行兩步，想抱住馬夫人的腿哀求，哪知道馬夫人一甩手往後便走。楚珍撲個空，愣在那裡，手足無措。

「你們趕緊把楚珍的東西檢一檢！」她聽見馬夫人在外面交代，「等趙嬤嬤一來，立刻領了她走。」

「太太，楚珍一時的錯——」

「你們不必替她求情！」馬夫人大聲說道：「沒有用！她太不安分，我早就不想要她了！」

聽得這話，楚珍的心猛然往下一落，在心中自問：「我怎麼不安分了？看樣子是有人在太太面前，不知說了我一些甚麼？無怪乎她剛才生那麼大的氣。原來『冰凍三尺，非一日之寒。』看樣子求也是白求，不過——」她無法再想得下去。

膝蓋已經跪得疼了，楚珍心想，既然求也是白求，那就不必自討苦吃，站起身來揉揉膝蓋，手扶著桌子，只是在想，是誰在馬夫人面前進讒？

也不知想了多少時候，突然發覺窗外一條傴僂的影子，是管家趙嬤嬤來了。

「楚珍太沒有規矩，我不能要她了。你把她領了出去，交給她爹。」

「太太，」趙嬤嬤問道：「不知道楚珍怎麼不守規矩？」

「你問她自己！她再待在這裡，芹官會變得下流！」

別的過失都有寬恕的餘地，唯獨這一款罪名，讓趙嬤嬤覺得為她求情都是多餘的，只有替她討些賞了。

「楚珍總也服侍了太太一場。這一出去，日子怕很難過。」趙嬤嬤說：「她爹在機坊，幹畫花樣的活，拿的上等工錢，只是不成材，又嫖又賭。楚珍跟她爹也過不到一起。」

「我可不管他們父女過得到一起，過不到一起。反正你按規矩辦。另外，你跟震二奶奶說，賞她二十兩銀子，出我的帳。」

「是！」趙嬤嬤便喊：「楚珍，楚珍！」

楚珍走了出去，只見馬夫人坐在方桌邊一張凳子上，看到她將臉扭了過去。楚珍覺得傷心，忍不住又要掉眼淚了。

「你自己犯規矩，知道不知道？」

「我知道。」楚珍答說：「早就有人在太太面前，說我不守規矩了。」

趙嬤嬤原意，還想替她挽回，不道說出話來，仍是負氣的模樣，不由得罵道：「你看你！在太太面前，也是這麼說話！一點規矩都不懂。」

楚珍不敢回嘴，將頭低了下去，咬著嘴脣不讓眼淚流出來，心裡在想，是誰在馬夫人面前進了讒言？也許是春雨，她不來過好幾回嗎？正在轉著念頭，趙嬤嬤卻又發話了：「給太太磕個頭，收拾收拾東西就走吧！」

楚珍不作聲，只是跪了下來，替馬夫人叩了頭，然後起身，扭頭就走。馬夫人暗地裡嘆口氣，心想：是脾氣這麼僵的人，即便用下去，將來也難免淘閒氣。狠一狠心，就讓她走了吧！

其時震二奶奶聽說馬夫人為楚珍生了很大的氣，特地趕了來探問。馬夫人不便說她勾引芹官，只說：「這個丫頭不好！我早就不想要她了。」

震二奶奶當然看得出來，這不是實話。一個丫頭的去留，不是甚麼大事，便不再談楚珍，「可是，太太這裡少了一個人。」她說，「該補一個。」

「不必了！我也沒有多少事，少就少一個好了。」

「這是太太體諒，不過，無例不能興，有例不能滅，補還是要補的。」震二奶奶問趙嬤嬤，「你看，誰頂楚珍的缺？要安分，也要能幹。」

「有是有個人，要商量，不知道說得通，說不通。」

「誰啊？」

「季姨娘那裡的碧文。」

「算了！算了！」馬夫人急忙搖手，「別多事了。」

趙嬤嬤與震二奶奶都不作聲，好一會，震二奶奶嘆口氣說：「提起碧文實在可惜。丫頭好，主子不好；主子好，丫頭不好！」

她的聲音雖低，卻仍舊讓在後房收拾衣物的楚珍聽得清清楚楚。顯然的最後一句是說到她身上，憤憤地在想：「丫頭有甚麼不好！是主子耳朵軟。拿我跟季姨娘比，怎麼也不能叫人心服。」

一面想，一面將自己的衣服什物，胡亂塞在箱子裡，偶然抬頭，發覺窗外有人在向她招手——是馬夫人的另一個得力的丫頭，這天請假去探親的妙英。

「怎麼回事？」妙英等她出去了，皺著眉輕聲問道：「好好兒的，忽然要打發你走？」

「誰知道呢？反正犯小人就是了。也不知是誰在太太面前說我。太太說：早就不想要我了！」楚珍忽然傷心，流著眼淚說：「忠心耿耿服侍了人家四、五年，臨了兒落這麼一句話。我死都不甘心。」

「你別難過！我看去求一求——」

「不！」楚珍打斷她的話說：「沒有用。」

「你別管。我去試一試。」

說完，妙英從後窗下繞到前面，進屋跟馬夫人照個面，表示她已經銷假了。

「你媽的病怎麼樣？」

「還不是哮喘老毛病，一交了秋就要發的。」妙英緊接著說：「我回了一趟家，想不到楚珍闖了禍，說太太要攆她。今兒也晚了，是不是讓她明天再走？」

馬夫人尚未答話，震二奶奶卻在發問：「這話是楚珍讓你來說的。」

「不！是我自己的意思。」

「是你的意思也不行。沒有這個規矩。你快幫著她收拾收拾東西吧！你仔細看一看！回頭就不用再打開箱子了。」

本來已很不平靜的心境，此時越發意亂如麻，自己都覺得有些恍恍惚惚，不知道幹甚麼好了。

「收拾好了沒有？」趙嬤嬤出現在後面的房門口，她身旁是妙英，愁眉苦臉，有著一種無可言喻的歉疚無奈的表情。

「喔，」楚珍定定神說：「一時也收拾不完，不過不必再麻煩了，隨後請妙英替我收拾起來就是。趙嬤嬤，請你老通知我爹來接我。」

「當然要把你交代你老子。不過今天總來不及了，讓妙英幫你再收拾收拾，提了箱子到下房裡去睡一晚。我通知你爹，明天上午來接你。」

「好了！」妙英接口，「就這麼說了。趙嬤嬤先請吧，回頭我送她到你這裡來。」

趙嬤嬤點點頭說：「可別太晚了。」

等趙嬤嬤一走，只聽馬夫人在喊妙英。不久，她去而復回，告訴楚珍說，馬夫人到萱榮堂去了。接著便問：「到底是怎麼回事？」

楚珍不知從何說起？想了好一會才開口：「總怪我自己不好！平時原是說笑慣了的，哪知道太太忽然認起真來——」她將芹官闖了進來以後的事，說了一遍，最後說道：「這不過是個因頭；太太心裡是早就要攆我了。你看，竟一點都看不出來。想想真是可怕！」

「是誰說了你的壞話？」妙英有些不安，「我可從來沒有搬過口舌。」

「我知道，我知道，我不是說你。我知道是誰把我看成眼中釘？」

「誰？」

楚珍想一想答說：「我可是要去了，以後你要小心一個人，春雨。」

「是她？」妙英偏著頭想了一會說：「有點像。」

「你知道就好。」楚珍用低沉的聲音說，「反正我受冤枉是受定了。」

「何不跟太太說個清楚？」妙英倒很熱心，「拚著我耽個不是，你今天還是睡在這裡，回頭看太太興致比較好的時候，我替你再求一求。」

「沒有用的。」

「你不管有用沒有用，只仍舊睡在這裡——」

「不！」楚珍打斷她的話說，「你不能自己害自己，一上來就自作主張，太太會生氣，以後你的處境就難了。」

禁不住妙英心熱，本來負氣決絕的楚珍，終於同意讓妙英試一試，看看能不能在馬夫人面前討一個情，收回成命。不過，妙英寧願擔干係，讓她仍舊住在原處，卻怎麼樣也不能為楚珍所接受。

「現在出去，已經臉都丟盡了，莫非到那時候真讓人家來攆我？」楚珍容顏慘淡地說：「我最好強，偏偏落這個下場，只好認命！」

「你別這麼說！太太也是一時之氣。過後自然會想起你的許多好處。」

這句話倒將楚珍說動了，本來自己想想，原有許多好處，如今聽妙英也是這麼說，可見得公道自在人心。馬夫人馭下並不刻薄，更非不知好歹的人，過了一時之氣，想起她的許多好處，應該會回心轉意。

「我先送了你去，暫且委屈一會兒。只要我在太太面前把情求下來，不管多晚，我都會來叫你。」

一到了所謂「下房」，楚珍才意識到自己是「淪落」了。住在馬夫人的後房，床帳衾褥，一樣也是不離綢緞，收拾得纖塵不染，與大家小姐的閨閣，相去不遠。到了這個幹粗活的老媽子群居之處，光是耳中所聞的喧囂嘈雜，鼻中所聞的惡濁汗臭，就使得她有片刻都待不下的感覺。但事到如今，只有出以最大的忍耐。同時，對妙英的好意，本來只是持著「讓她去試一試也好」的想法，此刻卻是異常迫切地希望她成功，能早早地來領了她回去。

當然，楚珍之忽然會出現在這裡，必然引起大家的注意。她倒是寧願大家不理她，甚至在私底下議論，她亦可以裝作不曾聽見。最讓她受不了的是，這個來問幾句，怎的落到這般光景？那個來表示關切，問她回去了幹甚麼？正在滿心焦躁，哪裡有心思來跟她們作此毫無必要的周旋！厭煩到極處，恨不得即時便死！

好不容易到得二更時分，人聲靜了下來，她開始想到妙英——下房在中門以內，如果有好消息，妙英隨時可來。但是，三更、四更，望瘦了雙眼，始終未見妙英的影子。

馬夫人一向黎明即起。平時只要她一有響動，楚珍就會驚醒，這天自是毫無聲息，只好自己開房門，招呼丫頭來伺候晨妝。

門一開，嚇一大跳，只見妙英直挺挺地跪在門外，「怎麼回事？」她問。

「求太太饒了楚珍吧！」

「唉！」馬夫人嘆口氣，「昨兒晚上，跟我蘑菇了半夜，我不都跟你說了嗎？不是為了芹官，我也不會這樣子辦。既然這樣子辦了，就再也沒法兒挽回了。」

「求太太先叫她回來，把她的面子給圓上。哪怕過些時候，讓她自己告退，她也還是感激太太的。」

馬夫人沉吟好一會，畢竟心軟了，「好吧！」她說，「你先叫她回來再說。」

「是！謝太太的恩典。」

妙英磕了個響頭，站起身來，高高興興地直奔下房。

「楚珍、楚珍！」她一進那個院落，剛喊得兩聲，心便驀地裡往下一沉，因為看出那些老媽子的臉色有異。

「楚珍不知道哪裡去了。」昨夜跟楚珍睡一屋、專門為曹老太太洗衣服的楊媽說：「四更天我起來，還見了她的，等一覺睡醒，人就不見了。」

「那，」妙英著急地說，「會到哪裡去了呢？」

「是啊！大家也都這麼在問。」

「別問了！去找。」

妙英心中一動，直奔原先做過下房，此刻儲存什物的那座院落。一踏進去，視線首先投向井邊。一看便「哇」地一聲哭了出來：井邊有一雙鞋和一個原先蓋在井口上的木蓋上。

這一哭驚動了丫頭、老媽子，聞聲而集，相顧驚詫。接著，趙嬤嬤也趕到了，一見妙英臉上的淚痕，便知是楚珍投了井。她面色凝重地說：「散散吧！大家該幹甚麼的，幹甚麼去。別到處混說！誰要是惹了是非，讓震二奶奶知道了，我可不管。」

聽得這話，紛紛各散，往外走的人叢中，擠進一個人來，是棠官，直奔井口，往下探視，接著往後一仰，離開井口，大聲說道：「好怕人！井裡有個腦袋。是誰啊？」

「是楚珍！」趙嬤嬤一把拉住他說：「沒有甚麼好看！趕緊回去。乖！別多說甚麼。回頭，我抱一條小狗給你。」

「你家的大花生了小狗了？」棠官驚喜地問：「生了幾個。」

「對了！我這會兒沒功夫跟你細說，回頭你來看了就知道了。快回去。」趙嬤嬤又叮囑一句：「千萬記住！別多說。」

等棠官一走，趙嬤嬤跟著也就走了。第一件事，自然是告訴震二奶奶，她已經得到消息，正要到馬夫人那裡去商量，一見趙嬤嬤便即說道：「此刻頂要緊的，裡頭先不能驚動老太太；外頭不能驚動四老爺。你把我的話交代下去以後，到太太那裡來。」

到得馬夫人那裡，只見她跟妙英，正相對垂淚。震二奶奶嘆口氣說：「真正冤孽，到底為了甚麼？連性命都不要了呢？」

「是——」馬夫人示意妙英迴避，方始將楚珍被責的真相，以及妙英為楚珍求情的經過，都告訴了震二奶奶。

「原來是這麼回事！」震二奶奶想了一下問道：「妙英知道不知道這回事？」

「我告訴她了，她替楚珍辯白，說偶爾跟芹官鬧著玩，是有的，可絕沒有教壞芹官的意思。」

「不管有意思，沒意思，這件事絕不能扯上芹官。」震二奶奶大聲喊道：「妙英，你過來！」

喚來妙英，下的是安撫的功夫，正式讓她頂了楚珍的缺，拿楚珍的那一份月例，又誇讚她義氣過人，然後才叮囑她不能道破楚珍被責的真相。

「只說她打碎了太太心愛的一隻茶杯，太太說她，她還跟太太頂嘴，所以才攆她的。本意只是嚇一嚇她，仍舊要讓她回來的。誰知道她心拙福薄呢！我的意思你明白了沒有？」

「明白。」妙英點點頭，但聲音中不免有替楚珍抱屈的意味。

「真沒有想到她會尋短見。」馬夫人黯然地說，「早知這樣，我就不放她走了。」

這話說得太厚道了。震二奶奶馭下以威，覺得馬夫人的話無異是鼓勵下人，以死相脅。此例一開，後患無窮，所以接口說道：「不相干！楚珍死得可憐，可是死不足惜。都像她那樣，主子說兩句，就抹脖子跳井的，家還成個家嗎？」

「話是不錯！不過——咳！」馬夫人感慨萬千，卻說不出來，「不管怎麼樣，總是主僕一場；我想看看她去。」

「不！太太。人死不能復生，看了徒然傷心，而且聽說腦袋都泡脹了，看了嚇人。太太念她死得可憐，賞幾兩銀子，讓她老子替她做兩場佛事，倒是於楚珍有好處。」

馬夫人是清真，對於「做佛事」之說，不便答腔，想了一下說：「妙英，你來開箱子，找幾件好衣服發送她。」

下人身死盛殮，都在後面西北角一座小院落，不延僧道，不准舉哀，悄悄抬進一口棺材來，入殮蓋棺，又悄悄兒抬了出去，專有一塊墓地下葬。楚珍的下場，亦復如此，不過大半天的功夫，棺材便已出了一道平時深鎖的小門。送她出門的只得兩個人，一個是趙嬤嬤、一個是妙英。

妙英一下子成了眾所矚目的人物，走到哪裡都有人拉住她，低聲探問楚珍的死因。別人都還容易搪塞，或者照震二奶奶所教的話說一遍，或者乾脆說一句：「誰知道呢？」問的人自然就不會再往下說。唯獨遇見季姨娘，就不易脫身了。

「我不相信！」季姨娘說，「你們太太也不是小氣的人，就楚珍打碎了一件她心愛的磁器，也不會罵得她要去投井。」

「她的心拙嘛。」

「心拙也不會跟自己的性命過不去。其中一定有緣故，不過你知道了，不肯說。」

「我實在不知道。」妙英急了，「季姨娘要不要我罰咒？」

「何必這麼認真？不過閒磕牙而已。」季姨娘又說，「我聽說楚珍挨罵的時候，芹官也在。」

妙英心中一跳，力持鎮靜地答道：「我不知道。季姨娘是從哪裡聽來的？」

「你先別問，只說有這件事沒有？」

「那天我請假回家，到晚上才回來，怎麼會知道？」

「也沒有聽說？」

「沒有。」妙英又追問一句：「季姨娘到底是聽誰說的？」

「反正總有人吧！我也不必告訴你，省得惹是非。」接著，忽然冷笑一聲：「哼！只怕是非也還是省不掉。」

妙英好生害怕，著急地說：「季姨娘，季姨娘，千萬不能再出事了。如果拉扯上我，遲早又是一條命。」

妙英不過膽小怕事，急不擇言，季姨娘卻覺得弦外有音，心頭疑雲又生。這時碧文可忍不住又要說話了。

「姨娘也真是！這些事有甚麼好打聽的？別說妙英那天請假回家不知道，就真有點甚麼，她不肯說的。何況本來就沒有甚麼事。」

「碧文，」妙英如釋重負，「你可是個見證，我沒有在季姨娘面前說甚麼！」

「好了、好了！」碧文也恨妙英不懂事，偏要如此表白，倒像真有甚麼祕密，必須隱瞞似地，真如俗語所說的，「越描越黑」，不智之至，因而沒好氣地說：「本來沒有事，何用我做甚麼見證？」

「是，是！」妙英也會意了，「本來沒有事。」

越是如此，越使季姨娘相信其中一定有甚麼祕密。那天有人看見芹官從馬夫人院子裡出來，這件事千真萬確，因為看見他的，就是棠官。季姨娘在想，何以這麼巧？偏偏芹官去了一趟，楚珍就跳了井？要說楚珍之死，跟芹官無關，是誰也不能相信的。

的確，連芹官自己都覺得楚珍之死，不能說與他無關，因而常是一個人在念：「我雖不殺伯仁，伯仁由我而死。」

春雨先不懂這句成語，忍不住動問，等弄明白了，便即問道：「你到底跟楚珍是怎麼回事？」

「沒有事！就說了『我嘴上的胭脂你吃不吃』這麼一句玩笑話，哪知道竟招來殺身之禍。」

「殺身之禍也是她自己招的。除非你逗了她，她才說了這句話。那一來，你多少總有過失。」

「沒有！我沒有招惹她。」

「既然不曾招惹她，你又難過甚麼？」

「話不是這麼說。」芹官突然問道：「今天她的『頭七』吧？」

春雨算了算日子，點點頭問：「是的。頭七又怎麼樣？」

「我想去祭她一祭。」

春雨大駭，「你瘋了！」她說，「你到哪裡去祭？」

「井邊。」

春雨大為搖頭，「小爺！你就體諒我們一點兒，別多事了！」她說，「你還怕嫌疑不夠，自己拿個溺盆子往頭上扣？」

芹官不作聲，但怏怏之意，溢於顏色。小蓮便說：「其實祭楚珍又何必非到井邊？望空一拜，心到神知。」

春雨正要怨小蓮多嘴，不道芹官已笑逐顏開，「言之有理，言之有理！」他說：「我倒沒有想到，可以遙祭。」

「你別高興！」春雨攔在前面，「甚麼遙祭不遙祭？香蠟錫箔的，讓震二奶奶知道了，吃不了兜著走！」接著又罵小蓮，「你也是吃飽了撐得荒，胡亂出餿主意。」

「你別罵她，你別怕震二奶奶會知道。一不用香蠟、二不用錫箔。只是香花清饈、心香一瓣，聊以盡意而已。」

春雨不甚聽得懂他的話，不過既不用香蠟燭台，事亦無礙，只要隱密一些，就隨他去「遙祭」好了。

「你預備甚麼時候祭？依我說，到晚上關了門，你愛幹甚麼就幹甚麼！我也不管你。白天可不行！」

「原不是白天，月下最好。」

芹官將這件事看得很鄭重，要小蓮去弄了四樣水果：蜜桃、花紅、菱角、藕，親自動手洗乾淨，裝了高腳盤，又在宣德爐中燒了幾塊檀香。用一張烏木大方几擺在院子正中，供上祭品，肅然而立，不覺流下淚來。

「楚珍姐姐，」小蓮在一旁代他祝告，「芹官在祭你，你可知道？你的性子也太急了些，自己不覺得死得冤枉嗎？不過，人死不能復生，只望你早早超生，揀好好的人家去投胎。這輩子吃了做奴才的虧，下輩子可別再當奴才了！」

「小蓮！」春雨大為不悅，「你怎麼跟楚珍說這些話？」

「我是好話。」

「這還叫好話？」春雨又說，「真的要祭楚珍，就規規矩矩跪下來磕個頭，哪可以這樣子鬧著玩？」

「說得是！」芹官接口，「拿拜墊來，磕頭。」

「磕頭也不能你磕。」春雨提了個拜墊來，居中放好，自己跪了下去，倒是默然地祝禱了一番——她是有內疚的，知道馬夫人痛責楚珍，是有她先入之言之故。平心而論，也不能說楚珍如何勾引芹官，因而在默禱中很說了些歉疚愧悔，乞求寬宥的話。

「你跟楚珍說些甚麼？」小蓮等春雨站起身後，好奇地問，「好像有說不完的話。」

「這個月是鬼月，」春雨答非所問地，「千萬要小心，凡事忍一口氣，吃虧就是便宜。不然，正好碰上『惡時辰』，懊悔就晚了。」

「這，」小蓮愕然，「這就是你跟楚珍說的話？這些話是怎麼想到的呢？」

「我說的是好話，信不信在你。」

「是的！確是好話。」芹官點點說：「小蓮你也行個禮，咱們就算心意到了。」

於是小蓮也行了禮，將宣德爐捧回書房。四盤水果，恰好供納涼消閒之用，但上過祭便是「福胙」，應該分享，名為「散福」。春雨很會做人，沒有忘掉小丫頭跟坐夜的老媽子，每人亦都分到一份。

「雖說『秋老虎』，到底不過白天熱，晚上很涼了。」春雨說道：「還是回屋子裡去吧！」

「不！這麼好的月亮，我可不願意悶在屋子裡。」芹官問道：「今天是十三還是十四？」

「十三。」春雨一面回答，一面進屋，拿了一件熟羅背心，替芹官套上。

「後天就是中元了。」芹官又問：「要放瑜伽燄口吧？」

「年常舊規，自然要放。」

「咳！想不到又添新鬼。」芹官望著月亮，自語似地說，「世間到底不知道有鬼沒有？若說有鬼，誰曾見過；倘說沒有，為甚麼又有那麼多的形容，披頭散髮的吊死鬼，還說聲音像鴨子叫的是落水鬼；又是新鬼大、故鬼小，莫非都是騙人的話？春雨，你說呢？」

「寧可信其有，不可信其無。倘或沒有鬼會報仇活捉，世界上害人的事，不知道會多出多少倍來！」

「我可不相信。」剛走了來的小蓮接口，「凡事不是我親眼得見，任誰說我也不信。」

「哼！」春雨彷彿是從鼻子裡發出笑聲，「這會兒說得嘴硬，真要讓你一個人睡在黑屋子裡，看你怕不怕？」

「那不是怕鬼，是怕有甚麼人闖進來。」

芹官一半是出於惡作劇、一半是幫春雨說話，隨即笑道：「小蓮，你敢不敢跟我打個賭？」

「要看甚麼賭。」

「自然是你辦得到的事。我在老太太外屋寫了幾張字，你到萱榮堂找秋月，只要替我把東西拿回來。就算你贏了！」

此時要到萱榮堂，便須經過楚珍新近斃命的那口井，小蓮自然膽怯，但大話說出去了，不便退縮，硬著頭皮說：「好！我去。拿回來我贏甚麼？」

「你說吧！」

「今晚上就替我寫信。」

「行。」

「算了！」春雨覺得必須攔阻。「嚇著了不是玩的。」她又埋怨芹官，「央你寫封信，推三阻四，真要抽懶筋了。你就趁今兒晚上風涼，就替小蓮寫了吧！」

芹官笑笑不答，是不接受但也不拒絕的意味。小蓮生性好強，叫著小丫頭說：「點盞燈籠來。」

見此光景，春雨不便再攔，心想時候還不算太遲，各處院落，大都有燈，非深宵人靜之比，就隨她去走了一趟。

等她一走，芹官卻有悔意，「小蓮好強，說了滿話，轉不過彎來！」他說：「真不該讓她去的。」

「你這個人就是這樣，先是任性，做了又要悔。何必當初！」

芹官默然，沉吟了好一會，用低沉的聲音說：「你說得不錯！凡事除非不做，做了就不必悔。」

「我也不是這個意思，我是說，做事不可任性。」春雨又說：「除了老太太，大家都拿你當大人看了。就是老太太，心裡又何嘗不知道，你是大人樣子了，只是捨不得放你出去。你自己心裡該有個數，也要打算打算。」

「我該怎麼打算？」

「成家立業啊！」春雨又說：「四老爺是恨鐵不成鋼。其實，心裡是疼你的。」

「我也知道。可是，不知怎麼回事，反正一聽見聲音，一瞧見影子，我就變得笨了。明明很容易說得好的一句話，偏就想不起。」

接著，春雨便開始苦口相勸，她不是講讀書、做人的許多道理，只是強調全家對他的期望。芹官先還唯唯答應著，慢慢地有了不耐煩的神色。春雨很機警，見此情形就不再饒舌了。

「怎麼？」芹官突然想起，「小蓮還不回來？莫非出了甚麼事？」

「會出甚麼事？一定是秋月留她聊聊天。」

話雖如此，春雨也不大放心，最後終於決定自己帶著小丫頭去接她。哪知剛把燈籠點上，小蓮回來了。

春雨先注意她手中，果然拿著兩張字，便即笑道：「芹官輸了東道。」

「怎麼到這時候才回來？」芹官也迎了出來。

這時小蓮已進了堂屋，明亮的燈光，照出她臉上憂疑的神色，春雨不免一驚，芹官也覺得事有蹊蹺。

「是這兩張字不是？」

「不錯！」芹官答說，「我輸了，我替你給你表姐寫信。你來吧！」

「明天再寫，今天晚了。」

「真的！」春雨順理成章地說：「今天晚了，你快睡吧。」

一面說，一面進屋，為芹官鋪床趕蚊子。服侍他睡下，擰小了燈，輕輕退了出去，去看小蓮。

小蓮在她自己屋裡，正對著燈發愣，見是春雨，低聲說道：「不知道是不是我眼花了，回來的時候，看到有個人從咱們院子外面一閃躲開，身影像是季姨娘。」

「不會吧！她跑來幹甚麼？」

「誰知道呢？」小蓮緊接著說，「我手裡有燈，很想跟過去看個明白，後來想想還是別這麼做吧！」

「對了！」春雨欣慰地，「如果跟過去看清楚是她，彼此都下不了場。你能這麼想，是長進了。」

「不過，我心裡疑疑惑惑地，總覺得彷彿要出甚麼事似地。」

「見怪不怪，其怪自敗。你把心放寬來！」春雨又問：「怎麼去了那麼大的功夫，是不是跟秋月聊上了？」

「不是！」小蓮停了一下說，「跟你老實說吧，到了『那地方』，我有點害怕，可又不甘心就這麼回來，自己給自己壯膽，磨夠了時候，到底讓我衝了過去。」

「你真行！」春雨笑道：「居然不怕鬼。」

「我看，鬼倒用不著怕，人才可怕！」

第四章

「四老爺，」曹泰來通報：「上元縣張大老爺來拜。」

一聽這話，曹頫就煩惱了。這麼熱的天，衣冠會客，大是苦事，當即皺著眉說：「擋駕！」

「原是擋了駕的，張大老爺的跟班說：有點要緊事得當面談。而且張大老爺就在大門口下的轎，也不能讓他在門房裡等，只好先請到西花廳休息。」

這是情理上勢所必然的事，曹頫亦不能責他擅專，只問：「張大老爺穿的是官服，還是便衣。」

「便衣。」

「那還好！拿我的馬褂來。」

套上馬褂，曹頫到西花廳來會「張大老爺」——此人單名欽，字仲遲，到任未久。曹頫只在應酬席上，跟他見過兩次，平素並無交往，對於此人的生平亦不甚了了，只聽人說他為人峻刻，就更懶得去結交。本來他家屬於上元縣地界，撇開官銜不說，上元縣令總是「父母官」，所以新官到任，必有一番禮遇，而對張欽連一頓飯都不曾請過，未免失禮。轉念到此，曹頫內心倒是充滿了歉疚之情，因而態度上頗為謙恭。

「這麼熱的天，老兄下顧，令人不安。有甚麼事，其實打發令介送個信來，照辦就是。」

「事是有事，還是面談比較妥當。我這裡有封信，請昂翁先過目。」曹頫字昂友，所以張欽稱他「昂翁」。

將信接到手中，一看稱呼是「遲公老公祖大人」，自稱「治晚」，便知出信人是上元縣的一名秀才。信中開頭是頌揚的客套，接下來敘事，先說人命關天，職司民牧者豈能不聞不問？

話中隱含責備之意。曹頫心中詫異，不知張欽為甚麼要將這封信拿給他看時，入眼一句：「側聞織造曹家，虐婢致死」，不由得大吃一驚！

安得有此事？他急急看了下去，信中說曹家有個丫頭名叫楚珍，不堪主母虐待，跳井自盡，不曾報官，私下埋葬。曹家仗勢欺人，旁觀者不平，故而寫這封信提醒張欽，不要忘記自己的責任。

這封信沒有最後一張，顯然的，張欽是故意將它抽掉，免得洩漏出信人的姓名。但曹頫並不關心是誰告密，他關心的是此事的真假。

剛喊得一聲「曹泰」，他轉念想到，當著張欽追問此事，如是子虛烏有，倒還罷了，萬一真有其事，而自己居然一無所知，豈非大大的笑話？因此，他改了主意，向張欽告個罪，容他去查問清楚，再作回答。

出了西花廳，往右一拐便是藏書樓，芹官正在那裡找「閒書」，一聽是曹頫一迭連聲在嚷著「找總管曹時英」，嚇得趕緊躲在書架背後，不敢出聲。

曹時英找來了，曹頫問說：「楚珍是裡面太太屋裡的丫頭不是？」

「是的。」

「說是跳井死的？」

「是！」

「為甚麼？」

「是打碎了瓷器，裡面太太說了她幾句，她又回嘴，裡面太太不要她了。那知道心眼兒狹，自己尋了死路。」

「那麼，報官了沒有呢？」

曹時英一愣，「這，這似乎用不著報官。」他囁嚅著說，「就跟病死的一樣，也不是甚麼命案。」

「人家可是告了咱們一狀，說甚麼虐婢致死！上元縣的張大老爺特為上門責問來了。」

「那有這話！」曹時英答說，「楚珍就是機房裡畫花樣的老何的女兒，昨兒我還跟他在一起喝茶，提起他女兒，說楚珍福薄，這麼好的主子都伺候不到頭。他那裡又會到上元縣去告狀？」

「喔！」曹頫又問：「家裡死了人，怎麼不告訴我呢？」

「是裡面交代的，不用告訴四老爺。」

曹頫頗為不悅，但亦只是藏在心裡，回到西花廳，對張欽說道：「是有一個婢女，因為小故被逐，一時心拙自盡。我已經查問過了，絕無虐待情事。」

「既是小故，何以被逐？倒要請教。」

曹頫語塞，自悔措詞不當，想了一下說：「此婢之父，是織造署一個畫花樣的工人，姓何。

不妨傳案一訊。」

「恐怕遲早是要傳的。」

曹頫發覺自己的話又說錯了！張欽此來，或者並無惡意，只是想賣個好，雖說人命案大，大可化小，小可化無。如今說是「不妨傳案一訊」，竟像是不在乎此案擴大的意思，無怪乎張欽有此語氣。

曹頫還在思索，如何將自己所說的，那句易於引起誤會的話，收了回來，不道誤會已經造成，而且立即發作了。

原來張欽居官，自矢清廉，原是好事，但認定清廉二字，可盡服官之道，甚至本乎「無欲則剛」的成語。做官只要清廉，天生高人一等，生殺予奪，皆可由心，這便大錯特錯！而張欽恰恰就是這一種人。

至於這天冒著烈日，親自來訪曹頫，說起來倒也是一番好意。原意是想曹頫見情，聽他幾句感激道謝的話，不道曹頫不但不見情，還彷彿打官司亦無所謂之意。這便惹得張欽冒火了。

「雖然為政不得罪巨室，畢竟是非黑白，不可不分。想府上是積善人家，待下人自然是寬厚的。這個丫頭，不識大體，竟以小故，遽爾輕生，其情著實可惡。目前既有縉紳，移書責備，此案非辦個水落石出，不足以上報皇上求治的至意，下慰小民難雪的沉冤。請昂翁恕我職責所在，不得不然！」

這番話聽得曹頫一時作聲不得。細味張欽的語意，似乎要將小事化大，有意使人難堪。果然成了新聞，人人批評曹家待下刻薄，兩世清名，一旦毀在自己手中，將來有何面目，復見父兄於泉台之下？

轉念到此，汗流浹背，正在措詞解釋時，只見張欽拱拱手說：「告辭。」一面說，一面起身，大踏步向外便走，帶點拂袖而去的模樣，亦是不容主人作何解釋。

曹頫等於吃了個啞巴虧，著實煩惱。回去在換衣服時，猶自嗟嘆不絕，季姨娘不明就裡，悄悄找跟隨的小廝一問，才知其事，很高興地在心裡想：時候差不多了，該是抖漏「真相」的時候了。

「老爺到底為甚麼長吁短嘆？莫不是為誰淘氣。」

「楚珍可惡！也不過讓主母責備了幾句，就活都不想活了！她倒不想想，裡面太太平時待她的好處，這樣糊裡糊塗尋死，縱不自惜，也當想到這一來會不會陷主人於不義！」

最後兩句話，季姨娘聽不明白，但前面的話，含意為何，不難明白，無非是說楚珍為小事投井，心地糊塗，這是個難得的機會，豈容輕易錯過。

打定主意，鼓足勇氣，季姨娘開口說：「螻蟻尚且貪生，楚珍能活為甚麼不活？自然有沒有臉再活下去的道理在內。」

一聽這話，曹頫詫異，「你怎麼說？」他問：「楚珍尋死，另有緣故？」

「自然。好死不如惡活。」

「那麼，到底是為甚麼尋死的呢？」

「我也是聽來的，真假不得而知。」季姨娘朝外張望了一下，壓低了聲音說：「有人打她的主意，色膽包天，大白天拉拉扯扯的，讓裡面太太發覺了，狠狠地罵了她一頓。楚珍委屈到了家，才跳到井裡去的。」

曹頫倏然動容，「是誰相強？好大的膽子！」他氣鼓鼓地坐了下來，「你說：逼姦的是誰？」

「老爺也應該想像得到，有誰敢擅自進入中門？」

「你是說，說，」曹頫吃力地說：「是說芹官？」

「我可沒有說他的名字！」季姨娘很快地答說。

話中已明白表示，逼姦的就是芹官，只是不便說破名字。但即令如此，已足以使曹頫震驚震怒，站起身來，向外直衝。

季姨娘又驚又喜，當然也很不安，怕曹頫追究此事，或者會把她拖扯出來，便是一場極大的是非。無奈曹頫的腳步快，有心想拉住他，叮囑不可出賣「自己人」，無奈曹頫的腳步快，力不從心，只好聽其自然。

等芹官到得鵲玉軒，便感到氣氛異樣，一個個臉無笑容，且有憂色，彷彿將有大禍臨頭似地。他很想問一問，緣何有此光景，卻不知如何措詞？只問得一聲：「四老爺呢？」

「在裡間。」曹泰輕聲答說：「不知道為甚麼生氣？芹官，上去小心一點兒。」

一聽這話芹官先就慌了，但想到春雨鼓勵他的那些話，自己設想自己成了大人，不該畏縮，而且「四叔」也會當他大人看待，凡事會替他留些體面，因而硬著頭皮，踏進東屋。

東屋是前後兩間，他先輕輕咳嗽一聲，作為通知，然後進入後間，只見曹頫坐在北窗下一張竹椅上，臉卻望著窗外，似乎不曾聽到他咳嗽聲與腳步聲。

「四叔！」他垂著手喊。

曹頫回轉臉來，由於背光，看不見他的表情，只聽他說：「把門關上！」

「是。」

「閂上！」

這一聲便不妙了！關門或許是有不足為外人道的話要說，作個防備，閂門是為甚麼呢？為了防備自己逃走？

話雖如此，不敢違拗，乖乖地將銅閂插上，聽曹頫又說：「你過來。」

「是。」芹官一走近書桌，才發現有一枝紫檀所製、兩寸來寬、五六分厚的戒尺，放在曹頫伸手可及之處。

「我問你，你母親屋裡的丫頭楚珍，哪裡去了？」

這話宛似當頂轟下一個焦雷，芹官心知「在劫難逃」，囁嚅著說：「楚珍做錯了事，娘罵了她幾句——」

「誰問你這些？」曹頫暴聲打斷，「我只問你楚珍哪裡去了？」

「不是跳井自盡了嗎？」

「她跳井的那天午後，你到你娘那裡去了？」

「是。」

「那時候楚珍在幹甚麼？」

「摺錫箔。」

「後來呢？」

這一問將芹官問住了。因為馬夫人、震二奶奶口中所說的，楚珍的死因是，打碎了瓷器，為馬夫人所責，一時心拙，遽而輕生，如果照此回答，曹頫反問一句：既然在摺錫箔，何以又會打碎瓷器？豈非語言不符？

為了他遲疑難答，面現驚懼，曹頫越發覺得季姨娘所言不虛。當然，他不能問芹官如何逼姦？楚珍如何不從？想了一下問道：「我再問你，你母親怎麼罵你？」

照他想，馬夫人發現其事，當然會責罵芹官，從旁敲側擊中，可以獲知真相。芹官卻是做夢也沒有想到，季姨娘會替他安上一個逼姦楚珍的罪名，所以老實答道：「我沒有見著我娘！」

「沒有見著？」曹頫認為他在撒謊，冷笑著問：「為甚麼呢？」

芹官又難以回答了！楚珍逗他的話說不出口，也不敢說，站在那裡臉上青一陣，紅一陣，遍體流汗，窘急不堪。

這副模樣，越顯得他是做了見不得人的事。曹頫不再問了，「把你的手伸出來！」他說：「今天我可非打你不可了！」

芹官嚇得要哭，但意識到自己是大人了，就不知哪裡來的勇氣，毅然決然將手伸了出去。他沒有想到該伸左手，曹頫亦沒有想到不該打右手，只取過戒尺來，就勢一下，芹官只覺得掌心麻辣疼燙，眼中立刻有了淚水，只能咬一咬牙，既以忍痛，亦以忍淚。

等第二下打下來，他身子不由得就往下一矮，心想告饒，而話還不曾出口，第三下又到。這一打打出了他的火氣，也是賭氣，挺起胸來，反將手揚高了。

那種樣子，就有些桀驁不馴的意味。曹頫認為他毫無愧疚之心，這第四下便打得更重。芹官覺得委屈太甚，不由得哭出聲來。

窗外是早已有好些人屏聲息氣，悄悄觀望，一聽芹官哭出聲來，便有他的一個小廝阿祥，往裡直奔，到得中門，卻又無人。曹家內外之別極嚴，一過了八歲的「家生子」，便不准擅入中門。阿祥想找個人通消息而不可得，急得只是搓手，在門外旋磨打轉。幾次想闖了進去，終於還是不敢；最後就只有大喊了。

「那位嬤嬤出來一位！」

連喊兩聲，出現了一個人。阿祥一見大喜，正是他要找的春雨。

「春雨姐，春雨姐，不好了！趕快想法子！」

沒頭沒腦這一句，讓春雨也嚇得手足發軟，「到底甚麼事不好了？」她問，「快說清楚。」

「咱們的那位小爺，讓四老爺都揍哭了。」

「為甚麼？」春雨大驚，「四老爺為甚麼揍他？」

「哪知道呢？拿戒尺打手心，打到第四下，芹官哭了。」阿祥又說：「從窗外看進去，四老爺還是真打，不是嚇唬嚇唬他就算了的。」

春雨方寸大亂，不知如何處置，勉強定一定神說：「你再去看一看，到底怎麼樣了？」

「用不著看，必是手都打腫了！」阿祥說道：「快搬救兵！非黎山老母下山，不能救他。」

一句話提醒了春雨，說一聲：「我馬上就去！」接著，掉身就走。

到得萱榮堂，又不免躊躇，曹老太太得知芹官挨打，一定心疼，倘或打得不重，不如瞞住為妙。但誰知道打得重不重呢？

「怎麼回事？」突然有人發聲：「在這兒發愣！」

春雨抬眼看時，是錦兒從裡面出來，便不假思索地答說：「四老爺在揍芹官，我不知道該不該去告訴老太太？」

「有這樣的事！」錦兒驚問：「為甚麼？」

「不知道。看樣子，四老爺生的氣不小。」

「那，」錦兒說道：「四老爺不是隨便發脾氣的人，發作了就輕不了。我看，還是得告訴老太太。」

她的話剛完，震二奶奶已經一面掀簾而出，一面問道：「你們在說甚麼？」她看一看她們的臉，「出了甚麼事？」

「四老爺在揍芹官，春雨跟我在商量，要不要告訴老太太？」

震二奶奶一聽這話，大聲說道：「你們快去看看！是怎麼回事？」

屋子裡的人都聽到了，曹老太太便問秋月：「震二奶奶跟誰在說話？」

秋月尚未回答，震二奶奶已走了進來，「說四老爺在生芹官的氣。」她說，「我叫春雨跟錦兒去看了。」

一聽這話，曹老太太立刻就坐不住了，「怎麼叫生芹官的氣？」她問：「是罵還是打？」

「大概打了兩下。」

「打了兩下？怎麼打法？」

震二奶奶無以為答，想找兩句話沖淡這件事，而曹老太太已站起身來，「我看看去！」她說，「不會無緣無故打他，我倒要看看，是為了甚麼？」

「老太太別慌，也許沒事。」震二奶奶扶著她的胳膊，想按捺她坐下，不道曹老太太將手一甩，儘管自己往前走。

於是震二奶奶和秋月，只好跟在後面。走到中門，曹老太太問道：「人在哪裡？鵲玉軒？」

「想來總是鵲玉軒。」震二奶奶又勸，「老太太還是請回去吧！這麼熱的天，動一動，一身汗。」

這個理由何能攔得住她？理都不理，已踏出中門，走向穿堂。秋月眼尖，大聲說道：「錦兒跟春雨回來了！」

這下當然站住等待，錦兒跟春雨不曾想到，居然真的驚動了曹老太太，兩人一愣，都放慢了腳步。

「不能讓老太太看見芹官那模樣！」春雨說，「不然有一場氣好嘔。」

「那，那該怎麼說呢？」

「只說打了十下手心。」春雨又說，「好歹先把老太太勸回去了再說。」

錦兒不作聲，不過想到臉上不能擺出異樣的神色，便放鬆了肌肉，裝出若無其事的樣子，迎了上去。

「怎麼樣？」震二奶奶先開口，向錦兒拋了個眼色。

「沒事！」錦兒輕鬆地答，「只打了十下手心。」

「人呢？」曹老太太說，「怎麼還不放芹官回來。」

「四老爺總還要說些道理給芹官聽，也快回來了。」

「我在這裡等。」曹老太太左右看了一下，「這裡倒還涼快；你們替我端張椅子來！」

「涼快倒是涼快！過堂風太大，老太太還是請回去吧！」震二奶奶說，「等芹官一進來，就讓他到老太太那裡，不就成了嗎？」

「不！我在這裡坐等。」

「老太太也體諒體諒太太跟震二奶奶。」秋月勸說，「倘或招涼傷了風，太太跟震二奶奶一天幾遍來伺候，又鬧得上下不安。何苦！」

聽這一說，曹老太太的心思倒活動了，不道遠處人影出現，一高兩矮，看出必有芹官在內，她就不答腔了。

這一下，春雨大為著急，趕緊迎上前去，只見曹泰與阿祥左右相伴，芹官走在中間，左手托著右腕；手掌腫得老高、眼淚汪汪地，一看到春雨便待哭出聲來。

「千萬別哭，要像個大人樣子，別惹老太太傷心。」春雨又說，「偏爭口氣給四老爺看，要裝得不在乎。」

這是激勵他的話，芹官自能領會，到得曹老太太面前，已經收起眼淚，而且把一隻右手背在身後。

「你四叔為甚麼打你？」曹老太太問，「你又是怎麼淘氣了？」

「是我不好！不怨四叔。」芹官倒顯得很氣概地，「四叔要我做的功課，我沒有做。」

「唔！」曹老太太嘆口氣，「我真也不明白！你就算為大家不必替你擔心，好歹也敷衍了過去。打疼了沒有？」

「沒有。」芹官將右手往後縮了一下。

就這一個動作，讓曹老太太發覺了，「怎麼？打的是右手？」她大聲說道：「把手伸出來我看。」

一面說，一面去拉；芹官無奈，只得把手伸了出來。曹老太太一看，臉色大變。

「你們看！打的右手，腫得這麼高，打壞了右手，叫他怎麼寫字？這不是存心要毀他？」曹老太太顫巍巍地說：「我看倒不如先打死我的好！」說著跌跌衝衝地往前走，虧得錦兒一把扶住，不然真要摔倒。

見此光景，芹官大駭，顧不得手疼，雙膝跪倒，擋住去路。

見此光景，在場的下人，一齊都下跪。曹老太太卻毫不為動，「你們攔不住我！打這兒我就動身『回旗』。」她說：「曹泰，你去備轎。」

曹泰答應著，卻不知如何處置。就這時候，有人喊了一聲：「太太來了！」

果然是馬夫人，扶著一個小丫頭急急趕了來。曹太夫人不等她開口，搶先說道：「有人容不下咱們娘兒們三代，趁早回旗的好！」

馬夫人還弄不明白，何以會出現這樣糟糕的局面？一時不知所答，只聽震二奶奶說：「請太太先把老太太勸回去，有話盡不妨慢慢兒說。」

「是啊！有話慢慢兒說。」馬夫人會過意來了，是跟曹頫嘔氣，便又說道：「就『回旗』也得收拾收拾啊！」

「老太太再不請回去，我們就都跪在這兒。」震二奶奶接口說道：「別的都還不打緊，耽誤了芹官敷藥，可不是鬧著玩的事。」

一提芹官，效驗如神。曹老太太偏過身子，手指著芹官跟馬夫人說：「你看看！你心疼不心疼？打得那個樣子。」

於是震二奶奶一手撐地，一手拉著芹官，就勢站了起來，轉臉對秋月說：「老太太那裡必有『玉樹神油』，你趕緊把它找出來！」

於是秋月起身先行。震二奶奶便去攙扶曹老太太。跪得一地人都站了起來，簇擁著她復進中門。唯有曹泰，急急到鵲玉軒去報信。

曹頫一聽，既驚且悔。略略考慮了一下，毅然決然地到萱榮堂去請罪。踏進院子，便聽小丫頭通報：「四老爺來了！」

正在敷藥的芹官，頓時有不安之色。讓曹老太太發覺了，立即大聲說道：「你別怕！凡事有我。」

語聲剛落，簾子已經掀開，曹頫進門，陪著笑說：「聽說老太太在生兒子的氣？」

「哪裡的話！我的兒子死掉了。」曹老太太冷笑一聲：「如果不死，又何至於受人欺侮？」

一聽這話，曹頫色變，容顏慘淡地跪了下來，「兒子管教姪兒，也是為的榮宗耀祖。」他說：「老太太這話，教兒子怎麼當得起？」

「啐！我說了一句話，你就當不起。你那樣下死手打芹官，他就當得起了？你說你管教姪兒，是為的榮宗耀祖，當日你伯父又是怎麼管教你這個姪兒來的？莫非也是動輒罵、動輒打，從不給好臉嘴你看嗎？」

說到這裡，想起親子早亡，又心疼芹官，不覺流下淚來。馬夫人是早含了一泡淚水在眼中的，此時自然也忍不住了，背轉身去，抽出手絹兒，悄悄拭眼。

「你也不必心疼芹官。」曹老太太又借題發揮，「倒不如這會兒看得淡淡的，有他也好，沒他也好，將來倒還少生些氣！」

曹頫心如刀絞，為好反而成仇，卻又是無可辯白的誤解，實在令人灰心洩氣。於今唯有記住「順者為孝」這句成語了。

於是他又陪笑說道：「老太太也不必傷感，都是兒子一時性急，從今以後再也不打芹官了！」

最後一句，語氣特重，便有賭氣的意味。曹太夫人冷笑說道：「你也不必跟我賭氣。你算是芹官的胞叔，沒老子的孤兒，你自然要打就打。想來你也厭煩我們娘兒們了，不如早早離了你，大家乾淨。」她提高了聲音又說：「你們去看轎！我和你嫂嫂、芹官，立刻回旗。」

這時窗外廊上，凡是曹家稍為有頭臉的下人，都在伺候，聽她這麼說，只有答應著，身子卻都不動。

「秋月，」曹老太太大聲喊著，「收拾行李，咱們就走！讓了人家。人家是一家之主，咱們別在這兒討厭。」

這話說得更露骨了，曹頫聽入耳中，摧肝裂膽驚痛，原來母子骨肉之間，還有這樣勢利的猜疑在，這是從何說起？

想到這裡，不由得帶些抗議的意味說道：「娘這麼說，兒子哪裡還有立足之地？」

「分明是你不容我有立足之地，反而倒打一耙！哼，」曹老太太冷笑，「總而言之，我們一走，你就乾淨了！」

誤會太深，非片刻間口舌所能解釋，越辯可能越壞，曹頫只有長跪不起。

看看局面要僵，震二奶奶心生一計，仍舊是從芹官身上找題目做文章──芹官在另一間屋子裡，由春雨和錦兒替他在敷藥，她走了進去，故意失驚地嚷道：「這可不好！得請老太太來看看。」

這一聲嚷，吸引了所有的人的視線。秋月乖覺，輕聲說一句：「大概是芹官，請老太太看看去。」不由分說地，將她扶了進去。

一進屋子，震二奶奶趕上來扶住，與秋月左右擁護著，讓曹老太太在楊妃榻上坐下，低聲說道：「老太太就饒了四叔吧！」

「是的。」跟著進來的馬夫人也說。

曹老太太不作聲，停了一下說：「我看看芹官的手。」

春雨趕緊將芹官送到她面前，扶起他的右手。曹老太太看著他又紅又腫的手掌，不由得又心疼，「也不知道傷了筋骨？」她稍為撳一撳腫處問說：「疼得厲害不厲害？」

「擦玉樹神油，涼涼兒的，好得多了。」

「光靠玉樹神油，不管用，另外得找傷科，看是內服，還是外敷，必得用止痛消腫的藥。」

「不是去找老何了嗎？」震二奶奶問道：「怎麼還不來？」

「大概也快來了。」錦兒答說。

「我看看去。」震二奶奶說，同時向馬夫人使了個眼色。

「老太太說一句吧！讓四老爺好起來了。」

「誰要他跪在那裡？他儘管請便！」

曹頫聽得這話，站起身來，揉一揉膝蓋，卻又走了進來，仍是低聲下氣地說：「老太太可千萬不能再生氣了。不然，兒子的罪孽更重。」

曹老太太的氣消了些，但仍舊繃著臉：「我也不是不許你管教姪兒，不過你也得想想，芹官怕你怕到了見你的影子就躲，你是怎麼管法？就像今天，你不想想，責罰他也得有個分寸。你把他的右手打壞了，不是害他一輩子。」

提到這一點，曹頫頓覺侷促不安，自覺錯的就是這一點，只能慚愧地說：「總是兒子讀書養氣的功夫還不夠，氣惱之下，一時亂了方寸。」

曹老太太默然，曹頫亦是低著頭無話可說。震二奶奶原只在外面晃了一下，此時便說：「四叔也是鬧了一身汗，我看先請回去歇著吧！」

曹頫點點頭，看著老太太問道：「娘沒有別的吩咐——」

「你去吧，你去吧！」曹老太太搶著說，「你讓我清靜一會兒。」

曹頫諾諾連聲弓著背，往後退了兩步，出門而去。這一下，從夫人以次，都鬆了一口氣。接著何謹也找來了，帶著他的藥箱，替芹官細看了傷勢，一面調藥，一面關照煎黃連水，洗擦了傷處，敷上「鐵扇散」。

叫小丫頭取一把蒲扇，使勁搧著。

曹老太太一直坐在旁邊看著，等何謹坐下來開處方時，便即問道：「沒有傷了筋骨吧？」

「看樣子是沒有，也是芹官的筋骨結實。不過總是小心的好，我開一服破瘀活血的『當歸湯』給芹官服。」

「說得不錯。過多少時候，腫才能全消？」

「總得三天功夫。」

「老何！」曹老太太又問：「你看他這傷，是有把握的吧？」

何謹笑了，「老太太真是疼孫子。」他說，「芹官這點傷算甚麼？包在我身上，三天消腫、五天復元。」

「好！三天消了腫，我賞你一罐好酒喝。」

「那可是一定要領老太太的賞的。」老何笑嘻嘻地說，又關照「忌口」，這樣不能吃，那樣不能喝，說了好些。

儘管春雨聚精會神地都記了下來，曹老太太仍舊不放心，命何謹開了一張單子，一再叮囑春雨，千萬當心。

為了曹老太太生了這麼大一場氣，大家都要想法子讓她消氣散悶，川流不息地有人往來，揀些她愛聽的話，或者有趣的新聞來說。其實，曹老太太並不須如此，一則她有些累了，再則總是惦念著芹官。不過她平時好熱鬧是出了名的，心想，人家一番好意來相陪，倘有厭倦之色，未免令人掃興，有熱鬧也熱鬧不起來，因而強打精神，顯得興致不錯。只有秋月知道，她此刻需要的是清靜，便向震二奶奶示意，可以辭去了。

不道她一開口，曹老太太便說：「你別走！回頭我還有事。」

「那麼，」馬夫人也看出來了，向震二奶奶說道：「我們先去吧！你趁早替老太太辦了事，好讓老太太歇著。」

等人散淨了，曹老太太向震二奶奶及秋月說道：「咱們看看芹官去。」

原來是這麼一件事，震二奶奶便說：「二更都過了，不如叫人去看一看。其實連叫人去看都是多餘的，老何的藥一定好。說不定這會兒芹官已經舒舒服服睡著了。」

「如果睡了，自然明天再說，我是不明白，他四叔到底為甚麼下重手？必是芹官有極淘氣的事！我想問問他。」

聽這一說，震二奶奶就不再固勸了，因為她也存著同樣的疑團，希望破解。當下派夏雲由輪值坐夜的老媽子，先到雙芝仙館去通知。曹老太太特別叮囑，如果芹官已經熟睡，就不必叫醒他。

去了約有一盞茶的功夫，夏雲回來了。同來的有春雨，說芹官一直嚷著手疼，想了好多法子，都不管用，最後是用新汲的井水灌在瓷罎子裡讓他的右掌覆在上面，取其涼氣，消滅灼痛。總算安靜下來，剛剛睡著。

「那得有人看著，不然手會滑下來。」曹老太太又說：「治燙傷，可以用這個法子，井水裡加上冰就更好了。跟大廚房去要冰。」

「要過了。」春雨答說，「大廚房說用完了，要用，還得開窖！」

「那就開窖好了！」震二奶奶答說，「去年冬天格外冷，窖藏的冰很多。」

「是！」春雨很委婉地說，「我看，新汲的井水，大概亦可以對付。芹官在老太太這裡沒有甚麼，一回去左也不是右也不是，也有點兒——」她不知道如何措詞，只好停住。

「見了你，有點兒撒嬌是不是？」震二奶奶笑著問。

春雨頰上，頓時浮起兩片紅暈，「二奶奶也是！」她窘笑著說，「怎麼拿我開胃？」

曹老太太聽她這話，知道芹官嚷疼是怎麼回事了，便即丟開，問起芹官到底為何被責。

「我問過芹官了，是為楚珍的事。四老爺一直追問，楚珍跳井以前，芹官是不是在太太那裡；又問楚珍在幹甚麼？問的話不少，中間有兩句沒有答得上來，四老爺就起疑心了。」

「哪兩句？」曹老太太問。

「一句是先說是楚珍在摺錫箔，四老爺問他以後呢？芹官不敢說實話。」

「為甚麼？」

春雨看了震二奶奶一眼，方始答說：「原說楚珍跳井是打碎了一樣磁器，太太說了她幾句，她一時想不開就跳了井。按這個說法，芹官就得回答，以後是打碎了磁器。他怕四老爺問他，好好在摺錫箔，怎麼會打碎磁器？不是前言不符後語？所以沒有敢作聲。」

「這是芹官老實，就編一段，說楚珍替他倒茶，失手打碎了茶杯，不就扯過去了嗎？」震二奶奶說道，「這也不去說它了。還有一句甚麼話，沒有能答得上來？」

「那句話倒是真的不能說。」春雨答道：「四老爺問芹官，太太怎麼罵他？他說沒有見著太太，四老爺問他為甚麼？芹官不便說被楚珍怎麼逗他吃嘴上的胭脂，太太聽見了，起身責罰楚珍，芹官怕惹是非，先就悄悄溜走。那一來，不把楚珍因為打碎磁器跳井的說法都拆穿了？」

曹老太太一面聽，一面點頭說：「這頓打可真是冤枉。不過，四老爺心裡一定另外還有個想法。」

震二奶奶也是點點頭，默喻於心。只有春雨，到底識見還淺，奧不透其中的隱微曲折。當然，她不便問，曹老太太跟震二奶奶亦不必告訴她。

「你回去吧！」曹老太太說，「你明兒告訴芹官，叫他安心養傷，凡事有我。」

「是！」春雨退後兩步，請個安，轉身而去。

「這個丫頭總算得用。」曹老太太望著她的背影，放低了聲音說：「不過，我看楚珍一半是死在她手裡。」

震二奶奶大吃一驚，「這是怎麼說？」她問，「老太太是從哪裡看出來的。」

「我是從你太太話裡面聽出來的。」

原來馬夫人已將楚珍投井以前的情形，細細告訴了曹太夫人，她頗悔自己魯莽，只為楚珍說了句「吃胭脂」的話，誤認她在勾引芹官，以致有那種決絕的處置。事後多方盤問，才知道冤枉了楚珍，但當初有她在勾引芹官的成見，卻是由春雨的暗示而來。所以說楚珍之死，春雨應負一半的責任。

「我這話也許說得重了一點兒。」曹老太太又說，「如果春雨這話，只是跟你太太說，那還罷了。倘或跟別人也在說甚麼楚珍在勾引芹官的話，可就得另說了。」

「這一點，我看不會。」震二奶奶又問，「老太太說這話，總又是聽到了甚麼了吧？」

「不是聽到，是想到。」曹老太太招招手，將震二奶奶招到面前，輕聲說道：「你總聽得出來，四老爺是疑心芹官跟楚珍有了甚麼，讓你太太撞見了，楚珍自然受了責罰，沒有臉見人才投的井。四老爺怎麼會有這樣子的想法，自然有人造謠。無風不起浪，如果是由春雨的混說而起。那——」她搖搖頭，暗示將要作斷然的處置。

「老太太看得深。」震二奶奶說，「倒要好好查一查。不過，除了一個人，不會有別人在四老爺面前挑撥這些是非。」

「你是說季姨娘？」

「除了她還有誰？」

「當然！只有她的嫌疑最重。你悄悄兒打聽清楚了來告訴我。」

果然，何謹的藥很靈，不過三天的功夫，腫都消退了。塾裡亦已開課，但芹官懶得上學，故意裝作右手還隱隱作痛，不便於握筆，向塾裡請了假。

本來請假先要告知曹頫，這一回卻是例外，中門上傳話出來，說「老太太交代」，派阿祥直接到塾裡告知老師。曹頫知道了這回事，暗暗嘆口氣，懶得再管了。

這是震二奶奶的主意，目的是試探曹頫的態度，看他並未說話，知道曹老太太那天的一頓嚴厲責備，足收懾服之效。以後有許多事，皆不妨用「老太太交代」的名義，獨斷獨行。

但有件事卻須曹頫親自出面，任何人都替代不得——內務府奉旨規定，江寧、蘇州、杭州三處織造，每年輪派一員，護解上用衣料，進京交納，同時述職。這年輪到的，正是曹頫。

起程的日期大致決定了，在十月初。事先要開單子，預備各處打點的禮物，算起來要六萬銀子，當然要跟震二奶奶去商量。

「四叔知道的，」震二奶奶面有難色，「今年出帳多，進帳少，年成又不好，租米只得往年的七折。上次為備小王子那份壽禮，已費了好大的勁，如今哪裡去籌六萬銀子？只怕六千都難！」

曹頫愣住了，「那怎麼辦？」他說，「總不能兩手空空進京吧？」

「辦法當然要想。不過，單子總也要重新斟酌。」震二奶奶說，「有些塞狗洞的錢就不必花了。」

「單子是照往年開的。」曹頫有些不悅，「我倒不知道哪幾筆禮是塞狗洞？你不妨拿給老太太看看。」

震二奶奶正要他這句話。將送禮的單子拿了進去，也不知給曹老太太看了沒有，反正有增有減，改得很多。要增加的，大都是她馬家有關的親戚故舊；所減少的，即是曹頫這幾年結交的，內務府、工部、戶部的司官，對公事上能幫忙的朋友。

曹頫有個很得力的僚屬，七品筆帖式雅爾泰，看了刪改的單子，頗為不平，悄悄向曹頫建議：「改歸改，送歸送，還是按原章程辦好了！反正也無從查考。」

「不可！這是家母的意思，不便違背。」

雅爾泰看他迂得如此，大不以為然，本來想說：內外有別。曹老太太雖是一家之主，究竟不宜干預公事。但深知曹頫純孝，說這話或者有傷人子之心，成了逆耳的忠言。但退一步論，有件事卻很可以說一說。

「果然是老太太改的，倒也罷了。只怕有人挾天子以令諸侯，甚至狐假虎威。堂翁，不可不察。」

曹頫本職是內務府員外郎，只算司官，但領著織造的差使，即是本衙門的堂官，所以雅爾泰稱他「堂翁」。這位「堂翁」自然知道他是指震二奶奶而言，心以為然，卻只能保持沉默。

雅爾泰則如骨鯁在喉，既吐不能自已，復又說道：「堂翁不論於公於私，都不應該默爾以息。這個息正就是姑息，足以僨事，譬如上次上用綢緞落色，我早就知道是可預見之事。採辦的顏料不地道，工又不夠，哪裡能逃得過上面的挑剔？我記得這話，我跟堂翁隱約提過的。」

「是的，你跟我提過。無奈——唉！」曹頫嘆口氣，沒有再說下去。

「我在本衙門三十年，歷事三任，府上的家事，自然清楚。堂翁的處境，我亦了解。雖說凡事須稟慈命而行，不過到底是堂翁領著織造的差使，出了岔子，責有攸歸，堂翁豈能辭咎？心所謂危，不敢不言；知我罪我，在所不計了。」

這雅爾泰年逾六十，曾受曹寅的薰陶，性情耿直，談吐不俗，曹頫一向視如父執，頗為敬重。這時聽得他的話，離座而起，深深一揖，很感動地說：「先生愛我，感激之至。忠言讜論，我自然謹記在心。」

曹頫這話，倒並非只是表面尊重，確是讓他說動了，因而叫了管事的來，細問採辦物料的情形，可是一無結果。因為此輩不是支吾其詞，便是答一句：「這要問震二爺才知道。」

雅爾泰的話，本就是對曹震而發的，曹頫有心整飭，亦要等曹震回來再問，方有效果。如今這一問，成了打草驚蛇，震二奶奶立刻就知道了。

「哼！」震二奶奶冷笑，「真的要算帳，咱們就算一算！」

震二奶奶要算的帳是季姨娘的帳——由於錦兒、春雨、妙英與秋月的合作，芹官挨那一頓手心的緣故，大致已經了然，是季姨娘在「四老爺」面前進讒，說芹官下流，調戲楚珍，為馬夫人發覺，芹官溜之大吉，而楚珍受責，竟致被逐，既羞且憤，以致投井。

本來是怕曹老太太生氣，震二奶奶還瞞著這件事，如今為了報復「四老爺」，遂即和盤托出，而且動以危言。

「也不知道她安著甚麼心思？」震二奶奶又說，「常時半夜裡，悄沒聲息地在雙芝仙館外頭站著。有一次讓小蓮撞見了，嚇得個半死。」

「有這樣的事？」

「老太太叫小蓮來問。」震二奶奶又說，「秋月也知道。」

「是有這麼一回事。」秋月證實了震二奶奶的話，「小蓮賭神罰咒地說，不是眼看花了。」

「這，」曹老太太大為緊張，「這可得想法了。」她想了一下說，「從今兒個起，多查兩遍夜。」

曹震終於回來了。一到家先到祖先神位前磕了頭，也不回自己院子，先到萱榮堂來給曹老太太請安。

「你甚麼時候到的？」

「剛到。」

「震二爺還沒有回自己屋裡呢！」秋月在一旁代為表白。

這一份孝心自然可嘉，曹老太太便說：「你先回去看看你媳婦，洗洗臉，換了衣服，回頭到我這裡來吃飯；再說杭州的情形給我聽。」

「不忙！」曹震向秋月說，「勞駕，叫人到我那裡說一聲，有口樟木箱，上面貼個『福』字的，別動！是我要孝敬老太太的。」

「倒是些甚麼呀？」曹老太太說，「如今年頭兒不同了，你又何必鬧這些虛文？你跟你媳婦孝順我，我都知道的。」

「花不了多少錢，也就是一點心而已。」曹震笑道：「甚麼東西，我先賣個關子。回頭老太太看了就知道了。」

「偏有那麼些做作。」曹老太太付之一笑，換了個話題問，「孫家怎麼樣？」

「孫老太太可不如老太太健旺，瞎都快瞎了。我見過她三回，每一回都念著老太太，說明年春天打發人來接老太太到杭州去燒香。」

「我也挺想念她的。」曹老太太說，「明年春天，我想到杭州去打一堂『水陸』。這個心願有十年了，再不了恐怕這輩子沒有日子了。」

「沒有的話！」秋月接口，心裡惻惻地覺得不好過——曹老太太這一陣老說這些「斷頭話」，大非好兆。

「絲都收齊了？」曹老太太又問。

「早都運來了。這一次費了好大的勁，去得太晚，好絲都讓人先挑走了，好說歹說才弄到一些好貨色，不過，價錢可也夠瞧的了。」

曹老太太沉吟了一會，方始開口：「你在公事上，也要巴結一點兒才好！回頭閒言閒語很多，你媳婦最好強，聽了那些話，悶在肚子裡，無非又多發兩回肝氣。你不為別人，也得為你媳婦想想。」

「老太太教訓，我當然聽。不過，甚麼事沒有老太太看得再透澈的，多做多錯，少做少錯，不做不錯。有人巴望我少做、甚至不做，隨他們去糊弄，就像四叔那樣，喝喝酒，下下棋，做做詩，畫畫畫，姪孫媳婦就不會鬧肝氣了。」

「你也不必跟我分辯，只記著有這回事就是了。」曹老太太忽然問道：「你見了你四叔沒有？」

「還沒有。」

「你四叔十月初進京，你知道了吧？」

「知道。」曹震答說，「四叔寫了信給我，不然，我還得有陣子才能回來。」

「怎麼？絲也收齊了，中秋也快到了，你不回家過節，待在杭州幹甚麼？莫非——」曹老太太遲疑了一下，終於還是說了出來，「是杭州有甚麼人拖住你不放。」

「沒有，沒有！老太太儘管去打聽，如說我在杭州胡鬧，隨老太太怎麼責罰我！」

「那麼你為甚麼不回來呢？」

「是孫大叔跟我說起，高東軒放了蘇州，應該聯絡聯絡，主張我到山東去接。高東軒是第一回到南邊來，人地生疏，有個熟人照料，他一定感激。咱們三家，不又結成一枝了？」

他口中的高東軒，單名一個斌字，也是內務府的包衣，不過轉屬鑲黃旗，高斌的妻子，也是當初選到王府的「奶子」，她所乳的，恰就是當今的皇四子弘曆——雍正元年密定儲位，書名藏於乾清宮「正大光明」殿匾額後面。雖說「密定」，但人人皆知是皇四子弘曆，就如當年人人皆知皇十四子胤禎將繼大位一樣，是一個心照不宣的公開祕密。

皇帝既然已決定傳位給皇四子弘曆，自然要為他培植一批忠誠幹練的親信。高斌是首先被看中的若干人之一，決定派他一個有重要關係的好差使。

於是，皇帝想到了胡鳳翬，同時也浮起了一陣厭惡的感覺。當初用胡鳳翬，本因他是年妃的姐夫，與年羹堯郎舅之親，一定赤膽忠心，唯命是從，所以派為蘇州織造，像先帝之重用曹寅一樣，寄望他能為皇帝在江南的耳目。哪知胡鳳翬的行為，與他的期望正好相反：首先，胡鳳翬對自己的處境就看不清楚。有了皇帝這種靠山，只要全力巴結，將來甚麼官做不到？何必又去另覓奧援？胡鳳翬卻總以為全靠別人在皇帝面前替他說好話，才有前途，所以各處應酬打點。為了表示親密，不免還說些不該說的話，每每洩漏了皇帝的內幕，宮禁的隱情。皇帝接到密報，冷嘲熱諷地告誡過好幾次，而胡鳳翬卻全然不能理會。

其次，皇帝是派他去做耳目的，地方官員品德、才幹的優劣、施政得失及地方的輿論如何？做了那些好事或壞事？尤其重要的是，跟皇室及隆科多、年羹堯等人有何交往，蹤跡疏密？他應該像雲南巡撫鄂爾泰、河南巡撫田文鏡、浙江巡撫李衛那樣，鉅細不遺，照實陳奏才是。不想他因為怕得罪人，常時只揀好的說，完全不符皇帝的要求。

到了年羹堯跋扈不臣，皇帝決定拿他開刀時，胡鳳翬遭受了考驗。皇帝心想，這是給他一個好機會，如果他把君臣之分、公私之別弄得很清楚，在年羹堯貶為杭州將軍，赴任途中的真情實況，盡力打探明白，一一密奏，那就證明了他還是可以重用的。

誰知他自己證明了他大負委任！當年羹堯逗留在兩淮，還延不進時，胡鳳翬竟悄悄買舟，專程到淮安與年羹堯祕密會面。皇帝接到的密報是，郎舅二人，曾經抱頭痛哭。這一下，引發了皇帝的殺機。但直到年羹堯被殺以後，方始免了胡鳳翬的差使；正好派高斌接任。同時另有密諭，痛責胡鳳翬，命他即日卸任回京。胡鳳翬料知此行必無僥倖之理，與他的妻子，也就是年貴妃的胞姐，雙雙懸梁，做了同命鴛鴦。

這還是不久以前的事。曹老太太雖曾聽說，不知其詳，此刻聽曹震細談經過，不免嗟嘆了一番，「你看，當初他逼你舅公，一點都不留餘地！」她說，「哪知道如今下場，比你舅公更慘。為人總是厚道的好！」

「原是這話。不過也要靠自己，路子要走得對，主意要拿得定。」曹震又說：「四叔這趟進京，十三爺那裡，千萬要敷衍好。」

「『十三爺』是指怡親王胤祥。曹老太太覺得他的話有理，便即說道：「你回去跟你媳婦商量，十三爺那裡的一份禮，要格外豐盛。」

「是！」曹震又說，「其實有時候也不在乎禮的輕重，最要緊的是腳頭要勤。四叔——」他遲疑了一下才說：「就是名士派重了一點兒，懶得上門。知道他的，說是名士習氣；不知道的就說他眼界高，看不起人。這一層，實在很吃虧。」

曹老太太點點頭，「慢慢兒再看吧！」她說。

曹震不知道她這句話甚麼意思，想了一下說：「其實京裡都是看在爺爺的老面子上，反正名士派也好，眼界高也好，就這麼一回事了。若說要想打開局面，可得好好兒下點功夫。」

「你說，這個功夫怎麼下？」

「自然是到了京裡，見機行事，譬如高家現在起來了，不妨燒燒冷灶。反正四阿哥這方面的人，多聯絡聯絡，將來必有好處。」曹震又說，「我實在很想跟四叔去走一趟，無奈四叔一走，我必得留下來。家裡總不能沒有人。」

「那可是沒法子的事。總不能讓你四叔留下來，派你去，你去了也見不著皇上。」

「四叔也不見得能見皇上。上一次進京，就沒有召見。進了京，主要的還是得跟十三爺拉緊了。喔，」曹震突然想起，「小王子襲了爵，不知道送了賀禮沒有？」

「送了，不過只說賀他生日。」

「生日送禮是生日送禮。襲爵應該另外送禮，不但另外送禮，還是派專人去道喜才是。」曹震又說，「我在杭州聽說，小王子襲爵請客，場面熱鬧得很，連四阿哥都去道賀了。」

曹老太太默然。回想當時曹頫對福彭襲爵，不以為應該特為致賀，想法不錯；如今聽曹震的話，也有道理。到底該聽誰的，一時究難判斷。

「老太太看呢？我的話在不在理上？」曹震催問著。

「就有理，事情也過去了。」曹老太太又加了一句：「你四叔的想法，有時跟你不一樣。」

「事情難辦就在這裡——」

「好了，好了！」曹老太太不耐煩地打斷，「剛到家，先別提這些。你快回你自己屋子裡去吧！」

從萱榮堂吃了飯回來，錦兒已經將曹震帶回來要分送各處的土儀，一份一份派好；曹震的行李鋪蓋，亦都檢點過，該歸原的歸原，該拆洗的拆洗。震二奶奶頗為滿意，誇獎她說：「你慢慢兒可以替我的手了。」又問：「二爺帶出去的東西，少了甚麼沒有？」

「沒有。」

「多了甚麼沒有？」

「自然有多的。二爺在杭州買的扇子——」

「這不算。」震二奶奶搶著說，「我是說，有沒有甚麼絞下來的頭髮、指甲，或者荷包、手絹兒甚麼的。」

曹震在外屋聽得這話，驚出一身冷汗。想起在杭州時，孫文成派人陪他遊富春江，結識了一個名叫貴寶的船娘，兩情繾綣，難捨難分。船回杭州拱宸橋，登岸之前，曹震要了她一雙穿過的繡花睡鞋，有時想念貴寶，便取出來把玩一番。這雙睡鞋，記得是塞在鋪蓋裡面的，一定已落入錦兒手中，倘或交了出來，真贓實犯，百口難辯，必有一場大大的饑荒好打。

因此，屏聲息氣，側耳靜聽，只聽錦兒說道：「荷包倒有一個。喏，在這裡。」

「這不相干！」是震二奶奶的聲音，「是孫家給他的。」

「何以見得？也許是，有人特為繡了送他的私情表記？」

「不會！你沒有看見上面繡著個孫字，如果特為繡了送他，應該繡個曹字。」震二奶奶又問：「還有甚麼？」

「還有——」

聽錦兒拉長了聲音，欲語不語，曹震一顆心都快跳出來了。只為緊張過度，喉頭發癢，不自覺地咳出聲來。

「你聽！」震二奶奶說：「在給你遞點子呢？」

「遞也沒有用。有就是有，沒有就是沒有，我還敢替他瞞贓。」錦兒緊接著說：「好像還有別的東西，等我細點一點，再來跟二奶奶說。」

曹震知道錦兒是衛護著他，這一來有恃無恐，便踏進裡屋，發牢騷似地說：「每趟回來，都把我看成一個賊似地，疑神疑鬼地幹甚麼呀？」

「問你自己！」震二奶奶笑道，「如果你出門，是像四老爺那樣，不沾葷腥，人家又何必防得你像賊一樣？」

「四老爺？」曹震接口反詰：「還不是每趟進京都要玩兒『像姑』。」

「那不同！」震二奶奶開玩笑似地說，「我可沒有功夫喝『像姑』的醋。」

「這可是你自己說的！」曹震忽然似笑非笑，一臉詭祕地說：「今兒個，咱們三個睡一床，好不好？」

震二奶奶尚未答話，錦兒已經開口：「不好！」說完，一甩手往外就走。

「我這不是找釘子碰。」曹震搔著頭自嘲，「當著你的面，我這話不是白說？」

一聽這話，震二奶奶立刻沉下臉來：「你當我不許錦兒跟你在一起？你好沒良心！好了，今晚上你到錦兒屋子裡去好了！」她停了一下，又說：「要嘛，不想回來，一回來了，要我們兩個伺候一個！你把我們看成甚麼了？是窯姐兒不是？」

「好了好了！」曹震皺著眉說：「瞧你說得多難聽。」

「你還說我！你不想想，出門幾個月到家，也總得談談正經，先就想這些不相干的事。好沒出息！」

曹震默然，想想自己也有些不對，便讓步了。「好吧！」他坐了下來，「談正經吧。」

於是，震二奶奶便談曹頫責罰芹官的前因後果。在曹震來說，是想都想不到的事，自然深感興趣，也深感關切，一直談到三更天，倦意侵襲，呵欠連連，方始住口。

「錦兒呢？」震二奶奶問說。

「自然早去睡了。」

「你到她那裡去吧！我正好『身上來』。」

曹震還當她是故意試他，如此深夜，不想再鬧彆扭，斷然決然地說：「不！我睡在這裡。」

「何必？」震二奶奶是要籠絡錦兒，特示寬大，「去吧！去吧！」一面說，一面用手來推。

這樣子不像作假，而且也看到她穿的是一條玄色綢袴，那就連「身上來」的該也不假。不過他還是半推半就地出了臥室，來到錦兒所住的廂房。

門自然是在裡面閂著的。錦兒為叩門聲所驚醒，問道：「誰啊？」

「是我。」

「你不是陪二奶奶，來嚕嗦甚麼？」

「是二奶奶要我來的。她今天身上來了。」

「不行！」錦兒答說，「我也身上來。」

「哪裡有這種事？」曹震又說，「二奶奶的房門已關上，你再不開，我可睡在哪兒啊？」

「你在外面站一宵好了。」

話雖如此，錦兒還是起來開了門，剛從夾被中起身，身子是暖的，散布出甜甜的薌澤，曹震一把將她抱住，說一聲：「想死我了！」隨即就去親她的嘴。

「你急甚麼！」錦兒使勁推開他的臉：「門還沒關呢！」

曹震仍不肯放手，從她後面摟住她的身子，腳步跟著她去關了門，走回來要推她上床，她很輕巧地掙脫了他的懷抱，隨手抓了件小夾襖披在身上，剔亮了燈。

「你還不想睡？」曹震詫異地問。

「對了！我還不想睡。」

「那，你要幹甚麼？」

「我要審你！」錦兒笑道：「你在杭州幹的好事，替我從實招來！」

曹震心知是睡鞋的事發作了，急得連聲說道：「你大呼大叫地幹甚麼？有話不好到床上去說？」

錦兒同意了。等上了床，從褥子下面掏出那雙睡鞋來問道：「是誰的？」

「我不瞞你——」曹震將與貴寶結識的經過，說了一遍。當然只是輕描淡寫，說成逢場作戲的一段春夢。

「你一定很喜歡她吧？」

「談不上。」

「還麼，是她看上你了。」

「更談不上。那些人哪裡有甚麼真情。」

「怪不得二奶奶罵你沒有良心。人家如果不是真情，肯拿睡鞋送你？」

「也不是她送，更不是我要。不知怎麼胡裡胡塗地錯放在我的鋪蓋裡了！」

「你現在可是有把柄在我手裡。」錦兒半真半假地說，「好就好，不好當心我抖漏出來！」

「怎麼叫好，怎麼叫不好！」曹震一翻身，捧著她的臉說，「咱們現在不就挺好的嗎？」

錦兒不答，然後嘆口氣說：「也不知道甚麼時候才熬得出頭？」

「都怪你自己肚子不爭氣！你要替我生個兒子，哪怕是女兒呢，我也有話可以說了。」

「這也不能怪我！怪你自己不行，身子都掏虛了，哪裡還會有兒子。」

「瞎說八道！你倒試試我行不行？」

錦兒正要開口突又停住，同時伸手捂住曹震的嘴。他便將頭微抬離了枕，卻聽不出甚麼來。等她把手移開，鬆弛了戒備，他才問說：「怎麼回事？」

「剛才二奶奶在窗外。」錦兒低聲說道：「虧得沒有說她。」

「說她也沒有甚麼！」曹震突然問道：「我不在家，後街的隆官常來，是不是？」

錦兒心裡一跳，表面上卻故意裝糊塗，「誰是後街的隆官？」她說，「我想不起這麼一個人。」

「你怎麼想不起？今年大年初一來拜年，進門就摔了個大馬扒。你忘掉了嗎？」

錦兒怎麼會忘？那隆官是曹家族中子弟，比曹震晚一輩，名叫世隆，今年才二十剛剛出頭，油頭粉面，兼以能言善道，丫頭都對他有好感。震二奶奶也聽說有這麼個人，想看看他是甚麼樣子，偶爾跟曹震說起，曹震道是：「那還不容易，轉眼過年了，讓他來給你拜年就是。」

於是大年初一清早，曹世隆來給曹老太太叩了頭，隨即來給震二奶奶拜年。一進門便仰天八叉地滑一大跤，惹得丫頭們都大笑。震二奶奶卻老不大過意，一面呵斥丫頭，一面問曹世隆摔痛了沒有。

曹世隆居然毫無窘色，站起身來笑嘻嘻地答說：「原是給嬸娘送元寶來的。」江南管新年摔跤叫「摔元寶」，曹世隆見機，借此奉承。震二奶奶討了個吉利口采，喜他口齒伶俐，頓時另眼相看。曹世隆的嘴極甜，「嬸娘、嬸娘」地不離口。到得告辭時，震二奶奶說他衣服髒了，將曹震做好了只穿過兩三回的一件緞面狐腿皮袍送了他，而且叫丫頭伺候著，當時便讓他換上。果然，「佛要金裝，人要衣裝」，穿上這件等於全新的皮袍，較之他原來所穿的半舊藍紬棉袍，別是一番軒昂俊俏的丰姿。

過了有五、六天，曹世隆到中門上來要求見震二奶奶，手裡挾一個大包裹，說是來送還皮袍。值班的嬤嬤傳話進去，錦兒不免詫異，當時明明白白說清楚，皮袍是送他的，他還請安道了謝，說了好些「嬸娘疼」他的話，何以如今卻又來送還呢？

轉念一想，恍然大悟，這件皮袍是塊敲門磚，便不作聲，只看震二奶奶如何處置。

震二奶奶正因曹震賭得昏天黑地，已三天不見人面，方寸寂寞，懶怠得甚麼事都不想做，忽聽有這麼一個善伺人意，靈巧可愛的人來為她破悶，頓覺精神一振，立即傳話叫「請」。同時還吩咐打臉水來，重新勻了臉，顯得神采飛揚地，才到堂裡來接見曹世隆。

來時是未初，一直談到快上燈，震二奶奶要到萱榮堂去伺候晚飯，曹世隆方始辭去。他的境況，震二奶奶已經深知。不久，內務府示意，應該進貢箋紙、毛筆，震二奶奶便跟曹震說了，派了曹世隆一個採辦的差使，領了四百兩銀子，到浙江湖州府去定造上用的紙筆。

等他湖州回來，曹震已經到杭州去了。曹世隆很會做人，外面從曹頫到幕友，都送了一份精緻紙筆；裡面是送了兩大簍湖州特產的酥糖之類的茶食，當然，震二奶奶那裡另有孝敬。

錦兒也有一份禮，是一枝點翠的金挖耳，五、六兩銀子的事，她也沒有看在眼裡，不過想想他這趟差使，至多能落下五十兩銀子，這樣裡裡外外都敷衍到，就算白辛苦了一趟。偶爾跟震二奶奶提到，她亦正有同感，不過一時沒有機會能讓他撈摸幾文，只叫人帶了個信去，說她知道他湖州之行，並無好處，且耐心等待，到得冬天，採辦明年織造須用的材料時，自會替他設法。

下一天，曹世隆託名道謝，又來求見。而就從這天開始，趙嬤嬤得到通知，只要他一來，不必通報，直接領了去見就是。

於是十天之間，曹世隆來了三趟。第三趟是來託一個人情——有家富戶姓劉，三世單傳；第三代的劉秀才，亦只活到三十歲，留下一個九歲的兒子。他的遺孀姓何，出身世族，矢志撫孤守節，而劉家族人，覬覦劉秀才的遺產，幾次勸秀才娘子改嫁，無奈志不可奪。於是劉秀才的一個捐了監生的堂兄主謀，祕密布置，勾結了當地鄉紳，由劉監生率領族人，聲稱捉姦，一直闖入秀才娘子的臥室，從床底下拖出來一名「姦夫」。

秀才娘子目瞪口呆，告到當官，問出姦夫竟是駐防的旗人，名叫色愣額。等錄了供，右翼副都統衙門一角公文，將色愣額提了，自行用「軍法處置」，留在上元縣衙門的，竟是沒有姦夫的一樁姦情案子。

縣官倒還明白，心知內有蹊蹺，但為人膽小怕事，牽涉到旗丁，不敢往深處去研求。只從寬照「和姦各杖八十」的律例，准予收贖，繳納四兩銀子，便可回家。

當然，秀才娘子是不能再回夫家了！劉監生設此一條毒計，就是要以「七出之條」中的「淫佚」一條，逐出秀才娘子，以便謀產。秀才娘子無端受此奇辱，痛不欲生。她的父兄自然也要為她伸冤，勸她忍死須臾，以待昭雪。秀才娘子含著眼淚答應了。

何家老大，頗有計謀，深知「解鈴還須繫鈴人」的道理，打聽到色愣額駐防京口，託人跟他去談，贈以多金，動以情感，怵以因果報應之說，勸色愣額挺身出來說明真相，色愣額已經答應了。

曹世隆來說人情，便是為了這件事。他是由聚寶門外甘露庵住持的介紹，受劉監生之託，只要能設法阻止色愣額到案，或者雖到案而不翻供，願意送一千兩銀子，作為謝禮。

於是曹世隆自然而然地想到了震二奶奶。談這件案子時，他變更了一些情節，說色愣額跟秀才娘子，確有姦情。何家是買出色愣額來說假話。因此，色愣額如果不到案或者到案而不翻供，並無愧於良心；從中促成其事的，也不算作孽。

震二奶奶聽完經過，沉吟了好一會說：「我倒不怕作孽，只覺得對你沒有多大好處，劉監生他們占了這麼大一個便宜，有點兒犯不著。」

「嬸娘面前我不敢說假話。」曹世隆當即答說，「孝敬嬸娘的是一個整數，另外，他們送我三百銀子。我的好處也不小，全靠嬸娘成全。」

「你眼皮子真淺，三百銀子就說是很大的好處了！」震二奶奶緊接著說：「本來我也不短這一弔銀子使，犯不著跟人家去討一個人情。為了你，可就說不得了。你叫他們送你兩千銀子，我一個子兒不要，替你白當差。」

「是，是！」曹世隆說：「我自然還是兌一千銀子送進來。」

「我不要！我說過了，這是挑你發個小財。你只記住嬸娘待你的好處就是了。」

「記住，記住！一輩子都記住嬸娘的好處。」說著，曹世隆伏在地上給震二奶奶磕了個頭。

震二奶奶坦然受了他的大禮，「起來！起來！」她說，「你後天來聽回音。」

到得第三天，曹世隆復又進府。這一次沒有見著震二奶奶，由錦兒傳話給他，已跟副都統夫人說好了，色楞額不會到案作證。副都統衙門會有公事給上元縣。

「喔，多謝，多謝！」曹世隆問道：「不知道回覆的公事上怎麼說？」

「那就不知道了。」

這是美中不足之處，如果能知道副都統衙門以何理由不讓色楞額作證，對劉監生的交代，更為切實，索謝禮也就方便得多。如今問不出來，只得罷了。

「錦姑娘，」曹世隆又說：「我想請問你，震二奶奶的私房，是存在哪些地方？」曹世隆怕錦兒誤會，趕緊又解釋：「那筆謝禮，雖說震二奶奶全賞了我，到底受之有愧，我仍舊應該孝敬。不過，一千銀子，二十個元寶，帶了來也很累贅，倒不如我直接送到震二奶奶存錢的地方。」

聽得這話，錦兒大出意外，脫口說道：「既然震二奶奶要送你，你也不必客氣。一千銀子兩三年的澆裹，也是難得的機會。」

「多謝錦姑娘關懷！我是怕一千銀子買斷了一條路。」曹世隆又說，「錦姑娘，我是老實話，你別笑我。」

錦兒心想，他不肯貪一時之利，有心要留著震二奶奶這條路子，細水長流。說起來是個有心胸的聰明人，就成全了他吧！

於是她說：「四牌樓有家絲線店，字號襄綸，襄陽的襄，經綸的綸，掌櫃姓顧，你找他接頭就是。」

「是了！多謝指點。」曹世隆又說，「請你跟震二奶奶說，等副都統衙門的公事去了，結了案，我就送銀子去。」

「何必先跟她說，到時候她自然知道。」

「說得是！」曹世隆深深點頭，「不過，銀數是一千一百；多下的零頭數送錦姑娘買朵花戴。」

「不必客氣——」

「應該、應該！」曹世隆不等她說完，便拱拱手告辭而去。

到了月底，襄綸照例送揭單來。震二奶奶一看多出來一千一百銀子，不免詫異，吩咐錦兒去問一問，帳目可是錯了？

「不用問，不錯。是隆官存進去的。」接著，錦兒便將當時的情形說了一遍。

「你為甚麼不早告訴我？」

「我只當他是說玩話，或者有心無力，收到了謝禮，扯散了，湊不齊這筆錢。所以不說。」

「你倒替他打算得很周到。」震二奶奶笑著說，又深深看了她一眼。

這一眼看得錦兒很不舒服，便繃著臉說：「我是替二奶奶打算。萬一他說了做不到，不是害二奶奶空歡喜一場？」

看錦兒有些生氣的樣子，震二奶奶不能不讓一讓她，仍舊含著笑說：「這麼說，倒是我要謝謝你。你說，我怎麼謝你？」

「我要二奶奶謝甚麼，倒是人家，總也要讓他知道，錢已經收到了，見他的情。」

「嗯！」震二奶奶想了一會說：「他半個月不來，想必就是等我們知道他送了這筆錢，要看我們怎麼說？你叫人去請他來，我問問他，副都統衙門的公事上是怎麼說來著？」

第五章

「公事上說，色愣額差遣到關外去了，一年半載，不得回來。沒有證人，成了懸案，何家的狀子沒有駁，可也沒有准。」

「這不就等於白告了一狀嗎？」

「嬸娘說得是！原告白告，被告的官司就等於贏了。」曹世隆緊接著說。「嬸娘就是不派人來找我，我也要來見嬸娘。有件事不知道嬸娘意下如何？只怕會碰釘子！」

「甚麼事？你還沒有說，何以見得我就會給釘子你碰。」

「是這樣，我以前跟嬸娘稟告過，劉家這件事，是甘露庵住持的來頭。仰仗嬸娘的大力，官司是贏了。甘露庵的住持也很感激，想請嬸娘挑個日子，到甘露庵隨喜吃齋，住持好當面跟嬸娘道謝。」

「到她庵裡去燒香，也是極平常的事。不看僧面看佛面，我為甚麼要給你釘子碰？」

「是！是！那太好了。」曹世隆笑逐顏開地，「請嬸娘挑日子，要從容些才好。」

能讓震二奶奶從從容容作竟日盤桓的日子卻不大容易挑，她跟錦兒細細盤算了一會，選定端陽後兩天的五月初七。

「也要看那天臨時有事、無事？」震二奶奶說：「倘或臨時張羅不開，也就只好謝謝了！」

「不！嬸娘許了我，就一定要光臨，成全我一個面子。」

「好吧！」震二奶奶下了決心，「我一定來。」

到了五月初七，震二奶奶與錦兒，帶著兩個小丫頭，坐轎到了甘露庵。曹世隆在山門外迎接；引見了甘露庵的住持圓明、知客無垢，隨即笑道：「我可不能陪嬸娘了！」說罷深深一揖，揚長而去。

於是，震二奶奶由比丘尼陪著，先到大殿拈了香，延入淨室待茶。圓明年紀四十上下、無垢約莫三十，兩人都善於詞令，將個健談的震二奶奶，應酬得非常熱鬧。到得巳牌時分，無垢請示：「震二奶奶只怕餓了，早點擺齋吧！」

震二奶奶無可無不可地點點頭，等到擺飯桌時，錦兒照規矩幫著照料，無垢連連稱謝，而且原也是另外備了一席款待的。不過，她要聽震二奶奶一句話，她才能接受邀請。

「既然知客師太這麼說，你就不用在這裡招呼了。」

話雖如此，錦兒仍舊等震二奶奶坐了席，方始到別室，帶著兩個小丫頭，由無垢陪著，吃完了飯，仍回原處，只見震二奶奶已臉泛紅暈了。

「這是住持師太自己釀的果子酒。」震二奶奶拿起杯子說：「你倒嘗一口看，香得很。」

錦兒不便推辭，接過杯子嘗了一口，抽出腋下的手絹，擦一擦杯沿，仍舊放回震二奶奶面前；同時說道：「真的很香。」

「乾脆你也坐下來喝一盅！」

聽這一說，無垢便要去添杯筷，錦兒急忙阻止：「不、不！沒有這個規矩，而且，我也吃得很飽。」

「那，」震二奶奶是體恤她，不願她侍席，因而說道：「你不肯坐下來，也不必站在那裡。找個地方涼快涼快去吧！」

「到我那裡坐。」無垢接口，「我那裡很涼快。」

就這時天氣突變，一陣風起，西南方的烏雲，如萬馬奔騰般洶湧而來，接著是蠶豆大的雨點飄灑而下，眨眨眼的功夫，便是繁喧一片，傾江倒海的大雨。

「好雨，好雨！」震二奶奶原來身上汗黏黏地，加以喝了酒，身子發熱，更覺難受，此時卻感到輕快得多了。

「落雨天留客。這麼大的雨，一時也回不去，索性擦一擦汗，舒舒服服地寬飲一杯。」

震二奶奶興致正好的時候，接納了她的建議。圓明便起身引路，穿過一條曲折的夾道，盡頭處有扇門，推開來一看，是個小小的院落，一共三間屋子。走廊上另有一道門，封閉不用，掛著一把大鎖，頗為顯眼。

「這是你的禪房？」震二奶奶說，「倒靜得很。」

「是啊！我是有一點聲音，就睡不著的。」

圓明一面說，一面已揭開簾子，讓震二奶奶先走。第一間擺著經卷，有一具木魚，是圓明做功課的所在；第二間的格局是起坐之處；到得第三間才是臥室，由於兩面牆，一面板壁，只有南窗透光，所以相當陰暗，只見北面靠牆一張大床，上掛珠羅紗帳子，暗紅的竹蓆上，一床月白綾子的夾被。床前一張梳妝台，居然還有鏡箱。

這時小尼姑已打了臉水來，取一塊簇新的手巾搭在磁臉盆上，隨即便退了出去。

「請！」圓明笑道：「要不要我來服侍？」

「罪過，罪過！師太要折煞我了。」

說著，震二奶奶站起身來，先仰著臉解開項下一個紐子，絞一把手巾先擦臉，再擦脖子。這時圓明又開口了。

「何不索性脫了旗袍，痛痛快快抹一抹。」

「這樣就可以了。」

話雖如此，震二奶奶仍又解了兩個紐扣，露出右肩，肩上一根赤金鍊子繫著猩紅肚兜。圓明讚嘆著說：「震二奶奶好白好嫩的皮膚。」

「哪裡還嫩得了！」震二奶奶說：「人老珠黃不值錢！」

「震二爺好福氣！前世不知道敲破了多少木魚，才修來震二奶奶這麼又賢慧、又能幹、才貌雙全的好妻房，真正該心滿意足了。」

聽到最後一句，震二奶奶不自覺地嘆口氣，卻不便說甚麼，只是報以苦笑。

「咦！」圓明關切而詫異地，「莫非震二爺還有甚麼不知足？」

「家家有本難念的經。不提他還好些！」

見此光景圓明不敢多說。震二奶奶卻忽然心裡煩躁，解開紐扣，卸了旗袍。圓明自然過來幫忙，看她裡面還有一件白紡綢葫蘆領的對襟褂子，勸她索性也脫掉，好好抹個身。

這是第二次相勸，震二奶奶依從了。不過到脫得只剩一件金鍊子吊著的肚兜時，不免躊躇！雖說都是女身，到底還不太熟，不慣裸裎相向，更怕小尼姑闖進來，見了會去亂說，但如不脫，積汗卻在雙峰之間，無法抹得乾淨。

這樣想著，偶爾抬頭望了望房門。圓明意會到了，立刻去關了房門，同時又說：「我這裡最嚴緊不過，將頂外面那間屋子的門一關，甚麼人都進不來！」

震二奶奶心裡一動，更覺煩躁，喝了兩口白菊花泡的涼茶，才好過了些。乃至卸脫肚兜，圓明已絞了手巾來替她擦背，震二奶奶口中連聲說「罪過」，到底還是受了她的服侍。

「是啊！」圓明很謹慎地接口，「若說有了兒子，震二爺該沒有甚麼不知足了！」

「那也不見得。不過，至少可以塞他的嘴。」

震二奶奶的意思很明白的了。圓明略想一想說道：「那不光是塞震二爺的嘴！有了兒子，哪怕是女兒也好，夫婦情分到底就不同了。震二爺若是想討個小、弄個人，說不定真的是想早早生個兒子。放著這麼鮮花一朵似的賢慧妻房，膝下又有男兒，不怕震二爺不收心。」

這番話將震二奶奶說動了，想一想問道：「師太，你可知道有好的種子方？」

「震二奶奶，你怎麼問這話？」

「怎麼？這句話問錯了。」

「不是問錯了，叫人奇怪！」圓明答說：「我也聽人說過，要好種子方，只有到織造府去求，是真正的宮方。震二奶奶反倒問我，豈不是叫人奇怪？」

「也沒有甚麼奇怪，宮中的方子，不一定都是好的。宮裡抄來的方子，一共三個，我都試過，毫無效驗。」

「那，」圓明含蓄地答說：「只怕是震二爺，得請教請教大夫。」

這下提醒了震二奶奶，心裡在想，這話有道理。除了繡春以外，錦兒一般也是宜男之相，何以至今不育？而且曹震偷過的丫頭、老媽子，叫得出名字的，起碼還有三個，亦未聽說有甚麼受孕的傳聞。足見得是丈夫不中用。

這個念頭等得沐身已畢，回到客廳，洗杯更酌時，猶自橫亙在胸頭。其時大雨已成小雨，涼爽宜人。圓明殷殷勸酒，震二奶奶不知不覺，有了幾分酒意，眼皮澀重、神思困倦，是強打精神支持著的模樣。

「震二奶奶，莫如在我那裡，歇個午覺。」圓明說道，「一覺醒來，雨也停了。那時回府不遲。」

「也好！」震二奶奶問道：「我帶來的人呢？」

「是問錦姑娘？我告訴她好了。」

震二奶奶點點頭，懶得再多說，由小尼姑扶著，到了原先沐身之處。小尼姑隨即退了出去，依舊是圓明服侍她上床。

「時候還早，震二奶奶你儘管睡。」圓明忽然問道：「一個人睡怕不怕？」

難得這句話，震二奶奶一驚，精神也比較集中了，「怎麼？」她問：「這裡有大仙？」

「大仙」或稱「狐仙」，無分南北，都有狐狸成精作祟的傳說。圓明笑道：「菩薩在這裡，哪裡會有大仙。我是這麼問一問，震二奶奶請放心，我在頂外面那間屋子裡念經，陪你。有甚麼事，叫一聲我就來。」

震二奶奶心裡疑惑，覺得她的神色可異，不過她向來是「不信邪」的性情，因而也就泰然置之了。

「錦姑娘，你放心在這裡玩吧！」無垢特為來通知，「震二奶奶略微有點醉了，在我們當家師太屋子裡歇午覺。這一覺不會短，等她醒了，我來通知你。」

聽這一說，錦兒的心情放輕鬆了。在禪房中，幾個比丘尼跟她的年齡都差不多，談得很投機，有一個善能道狐說鬼，談因果報應，錦兒聽得入迷了，卻只是惦著震二奶奶會找她，難得天從人願，她在這裡歇午覺，起碼有個把時辰的清閒。加以天時涼爽，坐在那裡真懶得動了。

也不知談了多少時候，突然發覺，雨霽日出，從荷包中取出表一看，不由得嚇一跳。

「可了不得！已經申正一刻了。」說著，站起身來說，「我看看我家二奶奶去。」

「還早，還早！」無垢安慰她說，「夏至剛過，天正長呢！」

「回去得好些時候，遲了趕不上伺候老太太的晚飯。」

無垢也知道，曹家的人只要提到「老太太」，事無大小都是要緊的。只好這樣說：「好！我替你瞧瞧去。」

「一起去好了。」

無垢無法攔阻她同行，只好搶在前頭引路，到得夾弄盡處，一面推門，一面重重地咳了一聲。這神色有些張皇，錦兒不由得詫異，心裡在問：她這是幹甚麼呀？

然而進了門卻無異樣，震二奶奶已經起來了，正坐著跟圓明說話。異樣的仍是無垢，臉上有著如釋重負的神色，猜不透她因何而起。

「該回家了吧？」錦兒問說。

「嗯！正要走。」震二奶奶說：「提轎吧！」

這自然是無垢的差使。不過錦兒也有事，回到客廳，指揮小丫頭收拾衣包、扇子、手巾。檢點下來，少了個荳蔻盒子，便問小丫頭說：「你進去問一問二奶奶，荳蔻盒子是不是隨手帶進去了？別忘了帶回來。」

等小丫頭一走，錦兒一個人坐下來，細想無垢的神態，深為納悶。不久，小丫頭去而復回，手裡拿著的，正是那個荳蔻盒子。

「錦兒姐姐，我告訴你一件事。」小丫頭說，「我在當家師太那裡，看見一個男人的影子，好熟，就一時想不起來是誰來。」

錦兒既驚且詫，睜大了眼，愣在那裡，好一會突然想起，大喝一聲：「你在作死，胡說八道些甚麼？」

小丫頭嚇得一哆嗦，卻正好想起了所見的是誰。「我哪裡胡說！」她脫口答道：「我想起來了，是隆官。」

錦兒頓覺眼前金星紛起，急怒攻心之下，揚起手來，便待狠狠給小丫頭一巴掌。但就當手掌將落未落之際，腦中清醒了，這一巴掌下去，小丫頭非哭不可，那一來事情就鬧得不可收拾了。

於是她放緩了聲音，悄悄說道：「你一定看花了！姑子庵裡哪裡會有男人？你這話不能混說，不然，」她突又轉為一臉凶相，「你看我不撕爛你的嘴！我可告訴你，我不是說說就算了的，你不信你就試試看。」

見此光景，小丫頭心膽俱寒，連聲說道：「我不敢，我不敢！」

「對！」錦兒馬上又換了一副神情，「要聽話才乖。只要你聽話，錦兒姐姐自然疼你，有好吃的，好玩的，一定先替你留下一份。你要是尿了床，我也替你瞞著，不教二奶奶打你。」

最後這句話，使得小丫頭死心塌地了；「我一定聽錦兒姐姐的話。」她說，「不亂說話。」

「你明白就好！」錦兒再一次叮囑，「你甚麼人面前都不能說，連你媽也是。你原是眼看花了。是不是？」

小丫頭想了一下，終於明白了，「我也不是眼睛看花了。」她說：「根本就沒有看見有這麼一個人。」

說到這裡，震二奶奶已經由圓明陪著，款款而來。錦兒在小丫頭身上揑了一把，迎上前去，只聽震二奶奶說道：「我在緣簿上寫了一百兩銀子，回去你提醒我，早早派人把銀子送了來。」

「不忙！不忙！」圓明答說：「六月十九觀世音菩薩生日，震二奶奶總還要來燒香，那時再帶來好了。」

「那時候我不一定來。還是早早送了銀子來，了掉心願。」

「既然如此，過兩天我著知客去領。」

震二奶奶無可無不可地點點頭，這時轎子也抬進了山門，就在大殿前面，震二奶奶先禮了佛，然後轉身上轎。錦兒帶著小丫頭，另乘一頂小轎，轎中又軟哄硬嚇，結結實實地交代清楚了，方始略微放心。

震二奶奶卻渾如無事，反而是錦兒，倒像她自己做了虧心事似地，怕跟震二奶奶單獨相處。而且只要一靜下來，就會想到震二奶奶在甘露庵午睡的那一個多時辰，出了些甚麼花樣？

她很驚異，曹世隆有那麼大的神通，能夠說動圓明為他安排這麼一個陷阱；更想不到甘露庵的住持與知客會有那麼大的膽子！當然她也困惑於震二奶奶會甘願吃那麼大一個虧，如果是中了圈套，忍辱吞聲，她不會在緣簿上寫一百兩銀子。於是她又想到曹世隆。看來震二奶奶是早就對他有意思了！她在心裡琢磨，曹世隆不比李鼎，近在咫尺，來去自如，但若要人不知，除非己莫為，走動得勤了，自然會有人看破底蘊。到那時，只怕也就像鼎大奶奶的醜事那樣，曹家也完了！

轉念到此，她覺得自己有責任不讓這件事發生。最簡單的辦法是勸得震二奶奶趁早收心，但這話很難說。倒不如從曹世隆那面下手，拚著多費些精神，讓他無法跟震二奶奶接近。

盤算停當，已是曙色將現。這一覺睡得很沉，感覺中只是閉得一閉眼，便已紅日滿窗，連震二奶奶都起身了。

於是她匆匆攏一攏頭髮，連臉都來不及洗，只拿冷毛巾擦一擦雙眼，趕到上房去伺候二奶奶梳頭。

「你怎麼睡失瞘了？」震二奶奶問，「怎麼回事？」

「大概昨天累了。」

「累了？」震二奶奶詫異地，「就為到甘露庵燒一回香？怎麼會累？」

看她咄咄逼人地問，錦兒心中大有警惕，不要做賊的倒過來說防賊的是賊！內心一急，倒急出一番說詞來了。

「昨天二奶奶睡午覺的時候，我在禪房裡聽她們講鬼，聽得太多，上了床做夢著魔，折騰了一宵，到天亮才睡著。」

「你也是！跟個小孩一樣。」顯然的，震二奶奶接受了她的解釋。

於是錦兒取藍綢子的圍肩，從後面替震二奶奶披上，拔去簪子，開始替她梳頭。偶爾從鏡子中發現，震二奶奶的神情與平時有異，只是低著頭剝指甲，彷彿有很煩人的事在思索。

「喔！」錦兒故意驚動她，「甘露庵的銀子！」只提這一句好了，她要看她如何回答。

「不忙！」震二奶奶抬眼說道：「我想到了，隆官這兩天總還會來，託他捎了去好了。」

何以見得他這兩天會來？莫非是昨天約好了的？錦兒在想，頭一次別攔他，倒要看看他見了震二奶奶是怎麼一種神情。

「圓明師太說了，六月十九請二奶奶去燒香，二奶奶去不去啊？」

「要去，也不必到六月十九那天去擠熱鬧。期前期後都可以，到時候再看吧！」

事情越發明白了！震二奶奶會常到甘露庵去燒香，錦兒不由得想起一句俗語：「燒香望和尚，一事兩勾當。」原來婦道人家，若是不安於室，天生有這麼一個方便之門在！

出乎震二奶奶與錦兒意料的，曹世隆到第六天午後才來。震二奶奶正在歇午覺，錦兒招呼他落座，看他神情不安，少不得要問：「是不是有要緊事？如果要緊，我去叫醒二奶奶。」

「不必，不必！我等一下好了。不忙！」

顯然的，這是違心之論。錦兒也急於要打破疑團，便走到震二奶奶床前，推醒她說：「隆官來了。」

「喔！」震二奶奶不知是什夢被擾，睡意猶在，還是另有心事？坐起來答了一聲，垂腳坐在床沿上，茫然相望，好久都不作聲。

「人在堂屋裡。」錦兒又說，「彷彿急著有話要跟二奶奶說。」

「急著有話跟我說？」

「看樣子有點性急。」

震二奶奶閉著嘴想了一下說：「你在外面看著點兒，有事告訴你就是。」

這是責成錦兒替她掩護，但也可能是調虎離山，不願意她聽見他們談的話，錦兒心中不願卻不能不依，在垂花門前站了一會，畢竟不死心，悄悄到了堂屋外面，凝神靜聽。

「這跟你當初說的話，不一樣嘛！」是震二奶奶的聲音。

「我也是聽甘露庵當家師太說的。誰知道出家人也會撒謊。」

「出家人的花樣可多著呢！」震二奶奶說，「真該下地獄。」

話重語氣輕，彷彿說著玩似地，曹世隆沒有作聲，但錦兒聽得他發了笑聲——聲音很怪，既像無奈，又像得意。

「如今沒有別的路，我只能仍舊來求嬸娘，能不能給一張四老爺的片子，或者震二叔的也行——」

「你在胡鬧！」震二奶奶冷冷地打斷了他的聲音，「『一字入公門，九牛拔不轉』，憑甚麼拿片子給人家去託情。」

「這，」曹世隆哀求著，「嬸娘，你算救我。」

「你好糊塗！這件事跟咱們甚麼相干？也沒瞧見過你這種人，自己拿尿盆子往頭上扣。我告訴你吧，你趁早別再管這件事。一問三不知，要裝糊塗，你不會裝糊塗，就是真糊塗！」

「『不會裝糊塗，就是真糊塗！』」曹世隆念了兩遍，突然欣慰地說：「我想明白了！到底嬸娘見識高。」

「想明白了就好！沒事你就走吧，喔！」震二奶奶想起了，「甘露庵的一百兩銀子，你給帶了去。」

一聽這話，錦兒知道要找她了，趕緊避開，心裡在想，這一百兩銀子是幹甚麼用的？曹世隆也不問一聲；足見得早已前知。在這句話中，又一次證實小丫頭在甘露庵確有所見。

「錦兒！」果然，震二奶奶在喊了，「你把一百兩銀子拿來。」

兩錠雪亮的「官寶」，是早已用紅綠絲線紮好了的，錦兒取塊包袱包好。曹世隆接到手中，隨即笑嘻嘻地告辭了。

及至回到堂屋，只見震二奶奶仍坐在原處，聽到腳步聲，抬眼看了一下，復又移開視線。這一瞥之間，錦兒已看得很清楚，震二奶奶眼神呆滯，心事重重。

因為如此，錦兒本來有許多話要問的，一時倒不敢開口了。倒一杯茶擺在她面前，坐在她旁邊，輕輕替她打扇，希望她的情緒能夠轉好。

「劉秀才的老婆死掉了！」震二奶奶說，聲音中似乎不帶任何感情。

錦兒卻震動了，「怎麼呢？」她問，「怎麼死的？」

「上吊！」震二奶奶說，「她娘家到上元縣喊冤，甘露庵的當家，叫隆官來跟我要一張四老爺的片子，到上元縣去託個情。這不是『此地無銀三百兩』？老尼姑糊塗，隆官也糊塗。早知道他這麼不懂事，我絕不會管他這樁閒事。」

這便大有悔意了！錦兒心想，此時恰宜進言相勸，不過，有件事該弄清楚；「不說色愣額跟劉秀才的老婆，確有姦情嗎？」她問：「到底有沒有呢？」

「如果有，她娘家去喊甚麼冤？」

「這，老尼姑可是作孽了！表面倒看不出，真是知人知面不知心。」錦兒接著又說，「我看她陰險得很，慣會害人。如果有甚麼把柄落在她手裡，再厲害的人也得吃啞巴虧。像這樣的人，避得她越遠越好，來了都不要見她，更不用說到她庵裡。」

後面這段話，說得震二奶奶臉色青紅不定，聽語氣，彷彿錦兒已發覺了她在甘露庵中的祕密，此刻是苦口婆心的規勸。但圓明卻又斬釘截鐵地提出保證，除了她跟無垢以外，絕無第三個人得知其事。然則錦兒的話，莫非泛泛相勸，並無所指？

這樣想著，不自覺地又看了錦兒一眼。眼色中流露出困惑與不安，是希望能打破疑團卻又怕打破疑團的神氣。

這時是錦兒需要慎重考慮了。因為她世故深了，懂得知道他人的隱私不是一件好事。雖然震二奶奶跟李鼎的那段情，也是隱私，但此一時，彼一時，那時候是主僕，這時候是嫡庶，身分關係不同，會起猜疑。不如裝糊塗為妙。

轉念又想，到此地步，猜疑已起，不如說破，以誠相待，反倒沒有後患。不過，如何說破，卻要好好想一想。

想下來覺得語言到底不宜太直，最好表面不傷，暗中讓她意會到，隱私是瞞不住了，不過本心是護衛她，大可放心。

於是她說：「還有隆官，最好也少讓他來。我看他很油滑，不是靠得住的人。二奶奶知道他糊塗、不懂事，就該多防備幾分，不要落個把柄在他手裡。」

最後一句話，就很明顯了。震二奶奶不由得臉泛紅暈，訕訕地站起身來，回入臥室。錦兒當然不便跟進去，心裡卻有些嘀咕，不知道震二奶奶是不是聽了她的話不高興？

到得晚上，將近二更時分，小丫頭到廂房裡來說，震二奶奶要她去一趟。進去一看，一隻首飾箱打開著，桌上擺了好些首飾，震二奶奶手裡拿著一朵珠花在端詳。

「你轉過身子去。」

錦兒不知道她要幹甚麼？只聽她的話，將身子轉了過去。

震二奶奶拿珠花在她髮髻上比了一下，高興地說：「正好，合該是你戴。」

特為贈此珍飾，即表示她是接受了錦兒的忠告。

果然，從此沒有再到甘露庵，而且有一次無垢攜了庵中自製的素點心，來看震二奶奶，她亦不見，受了無垢的點心，回了一匹素色綢子、四盒藏香的禮，讓錦兒把她打發走了。

不過，震二奶奶對曹世隆，還不能從心上丟開，這是錦兒看得出來的。現在連曹震都知道曹世隆常來，說不定他已動了疑心，覺得應該提醒震二奶奶，格外檢點行跡。

曹頫、曹震叔姪談了一上午，自家的事沒有談多少，多半的功夫在談李家。

李家的事是瞞著曹老太太的。虧空算是結了案了，但已一家星散，李鼎派到盛京，在太宗的昭陵上當差；李煦帶著四姨太，在海淀正白旗包衣護軍的營房閒住，奉旨不得與上三旗及諸王門下的包衣往來，形同禁錮，吃一口清茶淡飯，坐等大限來時，一瞑不視。

那知災星未退，忽又牽涉在胤禩的案子裡面。這年——雍正四年的正月間，皇帝御乾清宮西暖閣，召集王公大臣，親數胤禩的罪狀，「詭譎陰邪、狂妄悖亂」；最不可恕的是，皇帝問他，當年所上奏摺，上有先帝御批，何以盡皆焚燬？胤禩說是「抱病昏昧所致」，在御前賭神罰咒，力辯絕非故意。而設誓時，「詛及一家」，因而譴責「胤禩自絕於天；自絕於祖宗；自絕於朕，斷不可留於宗姓之內」。將胤禩「革去黃帶子」，並將胤禩的福晉，逐回娘家。

凡是太祖一系都繫黃帶子，所以革去黃帶子，即是不承認胤禩為皇室。到了二月間，授胤禩為「親王」，不久又革去王爵，圈禁高牆，改名「阿其那」。六月裡，諸王大臣會奏，胤禩有大罪四十款，請與皇九子胤禟、皇十四子——由胤禎改名胤禵，一起明正典刑。皇帝不肯親手殺胞弟，只宣布了罪狀。於是舊事重提，又要追究當年李煦為胤禩買婢妾的經過了。

由李煦又牽連到已故兩江總督赫壽，將他的兒子英保、家人滿福、王存抓了拷問，問出在康熙五十三、四年，胤禩曾遣侍衛從赫壽處取了兩萬六千兩銀子，用途是為胤禵蓋花園。李煦為胤禩買蘇州女子，亦出於赫壽的授意。

案情大致明瞭了，目前還在追究的是細節。曹頫現在所關切的是，李煦會得何罪名？而曹震所顧慮的，卻是李煦會不會在供詞中提到曹家？因此，對於曹頫這趟進京，要不要去探視繫獄的李煦，便有了絕不相同的意見。

「不管怎麼說，總是至親。進了京不去看一看，不獨自己於心不忍，旁人亦會批評。」

「四叔，你管旁人幹甚麼？」曹震極力反對，「我勸你老人家千萬別多事！如今只要牽涉到『八、九、十四』三位，不論甚麼事，最好聽都不聽，掩耳疾走。」

「話不是這麼說。世界上到底也是有是非的，真是真，假是假，於心無愧，何必如此？」

曹震幾乎要說：「四叔，你真是書獃子！」話到口邊，硬縮了回去，只說：「四叔，你別忘了，還有一對鍍金獅子在那裡。」

這對鍍金獅子，是康熙五十五年，皇九子胤禟遣侍衛常德，到江寧來鑄造的，鑄成以後，發現毛病甚多；請示胤禟，決定就地交與曹頫寄頓。曹頫將這件事交與曹震去辦，他將這對獅子寄在織造衙門東側的萬壽庵內。提到這件事，曹震便感不安，而曹頫卻不大在乎。

「其實，這也算不了甚麼！依我說，倒不如先給內務府去個公事，說有這麼一回事，請旨如何辦理？等將來上頭發覺了來查問，反倒不好。」

話猶未畢，曹震已亂搖著手說：「嘚、嘚！四叔，你老人家多一事不如少一事吧！」

叔姪倆話不投機，但還是要談，反正談到後來，曹頫不作聲了，看似沒有結論，其實便是無可奈何地接受了曹震的意見。

只有一件事，兩人的意見是一致的，應該趕緊替芹官專請一位「西席」來授讀。而且也不宜再關在中門以內，應該放他出來歷練、歷練，拉弓、「壓寫」，都得規定常課，否則，過兩年進京怎麼當差？

「你大概也聽說了，為了芹官，老太太生我的氣。有些話，我如今也不便去說，就等著你來，找機會勸一勸老太太，或許倒能見聽。」

「是！」曹震問道：「替芹官請個怎樣的先生，四叔心裡有個譜兒吧？」

「第一總要品格端方的才好。」

「那當然。不過也不能規行矩步，過於方正。如果芹官受不了那個規矩，一見先就怕了，哪裡還能受教？」

曹頫默然。他疑心曹震正是在說他，自己想想，也不能不承認他的話有幾分是處。

「我倒有個人，幾時不妨請來跟四叔談談。」

「喔，是何許人？」

「姓朱，三十多歲，上元縣的秀才，快補廩了。筆下很來得，口才也好，想來教法一定也是好的。」

曹頫對「快補廩了」這句話很注意。秀才稱為生員，名目甚多，增生、廩生、附生，所以統稱「諸生」。其中唯獨廩生，月給銀米，即是所謂「食餼」。廩生的名額極少，競爭甚烈，所以說「快補廩了」，便有出類拔萃的意味在內。

「好！幾時請來談談，預備在那裡。等跟老太太說通了，再下關聘。」於是，曹震寫了一封信，去約朱秀才，不道他家回覆，朱秀才到山東作客去了，要兩個月以後才能回來。

「反正延師也是明年的事了。」曹頫說道：「倒是疏通老太太這件事，我很想在我動身以前，就有結果。」

「是了！」曹震答說，「這兩天我就找機會去說。」

當然，辦這件事，曹震首先要跟妻子商量；然後徵得馬夫人的同意；最後還要告訴秋月，好讓她「敲邊鼓」。

一切都布置好了，曹震便挑個馬夫人也在萱榮堂，而曹老太太興致很好的時候，開始遊說。

「四叔快要走了，等他一走，好些應酬，我一個人應付不了。想跟老太太商量，能不能把芹官放出去，給我做個幫手？」

「你這話也怪！」曹老太太說，「倒像我把芹官關在裡面，不肯放出去似地。你的話，簡直跟你四叔一樣。」

曹震吐一吐舌頭，向震二奶奶做個鬼臉說：「老太太真厲害！倒像親眼看見似地。」

「本來嘛！你那點鬼心計，還能瞞得過老太太？趁早老實說吧！老太太最明白不過，又不是不受商量的。」

「怎麼？」曹老太太問，「剛才這話，是你四叔叫你來說的？」

「是我談起來，四叔提醒我的。說芹官大有長進了，進退禮節很像個樣子；談吐上，差不多的，也能應付，有些應酬不如就讓芹官去。」

「你四叔是這麼說的嗎？」

「是！四叔還說，這是極要緊的閱歷。只要有個十回八回，將來進京當差，遇到大場面就不致露怯了。」

這話說動了曹老太太，「好吧！」她說，「只要你們覺得他行，我還能說不行？」

「也不定他行不行？」馬夫人接口說道，「先總還得二哥哥帶著他，隨處教導，有幾回下來還得老成人跟著，才能放他一個人去作客。」

「原是這等。」曹震答說，「這個月十一，張小侯的小生日，早就說了的，不發帖子，只邀幾個熟朋友敘敘。我把芹官帶了去，讓他們知道，我這個兄弟快成人了。」

曹老太太聽他這麼說，自然高興，「『滿城風雨近重陽』，這幾天的天氣，說變就變。」她問：「芹官日長夜大，只怕去年做的衣服已經穿不上了。」

「真是！還是老太太想得周到。」震二奶奶立即轉臉喊道：「錦兒，你拿鑰匙開樓門，看有花樣嬌嫩的緞子、綢子，多拿幾匹來，讓老太太挑定了，馬上交裁縫去做。今兒初七，有四天的功夫，應可以趕得出來了。」

「也不忙在這一刻！」曹老太太又問：「張家的禮，預備了沒有？倒看看舊帳。」

「張家的禮倒是預備了，不過沒有舊帳，原是打二爺起始，才跟張小侯有往來的。」

原來這張小侯的曾祖張勇，陝西人，本是前明的副將，順治三年，投在英親王阿濟格帳下，剿辦流賊李自成餘黨，在甘肅立下好些汗馬功勞，升官總兵，授世職輕車都尉。三藩之亂，吳三桂招降張勇，他殺了使者，上奏朝廷，又隨著撫遠大將軍圖海，轉戰西北。右足中箭，不良於行，坐轎子在前線督戰，因為深於計謀，善撫士卒，所以所向有功，得封靖逆侯。康熙二十三年，死在甘州防區。

張勇有三個兒子，長子雲翥，死在父前；幼子雲翰棄武就文，正當寧國府知府；次子雲翼襲封，本來官居太僕寺正卿，襲了侯爵，改文為武，做了江南提督，駐地在松江，卻安家在江寧。他家的園林，名為安園，中有兩株栝樹，相傳還是六朝遺留下來的。

張雲翼在日，跟曹寅是有往還的，但內眷因為旗漢風俗各異，同時身分不同，禮節上亦頗難折衷，所以不通弔問。到得康熙四十九年，張雲翼病歿，第三代的靖逆侯張宗仁，以內閣中書襲爵，授職為散秩大臣，須在京城當差，兩家更為疏遠了。

這張小侯，單名一個謙字，康熙五十九年襲爵。雖亦在京供職，但因張宗仁夫人，自丈夫去世，即回安園定居。張謙常常請假回江寧省親，與曹震在風月場中，結為好友，復通弔問，而兩家內眷，卻絕少見面的機會。

「這張小侯的老太太，我只見過一次。那次是將軍夫人生日，客人都按身分錯開的。其實人家倒並不拿架子，我也不在乎她是侯夫人，就先給她行個禮也沒有甚麼，只是主人家總怕我委屈，見了面也不替我引見，急急地把我挪了開去。」曹老太太想了一下又說：「她娘家姓高，老太爺是知府，膝下就這麼一個女兒，教她讀書做詩，是個才女。高夫人後來跟人說：敘起世誼來，曹家老太太長我一輩，應該我先給她行禮才是。到底是肚子裡有墨水的，說話行事，叫人不能不服。」

「既然如此，不如備個帖子，把高夫人請來玩一天，老太太以後也多個人談談。」

「說不定還是個好牌搭子呢！」震二奶奶接著馬夫人的話說，「不過除了老太太跟她以外，另外要找牌搭子就難了。」

「為甚麼呢？」

「都是闊人啊！張小侯的老太爺，在世的時候，知道兒子將來襲爵的花費不小，早就在後園裡埋了三十萬現銀子在那裡。這麼闊的人，誰陪得起她們？」

「也就是她家闊，我家不如從前了，所以我不願意跟她往來。」曹老太太又說，「算了，還是跟從前一樣吧！在背後提起來，彼此仰慕，不也是很好的事？」

說到這裡，錦兒帶著幹粗活的老媽子，抱來十幾匹綢緞。曹老太太親自到亮處來挑選，選定珠灰寧綢替芹官做一件襯絨袍子，玄色團花緞子做馬褂。

「這色兒可配得俏了！雖說素了一點兒，配上珊瑚的套扣，可是正好。」震二奶奶大聲說道：「你們都先別告訴芹官，到時候看他又驚又喜的樣子吧！」

果然打扮出來，十分俏皮。除了那一身袍褂以外，簇新的漳絨靴子，簇新的青緞小帽，帽簷上嵌的一塊翡翠，通體碧綠。春雨再三叮囑阿祥：「芹官不喜歡戴帽子，說不定就丟在哪兒了！你可千萬看著一點兒，帽簷上那塊玉，拿五百兩銀子也沒地方買去。」

出門以前，自然先要將芹官送到萱榮堂，讓曹老太太看個夠。大家都說打扮得漂亮，但芹官自己卻有些說不出的不自在，曹老太太也不是怎麼樣頂高興。

這就怪了！震二奶奶心裡奇怪，是不是曹老太太還嫌打扮得不夠？「錦兒，」她說，「你回去看五斗櫥第二個抽屜裡，有副奇南香手串，快取了來。」

「不用了！」曹老太太說，「已經有點像暴發戶的模樣了！」

「真是！再沒有比老太太聰明的。」芹官一面說，一面已去摘馬褂上的珊瑚鈕扣，「我渾身不舒服，我得換！」

震二奶奶大為掃興。馬夫人便說：「是特為趕出來的一套，哪裡有得換。」

「我換家常穿的舊衣服就可以了。」

「對了！」曹老太太說，「就是家常衣服，瀟瀟灑灑地，反是世家子弟的本色。」

連曹老太太都這麼說了，自然再無斟酌的餘地。春雨回去取了家常見客的半新舊袍褂，就在萱榮堂為芹官替換，一面替扣鈕子，一面輕輕說道：「你今天可真是大殺風景！」

「老太太不也贊成嗎？」芹官又說，「本來倒還可以將就，阿祥說了一句話，提醒我了。」

「這個小猴兒！」春雨罵道，「他又胡說些甚麼？」

「回來告訴你！二哥哥大概等急了，你快一點吧！」

換了衣服，芹官為了帽簷上那塊玉，連帽子也要換。誰也拗不過他，到底還是拿了頂舊帽子給他。

「靴子可不能換了！」芹官自嘲地說：「換了可不成了『破靴黨』？」

殺風景之餘，終於用這句話補償了大家一陣大笑。芹官這才高高興興地出了中門，跟著曹震到張家去應酬。

到晚回家，曹震親自將芹官送到萱榮堂，一屋子的丫頭都迎了出來，像捧鳳凰似的，將他捧到曹老太太面前，只聽她含笑問說：「怎麼樣，沒有丟人吧？」

「不但沒有丟人，還大大掙了個面子。」曹震答說，「高夫人聽說芹官來了，特為叫丫頭出來請，送了好些東西；別的都不稀罕，有部書，是高夫人的詩集子。大家都說，等閒的斗方名士，都不在高夫人眼睛裡，能把詩集子送芹官，足見得看重。這個面子可不小了！」

「真的？」曹老太太喜動顏色。

「那還假得了？」曹震回頭問說，「有個大包袱，送進來了沒有？」

「送到雙芝仙館去了。」外面有人剛答了這一句；忽又說道：「啊，啊！來了，來了！」

原來是春雨，心知曹老太太必要看這些東西，特為親自送了來。在中間大方桌上解開包袱，裡面是好些盒子跟紙包，有筆、有墨，還有水晶鎮紙、竹雕「臂閣」之類的文房珍玩。最令人矚目的，自然是高夫人的詩集，磁青封面、白絲線裝訂，外面是古錦的套子。籤條上寫的是「紅雪軒集」。

「真的是高夫人送你的？」曹老太太看著芹官問。

「是的！」芹官答說，「她問我懂不懂平仄，我說懂。又問我學做詩了沒有？我念了兩首給她聽，她誇獎了我幾句，就叫人拿了這部集子給我。」

「甚麼她啊她的？」馬夫人問道：「你管人家叫甚麼？」

「我管她叫張伯母。」

「輩分錯不錯啊？」曹老夫人問。

「不錯！」曹震答說，「一見了張小侯，他跟芹官說：你管我叫張大哥好了。我跟你父親同年，可是我跟你是一輩兒。」

「你也就老實叫他張大哥了？」馬夫人問。

「不！二哥哥管他叫侯爺，我怎麼能管他叫『張大哥』？」

「這才對！」震二奶奶笑道：「到底長進了！回頭抱著人家的詩集子，見四叔去，讓四叔也知道人家瞧得起咱們。」

「這話也是！」曹老太太說，「這會兒就去吧？去了就回來，我還有話問你。」

於是曹震帶著芹官到前面去見曹頫。震二奶奶便即笑道：「我跟老太太打個賭，我知道老太太要問芹官的是甚麼話？」

「我也知道。」秋月也笑著說，「問起來一定很有趣。」

兩人對看著，十分好笑的樣子。馬夫人卻茫然不解，於是曹老太太說：「張家有班女孩子，聽說個個通文墨，不知道芹官見著了沒有？」

「既然高夫人把他叫進去了，那班女孩子，自然不必迴避。」震二奶奶說，「保不定還是那班女孩子出的主意，要看看咱們芹官是怎麼個樣子。」

「哪有這種事？」曹老太太笑道，「我可不信。」

「不管老太太信不信，反正南京城裡，叫得起名兒的人家，如果家有十歲上下的女孩子，總想看看咱們家芹官，那是一點不假。」

「看也是白看。這話還早，不提它吧！」

這是提到芹官的親事。震二奶奶的話是有根據的，常有些穿房入戶的三姑六婆，用言語試探，怎麼樣的一份人家，有怎麼樣出色的一個女孩，配得上芹官。震二奶奶卻總是裝糊塗，因為滿漢不通婚，正就是曹老太太所說的「看也是白看」。包衣人家自然還是跟包衣結親，曹老太太也曾在暗中留意，私下在想，總要挑個十全十美的女孩子來配芹官，才覺稱心。然而這又談何容易？所以久而久之，提到芹官的親事，便覺得煩惱，反不願多談了。

體會得曹老太太的心境，馬夫人跟秋月都向震二奶奶遞眼色，提醒她不必再往下說。震二奶奶當然也早就會意，另外找了個話題，談不多時，芹官抱著《紅雪軒集》回來了。

「你四叔怎麼說？」曹老太太問。

「誇了我幾句，沒有多說甚麼。」

曹老太太有些失望，震二奶奶趕緊便說：「四叔誇你就不容易了。你說說在張家的情形，看見他家的女孩子沒有？」

「看見了。」

「他家幾個女孩子？」

「我看見三個。張家兩姐妹，還有一個，是她們的表妹、表姐。」

「表妹、表姐不是兩個嗎？」

「不！是一個。」

「到底怎麼回事？都讓你纏糊塗了！」震二奶奶著急地說：「我的小爺，你就自己源源本本地說吧！別等我問一句，你才答一句。」

原來張家是堂房兩姐妹，姐姐叫張宛青，十四歲，是張謙的女兒，她是高夫人嫡親的孫女；妹妹是三房裡的，張雲翰的孫女，名叫張粲青，十二歲。高夫人有個外孫女，從小住在舅家，姓汪，單名一個婉字。汪婉十三歲，是張宛青的表妹，而張粲青卻應該叫她表姐。

「是這麼一盤帳！我算是明白了。」震二奶奶又問，「那三個女孩，誰長得頂好？」

「張粲青。」

「就是跟你同年的那個？」震二奶奶又問，「長得怎麼好法？」

「我可說不上來。」芹官又說，「我也沒有仔細看。」

「你沒有仔細看，怎麼知道人家長得好？」曹老太太問。

「老太太也是！」震二奶奶接口說道：「女孩子要仔細看了才知道好，還能算好？要一看就好！越看越好，那才是真的好！」

「你們聽聽！」曹老太太笑指著震二奶奶，向馬夫人說，「說話倒像繞口令似地。」

「話可是不算錯。」馬夫人轉臉問芹官：「那三個女孩子跟你說話了沒有？」

「說了！張宛青問我會不會填詞？汪婉問我到京裡去過沒有？就這麼兩句話。」芹官顯得有些懊喪，因為他既不會填詞，也沒有到過京城，張家姐妹就跟他說不下去了。

接著曹老太太又問安園的景致，見了哪些人，吃了些甚麼好東西？就這樣從開飯到二更時分，各自散去，一直都在談張家。

到得震二奶奶回去，曹震又談張家。震二奶奶有些膩煩了，攔頭就給他碰了回去。

「換個題目行不行？別老是張家、張家的！」

曹震詫異，「怎麼了？」他問，「張家有甚麼談不得的？」

「不是談不得，在老太太那裡，一直談的這個，回來又是談這個，你倒想，煩不煩？」

「你們是閒聊，我跟你是談正經。這件事關係很大，辦成了大家有好處。你厭煩就算了。」

說完，曹震親自動手，將一大包藥料抖開，按著方子，一味一味地細細檢查，是那種旁若無人的模樣。震二奶奶可有些不耐煩了。

「不對啊！」曹震目注藥方，自言自語地說：「淫羊藿的分量應該還要重啊！」

「成天就是弄這些勞什子！」震二奶奶沒好氣地說。

曹震抬起眼來，看著她說：「奇了！我自己檢藥又礙著你甚麼？何況藥酒又不是我一個人受用。」

「算了吧！就仗著這鬼藥酒，到處不安分。正經事不幹，盡在這上頭花功夫。」

曹震嘿然，「跟你說正經的，你又不愛聽。」他說，「我為甚麼不在這上頭花功夫？」

「誰說不愛聽？我是不愛聽不相干的空話；我哪裡說過我不願談正經？」

「好！你等一下，我馬上跟你談。」

聽得這話，震二奶奶便先回套房裡間去卸妝。不到一盞茶的功夫，曹震進來，坐在梳妝台側面，一言不發。

「怎麼不開口。」

「我在想，這話應該從哪裡說起。」曹震停了一會，突然說道：「咱們該結張家這門親！」

震二奶奶轉過臉來，看著丈夫問說：「你是怎麼想來的？」

「不是門當戶對？張家兩姐妹，跟芹官年紀差不多，人品當然不用說，他家老太太又中意芹官。你想，結了這門親，不說別的，光在『互通有無』這四個字上頭，就能沾多少光？白花花的大元寶，埋在土裡發黑，真正暴殄天物。」

「埋在土裡的銀子，早在張小侯襲爵那年就掘出來花光了。」

「你只知其一，不知其二。他家的銀子，莫非就是那一堆，不作興掘了再埋？」曹震又說，「照我看，他家家道，縱不如從前，也差不了哪裡去。而且張小侯為人厚道慷慨，做了親戚，情分不同，絕不至於像咱們內務府那批勢利眼的兔崽子！」

他罵的包括馬家在內，震二奶奶大為不悅，「你別忘了，你自己也是內務府！」她說，「凡事怨你自己不爭氣，罵人家有甚麼用？」

「是啊！我正就是要自己爭氣，自己想辦法。求人不如求己；真到了過不去的時候，張小侯絕不會坐視。」

震二奶奶為他說動了，可是轉一轉念頭，便知是妄想，「你也別忘了，人家至今還是地道的漢人。」她說，「滿漢能通婚，早就──」

「你又是只知其一，不知其二。他是漢人，咱們不是漢人？」曹震又說，「我就是今天聽出來一點兒因頭，才想到這件事很可以辦。」

「甚麼因頭？」

「張家要抬旗了！」

「抬旗」之「抬」，是抬舉之意。常見的是本隸下五旗，改隸上三旗。這有兩種情形：一種是皇太后、皇后的母家，滿洲話叫做「丹闡」，如果是下五旗，照例抬入上三旗；一種是特承恩眷，像三、四年前才內調的滸墅關監督莽鵠立，擅長丹青，尤其精於人物，奉旨默寫聖祖御像，音容宛在，大蒙宸賞，得以由蒙古正藍旗抬入滿洲鑲黃旗。

漢人入旗，亦稱做抬旗，旗籍漢人，本有兩類，一類是太祖創業時，俘獲漢人，作為家奴，就是「包衣」。其中當然亦不盡是漢人。鑲黃旗包衣中有「朝鮮佐領」，正白旗包衣中有「回子佐領」，馬夫人便是「回子佐領」出身。

另一類旗籍漢人，原是明朝的兵將，戰敗投降，按旗制改編，稱為「漢軍」。不但武將；早年投清的貳臣，如范文程、洪承疇、馮銓，亦多隸漢軍。其間當然亦有例外，張勇便是其中之一。不過入關至今，八十多年，張家封侯，已歷四代，何以忽然又有「抬旗」之說，震二奶奶認為是個疑問。「這話你問得有道理。」曹震答道：「我也是今天赴席的時候，才聽見說起——」聽說張勇在順治二年，投到英親王阿濟格帳下時，只是單身一個人；隨後奉令招撫了七百多人，改隸陝西總督孟喬芳，不久，聲威遠播，獨當方面，只好升他的官，不宜改他的番號。及至封爵之時，次子雲翼已經當到江南提督，一省最高的武官，在旗營是將軍，在漢人組成的綠營是提督。如果將張雲翼改為漢軍，就不能再當提督；江南綠營，統率無人，自是一動不如一靜。後來張宗仁襲爵，前後十一年，沒有人提起這回事，他自己亦不想入旗，所以一仍其舊。當今的皇帝，為人精細，覺得康熙五十九年所襲的靖逆侯張謙，年富力強，很可以在御前聽候差遣。但御前差使，除非文學侍從之臣，都是旗人，因而張謙有被「抬旗」入漢軍之說。成了漢軍，自然可以與包衣結姻，但亦不一定是父母作得了主的——這一回是震二奶奶笑丈夫「只知其一，不知其二」了。「張家一抬了旗，選秀女不就有那兩姐妹的名字了？果然人才出色，一定選上，或者指婚給王公子弟。費盡心機，臨了還不是一場空。」

這一層是曹震不曾想到的，思索了一回說：「也不見得那麼巧！事在人為，總要去做，才有機會。再說，跟張家來往，總是有利無害的一件事，你何不勸一勸老太太？」

「勸甚麼？」

「勸老太太把高夫人請了來玩一天。一回生、兩回熟；人一熟，甚麼事都好商量了！」

震二奶奶一面對著鏡子用雞蛋清抹臉，一面盤算，最後終於有了一句心思活動的話：「走著瞧吧！」

第二天早晨，照例問安，陪坐片刻。震二奶奶閒閒提起張家，她說：「張小侯告訴我們二爺，高夫人為了想跟老太太見見面，一直在為難。」

聽得這話曹太夫人頗感意外，而且困惑，「我倒不知道她想跟我見面？可是，」她問，「有甚麼為難呢？」

「張小侯說，照道理，自然是高夫人下帖子請老太太到他家園子裡去逛一天，可又怕累著了老太太，所以一直拿不定主意。」

「有這話！」曹太夫人想了一會說，「這不就是遞話過來，讓我下帖子請高夫人？」

震二奶奶眨眨眼，裝出不解的神情，然後恍然大悟地拍著手說：「真是！再沒有比老太太心思更靈的。這一來，高夫人想跟老太太見面是見到了！可又不至於讓老太太過分勞累，不是兩全其美的事？話裡有這麼深的意思，真是只有老太太才識得透。」

曹老太太的性情，向來只要一戴上高帽子，興致就來了，當即說道：「請一請她，倒也沒有甚麼不可以。不過，不請便罷，要請就得像個樣子！」她想了一會，臉色轉為嚴肅，「這倒也不是一件小事，中間有許多關礙，得要好好兒琢磨。」

「是啊！到底是侯夫人，不是平常應酬。」

「所以囉！這禮節上最要留意，她第一次到咱們家來，那是要『庭參』的。」

「『庭參』便須各具禮服，中堂參謁。曹太夫人只是三品命婦，見侯夫人應該一跪三叩。震二奶奶覺得太委屈了，當即說道：「自然是行通家之禮，倘若要庭參，就老太太肯，我也不肯。」

曹太夫人笑了，「規矩是規矩，哪由得你？」她說：「當然，她是一定要辭的。不過，既然下帖子請人家，自己就不能不按著規矩預備。」

「老太太的意思是，要穿禮服迎接。」

「正是！」

震二奶奶想了一會問道：「如果不是下帖子，人家突然來了呢？」

「這當然是例外。」

「老太太這麼說，我就來想法子弄它個『例外』。」

「你是甚麼法子？」

「這會兒還沒有想出來。不過，法子總是有的。」

「好吧！」曹老太太說：「等你想出來，咱們再商量。」

這個法子很不好想。加以曹頫進京之期，日近一日，裡裡外外，公事私事，都要曹震夫婦料理，忙得不可開交，自然將這件不急之務擱了下來。

三處織造皆以織「上用」緞與「官用」緞為主，此外，三處織造各有特辦事項：大紅緞子，包括製蟒袍所用的繡緞，以及禮部所用的誥封繡軸，歸江寧織造承辦；紡綢綾紬歸杭州織造承辦；太監、宮女、蘇拉、匠役所用的毛青布，歸蘇州織造承辦，但以三萬匹為限，超出之數，歸江寧、杭州兩處分辦。這年內務府通知，毛青布須用四萬五千匹；江寧織造額外承辦八千匹，限十月底以前解到備用。

解送緞匹有特殊的規定，凡「上用」緞不得由水路進京，因為船從運河北抵清江浦，須入自西而東的黃河，東行數十里，再向左折入「運口」，循河北上，名之謂「借黃」。黃河多險，萬一波濤覆舟，「上用」緞匹漂散，落入民間，殊多未便，所以解送「上用」緞，規定必由陸路。

三千匹「官用」緞、八千匹毛青布，加上進貢與送禮的儀物，當然只能由水路運送。十五條船早已調齊，只待裝載。可是距起程之期不過十天，而八千匹毛青布還只織得一半，「官用」緞亦未備辦妥當。

「怎麼辦？」曹頫真有些著急了，「官用緞說還短好幾百匹；而且織好的也有毛病——」

「毛病不大。」曹震搶著說：「內務府緞庫上打個招呼就過去了。我特為派了庫使蕭林押運，他是緞庫出來的。」

「他能辦得妥當嗎？」

「沒有甚麼辦不妥當的，只要『炭敬』加豐就是。」

「老是打這種主意，也不太好！」曹頫繃著臉說。

「那有甚麼法子？多年下來的規矩，四叔又不是不知道。」曹震理直氣壯地說：「關節不到，東西再好還是有挑剔的。四叔儘管放心好了，沒錯兒。」

「那麼，」曹頫又問，「短好幾百匹怎麼辦？」

「盡量趕。」曹震停了一下說：「萬一趕不齊，船先走，短多少起旱加運，必能補足。」

水路慢，陸路快，曹震的辦法是可行的。但是，「這一來，水腳不又多花好幾倍嗎？」他問。

「也有限。」曹震趕緊換了個話題，「倒是八千匹毛青布，無論如何趕不齊。不過，也有法子——」

「甚麼法子？」曹頫打斷他的話說：「以少報多可不行！」

曹震愣了一下，然後裝出毫不在乎的神情說：「也沒有甚麼不行！總共四萬五千匹布，是一年的用度，哪裡過個年就都用完了？短個一兩千匹，開春補上，有何不可？」

曹頫不作聲，好久才冷冷地說了句：「反正『炭敬加豐』就是。」

曹震不敢再多說，也不必再多說。他知道他這位「四叔」發過牢騷就沒事了。

為了想討曹頫的好，他說：「四叔，有件事我早就想說了：水陸並行，反正是在通州會齊，四叔你何不由水路走，舒服得多。」

水路除了「借黃」那一小段危險以外，第一，不必「雞聲茅店月，人跡板橋霜」地趕路；其次，沒有風沙顛簸之苦。坐船比坐車確實舒服太多了。

但是，曹頫卻說：「我不敢貪圖舒服！解送上用緞，豈可不跟著上用緞走。且不說中途出了岔，也於禮不合。言官奏上一本，說我輕慢不敬，試問我何以自解？」

十足一個硬釘子碰了回來，可是曹震並不覺得難堪。像這樣的事是常有的，只要出於善意，話就沒有白說，因為曹頫心地忠厚，自會覺得姪兒是在愛護他。

「我辛苦一點兒，算不了甚麼。只要公事上不出岔子，比甚麼都強。」曹頫又說，「如今到底不比從前了！李家的前車之鑒，如果視而不見，那真是自作孽，不可活了。」

話說得很重，曹震不能無動於衷，一時倒起了個爭口氣的念頭，默默盤算了一陣，命心腹小廝貴興，將緞機房、布機房的執事，喚了來有話說。

緞機房的執事韓全，隨著貴興來了；布機房的執事卻不曾來。曹震先為大紅緞匹不能如期織造，發了一頓脾氣，然後問道：「到月底，究竟能趕出多少來？」

「回二爺的話，實在不敢說。」

「怎麼！」曹震剛息的火氣又冒了上來，「到此刻都沒有一句準話，你是存心開攪，還是怎麼著？」

「二爺這話，我可不敢認。織緞子要絲，絲先要下染缸，晾乾了才能上機。本來這些活兒在夏天就得弄妥當，今年的絲來得遲，有甚麼法子？」韓全又說：「要趕也行，趕出來的東西不好；二爺如果肯擔待，用不著到月底就全都有了。」

話是軟中帶硬，「今年的絲來得遲」七字，更是擊中了曹震的要害；絲是他親自去採辦的，不能及時運到，以致耽誤，這責任誰屬，是很明白的一件事。

但曹震不能輸口，「就為的今年辦好絲不容易，晚了一點兒，才要你們趕一趕。」他說，「按部就班幹活兒，誰不會？還用我特為跟你說？」

「二爺責備得是。」韓全平靜地答說，「不過，我也只好受責備了。」

「你這叫甚麼話？你跟我逞愣子！我說歸我說，你就是不聽！」曹震厲聲問道：「你說，你是不是這樣？」

「二爺別動氣！我早說過了，只要二爺有擔待，我可以趕。」

韓全這以柔克剛的功夫，直教曹震恨得牙癢癢地卻無計可施，心潮起伏地挨了好一會功夫，才冷冷地說道：「好吧！你自己瞧著辦吧！」

「寧擔遲，不擔錯，幹活兒還非按部就班不可。反正我督著機房弟兄不偷一時半刻的懶就是了。」

曹震不理他。韓全也不再多說，請個安管自己悄悄退了出去。

「張五福呢？」曹震問貴興，「怎麼不來？」

張五福便是布機房的執事，貴興已經受了他的好處，被教好了一段話來的，當即從容不迫地答說：「張五福昨天趕到蘇州找染工去了，最快也得明天下午才能回來。『賽觀音』叫我帶信給二爺，拿藥料清燉了個果子貍在那裡，務必請二爺去喝酒。」

一聽這話，曹震便似酥了半截，急急問道：「甚麼時候？」

「自然是晚上。」貴興看曹震似已決定踐約，方又說道：「依我說，二爺乾脆不用在家吃飯了，天不黑就去，喝酒帶『辦事』，二更天就可以回來了，省得二奶奶嚕囌。」

「等我想想！」曹震話是這麼說，其實不用再想。

「去是不去，請二爺這會兒就給我一句話，我還得去通知『賽觀音』，好預備地方。」

「還是在她娘家吧！」

「是了！我馬上去告訴她。」說完，貴興掉頭就走。

「慢點！」曹震喊住他，很認真地問：「張五福真的得明天才能回來？」

原來賽觀音是張五福的填房，長得頗有幾分姿色，而且極其能幹，是張五福的得力內助。不過夫婦間年齡懸殊，賽觀音顧影自憐，每傷非偶；招蜂引蝶，事所不免。曹震也勾搭過她幾次，每次好事將成時，必有意外，出現了功敗垂成之局。上次是曹震將去杭州，賽觀音設下小酌，託貴興來邀，說為他餞行。事先講明白，張五福不在家，不妨停眠整宿，哪知杯盤初停，衾枕已具，張五福不速而歸，曹震只好敗興而回。所以這一次特別要問清楚，張五福到底甚麼時候回家。

「不錯，要明天下午。」貴興答說：「我聽別人也是這麼說。」

第六章

主僕倆騎馬到門，貴興先下了馬，左手拉轡，右手叩門；應門的正是賽觀音。

於是貴興回身，將曹震的那匹棗騮馬的嚼環拉住。曹震翩然下馬，前後望了一下，無人注意，隨即一閃身進了大門，隨即聞得一陣香味，恰正是有些餓的時候，不由得嚥了嚥口水。

「二爺哪天到的？」賽觀音一面虛虛掩門，一面問說。

「前天下午。」曹震問說：「五福到蘇州去了？」

「是的。」賽觀音答道：「四老爺要進京，天天派人來催布，五福急得不得了。一時也說不盡，回頭慢慢告訴二爺。」

「你媽呢？病好點沒有？」

「還不是帶病延年。」

賽觀音娘家一母一弟。胞弟尚未娶親，販茶為業，住在茶行的辰光多；老母風癱在床，雇了個極老實的中年孀婦，照料她的飲食起居。房子是三開間，前後兩進；賽觀音回娘家總是住第二進，可與第一進隔斷而另有後門進出，既隱祕又方便，是個幽會偷歡的好地方。

等她領著曹震剛在堂屋中坐定，貴興跟著也到了。賽觀音便即說道：「好兄弟，你儘管到那裡去逛逛，到晚上再來接二爺。馬拉了回去吧，天黑騎馬不便，回頭雇轎子走好了。」說著，塞了塊兩把重的碎銀子到他手裡。

「說得是！回頭坐轎回去好了。」曹震吩咐：「你三更天來接。」

「回頭走後門，門上有根繩子，拉一拉我就知道了。」

貴興答應著走了。賽觀音送他出後門，又將通前面的門上了閂。曹震寬心大放，等賽觀音一進門，先就抱住她親了個嘴。

「急甚麼嘛！反正只有咱們倆了。」賽觀音推開他問道：「你是先喝茶，還是這會兒先喝酒？」

「喝酒吧！我肚子有點兒餓了。」

「可沒有甚麼好東西吃，就是一個八珍果子貍。」

「甚麼叫八珍？」

「我也不知道，藥鋪裡說的，反正八樣滋補的藥料就是了。」

說完，轉身而去，先端來一個大托盤，杯筷酒壺以外，是四個碟子，買現成的冷葷、板鴨、薰腸之類。再又端來一個極大的一品鍋，就是八珍果子貍，湯清如水，肉爛如泥，曹震嘗了兩筷，連聲讚好。

剛把酒斟上，突然門鈴響了，曹震不由得一愣。

「必是貴興有甚麼話忘了告訴二爺了。」賽觀音起身說道：「你請安坐喝酒！我瞧瞧去。」

打開後門一看，大出意料，竟是曹世隆！賽觀音便不讓他進門，堵在門口問道：「有甚麼事嗎？」

「我那筆借款的利息，得要過幾天才能送來。」

「過幾天？」

「不出十天。」

「好吧！」賽觀音說完，便待關門。

「還有話！」曹世隆一舉手撐在門上，「五嫂子，今兒還得通融我十兩、八兩的。」

賽觀音跟曹世隆很熟，但也僅止於相熟而已。曹世隆倒是一直在打她的主意，無奈賽觀音胸有主宰，不願招惹這些油頭粉面的儇薄少年，這時便冷冷答了一句：「前帳未清，免開尊口。」

曹世隆碰了個釘子，臉色不大好看了。正在思量如何應付時，賽觀音已退後一步，作出預備動手關門的模樣。這也未免太不講情面了！越發惹他不快。而就在這時，發現賽觀音回頭看了一下。曹世隆心中一動，隨即便想到了來時路上所見：貴興騎一匹馬，牽一匹馬迎面而過。莫非曹震就在這裡。

「五嫂子，」他說，「你別關門，讓我進去。我有話跟你說。」

「有話明天再說。今天我家裡有堂客，不留你了。」

一語未畢，出現了曹震的影子。他是看賽觀音好久不回，不免奇怪，悄悄走來探望，哪知剛一現身，便跟曹世隆打了個照面！

這個場面太尷尬了！三個人的感覺是差不多的，奇窘以外，還有濃重的不安。曹世隆比較見機，趕緊說道：「原來二叔在這裡跟五福談公事！二叔請便，我跟五嫂子說兩句話就要走的。」

曹震心想，既然讓他撞破了，倒不能不敷衍敷衍他，好在不是跟賽觀音在床上，多少還可以掩飾。

於是他說：「五福到蘇州去了，說這時候回來，我在這裡等他。五嫂燉了隻果子貍請我，一個人喝酒沒意思，你來得正好，陪我喝一盅！」

「不，不！二叔一個人喝吧，我還有事。」

「有甚麼大不了的事？來吧！」說完，他先轉身回堂屋了。

見此光景，賽觀音也有了一套說法。她用埋怨的語氣說：「我好不容易弄了隻果子貍；也好不容易把震二爺請了來，讓他喝得高興了，五福有事好開口求他。讓你來這一攪局，不都完蛋大吉？」

「你也不能怪我，你早說震二爺在這裡，我也不進來了。」

「哼！」賽觀音一面讓開身子，一面冷笑，「你真不開竅！」

曹世隆站住腳，凝神想了一下說：「你放心！局是我攪的；我還把這個局面圓過來。」

說完進屋。賽觀音為自己預備的一副杯筷還沒有動過，請他坐了下來，為他斟了酒，隨即退了出去。

「聽說二叔回來了，料想這兩天正在忙，想等二叔閒一閒，再過去請安！」曹世隆舉杯說道：「我敬二叔，給二叔道安。」說完，一仰脖子，把一杯酒乾了。

「差使越來越難當了。」曹震只喝了一口酒，嘆口氣，「累一點算得了甚麼？」

「也虧得二叔，不然，四老爺那樣的名士派，早不知碰了上頭多少釘子了。」

「你也知道碰了上頭的釘子？」曹震看著他問：「你聽誰說的？」

曹世隆看他的神氣，才想到朝廷對曹頫不滿，是件忌諱的事，頗悔失言，只好掩飾著說：「我也不過胡猜亂想，有二叔在，自然面面都照顧到了。哪裡會碰釘子？」

「也全靠大家都能巴結。像五福，一直抱怨活兒太少，可是多了他又頂不下來。到現在還得到蘇州去搬救兵，說今晚上回來，也不知道回得來，回不來！我可不能等他了！咱們喝完這杯酒，一起走吧，有話明天再說。」

很明白的，他是不願落個把柄在人家手裡。曹世隆心想，他真的一走，賽觀音要為她丈夫求些甚麼，必然落空，而曹震因為他撞破好事，心中一定懷恨，將來求他派個甚麼有油水的差使，亦就休想。一下得罪了兩個人，這件事大糟特糟，得趕緊表明心跡。

於是他說：「五福今天一定會回來！二叔不如稍等一會兒。我確是有約，先跟二叔請假。」說著，便站了起來。

「不！一起走。」曹震伸手去抓他的膀子，一下沒有撈著，只見曹世隆已跪在他面前了。

「你這是幹甚麼？」

「公事要緊！二叔不能為了避小嫌，不等五福。」曹世隆手指著心罰咒，「如果我不識大體，不知道二叔的苦心，打這裡出去，胡說八道，天打雷劈，教我不得好死！」

「何必，何必！」曹震趕緊伸手相扶，「也沒有嫌疑好避的，你不必看得太認真。起來，起來！」

「我只是表表我的心。一心向著二叔！我娘老跟我說：你只要把震二叔巴結好了，不愁沒有出頭之日。二叔，你老倒想，我能不處處護著二叔？」

「好說，好說！你只要心地明白，我自然拉你一把！」

這時在隔室全神貫注，細聽動靜的賽觀音，翩然出現，裝作不知情地說：「酒恐怕涼了，我去換熱酒來。隆官陪震二爺多喝一杯，五福想也快回來了。」

「對不起！我可得告辭了。」曹世隆彷彿很認真地，「真的有個非去不可的約會。二叔知道的。」

聽到最後一句，曹震自然要接口，「你就放他走吧！」他說，「在你這裡一起喝酒的日子總還有。」

「正是！」曹世隆湊著趣說，「五嫂子那把杓子上的手藝，是早就出了名的。秋風一起，野味多了，趕明兒個我去弄它幾個山雞、野鴨子，麻煩五嫂子料理好了，陪二叔多喝幾杯。」

「好啊！」賽觀音指著他說，「說話要算話噢！」

「我向來說話算話，尤其是孝敬我二叔，更不敢大意。不出五天，你看，一定辦到。」

說完，又向曹震請個安，作為辭別。賽觀音為了要關門，跟在身後送他。到了後門口，曹世隆站住腳，有幾句話要跟賽觀音說。

「五嫂子，剛才我跟二叔罰了血淋淋的咒，你聽見沒有？」

賽觀音不便承認，答一句：「何必罰甚麼咒？」

「不！一定要罰，不罰不明心跡。五嫂子，你儘管放心好了！我曹世隆不是半吊子。你們別為我掃了興，果然如此，教我心裡不安。真的，五嫂子，我這話是打心窩子裡掏出來的。」

看似浮滑的人，能說出一句誠懇的話，最容易讓人感動，賽觀音連連點頭，「早知這樣，我剛才也不必擋你的駕了！」她說，「隆官，你也得體諒我，到底，」她很吃力地說，「到底名聲要緊。」

「我就是為了你的名聲，才罰了那種血淋淋的咒。好了，話說開了，你只當我沒有來過，該幹甚麼幹甚麼！天氣不冷不熱，正是找樂子的時候。」說完，跨出門外，他還順手將門帶上。

等賽觀音門上門回到原處，曹震自然要問，曹世隆跟她說了些甚麼？「倒像是說了幾句真心話。」她將曹世隆的話扼要說了一遍。

「他有求於我，諒他也不敢在外面胡說。」曹震緊接著又說，「就說了我也不怕，反正誰不在說：『震二爺是風流慣了的！』大不了讓我老婆知道了，打一場饑荒。」

「你只怕你老婆知道，就不顧我的名聲？」

「你不聽他最後那兩句話，哪怕你清清白白，他也不會相信咱們倆沒有落下交情。怕了別做，做了別怕；他絕不敢胡說，你的名聲也一定保得住。不過在他看來是怎麼回事，那又另當別論。」

賽觀音想了一下，用破釜沉舟的聲音說：「反正跳到黃河洗不清了！不偷人也是白不偷。來吧！我請你喝個『皮杯』！」

說著，坐到曹震身上，啣了一口酒，布到他嘴裡，又挾塊鴨子皮，自己咬了一半，一半送到曹震口中。

曹震有寡人之疾，只要不悖於倫理，甚麼中意的女人都敢勾搭，但像賽觀音這樣放誕的尤物，卻還是第一次遇見。因此，感覺不僅是新鮮，直是新奇。而本來因為曹世隆無端介入，難免掃興，此時亦就不復措意，恰如曹世隆所說的，「該幹甚麼幹甚麼。」雲收雨散，興猶未盡，復又喝酒。

這時賽觀音可要談正事了！「震二爺，」她開門見山地說：「布還短兩千五百匹，怎麼辦？」

「不要緊！」曹震很輕鬆地答說：「慢慢兒補上就是了。」

「能補上，還跟震二爺嚕囌甚麼？」

曹震一驚。正含了口酒要下嚥，這一驚嗆了嗓子。賽觀音替他揉胸搥背，好一會算平服。

「你怎麼說？」他重拾中斷的話頭，「五福虧了兩千五百匹布？」

「對了。」

「怎麼虧的呢？」

「領的工料款就不足。」

「喔，」曹震很注意地問，「是哪些人剋扣了。」

「這也不必去提它。反正這也是多年來的老規矩，不過扣的成頭，比前幾年多了一倍也不止。」賽觀音緊接著又說：「當然只要不出岔子，領下來的款子，還是夠用的。」

「甚麼岔子？」

「也怨五福自己糊塗，到蘇州去招染匠，在船上一路賭了回來，輸了兩千銀子。」

「唶！」曹震重重地嘆口氣，「五福怎麼這麼糊塗呢？」

「真是鬼摸了頭！如今沒有別的法子，只能求震二爺成全。」

怎麼成全法?曹震在心裡盤算了半天,問出一句話來:「五福自己總也得想想法子啊!」

「原是!」賽觀音捋起衣袖,露出藕也似一截小臂,指著鑲銀的一隻風藤鐲說,「連我一副金鐲子都送進當鋪了,如今只能戴這個不值錢的玩意。就這樣也只能湊出來五百兩銀子。機房弟兄幫個忙,工錢打個折扣,可以省下三百兩。此外,就不知道該怎麼辦了?」

「好吧!」曹震咬一咬牙說,「還短一千二百兩,我給!」

賽觀音卻不言謝,瞟了他一眼,低下頭去悄聲說道:「就你給了,我也心疼。」

曹震沒有想到她會這麼說,當即問道:「你是替我心疼呢?還是替五福心疼?」

「替他,替你,也替我自己。」賽觀音說:「不然我又何至於戴不上金鐲子?」

原來如此!曹震心想,莫道黃金難買美人心,索性大方些!於是微微一笑,「我以為甚麼大不了的事!」他說,「你把當票檢出來,回頭交給貴興,我叫他去贖出來給你!」

賽觀音不作聲,低下頭去,抽出腋下的手絹,揉一揉眼睛,方又抬頭,帶點哭音地說:「二爺你這麼待我,可叫我怎麼報答?」

「談甚麼報答!咱們不是有交情嗎?只望你懂交情就是了。」

「你說這話,我可只有拿把刀來,挖出心來給你瞧了。」

「我是說著玩的!我自然信得過你。」曹震想了一下說道:「這地方已經有人知道了,欠妥當。過幾天,我另外找個地方。你來不來?」

「我不來!」賽觀音裝得很生氣似地,「總是信不過我。」

「好,好,我信,我信。」

曹震忽然想到一件事，「五福知道不知道？」

「甚麼事知道不知道？」

「還有甚麼事？還不是你跟我嗎？」

賽觀音是一時不知如何回答，故意問那麼一句，虛晃一槍之際，已經想好了回答的話。

「他知道也好，不知道也好，反正我拿得住他。」

剛說到這裡，門鈴又響了。這回叩門的是貴興，順便雇了頂小轎來。賽觀音檢出金鐲子的當票，當著曹震的面，交了給他，別的話就由曹震跟他去說了。

到得九月底，官用緞算是補齊了；毛青布差一千匹，連同進貢及送人的土產都裝了船。上用緞四百匹，包封格外講究，曹頫親自督看，三層油紙包裹，裝入木箱，貼了「欽命江寧織造」的封條，堆在織造衙門的大堂上，要到動身前一天才裝車。

動身的好日子，挑定十月初三。曹頫在江寧的人緣不壞，所以排日有人餞行，直到十月初一，才能舉行家宴。這是好幾年下來的例規，亦不過僅存一個名目，公帳上支二十兩銀子，大廚房辦席兩桌，一桌設在鵲玉軒，由曹震帶著芹官、棠官，敬過曹頫一杯酒，小兄弟倆退席，仍舊是曹頫跟清客們行令賭酒，與往常歡飲，毫無區別。

一桌是設在萱榮堂。開席時，曹頫進來周旋一番，曹老太太等他敬過了酒，說幾句路上小心保重之類的話，就催著他走了。但這年不同——她是想彌補兩個月前，為芹官而引起母子間衝突的裂痕，所以早就跟震二奶奶說過：「今年替你四叔餞行，得換個樣子。名為家宴，一家可又不是團聚在一起，沒意思。」

「是啊！」震二奶奶知道她好熱鬧，便湊著趣說：「我也早想說了，應該熱鬧熱鬧。怕碰四叔的釘子，說一句『當省則省』，那多窩囊？如今有老太太出名，事情就好辦了。」

「他說『當省則省』的話，也不錯。這樣，除了公帳上照例支的銀子以外，多的歸我包圓兒。你看，該怎麼辦？」

「那要看多少人？」

「我不說了，闔家團聚！連四老爺屋裡的兩個姨娘也都找了來。」

「那就得三桌，兩桌上席，一桌中席；上席十二兩，中席八兩，一共三十二兩。」

「不對吧！」曹老太太說，「公帳上只支二十兩銀子，上席不就是十兩銀子一桌嗎？」

「那是我貼了四兩銀子在裡頭。」震二奶奶笑道：「如今既然老太太包圓兒，我還貼這四兩銀子幹甚麼？」

「不行！你還是得貼。」

「你們看！」震二奶奶故意對秋月她們說，「老太太講理不講理？」

「若是講理，誰講得過你震二奶奶？」秋月笑著答說。

「對了！講理也罷，不講理也罷。」曹老太太說，「反正你就辦差吧！而且要辦得漂亮。」

「難！」震二奶奶搖搖頭說，「老太太倒先說說，要怎樣才算漂亮？」

「自然是，」秋月接口說道：「席要上席、酒要陳酒、戲要好戲。」

「這還不算漂亮。」震二奶奶又說：「要讓老太太只出名、不出錢；我連老太太聽戲的賞錢都預備好了，那差使才算辦得漂亮。」

曹老太太笑道：「果然如此，我自然疼你。」

「你們聽聽，原來老太太疼別人都是假的。」震二奶奶一眼望見窗外的人影，便又加了一句：「只有疼一個人是真的。」

「誰啊？」秋月問說。

「喏！」震二奶奶手一指，恰好是芹官出現。

「誰疼誰啊？」芹官問道：「我老遠就聽見了笑聲，是甚麼有趣的事，也說給我聽聽。」

「我跟你二嫂子正在商量擺酒唱戲——」

「那好啊！」芹官忙不迭地問：「是為甚麼？」

「替你四叔餞行。」

聽得這一句，芹官就不作聲了。震二奶奶急忙向他眨一眨眼，示意仍舊要作出很高興的樣子。於是芹官便又笑道：「咱們家，可是好久沒有唱戲了。」

這句話卻說得不好，勾起曹老太太往日的回憶，不免傷感，「都怪你自己出生得晚！」她說，「沒有趕上你爺爺在世的日子。那時候家裡養著個戲班子，沒有十天不唱戲的。你爺爺自己還會編本子——」

「我倒想起來了。」芹官又搶著說：「都說爺爺編了兩個本子，一個叫《虎口餘生》，一個叫《表忠記》。我可沒有看過，問人這兩個本子在哪兒？都說不知道。」

「你問誰了？」震二奶奶答說，「你要問我，我就會告訴你，四叔那裡一定有。」

「我也想到過，四叔那裡一定會有。」

「你就是不敢問四叔，是不是？」

芹官不答，停了一下才說：「這些閒書，就我問四叔要，他也一定不會給我。」

「你爺爺編的本子，怎麼好說是閒書？」曹老太太又說，「再說，像《表忠記》，你光聽這個名字好了，哪裡會是不能讓你看的閒書。」

「照老太太這麼說，我更得找來看一看。」說著，轉眼去看震二奶奶。

「那還不容易。」震二奶奶向夏雲說道：「你去一趟，跟四老爺說，要老太爺編的劇本子，每種要一本。」

夏雲答應著去了，不須多久，帶回兩本印得極其講究的曲本，正是《表忠記》及《虎口餘生》。

「四老爺從書櫃裡檢出來四個本子，他問我，老太太怎麼想起來要這個？我說不知道，四老爺就問，是不是芹官在萱榮堂？我說是。四老爺就留下兩本，給了兩本。」

「那兩本必是《後琵琶》跟《北紅拂記》。」曹老太太說，「有甚麼看不得的？」

芹官聽祖母對他「四叔」有不滿之意，急忙說道：「就這兩本也很好！」

《虎口餘生》是記一段發生在前明崇禎十四年間的異聞。其時李自成已破河南府，捉住富甲天下的福王常洵，臠切成塊，加上鹿肉作羹，置酒大會，名為「福祿酒」。酒罷席捲子女玉帛，捆載入山，然後發兵進圍開封。

作為北宋都城汴京的開封是有名的「四戰之地」，無險可守，所以格外著重城防。自宋室南渡，金主完顏亮入據汴京，更增築城牆，厚至五尺，李自成圍城無功，在河南中部，四處流竄，遇到一個犯了罪要充軍而尚未發遣的舉人牛金星，臭味相投；李自成娶了他的女兒，又拜為「軍師」。牛金星又舉薦一個侏儒宋獻策，此人會看相，據說精於「河洛數」，推測祿命吉凶，無不應驗；為李自成推算，說他「當主神器」。李自成大喜，自此立下了要做皇帝的「大志」。宋獻策也就跟牛金星一樣，為李自成拜為「軍師」。

李自成在這兩名「軍師」策畫之下，烏合之眾聚到五十萬之多，加上另一個有名的流寇羅汝才，與張獻忠不合，改投李自成，益發增強了他的聲勢。這年九月間，陝西總督傅宗龍，奉旨督陝西兵討賊，領兵出關，與李自成大戰於項城，結果兵敗陣亡，關中精銳，喪失無餘。

崇禎得報，大為震驚。他本來因為胞叔福王常洵，竟落得如此慘酷的下場，自覺愧對祖宗，恨不得將李自成生擒了來，食其肉、寢其皮。無奈這是一時辦不到的事，憤無可洩，便下了一道詔旨給陝西巡撫汪喬年，命他發掘李自成的祖墳，將李家祖先剉骨揚灰。這不但是報復，也有破他風水的作用在內。

李自成是陝西延安府綏德州米脂縣人。這時的米脂縣令，是個舉人，名叫邊大受，素有能員之稱。奉到巡撫的命令，見是「欽命事件」，自然不敢怠慢，但查訪李自成的祖墳，竟沒有人知道，甚至要找李自成的族人都找不到——也不是找不到，而是找到了也不肯承認，因為李自成驛卒出身，從小無賴，不知犯過多少次法，及至成為流寇，犯了族誅的大罪，他的族人當然不肯承認。

最後，終於找到了，而且近在眼前。這個人是李自成的族叔，就在米脂縣衙門當書辦。邊大受將他喚到簽押房，好言相勸，最後提出警告，如不合作，他的書辦也就不必再當或許性命亦將不保。

見此光景，李書辦除了說實話以外，別無選擇。聽他講完，邊大受恍然大悟，怪不得沒有人知道李自成的祖墳在哪裡？原來他名為米脂縣人，而世居米脂以北，屬於榆林府的懷遠縣。

李書辦告訴邊大受說，米脂以北兩百里，有個村子叫李繼遷寨，俗稱李氏村，不知名的亂山叢中，有十六座墳，成個圓環，中間一座就是李自成始祖所葬之處，相傳墓穴是神仙所定。

不過李書辦又聲明，這些情形他亦只是人云亦云而已，究有幾分真實，實在難說得很。

這一來邊大受就必須三思後行了。因為照李書辦所說，李自成的祖墳既在榆林府懷遠縣，自己不便帶著人越界去發掘，只須據實申覆，公事便算有了交代。但如所據不實，以致誤掘了他人的祖墳，引起糾紛，這個責任是怎麼樣也推卸不掉的。

於是邊大受改絃易轍，去請教當地的一個紳士艾詔。艾氏是米脂的大族，李自成幼年，就在艾家做過牧童。艾詔是個秀才，為人老成持重，邊大受平時施政，頗得他的助力。這一次路子又找對了。

「據我所知，絕不是在懷遠縣地界。」艾詔答說，「這件事要能找到一個人，真相不難大白。」

這個人叫李成，與李自成同姓不同宗，跟李自成的父親李守忠是朋友，略諳堪輿之術，所以當李守忠葬父李海時，特為請他幫忙料理。如果能找到此人，當然也就找到了李家的祖墳。

邊大受大為欣慰，重重拜託了他。過了半個月，艾詔終於將李成找到，帶了來見縣官。

這李成已經年逾七十，精神有些恍惚了。他說，李自成的祖墳，在米脂以西的峰子山。年深月久，已無法確指李海葬在何處，但記得當時曾開了三個穴，其中有一個穴中，掘出來一隻黑碗，因而決定，即用此穴。當時還在黑碗中注了油，點燃燈芯，置於墓穴，所以只要掘墳發現黑碗，便可確定是李海的葬處。

「李守忠的墳，也是我料理的。」李成又說，「當時為了識別方便，在墳上種了一株榆樹。後來聽人說，這株榆樹長得極其茂盛。不過我從種樹以後，就再也沒有到李家墳地上去看過。」

「如今請你領路，你還能找得到地方嗎？」邊大受問。

「去找找看，總可以找得到。」

這時日子已在送灶以後，邊大受賞了十兩銀子，叫李成好過個年，約定開年正月初八，動身入山。到了那天，邊大受召集地方團練的首腦黑光正；峰子山上有個三峰砦，管砦的堡長王道正，點了三十名弓箭手，派了六十名伕子，攜帶乾糧及一切動用工具，由李成嚮導，浩浩蕩蕩直奔峰子山。

路只有二十里，但險僻山道，走得很遠，到得半路上，天不作美，飄起鵝掌般大的雪片。山路陡滑，邊大受的馬騎不成了，棄騎步行，而雪卻愈來愈大，彌望皆白，不辨途徑。但士氣相當旺盛，因為從李自成成了氣候，就有許多傳說，他家的祖墳如何出奇，大家都想看一看，奇在何處？如今不但在外表看，還要掘出來看，足饜好奇之心，所以奮勇開道，毫不退縮，這樣艱苦地走了五六里路，攀登一處峰頭，發現有十餘座白雪覆蓋的破房子，李成氣喘吁吁，大喜喊道：

「快到了！」

原來這十餘座破房子，即是李守忠當年的窯舍。再轉過一座山，即是李家祖墳所在地，但見山勢環抱，無定河在南面遠處流過，山中林木叢雜，參天老樹，數百上千之多，看風水氣概雄奇——邊大受是任邱人，遊過明成祖「長陵」以下的十三陵，覺得氣象相仿，暗暗驚奇。

「今天已經晚了，來不及動手。」邊大受下令，「先點一點數，看多少座墳。回窯舍去休息，明天一早發掘。」

點了數目，大小二十三塚，回到窯舍，烤了一夜的烈火。五更時分，飽餐一頓，開始掘墳。

掘到第一座，有人大喊一聲：「那不是黑碗？」

邊大受一看，是只黑釉的大碗，碗中殘膏猶存，叫人撿起來，交給貼身跟班收好，接著下令破棺。

棺木早成朽木，一個鋤頭下去，棺蓋飛起，只見一堆枯骨，其黑如墨，額骨上長出一叢六七寸長的白毛，格外觸目。但除此以外，別無他異。邊大受派定專人看守，接下來便是查李守忠的墳墓。

這座墳很容易找，果然有如李成所說的，一座墳上有株榆樹，虬枝蟠結，粗如兒臂，樹蔭覆蓋整座墳墓。練總黑光正親自動手，用利斧在榆樹底部，砍出一個人字形的缺口，「嘩啦啦」一響，榆樹折倒，然後掘墓。打開棺蓋，只見一條白蛇，長約一尺二寸，盤踞在骷髏上，昂首上揚，不斷吐信，了不畏懼。

「黑練總，」邊大受說，「這條蛇要活捉。看看誰會捉蛇，我賞五兩銀子。」

「大老爺，」有個矮小枯瘦的中年漢子，挺身而出，「我會捉。」

於是黑光正命人取來一個裝乾糧的布袋，張好袋口等著。只見那人從懷中取出一個紙包，包的是草藥，取一撮放入口中嚼碎，吐入掌中，搓擦雙手。然後蹲下身去，一伸手便捏住了蛇頭，朝袋中一放，收緊袋口，用繩子捆好，跟那黑碗歸一個人保管。

這李守忠的骸骨，十分可怕，骨節之間，皆綠如銅青，上生黃毛。大功至此完成一半，邊大受下令，所有的塚墓，盡皆發掘，將枯骨集中在一起，澆上帶來的油脂，舉火焚燒。大小林木一千餘株，亦都伐倒。氣勢雄偉的一處好墓地，破敗得不成樣子了。

第二天回城，邊大受親筆寫了「塘報」，說是「賊墓已破，王氣已洩，勢當自敗」，連同呈驗的黑碗白蛇，專差送到省城。汪喬年亦親筆批示：「接來札，知闖墓已伐，可以制賊死命；他日成功，定首敘以酬。」接著，略師漢高祖的故事，手斬白蛇，發兵出潼關，行到襄城地方，安營未定，李自成已輕騎奇襲，馬步軍三萬不戰而潰。李自成乘勝圍南陽，連陷淯川、許州、長葛、鄢陵，中原大震，消息亦很快地傳到米脂了。

當邊大受伐墓時，米脂的百姓大都持觀望的態度。許多人相信，李自成祖墳的風水一破，很快地就會兵敗喪命。結果喪命的是汪喬年，而李自成的聲勢，反而大振，觀感為之一變。加以李自成派人傳言，必殺邊大受，又有告示，說是「四月十九日，揮軍入秦」，因而人心洶洶，都說李自成一到，將遭屠城之禍。這時，李自成的一些親戚，本來都是消聲匿跡，此時也都露面了，在暗中煽動，說得罪李自成的，只有邊大受、艾詔、李成、黑光正、王道正等五人，只要看住這五個人，等「闖王」一到，縛此五人以獻，便可免禍。

這些話，當然會有人去告訴邊大受，他亦只有見怪不怪，置若罔聞，心裡亦常在打算，怎麼樣能夠脫離米脂這個虎口。

到得崇禎十六年癸未，是外官三年考績，所謂「大計」的年分。李自成的姻親，想陷害邊大受，揑造許多事實，告到京裡，結果部議降調。這一來，正中下懷，巡撫及巡按御史，還要為他申覆辯誣，命他仍舊留在米脂待命。邊大受極力辭謝，匆匆攜家離任，到山西投奔他的長兄澤州府知府邊大順。這是七月裡的事，到了十月初，李自成終破潼關、下西安，陝西各州縣望風而降。

眼看大明江山是在動搖了，不知何以為計，只有攜家先回故鄉任邱。轉眼到了崇禎十七年，大年初一颳大風，拔樹震屋，令人心悸。就在這天，李自成自封「皇帝」於西安，偽國號叫「大順」，偽年號為「永昌」。拜牛金星為「丞相」，宋獻策為「軍師」。到了二月裡，李自成自龍門渡黃河入河東，一路南下。山西全境皆陷，封藩的晉王、代王，先後被害。不過二十天的功夫，由於正定知府丘茂華附賊，李自成已領兵入娘子關，逼近畿輔了。

三月十九日，崇禎殉國於煤山，在一座亭子中，與太監王承恩相對自縊。崇禎以髮覆面，穿的是白袷裡、藍綢面的袍子、綾袱、紅緞方頭鞋。翻開袍袖，白袷裡子寫著兩行字，一行是：「因失江山，無面目見祖宗於天上，不敢終於正寢。」說明以髮覆面及所以自縊的緣故；一行是「百官俱赴東宮行在。」崇禎不知道東宮已經被俘，哪裡來的「行在」？

這以後便是吳三桂借清兵，大破李自成於山海關。李自成奔回京師，殺了吳三桂全家，出阜成門西走，吳三桂領兵追出不捨。邊大受得到消息，還想號召於眾，舉義伏擊，不道李自成先已派人來捉他了。所謂《虎口餘生》，即是邊大受自敘如何被俘出娘子關，而從山西壽陽復又逃回任邱，揀回一條性命的經過。

這部《虎口餘生》，在邊大受的原著，不過兩千餘言，但到了曹寅筆下，化為四十四齣的整部傳奇，一時哪裡讀得完？秋月已來催過幾次，芹官總是不肯放手。曹老太太覺得他喜歡看書，是件好事，交代不必催他，又怕黃昏將近，光線不足，看書會傷眼睛，還吩咐替他點燈。

直到開飯，芹官才暫時釋手，但一顆心仍舊在書本上。原來曹寅的這部《虎口餘生》，雖襲用邊大受的原名，寫的卻是李自成起事，直到明祚告終，那十幾年的烽火離亂。出場的角色甚多，忠奸並陳，各具面目，寫得十分生動。由於曹頫對他的督責甚嚴，小說戲曲一概視之為「閒書」，是不准看的；芹官也偷偷地看過《牡丹亭》與《長生殿》，卻只是欣賞它的曲文美妙；不比讀這部《虎口餘生》情節感人，面譜如見，所以一下子就著迷了。

看他神思不屬，一面咀嚼，一面又念念有詞地在背曲文，震二奶奶困惑地笑道：「你真得長兩張嘴才夠用。快丟開吧，這樣子吃飯，會不受用。」

「丟不開！」芹官答說，「爺爺寫的這部傳奇，二嫂子恐怕你沒有讀過，你讀了也捨不得丟開。」

「老太太聽見沒有？」震二奶奶轉臉很認真地說：「老太爺在天上，聽見這話，不知道怎麼高興呢！這麼一個好孩子，難怪老太太疼他！」

「唉！」曹老太太又歡喜又感傷地說：「可惜他沒有趕上他爺爺在世的日子！不然家裡現成的班子，把他爺爺寫的本子演上幾齣，那才真的知道本子是寫得多好。」她又轉臉對芹官說：「你爺爺詩詞歌賦，色色精通。你只知道你爺爺的這些本子寫得好，你可不知道你爺爺的這些本事是怎麼學來的？」

「那！」震二奶奶立即很起勁地說：「可是連我都不知道。老太太快講給芹官聽吧，讓我也長點兒見識。」

「還不是虛心求教四個字！我記得有位老先生姓尤，是考中了博學宏詞的；甚麼記不得了，蘇州人——」

「那必是尤侗。」芹官插嘴：「號叫西堂。」

「對了！尤西堂，咱們家就有『西堂』，怎麼就一下子想不起來？記性可真的大不如前了。」

曹老太太又說，「還有個姓孔，是孔夫子一家。」

「那自然是做《桃花扇》的孔尚任。」芹官又說：「寫《長生殿》的洪昇，也是爺爺的朋友吧？」

「怎麼不是？提起《長生殿》，那可真熱鬧了！哪一年我記不得了，反正還是如今張小侯的爺爺在世的時候，他把洪昇請到松江，在鎮台衙門，擺酒唱戲。熱鬧是熱鬧，禮數也很隆重，可是洪昇並不怎麼高興。」

「那是為甚麼呢？」震二奶奶問。

「到底是做武官的人家，請來的客人，不通文墨的居多。洪昇是大名士，跟他們不大談得攏。」曹老太太緊接著說，「你爺爺也是久慕洪昇的才情的，把他從松江請了來，用自己家裡的班子演他的《長生殿》。一連三天，把江浙兩省的名士都請到了，你爺爺跟洪昇在戲台前面各有一張桌子，桌上不是酒菜是筆硯，攤開一本《長生殿》，一面聽戲，一面看本子，哪個字不妥當，用筆勾了出來。事後兩下對照，洪昇很佩服你爺爺，你爺爺也跟他學了好些東西。你爺爺的本事都是這麼來的。」

「那也只有從前。憑老太爺的面子，才能把那些大名士請了來。」震二奶奶也勾起往日繁華的記憶，不由得感慨地說：「那些日子，只怕——」她本來想說：只怕再也不會有了！話到口邊，覺得過於蕭瑟，怕惹老年人傷感，所以改口說道：「只怕只有等芹官大了，才能找得回來。」

「難！」

曹老太太還待再說甚麼，震二奶奶急忙岔了開去，「剛才不說，借張家的班子嗎？」她說：「班子是人家的，本子是咱們自己的，豈不兩全其美？」

「也不知道張家的班子，會這些戲不會？」曹老太太又說：「只怕演不全。《別母》、《亂箭》、《刺虎》，應該拿得出來！」

「好啊！咱們就演這三齣。」

曹老太太默不作聲。震二奶奶立刻就想到了，替曹頫餞行的戲酒，卻說演寧武關周遇吉《別母》，這不大犯忌諱？因此，當芹官還要開口時，她悄悄在桌下扯了他一下。

芹官得此警告，細想一想，方始明白，「就演《刺虎》好了！」他接著便念：「『俺切著齒點絳脣，搵著淚施脂粉；故意兒花簇簇巧梳雲鬢，錦層層穿著衫裙。懷裡兒冷颼颼，匕首寒光噴，心坎裡，急煎煎忠誠烈火焚。俺佯嬌假媚妝癡蠢，巧語花言諂佞人，看俺這纖纖玉手待剜仇人目，細細銀牙要啖賊子心。要與那漆膚豫讓爭名譽，斷臂要離逞智能，拚得個身為虀粉，拚得個骨化飛塵，誓把那九重帝王沉冤洩，誓把那四海蒼生怨氣伸，也顯得大明朝還有個女佳人。』」

「你念的是《刺虎》的曲文？」曹老太太問說。

「是的。」

「念得倒也動聽，然而總不如上笛子唱；光是清唱，可又絕不能跟上了台比。」

「那何用老太太說？」震二奶奶笑道：「反正日子也快了，明兒就讓我們二爺跟張家去借班子。芹官想聽甚麼，趁早說給老太太，到時候點給你聽。」

芹官心裡想，總是逢到甚麼喜慶節日，才跟人借戲班子，那時就一定會有甚麼忌諱，不能任何戲都可搬演。如果自己養個戲班，隨時登場，既無拘束，又無忌諱，那是多美好的一件事？

這樣想著，立刻熱辣辣地起了野心。他記得聽震二奶奶說過，家裡還存著一副戲衣箱，又有一屋子的「砌末」，何不也弄起個戲班子來。反正養的閒人也不少，多養幾個伶人，應該不是件太難的事。

於是，回到雙芝仙館，他問春雨：「你知道不知道，一個戲班子要多少角色？」

春雨一愣，「你問這個幹甚麼？」她看著桌上的曲本說。

「你看！」芹官索性指著曲本說：「我爺爺寫的戲本子，真正一等一的才情！怎麼得有個自己的班子，搬演出來，豈不是一件極有趣的事？」

「我的小爺，你怎麼動這個念頭？再也辦不到的事！我勸你想都不要想吧！」

芹官性情倔強，當時便不服氣，「哪裡就連想都不能想？」他說：「衣箱、砌末是現成的；家生兒女當中，有那願意學戲的，挑了來不過供給三頓飯，幾套衣服，每個月給點另花；請個教習，收拾一片空房子出來，就可以成班了。我跟老太太去說，你看辦得到辦不到？」

看他臉紅脖子粗，十分認真的模樣，春雨大為失悔！明知他好言相勸，必會聽從，不該把話說得這麼決絕，反倒激起他的脾氣。如今再不能跟他爭了，可也不能反過來順著他的話說。這樣想著，拿穩了自己的態度，微笑說道：「你都盤算好了，還問我幹甚麼？」

「我是跟你商量。」

「我可是外行。不過，平時也聽人說過，這可是極淘氣的一件事，也不光是花幾兩銀子，總得有個內行的人掌班，才能壓得住。」

「這倒也是實話。」芹官問道：「你可知道有誰是內行？」

「你別急！我替你慢慢兒去訪。事緩則圓，尤其是辦這些事，本來是為著好玩，為此淘神，成天放不下心去，變成自己找罪受，那划不來了。」

這話一無可駁。芹官試著照她的話去做，無奈一顆心太熱，怎麼樣也冷不下來。等上了床，春雨要替他放帳門時，他忍不住開口了。

「你就在這裡睡，好不好？我有話跟你說。」

不言可知，他要說的還是有關戲班子的話。春雨想了一下，點點頭說：「好吧！我歪著陪你，聽你說甚麼？」

於是她和衣躺了下來，將芹官上蓋的一床夾被，拉過一角來蓋在腰際，然後轉臉對著芹官。這樣面對面地，幾乎鼻子都碰得著，自然也聽得見鼻息。芹官覺得她吹氣如蘭，清清涼涼的很好聞，便即問道：「你剛才吃了甚麼？」

「沒有啊！」春雨會意了，「今晚上，太太給了一碗蟹粉白菜，吃是好吃，吃完了嫌膩嫌腥，嚼了幾瓣菊花，又拿薄荷露對水漱了漱口。怎麼還是有腥味？」

「不！挺好聞的香味。」芹官緊接著說，「要弄戲班子，正是機會，四老爺要進京了。」

春雨所顧慮的正是這一層，曹頫不進京，他就有這個念頭也不敢說出來。可是，就算曹頫進了京，曹老太太是不是會如他所想像，一說便允，也大成疑問。

「你怎麼不說話？」芹官催問著。

「我是在想，跟你說話該怎麼說？說老實話，還是哄你！」

「你哄不倒我的。」

「我也知道哄不倒你，不過，我說實話你未見得愛聽。」

語氣不妙，但芹官還是這樣說：「你先說來我聽，只要合情理，就是我不愛聽，也不怪你。」

「有你這話，我可就非實說不可了。這幾年，家裡的境況大不如前，你是知道的。」

「我知道。不過這也花不了多少錢，而且也不必出公帳，老太太會給。」芹官緊接著說，「我從來沒有跟老太太要過甚麼，老太太一定會許我。」

「不錯！老太太會許你。可是，這不是錢的事，你想過沒有？」

「你不是說，要找個內行——」

「不是，不是！」春雨打斷他的話說，「我不是說這個。」

「那麼，你是說甚麼呢？」

「我是說，如今諸事要小心！現在的皇上不比老皇，有許多事是瞞著老太太的，你恐怕也不知道，四老爺碰了京裡好幾個釘子了！你倒想，皇上一再交代，要節省，要巴結公事，如今差使沒有當好，倒說又弄個戲班子，招搖不招搖？」

這番話如兜頭一盆冷水，芹官好半晌作聲不得；春雨將他的臉色看得非常清楚，心知他已息念，但也掃了極大的興，自然於心不忍。

「你不老在說，大丈夫要提得起，放得下，怎麼這點小事倒又放不下了呢？」

「誰說的！」芹官不肯承認，「我是一時沒有想到。本來這也不是甚麼大不了的事，不成就不成，沒有甚麼！」

話是這麼說，也知他心裡又是一種想法，春雨便加意撫慰，直到他朦朧睡去，微有鼾聲，方始悄悄起來，毫無聲息地替他放下帳門，躡足退去。

到得第二天上午，估量馬夫人已從萱榮堂問了安回去了，春雨才借送回盛蟹粉白菜的那隻碗為名，來見馬夫人；先謝了賞，接著便談芹官想成個戲班子的事。

馬夫人大為訝異，一面聽，一面心裡便覺不安，直到聽至春雨勸得芹官熱念頓消，才大大地鬆了口氣。

「太太知道的，芹官向來是想著甚麼，就一時三刻要見真章的性情；這件事他真會跟老太太去提。真的他一開了口，事情就糟了！怎麼呢？」她自問自答地說：「老太太自然也知道決計不行，可是，芹官要甚麼，老太太就從來沒有說過一個不字的。這會要老太太駁他的回，心裡一定很難過，怕芹官受了委屈。到後來，芹官倒把這回事丟到九霄雲外了，老太太心裡倒是拴了個疙瘩。上了年紀的老人，最怕心裡成病。太太看，我這話是不是？」

「嗐！我還能說甚麼？」馬夫人握著她的手，既感動、又歡喜，「真是！有你這麼識大體的人，真正也不光是芹官的造化。」

「太太別這麼說，我也是盡我的一點心。凡事想得到的，自己覺得非說、非做不可的，大著膽就說了、做了。說真的，我不想在太太、老太太面前獻功，只望不出岔子。有些事上頭，來不及先跟太太請示，如果說錯了，做錯了，總得求太太包涵。」

「哪裡有錯？你說的、做的，沒有一樣不對。有時候我跟震二奶奶沒有想到，你倒想到了，真也虧得你，我跟震二奶奶才省了好些心。」

「那是太太跟震二奶奶要管這麼一大家子，我只管芹官一個，自然想得深了些。」春雨接著又說，「如今有句話，我也不知道該說不該說，也許太太已經想到了。」

「你說，你說！」馬夫人很注意地，「我聽著喔！」

「是！我是說四老爺進了京，只怕芹官的心會野。前一陣子，聽說要跟芹官另外請先生來教。這件事倒是早早辦妥了的好！」

馬夫人被提醒了，心想等曹頫一進了京，芹官在祖母縱容之下，一定會有許多淘氣的花樣；更須顧慮的是，他年齡漸長，智識已開，如果鎮日閒嬉，勢必結交一班浪蕩子弟，習於下流。因此，對於春雨的獻議，不但欣然接納，而且為了表示重視，當天便稟明曹老太太，將曹震找了來交代這件事。

「原說有個朱秀才，到山東作客去了。說是去兩個月，算來應該已回南京。我馬上派人去問。」

「這芹官讀書的事，自然是聽你四叔跟你安排。朱秀才的學問好不好，我不懂，只是人品上，千萬訪查實在，有那見神說神話，見鬼說鬼話，喜歡挑撥是非的勢利小人，千萬請不得！」曹老太太又說：「趁你四叔還沒有動身，最好把這件事定下來。」

「是！我一面去看朱秀才回來了沒有，一面另外物色。老太太請放心，一定趁四叔進京之前，把這件事辦妥。」

曹震派人去問，恰巧朱秀才行裝甫卸，聽說有這麼一個館地，非常高興，隨著曹家的人，就來拜訪曹震了。

這朱秀才單名實，字華仲；與曹震的交情並不很深，所以相見之下，彼此都很客氣。寒暄了一陣，曹震先不說延聘之事，只說：「家叔想跟華仲兄見個面，有事請教。」

「不敢！原該拜見令叔。」

見了曹頫，禮數越發拘謹，曹震在一旁穿針引線，將話題拉近，於是曹頫談經論史，有意找幾個題目考一考朱實。一談下來認為滿意，便向曹震說道：「是不是請朱先生見一見老太太？」

這就很明白地表示了他的意向，如果曹老太太看得中意了，立刻便可下關書延聘。曹震答應著，先問一問客人的意思，朱實欣然樂從，這就意味著他亦很願意就此館地，如今只待曹老太太點頭了。

消息一傳進去，正好馬夫人與震二奶奶都在，曹老太太便說：「大概他們叔姪倆都中意了，不然用不著來見我。」她特為對馬夫人又說：「兒子是你的，你回頭在屏風後面仔細看看。」

「芹官莫非就不是老太太的孫子。」馬夫人陪笑說，「我們看都沒有用，誰也比不上老太太識人。」

「別的不敢說，心術好壞是有把握看得出來的。」

這時震二奶奶跟秋月已在張羅了。旗人本來不重視西席，稱之為「教書匠」，但曹家不同，尤其是為芹官延師，更是一件大事。所以特為換了紅緞平金椅帔，檢出康熙五彩窯果蓋碗，裝了八個鏨銀的高腳的盤。一切齊備，曹震陪著朱實到了。

朱實看那萱榮堂，是五開間的一座抱廈，湘簾半抱，爐香裊裊，裡裡外外，鴉雀無聲，只有一個杏兒眼的青衣侍兒，含笑站在堂屋門口等著打簾子。不由得暗暗佩服，好整肅的家規。

到得堂門口，夏雲已高高揭起簾子，道一聲：「請！」

朱實朝裡一望，只覺得富麗堂皇，一時卻無法細辨陳設，因為那一堂大紅緞子平金椅帔，十分炫目，直到有人喊一聲：「朱先生、二爺請坐！」他才發覺原來堂屋裡有人。

這個人自然是秋月，等她從小丫頭端著的托盤中，取過六安茶敬了客人，曹震方始說道：「請老太太去吧！」

秋月答應著轉入屏風，只聽得裙幅窸窣，微有語聲。朱實恍然有悟，屏風後面，必有曹家的女眷在窺看，不由得便正襟危坐，矜重自持。

不一會步履輕細，心知是曹老太太出臨，隨即站起身來，曹震卻已迎了上去。朱實只見屏風後面出來旗裝老太太，但腳下不踩「花盆底」，頭上不戴「兩把兒頭」，花白頭髮梳的也不是「燕尾」，而是習見的墮馬髻。這身滿漢合璧的裝束，在朱實卻是初見。

「這位就是朱先生了？」曹老太太看一看曹震問。

這時朱實已經長揖到地，口中說道：「晚生朱實，拜見太夫人。」

曹老太太口稱：「不敢當，不敢當。」卻站著不動，因為按旗人的規矩，蹲身還禮，不但膝蓋已硬，蹲不下去，就還了禮朱實也看不見，索性就省事了。

行了禮，朱實落座，曹震當然侍立。曹老太太便動問客人的家世，知道他上有老母，已經娶妻，膝下一兒一女，中了秀才以後，已經下過兩次秋闈，卻都不曾得意。

「也不敢說是『場中莫論文』，總怪自己，才疏學淺，文字還難中主司的法眼。」

就他這幾句謙虛自責的話，曹老太太便中意了：「功名有遲早。朱先生也不必心急。」她轉臉問曹震：「朱先生跟你四叔見過面了？」

「是！」

「留朱先生便飯。你們叔姪，陪朱先生好好談一談。」

這便是中意的暗示，曹震答應著，將朱實又帶到曹頫那裡，轉述了曹老太太的話，曹頫也就知道事成定局了。

於是，言歸正題，「有個舍姪，今年十二歲，想奉求朱先生教誨。」曹頫說道：「不知道朱先生肯不肯成全？」

「言重、言重！」朱實欠身答說，「久聞府上有位小公子，天資卓絕，怕會耽誤了他。」

「天資是還不壞，不過從小驕縱成性，及時矯正，全仗大力。」曹頫又說：「我這個姪子，一直在家塾念書，經書不熟，倒喜歡弄些雜學。將來要請朱先生痛下針砭，庶幾可以走上正途。」

「天資好的，總不免逸出繩墨。」朱實答說：「像令姪這樣的少年，我倒也遇見過一兩個，宜於因勢利導，不宜過於拘束。」

曹頫對芹官正犯了這個毛病，自從上次大衝突以後，他頗有覺悟，所以深以朱實的看法為然，不過，他怕矯枉過正，因而說道：「高論極是。不過，不中規矩，不成方圓。舍姪是先父唯一的親骨血，家母對他期望甚深。總要請朱先生費心，將來能夠讓他挑得起承家的這副擔子才好。」

這個責任甚重，朱實頗有不勝負荷之感，心裡在想束脩一定豐厚，禮數亦一定周到，館地是好的，但東家到底是何意向，要先弄清楚了，才好下手。

於是他想一想問道：「令姪文章完篇了沒有？」

曹頫知道，他所說的文章是指「制藝」，也就是八股文。八股有一定的程式，起頭「破題」，只得兩句，像做燈謎一樣，是將題目換一個說法；然後「承題」，三四句話補足破題所不盡的意思；接下來是「起講」，仍舊是題目的引伸。以下方是正文，共分「起股」、「中股」、「後股」、「束股」，兩股對比，共為八股。學習制藝，循序漸進，由破承題開始，能做到束股，首尾俱全，即稱之為「文章完篇」。

這些八股的程式，曹震不甚了了，曹頫卻是懂的，但他僅止於懂而已，並沒有學過。上三旗的包衣，自有進身之階，曹寅在世之日常說：讀書所以明理，不必學八股為干祿之具。所以曹家子弟，就學皆不習制藝，芹官當然亦不例外。

不過，朱實這一問，卻引起了曹頫的心事。時異世變，曹家的恩眷已衰，上進之路，越多越好。他在想：織造世襲，畢竟未奉明旨；芹官資質甚好，能夠讀書有成，討個正途出身，將來兩榜及第，點了翰林，前途無量，不強似當織造，始終不過是內務府一個司員的身分？

這樣一轉念間，隨即答說：「舍姪從未習過制藝，現在起步，不知道嫌晚不嫌？」

「不嫌，不嫌！」朱實一迭連聲地答說，「其實習時文倒是晚些好，理路清楚，容易入門。」

「既然如此，就重託朱先生了。這方面的課程不妨加重。」

「是、是！」朱實連連點頭。

「你叫人進去看看！」曹頫對曹震說，「讓芹官先來見了先生，開館之日再正式行禮。」

「四叔，」曹震建議，「索性讓棠官也一起從了朱先生吧！」

曹震的想法是，富家子弟，必有伴讀，不如拿棠官充數；曹頫卻一片心在芹官身上，還想不到此。此刻為曹震提醒，隨即向朱實說道：「小犬比舍姪小幾個月，資質不如他哥哥，一併請朱先生費心！」

「好說，好說。弟兄在一起念書，便於切磋，是件好事。」

於是曹震一面吩咐開飯，一面派人進去通知，讓芹官、棠官出來見老師。這話一傳到季姨娘那裡，可就大為張皇了，一面拉住棠官，胡亂替他擦臉洗手，一面催碧文到雙芝仙館，看芹官穿的甚麼衣服。

「幹麼？」碧文懂她的用意，卻故意這樣問一句。

「人家穿甚麼，咱們也穿甚麼。站在一起，別顯著不如人家。」

「如果人家有的衣服，咱們沒有呢？」

一句話將季姨娘問住了，想了一會才說：「那就穿最好的。」

「趁早別這麼想！穿得太好了，準挨四老爺的罵。」碧文又說，「如不如人家，不在衣服上頭；書本上勝過人家，才算本事。」

她一面說，一面已檢出一件淺灰線春的夾袍、一件拿曹蘋的舊貢呢馬褂改的「臥龍袋」，等棠官洗淨了手臉，替他穿著。

「凡事看著你二哥，照他的樣子，他怎麼做，你也怎麼做。」碧文在替他扣紐襻時不斷囑咐，「不教你說話，別胡亂插嘴，眼睛總要望著大人。你喜歡東張西望，眼珠亂轉，這副猴兒相的毛病最大。千萬記住了要改。」

她說一句，棠官應一句，收拾好了，領著來到雙芝仙館會齊。春雨正要送芹官出門，一見棠官的衣服，被提醒了。

「啊！」她說，「應該加件『臥龍袋』，或是馬褂，才合道理。」

於是讓小蓮即刻取來一件玄色摹本緞的臥龍袋，套在芹官的藍綢袍子上。

「你做哥哥的，可照應著兄弟。」碧文向芹官說。

「我自己都還照應不過來呢！」芹官微有恐懼，怕是很古板的一位老師，往後會大受拘束，他拿手絹擦著額上的汗說：「為甚麼這麼熱？」

「心靜自然涼。」春雨說道：「慢慢兒走，別急！」

「拿把扇子給我。快！」小蓮答應著很快地去了。一會兒拿來的是兩把，一把給芹官，一把給棠官。碧文不由得心裡在想，季姨娘說小蓮的那些話，實在是冤屈了好人。

「帶著弟弟去吧！」春雨復又叮囑：「這會兒去必是陪著吃飯，別喝酒！」

「我知道。」

「一回來先去見老太太。」

芹官點點頭，當著棠官有些嫌春雨嚕囌，彷彿把他看成不懂事的孩子，未免有傷他做哥哥的尊嚴，所以昂起頭來，搖著摺扇，管自己往前走。棠官緊緊跟在他身後，也學哥哥的樣，要打開摺扇，使的勁猛了，「啪噠」一聲，掉在地上。芹官便回頭瞪了一眼，春雨急忙拉一拉他的衣服；不道惱了芹官。

「你幹麼？這麼拉拉扯扯的！」

當著碧文與小蓮，碰這麼個釘子，春雨急忙縮回了手，臉紅得到了脖子上。芹官是等話出了口，才知道自己大錯特錯，心裡又悔又恨，但當著碧文與棠官，甚麼話也不能說。只好硬著頭皮，仍舊往前走。聲音中聽得出來，春雨依然跟在後面，直到中門，想回頭看一下，又怕彼此神色尷尬，難以為情，就索性頭也不回地走了。

第七章

到得筵前，兄弟倆先給曹頫請安，然後叫應曹震，聽他說道：「今天見一見老師，就請個安吧！到了上書房那天再磕頭。」

「是！」芹官拉一拉棠官，一起蹲身請安。

「請起來，請起來！」首座的朱實要起身回應，讓曹震一把按住。

「我們這一輩雨字輩排行，也是單名。」曹震指著人說：「我這個大的弟弟，單名霑，號雪芹；小的弟弟，是我四叔的兒子，單名霖，號棠村。」

「兄弟倆同歲？」曹震不答，看一看芹官，他卻不曾注意，因為腦中忽然浮起了春雨的樣子。反是棠官會意了，拉一拉哥哥的衣服，芹官卻茫然不知所措。

「都是十二歲！」曹震只好開口了，心裡卻頗納悶，不知道芹官何以有此魂不守舍的模樣？

「都是頭角崢嶸的佳子弟。」朱實問道：「雪芹已經學做詩了吧？」

「請朱先生叫他們名字好了。」曹頫插了句嘴。

「不，不！叫別號來得順口。」

曹頫沒有再說甚麼，看看芹官還不開口，便輕聲叱斥：「怎麼啦？老師在問你話呀！」

「噢！」芹官急忙垂手答一聲：「是！」

「會做律詩了吧？」

「學著做過幾首。」芹官答說，「還不大會用典。」

「輕狂！」曹頫喝道，「平仄都不甚了了，就跟說做律詩、用典了？」

朱實這才看出來，曹家的家規很嚴，倒嚇得不敢多說了。曹震便把話岔了開去，「你們吃過飯了沒有？」他問。

「吃過了。」

與芹官同時開口的棠官，說得正好相反：「沒有。」

芹官的用意是，藉此避免留下來陪席，不想棠官會說老實話，但老實話也輪不到他來說，因而又轉臉白了他一眼。

這些舉動，在曹震是好笑；在朱實是警惕，世家大族的未冠少年，亦有言不由衷的機心；而曹頫卻大為惱怒。

「何用你搶著說？」他沉下臉來罵棠官道，「沒有吃飯，莫非就餓死了你？要搶著先表白！你看你，委委瑣瑣的樣子！下去！」

曹頫亦不免失悔，而且也有警惕，莫再蹈過於嚴厲，徒傷親心，無補於事的覆轍，所以換了副和緩的神色，作了幾句門面上的教訓。

「秋高氣爽，正是用功的時候。開學的時候我不在，你們要聽老師的教誨，不准淘氣。年下我回來，要查你們的功課。」

「是！」小兄弟倆齊聲答應。

「有個不情之請，趁今天跟朱先生提一提。」曹頫轉臉說道：「想請朱先生盡快開學，如何？」

「是，是！寸陰是競，原當如此。請昂友先生挑日子吧！」於是聽差取了皇曆來，選定十月初七，是宜於上學的大好吉日。

「未下關聘，先挑日子。失禮之至！」曹頫又向芹官說：「你進去回明了老太太，十月初七開學。書房設在哪裡，回頭我親自去請示。」

「是！」

「去吧！老太太必又惦著了。」

於是芹官帶著棠官，一一請安辭去。快到曹頫所住的院子，芹官說道：「你回去吧！」棠官很想跟著他一起到萱榮堂，聽他這一說，大為失望，但不敢違拗，勉強答應一聲，怏怏而去。

芹官卻又想起了春雨，心裡拿不定主意，是先回雙芝仙館，還是逕自到萱榮堂？低著頭且思且行，突然發覺，已近中門，春雨就在門口等著。

猝然相逢，芹官無端心慌，一時又抹不下臉來陪個笑。春雨也不敢造次，只淡淡地問：「見過老師了？」

「嗯。」芹官還是不知道該說甚麼。

「上老太太那裡去吧！問了兩三遍了。」

語氣更淡更冷，使得芹官氣餒，連答應一聲，都覺無味，只默默地到了萱榮堂，看到錦兒含笑相迎，才意會到自己應該擺出高高興興的樣子來。

踏進後堂，一屋子人的視線都投向芹官，「在老師面前亮過相了！」震二奶奶問道：「吃了飯沒有？」

「沒有。」

「好了！」震二奶奶高聲吩咐：「開飯吧！」

這表示曹老太太是專等他來一起吃飯，芹官很不安地說：「老太太怎麼不先用——」

「你別管這個！」震二奶奶打斷他的話，推著他到曹老太太面前，「趕緊先把見老師的情形，跟老太太說了吧！」

「十月初七開學，棠官跟我一起上書房。」

「這也好，有個伴兒。」曹老太太問：「書房呢？設在哪兒？」

「四叔說要親自來跟老太太請示。」

這又是何等大事？顯得如此鄭重！曹老太太不免納悶。震二奶奶便提醒她說：「別處都可，只別離鵲玉軒太近了。四老爺的那班清客來來去去，讀書難免分心。」

大家都知道，她這是為芹官打算，曹老太太卻特意說破了它，「也要看他們兄弟倆用不用功？」她說，「如果不用功，就得把書房挪近鵲玉軒，好讓四老爺常去查他們的功課。」

「你聽見了沒有？」馬夫人說道：「這一回可真得好好兒用功了。」

「別讓棠官把你比下去。」震二奶奶又加了一句。

「別的不敢說。」芹官答道，「棠官要趕上我，還差著一截子呢！」

「滿飯好吃，滿話難說。」馬夫人說，「你也別過於自負了。」

「太太瞧著好了！若是讓棠官給我比了下去，我——」

說到這裡，只聽震二奶奶重重咳了一聲，芹官愣了一下，旋即會意，是深怕他賭神罰咒。於是，他笑笑說道：「太太放心！絕不能讓棠官把我比下去。」

等吃完了飯，喝茶閒坐，震二奶奶正在替曹老太太湊牌搭子時，丫頭在外面傳報：「四老爺來了！」

「是來談書房的事了。」秋月在一旁提醒：「老太太可別忘了震二奶奶的話。」

曹老太太點點頭，等曹頫掀簾入內，大家一一招呼過後，曹老太太先開口說道：「那朱先生倒是挺老成的，想來肚子裡的墨水也不少？」

「倒是真才實學，不會誤人子弟。束脩二百四十兩一年，三節另外送節禮：端午、中秋二十兩，過年四十兩。今年只有三個月，送八十兩銀子。」

「少不少？」

「不算少。可也不算過豐。」曹頫答說：「兒子的意思，看他教得如何？果然實心實力，循循善誘，到明年再加。」

「這話也是。」曹老太太問：「書房呢？你打算設在哪裡？」

「兒子正是為此要跟老太太來請示。」曹頫看了看垂手侍立在一旁的芹官說，「想用西堂作書房。」

西堂就是楝亭，當年曹璽奉派為江寧織造，在衙門西面的一片空地，親手種了一株楝樹，蓋了一座亭子，命名為「楝亭」，督課曹寅及曹頫的生父曹宣讀書其中。以後曹寅的別署就叫楝亭；本來形制簡陋的亭子，亦翻造擴充，大非昔比。楝亭之名為了避諱，家人不敢直呼，改稱「西堂」。

曹老太太這時明白了曹頫的意思，楝亭等於是曹家發祥之地，曹頫特意選中此處作芹官的書房，而且鄭重其事地請示，即表示他對芹官之重振家聲，抱著莫大的期望。既有這番用心，曹老太太何能不允？

「開西堂也好。」曹老太太問，「朱先生呢？住在哪裡？」

「如果說，為了教讀方便，自然是住西堂，不然就住西堂前面的綠靜齋。」

「住綠靜齋好了！」震二奶奶插嘴說道：「照應也方便。」

「我想，也是住綠靜齋好！」曹老太太說，「我們有時也可以到那裡去走走，有朱先生住在那裡，就不方便了。」

原來西堂是個總名，實在是座花園。一早一晚，老師不在書房時，女眷們有個散心閒步的地方。震二奶奶主張「朱先生」住綠靜齋，實在也是為了這個緣故，不過，她不便像曹老太太那樣率直而言而已。

「好！那就說定了。朱先生十月初七到館，就那天搬到綠靜齋。書房及先生住處應該派甚麼人伺候，要早早定規下來。」

「四叔請放心。」震二奶奶答說：「我都會預備。」

曹頫點點頭，又閒談了一會，起身辭去。曹老太太便看著芹官說道：「你知道你四叔為甚麼要拿西堂做你的書房?」

「這總有道理在內,老太太告訴我吧!」

「期望你能像你爺爺一樣。」

「啊!我想起來了!」芹官頓覺雙肩沉重、期許過高,未免不安,「爺爺是在那裡讀過書的,我記得有篇賦:『司空曹公,開府東冶,手植楝樹,於署之野;爰築草亭,闌干相亞,言命二字,讀書其下,夏日冬夜,斷斷如也。』」

「甚麼叫『斷斷如也』?」馬夫人問。

「是認真的意思。」

「對了!你也別忘了,上面還有句『夏日冬夜』。吃得苦中苦,方為人上人。」

聽他們母子倆在咬文嚼字,曹老太太深有感觸,也深有覺悟,對芹官實在是關心得太過分了!但此念甫生,又生一念:如果不是關心芹官,還有甚麼值得關心的事?享盡繁華,漸悟窮通盈虛之理,她不承望還能如往日的富貴。即便能如往日,亦無足貴,因為景迫桑榆,來日無多,富貴繁華,亦須有精力去享受。而況有富貴即有貧賤,有繁華即有蕭索,欲免貧賤之悲、蕭索之哀,倒不如不要富貴繁華。她常常在想:平安是福。可是,小鳥的翅膀漸漸長硬了,不教牠學飛,依然視如需要旦夕哺育守護的雛兒,是不是聰明的辦法,她開始感覺到,是一個很大的疑問。

因為心裡有這麼一個疙瘩,就顯得神思困倦。秋月跟震二奶奶從交換的眼色中取得默契,牌局不必再湊,道一聲:「讓老太太歇著吧!」逡巡散去。

回到雙芝仙館,只見小蓮一個人靜悄悄地在繡花,看到芹官,她放下手中絲線,迎了上來,卻不說話，只是等候差遣的神態。

幾乎無例外地，只要他一回來，春雨必是聞聲相迎。如果春雨不在，小蓮亦一定會搶先告訴他說，春雨是到哪裡去了。像這天這樣的情形，是從未有過的。芹官便有些不安了。

「春雨呢？」

「剛看她歪在那裡。」小蓮努一努嘴，「這會兒大概睡著了。」

芹官站住腳想了一下說：「我看看她去。」

一面說，一面就往春雨臥室中走，一掀門簾，正好發現春雨轉身向裡。芹官故意咳嗽一聲，卻無反應，便加重了腳步，走到床前，春雨依舊不知不覺地。顯然的，這是故意不理他。

芹官有些躊躇了，想喊她又怕她不理，自討沒趣；欲待轉身而去，卻更怕因此惹起更深的誤會。思索了好一會，在進退兩難之中，不知不覺地走到床前，糊裡糊塗地伸手去摸她的臉。

「叭噠」一聲，春雨揮掌打在他手背上，使的勁很大，芹官不由得「喔唷」一聲，喊了出來。

這一喊，讓春雨意識到，是打得太重了，因為她發覺自己的手掌也火辣辣疼，於是一翻身坐了起來，但在沒有面對面看到芹官以前，便已發覺自己不必出此態度，所以臉上立刻擺出淡漠的神色，冷冷地說道：「我以為是蚊子，原來是——」

「是的，一隻蚊子。」芹官涎著臉說，「一隻討人厭的大蚊子。」

春雨不答腔，下床趿著繡花拖鞋，拉開窗帘，鉤起門簾，然後管自己收拾衣物，似乎根本不知道屋子裡還有一個人似地。

芹官不免有些氣憤，開口問道：「怎麼啦？你！」

春雨依然不答，疊好了一床夾被，方始問道：「吃了飯了？」

「當然吃過了！你知道我在老太太那裡吃的飯。」

「是！算我沒有問。」

「怎麼回事？」芹官大為惱怒，「你誠心跟我找岔，是不是？」

「我可不敢！」春雨冷冷地答說，「只要你不嫌我，不跟我找岔就是了。」

「慢點！」芹官霍地站了起來，「你倒說說清楚，我哪裡嫌你，找你的岔？」

「你沒有，沒有！好了，回屋裡去吧！算我說錯了。」

「我也不說你錯，可是，我也沒有錯。」

芹官覺得好沒意思，懶懶地走回自己屋子，只覺滿心煩躁，就在進門的一張椅子坐了下來。身下軟軟，感覺異樣，隨即聽得「咪乎」一聲叫，一頭「雪裡拖槍」的大白貓從椅子上跳了下來，將芹官嚇一大跳。

他正沒好氣的時候，立即便是一腳，將貓踢得厲聲嗥叫，同時罵道：「滾！替我滾遠一點兒，別在這兒討厭！」

小蓮正走到門外，看看他要茶或是有甚麼差遣，聽得這話，不由得站住了腳，躊躇了一會，還是走了進去。

芹官還在懊惱，一見小蓮，衝口就說：「我說過多少回，別讓貓進來，牠愛跟著人走，老拌我的腳，就沒有一個人肯聽我一句。還有，」他又指著花瓶說：「菊花都掉瓣兒了，也不去扔掉！」

小蓮睜大了眼，聽他排揎，心裡覺得他好沒道理，不該隨便找人出氣，想了一下，便即答說：「好吧！我看我們都得讓遠一點，別在這兒討厭。」

這一下，讓芹官又感到莫大的冤屈，「你的疑心病，怎麼這麼重啊？」他氣急敗壞地說，「我是罵貓，你想到哪裡去了？成天一言半語都要認真，這日子我可真過不下去了。」

在對面屋子裡的春雨，不知道他為甚麼跟小蓮發脾氣，急忙趕了過來，恰好遇見小蓮委委屈屈地出房門，便即問道：「倒是為甚麼呀？」

「誰知道為甚麼？這也不對，那也不好，沒事找事，反正當奴才的倒楣。」

話剛完，芹官衝了出來，臉漲得通紅，戟指向小蓮說道：「你說話可要憑良心！你在這裡，誰把你當奴才了，你是怎麼倒了楣？」他動了真氣，冷笑說道：「我知道，你在這兒也待膩了！好吧，我跟太太說去，把你調走了就是！」說完，使勁一掀門簾，進了屋子還跺一跺腳，恨聲說道：「非跟太太回明了不可！」

小蓮又驚又氣又委屈，本有些承受不住了，一聽他說這麼決絕的話，「哇」地一聲哭了出來。春雨大為著急，一鬧開來，大家都沒有好處，於是一面伸手去捂她的嘴，一面說道：「你也是！不理他，不就完了！」

聲音很輕，偏讓芹官聽見了，冷笑一聲，坐在書桌面前，一個人生了回悶氣，覺得無聊，隨手掀開墨盒，拉出一張習字的紙來，將「唯女子與小人為難養也」寫了七八遍，心裡的一股突兀不平之氣，漸漸消釋，不由得關心小蓮與春雨。很想走過去看一看，卻又怕為她們所笑，終於還是坐在原處。

也不知過了多少時候，發覺有人送過一杯茶來，轉臉一看，是新來的一個小丫頭。

「你叫甚麼名字？」

「我叫阿湘。瀟湘的湘。」

芹官略感驚異地問：「你認識字？誰教你的？」

「認得不多。是碧文姐姐教我的。」

「喔，」芹官問說：「是季姨娘那裡的碧文。」

「是！」

「這幾個字你認得認不得？」芹官指著剛才寫的字問。

阿湘抿嘴一笑：「是罵我們的話。」

「不是罵你。」

「那麼是罵誰呢？」

芹官發覺話有語病，急忙說道：「誰也不罵！」說著將字紙揉成一團，往桌腳的廢紙簍一丟。

「還有事沒有？」阿湘問說。

「是誰叫你來的？」

「是——」阿湘答說，「我自己來的。」

芹官微微一驚，是替阿湘擔心會受責。曹家下人間也有個多年來形成的規矩，等級甚嚴，不准胡亂巴結主人，像雙芝仙館，自然是春雨「當家」，小蓮已低了一等，但在芹官面前，並無區別。至於像阿湘這些小丫頭，除非春雨或小蓮指揮，芹官主動使喚，否則不准自己湊近了去獻殷勤。這也是怕有人奔競爭寵，難免進讒不和，生出許多是非，有著防微杜漸的用意在內。如果違犯這個規矩，輕則受責，重則被攆，芹官在想：春雨為人和平，知道阿湘犯了規矩，至多告誡一番而已；小蓮說話行事，一向鋒芒畢露，斷斷不會輕饒。

為此，他急忙放低了聲音說：「你趕緊悄悄兒溜了吧！以後不是春雨，或者小蓮使喚你，你別到這裡來。你應該懂規矩，莫非沒有人教過你？」

阿湘何能不懂這個規矩？她本就是春雨所遣，怕芹官有甚麼要使喚，同時要看看他在幹甚麼？所以春雨將阿湘派了來，但為了裝作故意冷淡，又特為關照阿湘：「如果芹官問你，誰讓你來的？你只說你自己進屋來伺候的好了。」

芹官哪裡會知道春雨有這番深心？言者無意，聽者有心。等阿湘細說了經過，春雨便對含淚抑鬱的小蓮說道：「你聽見了吧？他哪裡要攆你？如果要攆你，就不會叫阿湘以後要聽你的話了。你想呢！」

想想果然，小蓮愁懷盡去，但仍有些委屈，「凡事怕開頭，」她說：「今天跟你發了脾氣，又這樣子罵我，縱然一時無事，以後也免不了常會挨他的罵。這得趁早想法子。」

「不錯！」春雨點點頭，「要趁早治他這個毛病。」她想了一下又說：「你還是照常，該幹甚麼幹甚麼。也別惹他。他問一問，你答一句；他不找你，你別跟他說話。」

小蓮如言受教，春雨當然也是如此。這一來惹得芹官憒懣煩躁，真想大大發一頓脾氣，但卻抓不住春雨跟小蓮的錯處，師出無名，難以收場，別自討沒趣！

憤無所洩，他突然生出一個念頭：你賭氣，我也賭氣。打那一刻起，就不理春雨跟小蓮，萬不得已要找人使喚時，寧願自己去找阿湘。

看他那副繃著臉的橛相，春雨和小蓮暗中竊笑。小蓮卻又故意要逗芹官，找了小丫頭來在燈下玩「頂牛兒」，輸贏打手心，嘻嘻哈哈地十分熱鬧。

芹官聽在耳朵裡，又心癢、又氣惱；驀地裡想到，這不是一個發脾氣的好題目？走過去吆喝一頓，看她們怎麼說？轉念又想，就把她們罵哭了，又有何意味？因此已跨出房門的腳，卻又收了回來。

「快二更天了！」春雨說道：「別玩了吧！」

於是收了牌，小蓮帶著小丫頭，前後檢點，關上院門。回到屋子裡，只見桌上擺著六個碟子，是吃稀飯的小菜。

「唷！你還真會擺譜。」

春雨沒有答她的話，只說：「你別睡，聽我的招呼。」

說完，出屋向對面走去。小蓮明白了，是去看芹官，便悄悄掩了去，在堂屋裡靜靜傾聽。

這時春雨已到了裡面，只見芹官朝裡和衣而睡，一雙未脫鞋的腳，屈著伸出床沿。春雨不忍叫醒他，取一床羅剎國來的呢毯子，輕輕替他蓋在身上。

哪知芹官驀地裡將呢毯子一掀，口中說道：「別理我！」

「嚇我一跳！」春雨拍著胸說：「原來是裝睡。」

「裝睡？我還裝死呢！」

堂屋裡的小蓮可忍不住了，「噗哧」一聲笑了出來，而且越想越好笑，捧著肚子，奔回原處，伏在桌上大笑。

「好了！」芹官一翻身坐了起來，悻悻然地說：「別再跟我過不去了，你們讓我一個人清靜一會兒，行不行？」

「你這話是怎麼說來著？你當著人給我難堪，把小蓮又給罵哭了，倒說我們跟你過不去。」

「把小蓮罵哭了？我不明明聽見她在笑，樂得很呢！」

「她樂她的，總不見得挨了罵還會笑，世界上沒有那麼賤的人。」

「我也不是存心要罵她，更不是有意當著人給你難堪。人總是有氣性的，偶爾忍不住失於檢點，你們就這麼夥著來對付我，把我撇成個野鬼孤魂似地！」芹官越說越覺得委屈，到得最後聲音也變了，眼圈也紅了。

春雨自然於心不忍，不過她心中明澈如水，要規勸便在此時。當下牽著他的手，並坐在床沿上說：「你心裡難過，我心裡又何嘗好過？誰忍心把你撇在一邊不理你？不過，不是這麼冷你一冷，你也不會明白，做人最要緊的是甚麼？」

芹官不答，他實在也並不明白。所以一直將臉扭在一邊，還不好意思轉臉來問。

春雨看他不作聲，便又說道：「其實，我也是今天才明白。做人最要緊的是人緣，如果做人做得人家都不愛理你了，一個人孤孤單單地，多沒意思？」

這話，芹官是聽了進去了。切身的經驗，使他無法不接受她的看法，只是他也不無反感，覺得她說得太過分了。

「莫非我這麼說了你們兩句，就是犯了大錯，就不能再理我了？那是你們氣量太狹！」

「不錯，不能為了一句話就不理你，就怕一開了頭，弄成習慣，教人怕了你，就非躲你不可了。」春雨緊接著說：「今天棠官失手把扇子掉了在地上，這也不是甚麼大不了的事。我看你要說他，趕緊拉了你一把，就為的棠官慢慢在怕你了，我不能不攔你，不能不提醒你。至於我自己，你偶爾來這麼一回，我也不能那麼小心眼，就會記恨，可是——」她笑笑沒有說下去。

「可是甚麼？」芹官追問著。

「你別問了！問下去不會有好聽的話。」

「不！」芹官一定要問：「你非說明白了不可。」一面說，一面便推她的肐膊。

「你一定要聽，我就說。如果你的脾氣不改，動不動就是這樣，我也不會記你的恨，只怨我自己的心不誠，不能勸得你聽好話。那時，我怎麼有臉見太太，只好悄悄兒回明震二奶奶，或是調我到別處，或是放我回家！」

「放你回家？」芹官脫口說道：「那是再也辦不到的事。」

「這也奇了！我也有爹有娘，又不是家生女兒。府裡的規矩，到了二十五歲是一定放出去的。大不了，我在那裡混個七八年，再沒有不放我的。」

「你倒說得容易！」芹官笑道：「七、八年的日子是容易混得下去的嗎？我也不知道你到那裡去混？」

「反正不會在雙芝仙館。」春雨接著又說：「就在雙芝仙館，你留得我的人，留不住我的心。」

聽得這話，芹官心頭疑雲大起，臉上的顏色也很難看了，「你這是真心話？」他扳著她的肩問。

這時，小蓮由於久等春雨不來，卻又到了堂屋，正聽到她在談七、八年以後之事，自然關心。她關心春雨的出處，由來已非一日，一半是出於好奇，每次想到春雨跟芹官在一起，就會連想到鄉下人家的童養媳，她曾見過一對，妻子比丈夫大九歲，到「新郎官」十六歲圓房時，「新娘子」也不過二十五歲，但以操勞多年，憔悴特甚，看上去竟像是母子，尤其是神態之間，對「小丈夫」的說話行事，絕少婉孌將順的味道。如果春雨跟芹官也有這樣的一天，不是件太不可思議的事？

她當然不會知道，馬夫人對春雨有了很堅定的承諾，因此，她總隱隱然地覺得春雨與芹官遲早是分手的局面。此刻不正就是端倪已露？意會到此，感到一種莫名的興奮，她不明白自己何來這種感覺？但也沒有功夫去細想，因為她不願漏掉春雨與芹官之間的每一句話。

「不管怎麼說，我是不會讓你離開我的。」

「那也不是你自己能做主的事。再過三、四年，你進京當差，不就離開了？」

「你的話說得教人好笑！」芹官鼻子裡哼了一下，「我不會回明老太太、太太，把你帶了去？」

「如果我不願意呢？」

「你又說這話了！」突然間，芹官的聲音粗暴了，倒將小蓮嚇一跳，趕緊屏息著，聽芹官又說：「要怎麼樣求你，你才不會說這話？」

「我這話也是為自己留地步，誰知道將來會怎麼樣？倒不如我先把話說在前頭，面子上還不會太難看！」

「我不懂你的話！」芹官停了一下又說：「你是說，我將來會不要你？」

春雨並未出聲回答，小蓮卻愈感關切。這是默認了！她在想，芹官會作何表示？是爭辯呢？還是有甚麼表明心跡的舉動？

哪知春雨還是開了口：「我倒不怕你不要我，只怕有人容不得我！」

「那是誰？」

自然是將來明媒正娶的「芹二奶奶」，小蓮心想，芹官竟連這一層都弄不明白，豈不令人好笑？倒要聽聽春雨說些甚麼！

春雨是不願明說，「這話說來也還早。萬事不由人，且看將來。如果你願意聽我的話呢，事情還好辦；不然——」她是遲疑著不知如何往下說的語氣。

「不用甚麼『不然』了！」芹官是極爽朗的聲音，「你說只要聽你的話，事情就好辦。那容易，我甚麼都聽你的就是了。」

「你是真心話？」

「莫非要我賭咒？」

「好、好！」春雨一迭連聲地，十分遷就，「我信、我信。」

小蓮只聽芹官長長地舒了口氣，然後說道：「晚飯吃不下，這會兒倒有些餓了！」

聽得這話，小蓮恍然大悟，原來春雨早就打算好了，特為替芹官備著消夜。這不馬上就要過來了？讓他們撞見多不好意思？

念頭剛動，腳步已悄悄移了過去，自己覺得有些臉紅心跳，怕還會讓他們識破她在「聽壁腳」。於是索性伏案偽裝打盹，等春雨來喊，方始欠伸而起。

「怎麼睡著了？」春雨問說。

「你倒不說你一去不來！等得我無聊，不知怎麼睡著了。」小蓮突然由自己裝睡，想起芹官「裝死」的話，不覺又「噗哧」一聲笑了出來。

她先前那一次大笑，原因明白；這一回的忍俊不禁，可有些莫測高深了。芹官便說：「甚麼事這樣子好笑？說出來讓我們也笑一笑。」

「我笑我的，你別管。」小蓮問春雨：「是不是把粥盛出來？」

「慢點喝粥，我想喝杯酒。」

小蓮不答，只看著春雨，她想了一下，提出條件：「只喝一杯？」

「把多寶槅上那隻玉斗取來，我喝那一斗就行了。」

「好吧！」春雨點點頭，對小蓮說：「你去拿東西，我去燙酒。」

於是分頭而去，自然是小蓮先回來，取了那隻約可容酒半斤的四方青玉斗，一面用乾布細擦內外，一面說道：「明明是升子，怎麼叫它做斗？」

「古今異名的東西多得很。言語是活的，不斷會變。」

「原來言語也像人心一樣。」

芹官心中一動，覺得她話中話，卻一時辨不出味外之味是甚麼？只望著小蓮發愣。

小蓮這才發覺自己說話欠檢點，便不敢再說甚麼。靈活的眼珠骨碌碌一轉，眼風很快地從芹官臉上掃過，然後低下頭去，但見極長的睫毛不斷在閃動，別有一種讓人動心之處。

芹官忽然想起，春雨說他將她罵得哭了，這當然不會是假話，既然如此，小蓮又何能接連兩次，笑口大開？且不妨逗逗她。

於是他說：「你倒不怕我跟太太去回，把你調到別處？」

「我才不怕！」小蓮答說，「我又沒有犯錯，太太也不能光聽你一面之詞就攆我。」

芹官想不到她是這麼回答，只好付之一笑，「算你厲害！」他說，「我說不過你。」

「怎麼說不過小蓮？」恰好進門的春雨問說。

「你問小蓮自己。」

小蓮微笑不答，接過酒壺，替芹官斟滿，然後向春雨徵求同意：「咱們也喝一盅兒？」

「對了！」芹官搶著說，「陪我一陪。」

於是春雨去取了兩隻酒杯來，等斟了酒，舉杯看著芹官跟小蓮說道：「喝一杯和氣酒，以後可再也別說傷到人心裡的話了！」

「剛才還在說。」小蓮將芹官的話轉述了一遍。

「我不過是一時想不明白，隨便問一聲，這也不算甚麼傷人的話。」

「總是不說的好。其實你心裡並不願攆誰，何苦嘴上傷人的心？」

「照這樣說，你說要走——」

一語未畢，春雨已連連假咳，把他的話硬攔了回去。小蓮明知道芹官要說的一句話是：「你說要走，其實心裡並不願走，可又何苦在嘴傷人的心？」只是春雨的神情，使她心裡很不舒服，便故意難一難芹官。

「怎麼啦？」她問，「還有半句話哪去了？」

「別多問！喝酒！喝酒！」

「哼！」小蓮微微撇嘴，「又想說，又怕說，算怎麼回事？」

「好了！」春雨很機警地，「回頭我告訴你。這會兒高高興興吃消夜，別說那些提起來教人揪心的事。」

「對！咱們找些有趣的事談談。」

春雨與小蓮都想到了，當前最有趣的事，就是替「四老爺」餞行唱戲的事。不過小蓮的口齒伶俐，便先開口了。

「咱們家好久沒有唱戲了。」她說，「這回是沾四老爺的光，我可得好好兒看一次戲。」

「不能看，只能聽了。」芹官答說。

「怎麼？不能看，怎麼又能聽呢？」

「你真是『聰明臉孔笨肚腸』，改了清唱，不就只能聽，不能看了嗎？」

想想果然，小蓮笑了一下問道：「為甚麼改了呢？」

「原因甚多——」

第一個原因是，曹家本有戲台，但在宴客的八桂堂，是在楠木廳，可容得下四十桌席，家宴只得兩集，空曠冷落，再有好戲也看不起勁來。

「這必是老太太的話。」小蓮插嘴說道：「何不就在萱榮堂搭台呢？」

「大家也都這麼說，老太太又嫌麻煩，四老爺又怕費事費錢，不怎麼熱心。其實，這都是找出來的理由，我看真正的原因只有一個。」芹官停了一下說：「不願借張家的班子。」

「為甚麼呢？」小蓮問說，「老太太嫌沒面子？」

「你猜得不錯，老太太雖沒有明說，不過語氣是聽得出來的。」

「老太太怎麼說？」一直未開口的春雨問了一句。

「老太太說，想當年，家裡不但養著戲班子，而且還是兩班：一班叫大班，一班叫坤班，盡是女孩子，專為老太太宴女客，或是親戚相敘預備的。哪知道現在要跟人去借戲班。」

「那麼，」小蓮急急問說，「坤班是在哪裡演呢？」

「多半在萱榮堂臨時搭台。」

「從前可以搭，現在為甚麼不能搭。」

「就是這話囉！」芹官答道：「所以我說第一個理由，是找出來的。」

「其實，也不必跟張家借戲班。既然湊分子請四老爺，何不到外面去找個班子？」

「你倒說得容易。」春雨在萱榮堂伺候過，平時常聽曹老太太談一生見聞，長了許多知識。此時想起當年曾聽說過：「戲班子不能老在一處，自己有船，稱為『水路班子』，那裡要請他們，開了船就走，下了戲也是睡在船上。誰做生日、辦喜事，或者酬神演戲，都是早幾個月就定好了的，臨時現抓，怎麼成？」

「不錯，老太太就是這麼說的。如今倒是有個班子已回蘇州；但有一件，水路班子戲服都是破破爛爛的，老太太說：與其看一群花子在台上打架，倒不如找幾個好腳清唱。事情就這麼定規了。」

「是今兒的事？」

「今兒中午說定的。」

「好吧！就聽清唱吧！」小蓮怏怏地說。

「怎麼回事？」芹官問道，「你不愛聽，只愛看。」

「她不但愛看戲，還愛看武戲，或是很別致的戲。」春雨答道：「她跟我提過好幾次了，到時候要請你點兩齣戲讓她過癮。」

「哪兩齣？」

「一齣是《夜奔》。」春雨轉臉問小蓮：「還有一齣是甚麼？」

「《嫁妹》。」

「鍾馗嫁妹。」芹官無端抱歉，「沒有能讓你看成，我也覺得怪難過的。」

「這也奇了！」春雨說道：「又不是你不敢演戲，難過甚麼？」

芹官確有那種感覺，但卻是無法解釋的，喝口酒不答。

「這有甚麼好奇怪的。」小蓮忍不住又要辯駁了，「如果你想看這兩齣戲，結果落空，他心裡一樣也會難過。」

春雨微笑著，表示接受她的解釋。心裡卻有異樣的滋味。

「你真的想看這兩齣戲，得等到年底下。」

聽他這一說，小蓮與春雨都很注意，一起用眼色催他說下去。

「張侯家年底下照例要請客，一定會請震二爺跟我，到時候我點這兩齣戲——」

「慢著，慢著！你在張家點的戲，我怎麼能瞧得見。」

「你忙甚麼？我話還沒有說完。」芹官看了春雨一眼說，「到時候你扮成我的小廝，跟在我身邊，不就瞧得見了。」

小蓮大出意外，春雨的感想，亦復相同，她笑著說道：「虧你怎麼想來的！」

「女扮男裝的事也多得很，何足為奇？而況你們都是大腳，站一會也累不得哪裡去，有何不可？」

春雨不作聲，小蓮卻怦怦心動，不過她也不知道這件事可行不可行？只是含著笑，歪著頭在思索。

見此光景，春雨正色說道：「不是我攔你的高興，這件事會鬧笑話，讓上頭知道了，討一場沒趣，何苦來哉？」

芹官想想也不妥，內心接受了勸告，但看小蓮悶悶不樂，大為不忍，思索了一會兒，突然說道：「有了，你還是有希望能看這兩齣戲。」

「怎麼？」小蓮問。

「不是說，要請張家老太太來玩嗎？如果真的請了，張家當然要回請咱們老太太，那是一定有戲的。我跟老太太說一說，把你帶去，不就如了你的願了嗎？」

「那好！」小蓮拍手笑道，「跟了老太太去，總也算張家的客人，人家一定要端張凳子給我坐，看得更舒服了。」

聯床共話，春雨將跟芹官所說的話，都告訴了小蓮。

小蓮聽得很仔細，尤其是後面的那些話，她一個字一個字地印證，自己所聽到的，與她所說的，並沒有多大出入，證明春雨並沒有騙她。對這一點，小蓮深為滿意，對春雨的信心增加了，覺得她是可以共心腹的女伴。

「我說這些話，是嚇唬他的。芹官現在少我們不得，我們也應該想到老太太，太太看得他極重的心，總要用盡辦法，逼他上進。」

「那你等於是提了個條件，如果他不肯上進，不願意好好讀書，你就不願意在這裡了？」

「是啊！多少有這個意思在內。」

「那麼我呢！」

這句話將春雨問住了，「你怎麼樣？」她反問一句。

「我是不是也跟你一樣，找個說法，提出跟你差不多的條件，好逼他上進？」

聽這一說，春雨不免自悔失言。她問得不錯，錯的是自己，不該用「我們」二字，乾脆就說「芹官現在少我不得」，小蓮不就沒有這一問了嗎？

如今可是不能改口了，也不能說「你不必那麼做」，只能答一聲：「是啊！如果他不肯學好，你也不妨這麼逼一逼他。」

小蓮沒有看出她臉上的表情，信了她的話，心裡在琢磨，該想個怎麼樣的說法，才能「嚇唬」芹官，促使他巴結上進。

由於她的沉默，讓春雨更不能放心，便故意問一句：「你睡著了？」

「沒有啊！」

「你不說話，我以為睡著了呢？」

「我在想——」小蓮躊躇了一下，老實將心事告訴了她。

春雨越發失悔了。心想，她如果也是這樣「嚇唬」芹官，為了保持她的諾言，勢必始終留在雙芝仙館，而照芹官對她的態度來看，他們倆一定一天比一天接近。現在還看不出來，兩三年以後就會處處顯得不如她，特別是年齡，是自己的一個「致命傷」。

這一下，便輪到小蓮疑心了，自己的心裡的話都說了給她聽，何以她竟一無表示？她的心腸直，老實問道：「春雨，你怎麼不說話？是不是覺得我多事？」

春雨一驚，怕小蓮窺破了她的心事，急忙掩飾地答說：「不是，不是——我是替你在想，應該有個甚麼法子，勸他上進。」

由於她的機變快，話中意思與她前面所說是一貫的；所以小蓮心頭的疑雲，一起就消了。

「我倒有個法子。不知道行不行？」

「你沒有說出來，我怎麼知道行不行？」

「我是這麼在想，等開了學，他能用功，自然最好；如果不肯用功，又挨了四老爺的罵，我就裝病——」

「裝病？」春雨不由得插嘴，「他挨罵，你裝病？」

「是的，他挨罵，我裝病。他當然要來看我，我就說是為他不用功，急出來的病，只要他上進，我的病自然會好！」

其實，不用她說完，春雨已悟出其中的道理，暗暗驚心之餘，驀地裡省悟，這是個極好的機會，將來如果真的出現了，一定要好好掌握住。

主意打定了，隨即用欣慰的語氣說道：「這個法子好！他很喜歡你的，你一生病，他一定著急，會聽你的話。」

小蓮很高興，「你也贊成我這個法子，那就不錯了。」

她停了一下，「不過，我這個法子，最好不必用。」

「在我看，遲早用得上。到那時候，我會幫你說話。」

「是啊！如果我裝病，非你幫我瞞著不可！」

「那還用說。」春雨換了極誠懇的語氣，「小蓮，你究竟是怎麼個打算，跟我實說，我來替你想法子。」

小蓮大不明白她的意思，「春雨，」她問，「甚麼是我『怎麼打算』？」

「那還不是你的將來！他很喜歡你，你的年齡也還配，你總有個打算吧？」

這意思很明白了，小蓮又驚又羞又喜，「沒有，沒有！」口中卻這樣說，「我沒有想到過。」

「唉！」春雨嘆口氣，「我是真心想促成你們的好事，你反倒跟我來個不認帳！小蓮，做人不是這樣做的。」

對於她的責備，小蓮既惶恐，又歉疚，「春雨，」她為了表示亦出於真心，老實說道：「我也不是沒有想過，不過時候還早，還談不到，所以沒有仔細去想。」

「現在呢？」

「現在？」小蓮答說，「這樣的大事，要慢慢兒去想。」

在反覆演奏的〈傍妝台〉聲中定了席，東面一席是曹老太太上座，左面馬夫人，右面震二奶奶；西面一席自然是曹頫居首，曹震與芹官、棠官兄弟，左右陪坐。東面下方還有一席，是專為鄒姨娘與季姨娘預備的。再有一個就是錦兒，出於曹老太太特命，在無形中確定了她的「姨奶奶」的身分。

等廊上樂曲一停，曹老太太向西面說道：「芹官，你替我敬你四叔一杯酒。祝你四叔一路順風！」

「是！」芹官離了座位，恭恭敬敬地答應著。

「老太太賞酒喝，怎麼用個『敬』字？」曹頫站起身來，惶恐地說。

「賞也罷，敬也罷，反正今天你是主客，必得多喝幾杯！」

這時派定職司，專門管酒的冬雪，已用一個朱漆托盤，端了兩杯酒來。芹官先取一杯，雙手奉上，然後自取一杯，高高舉起，口中說道：「四叔，一路順風。」說完，以杯就口，正待乾時，曹頫開口了。

「不！芹官，規矩不是這樣的，你站過來！」說著，他將芹官拉到上方，自己站在下首，雙手舉杯，徐徐飲乾。

這樣子倒像他向芹官在敬酒。芹官雖知道自己這時等於祖母的替身，仍有一種不可思議的、像在做戲的感覺，以致有些手足無措了。

「芹官，」曹震指點他說，「你乾了酒跟老太太去交差。」

聽得這話，芹官一仰頸子乾了酒，走到曹老太太面前，拿空杯照了一下說道：「老太太讓我敬四叔的酒，敬過了。」

這時，曹頫已端了杯酒，跟了過來，向曹老太太躬身說道：「兒子孝敬老太太一杯酒。兒子乾了，老太太喝一口，仍舊讓芹官代吧！」

「你倒替我都想好了。」曹老太太笑道，「另外拿杯酒給我。」

這是暗號，冬雪端來的酒，其實是茶，曹老太太喝了一口，隨手遞給芹官。這回他懂了規矩，無須向曹頫有何表示，只喝乾了，照一照杯。

「兒子明天動身進京，請老太太教訓！」說著，便要下跪聽訓。

「芹官，扶住你四叔。」

曹頫亦不是真的下跪，而且也知道曹老太太必有此吩咐，所以等芹官一攙扶，隨即便站直了，將腰微微彎著。

「我也沒有別的話，你只一路保重身子。」

「是！」

「公事當先，不必惦念著家裡。倘或年下日子侷促，不必緊趕著回來。在京裡過了年，從從容容回南，少吃多少辛苦。」

「是！老太太真是體恤兒子。如果真的不能回家過年，一定派人送信回來。」

「對了！」曹老太太又說，「京裡幾家老親，都去看一看，說我惦記。」

「是！」

「沒有別的話了！你回那面喝酒聽戲吧！」

於是芹官陪著曹頫回席。隨即有個中年漢子，戴一頂紅纓帽，在堂屋門口磕頭說道：「集秀班楊六順給老太太、老爺、太太、少爺、小姐、姨太太們請安。」

「來請點戲了！」震二奶奶說。

果然，是楊六順來請點戲。不過，他不能登堂，進來的是個十二、三歲的女孩子，靦靦腆腆，跪在紅地毯上，舉起一個戲摺子說道：「集秀班伺候點戲。」

「你過來！」震二奶奶招招手。

那女孩子起身走近，震二奶奶指著地位讓她站住，是在曹老太太身邊，她又蹲身行禮，口中說道：「給老太太請安。」

曹老太太微覺驚異，「你倒會行旗禮！」她問，「誰教你的？」

「剛剛師父教的。」

「現學的，倒還挺像個樣子，人也長得清秀，看來這孩子倒天生是塊戲材料。」曹老太太摸著她的臉問：「你在班子裡叫甚麼名字？」

「琴官。」

一聽這話，丫頭們都朝芹官去看。震二奶奶便說：「你這名字得改。」

「她這個琴，必是琴棋書畫的琴。」曹老太太說，「音同字不同，叫起來不方便，今天臨時改一改吧！」

「是！」那琴官極其伶俐，剛才是有些怯場，此刻心定了下來，便很機警了，當即答說：

「請老太太賞個名字吧？」

曹老太太善於起名字，丫頭的小名，多半俗氣，總是請她去改；當時想了一下說：「琴要桐木做的才好；梧桐是秋天的樹，就叫秋琴吧？」

「老太太賞這麼好一個名字！秋琴給老太太磕頭道謝。」說著，真的磕下頭去。

曹老太太越發高興，震二奶奶便湊趣說道：「這孩子嘴甜，老太太可得賞點兒甚麼了。」

「自然得賞！」曹老太太吩咐，「秋月，拿一套小金錁子給秋琴。」

這小金錁子，每個一兩，是特為精工鑄造的，上有福、祿、壽、喜不同的印記，一套便是四個。秋月原知曹老太太可能要賞人，抓了十來個備在手邊，不過沒有想到一賞便是一套，只好臨時配齊了，交到秋琴手裡。

「多謝老太太重賞。」秋琴再一次請安道謝。

等她剛站起身，震二奶奶突然說道：「秋月，咱們倆合夥做一筆買賣，妳看好不好？」

秋月心知，必又是有甚麼逗得曹老太太能夠笑一笑的花樣，自是附和著說：「好啊！這筆買賣怎麼做？」

「我給你出個主意，得了好處一人一半。」

「行！只要有好處。」

「一個秋字就值四個金錁子，你跟老太太說，你的名字裡頭也有個秋字：無例不可興，有例不可滅。也得四個金錁子！」

聽這一說，曹老太太笑著罵道：「你真是窮瘋了。」

「可不是嗎？」震二奶奶問道：「秋月，你看我這個主意好不好？」

「好倒是好，就怕老太太不給。」

「不給你就不叫秋月，你請老太太替你改名字。」

「這叫甚麼買賣？」秋月笑道，「金錁子沒有落著，好好的一個名字倒改掉了。」

「你好傻！」震二奶奶接口說道：「老太太有替人改名字的癮，她老人家癮過足了，一高興，還有個不賞你的？」

此言一出，哄堂大笑，連一向不苟言笑的曹頫亦不免莞爾。笑聲略停，在替曹老太太搥背的秋月說道：「說正經的，點戲吧！」

「你起甚麼腳色？」曹老太太問秋琴。

「唱生。」

「你會唱《八陽》不會？」

「這齣戲很難唱。」秋琴答說，「只怕唱得不好。」

「聽你這麼說，就不好也不會太離譜。」曹老太太說，「『家家收拾起，戶戶不提防』，越是熟的曲子，越要用心唱，唱好了我還有賞！去那邊，請四老爺點。」

曹頫於此道不大在行，因聽曹老太太提到「家家收拾起，戶戶不提防」，便點了《長生殿》的〈彈詞〉；當年與《千鍾祿》的〈慘睹〉都是家絃戶誦，極其流行的曲子。〈彈詞〉曲文「一枝花」的起句是：「不提防餘年值亂離」；〈慘睹〉曲文「玉杯傾芙蓉」的起句是，「收拾起大地山河一擔裝」，所以有「家家收拾起，戶戶不提防」這麼兩句口號。

接下來是照馬夫人的主意，全由曹震提調；他是內行，多點曲文明白易曉，而又不失風趣雋雅的戲。

最後問到芹官：「你要不要點兩齣？」

「我想在爺爺編的《虎口餘生》裡面點一齣。」芹官問說，「不知道他們會不會？」

「《虎口餘生》就是《表忠記》；又名《鐵冠圖》。說《虎口餘生》他們不知道；《鐵冠圖》可是常唱的戲。你要點哪一齣？」

「周遇吉——」

芹官剛提了個名字，只聽曹震大聲說道：「啊！我明白了，〈刺虎〉。」

怎麼變了〈費貞娥刺虎〉了呢？芹官細想一想，方始恍然。原來周遇吉是明朝從徐達、胡大海以來，殿尾的一員名將，他出身於遼西錦州衛，從崇禎九年從兵部尚書守京城開始，真個戰無不勝，攻無不克，將張獻忠由湖北攆入四川，就是周遇吉的功勞。

崇禎十六年底，李自成已占領陝西全省，將渡黃河，進犯山西。周遇吉以太子少保左都督的銜頭、領山西總兵；看山陝以黃河為界，起自河曲，迄於蒲州，南北一千餘里，處處可渡，防不勝防，便與山西巡撫蔡懋德相約，以易守的下游歸蔡懋德負責、上游由他分兵扼守，同時上奏乞師，朝廷遣副將熊通，領兵兩千赴援，周遇吉派他助蔡懋德防守黃河下游。這是崇禎十七年正月間的話。

其時臨汾的守將陳尚智已經通賊，暗示熊通去勸周遇吉一起投降「大順」朝，周遇吉大怒，立斬熊通，傳首京師。但李自成的前鋒，已渡河到蒲州。蔡懋德自臨汾退保太原，結果太原亦不保，蔡懋德陣亡。

李自成乘勝北進，先下忻州，進圍五台以北、雁門以南的代州。周遇吉憑城固守，找到機會便施行奇襲，殺賊無算。

不久城中絕糧，而在澤州的另一名總兵，與李自成同鄉而又同起為盜，後降官軍的高傑，倉皇東走，不肯赴援，以致周遇吉不得不轉進至代州以西的寧武。

當然，李自成緊追不捨，在寧武城外叫陣，限五日投降，否則城破屠城。周遇吉在城上四面發大炮，傷賊上萬。可是眼看火藥將盡，圍城的流寇，又幾十倍於官軍，周遇吉定計，以老弱殘兵，出擊誘敵，等流寇一進城，立刻將城門的閘板放了下來，關門殺賊，一下子又去了它幾千。

於是李自成亦用炮攻，無奈周遇吉的部下，勇猛異常，一有缺口，立即堵住；李自成不但進不了寧武，而且傷了四員驍將，心存畏懼，預備撤退。他的部下不從，道是「以十拚一，輪番進攻」，絕無不勝之理。李自成接受了這個建議，終於攻進了寧武。

然而戰局並未結束，寧武城內發生了激烈的巷戰。周遇吉馬失前蹄，徒步格鬥，猶且殺敵數十，身中亂箭，像個刺蝟，居然還在拚命。最後被俘，大罵不屈。李自成命人將他吊在旗桿上，當作一個箭靶子。自古以來，一身被箭之多，絕無超過周遇吉的。

周遇吉的夫人姓劉，亦是英雌，帶領健婦數十人上山巔、登屋頂，居高臨下，箭無虛發，流寇竟不敢逼近，唯有縱火燒屋，全家殉國。

攻下寧武以後，李自成召集部下說道：「由此到北京，要經大同、陽和、宣化府、居庸關，每一處都有重兵把守，倘或都像寧武關一樣，我的部下不都死得光光？算了，算了，我回西安先做幾天皇帝，再作道理。」

他的部下都覺得他的話很有道理，於是休兵數日，預備渡河而西，仍回關中。哪知正要開拔時，大同總兵姜瓖派人來遞降表，李自成大喜過望，正以盛宴款待使者時，宣府總兵王承廕的降表又送到了。李自成自是幡然變計，經大同、宣化至居庸關，鎮守太監杜之秩、總兵唐通開門揖盜；李自成長驅直入，終於將崇禎皇帝逼得在煤山上了吊。躊躇滿志的李自成常說：「如果再有一個周遇吉，哪裡到得了京城？」

這是極好的戲，與〈刺虎〉同為《鐵冠圖》中的精華；但此日來唱，卻大非所宜，因為這段情節，敷演成兩齣，名為〈別母〉、〈亂箭〉。曹頫正要辭母長行，豈可犯這樣的忌諱？

如果犯了這個忌諱會如何？芹官在想，自然是大殺風景，滿座不歡；四叔或許不但不責備，甚至還要找出話來沖淡這個忌諱。可是許多人就此在心頭拴了個疙瘩，深怕四叔此行不得平安。最糟的是，一定有人——從老太太到春雨會對他失望，都巴望他說話行事，中規中矩，是大人的樣子，哪知道還是這麼言語欠檢點，毫不懂事！

轉念到此，感激曹震之心，油然而起，深深看了他一眼。曹震自然明白，報以撫慰的眼色，這才讓芹官的一顆心踏實。

「照老太太這麼說，這是個大有來頭的和尚？」

「正是！你若是想到，原是穩坐江山的皇上，只為被叔叔所逼，無處可逃，沒奈何隱姓埋名，做了和尚，那心裡是怎麼個滋味？真正『啞巴夢見娘』，有苦難言。是這等的心情，照你的唱法，瀟灑倒是瀟灑了，卻只像尋常遊山玩水，唱不出他心裡那一段感觸來，唱得越響亮，錯得越厲害。」

這時因為曹老太太在大發議論，一則是件稀罕之事，再則按規矩亦該當靜聽，所以滿堂肅然，顯得她的話，字字清楚。曹頫一面聽，一面思緒如潮，既驚且喜，由慚生敬，忍不住便端著酒走了過來。

看他一站起來，手中又有酒杯，便知他要來敬曹老太太的酒，震二奶奶原有話要說，亦就縮口，很機警地搶了把酒壺在手裡。

「娘！」曹頫走到一半，便已高聲說道：「說真箇的，兒子實在沒有想到娘的議論，如此高妙！從小侍奉膝下，竟會不知道娘滿腹經綸。真正該打，兒子自己罰一杯酒。」

「你也恭維得我過分了！」曹老太太笑道：「甚麼滿腹經綸，說滿腹牢騷還差不多。」

聽得這句話，曹頫大感侷促地說：「娘有牢騷，自然是兒子奉養不周。」

一語未畢，曹老太太搖著手說：「全不與你相干！」她還怕曹頫不能釋然，看曹震與芹官已跟了過來，便又說道：「通聲，你敬你四叔一杯酒。」

震二奶奶把著酒壺，在曹老太太身旁侍立多時了，聽這一說，便親自來替曹頫斟滿空杯，附帶也為曹震添了些酒。

「勞駕，勞駕！」曹震說道：「咱們倆一起敬四叔。」

「對！」曹老太太說，「正該一起敬。」說著，將自己面前的酒遞給了她。

「四叔！」震二奶奶高舉酒杯，「一路辛苦，路上千萬保重。」

這情形看在馬夫人眼中，心內不免警惕。芹官快要上學了，不宜以外務分心，她深怕曹老太太對秋琴又許下日子，哪一天找她來玩，又會害得芹官幾天不能收心，因而插嘴將這件事岔了開去。

「四老爺明天上午甚麼時候動身？」她問震二奶奶。

「辰正離家，特為挑的好時辰。」

「老太太也有些倦了，四老爺還得起早。」她說，「我看早點散了吧！」

「我倒不要緊。倒是四老爺，應該早點睡。」曹老太太轉臉說道：「秋月，你到四老爺那裡，把我的話告訴他。」

秋月答應著，走到曹頫面前，剛一提「老太太」三字，他就站了起來，聽秋月傳了話，隨即說道：「老太太體恤我，我也就不鬧虛套了。等我跟老太太去說一聲。」

說著，便向曹老太太那裡走去。秋月做事仔細，心想「四老爺」回自己屋裡，自然得兩姨娘回去服侍，因而轉到下首那桌。

錦兒一見，先就站了起來，秋月按著她的肩說：「你別跟我客氣！老太太體恤四老爺，怕他明天要起早，說是不用陪著了。四老爺馬上就走，我特為來通知兩位姨娘。」

「喔，」鄒姨娘立即站起身來，「勞你駕特為來通知。不知道我的丫頭在哪裡？」

這是希望秋月為她去找丫頭，卻不便明說，秋月因為她一向安分守己，而且她客氣話又說在前面，便支使一個小丫頭說：「你去看看，跟鄒姨娘來的是誰？把燈籠點起來。」

「秋月，」季姨娘接口問道：「這剛才告訴四老爺的話，棠官聽見了沒有？」

秋月不明她的用意，也不能作確實的答覆，只說：「我不知道。」

季姨娘碰了個軟釘子，面現不悅，離桌到了上面一桌。曹震、芹官都站了起來，季姨娘卻渾似不見，一巴掌拍在她兒子背上，「該走了！」說完，伸手去拉棠官。

棠官身子被拉了起來，一雙眼還在紅氍毹上那個唱小旦的女孩子身上，季姨娘不免動怒，又是一巴掌打了下去。

「叫你走，還不走！不知眉高眼低的渾球，就看不出來，人家就是討厭你們爺兒倆！」

芹官大為詫異，不知她此語從何而來？曹震心裡惱怒，但此時此地，不便發作，只喊一聲：「棠官！」

棠官站住腳，手卻還讓季姨娘牽著，只能半側著轉過身子來問：「二哥叫我？」

「來！」曹震招招手：「把你袍子兜起來。」

棠官聽他的話，從他娘手裡奪出自己的手，走到曹震的面前，握住夾袍下襬兩角，兜了起來。

曹震將桌上擺著看及下酒的乾濕果子，一盤梨、一盤南棗，還有松仁、乾荔枝之類，統統都倒在棠官的衣兜中。芹官見此光景，將他自己面前想吃而未吃的一個梨，也拋了在裡面。

季姨娘有些發窘，勉強笑著說：「快謝謝你二哥跟小哥！」

棠官像鸚鵡學舌似地說：「謝謝二哥跟小哥！」

「乖！」曹震摸著他的頭說，「沒事到我那裡來玩，找你二嫂子，找錦兒都行，沒有人討厭你。」

季姨娘不能說聽不懂他這句話，她實在很怕震二奶奶，因而也很怕曹震對她有所誤會，欲待解釋，只見曹震轉臉他顧，連正眼都不瞧她，不由得氣餒，只得惴惴不安地帶著棠官走了。

第八章

送走了曹頫，緊接著有件大事，便是安排芹官兄弟上學。

首先是選定書房。西堂除了正面的楝亭以外，陸續添蓋了好幾座房子，震二奶奶早看中了坐西朝東，題名迎紫軒的三楹精舍，一提出來，曹老太太首先贊成。因為一早上學，晴日滿窗，自有欣欣向榮氣象，足以鼓舞學生。後窗西曬，夏天嫌熱，但搭上涼篷，亦就不礙。用迎紫軒作書房，還有個好處是，走廊南端，隔著一段甬道，有一扇角門，開出門去，便是預備朱實下榻的綠靜齋，往來非常方便。

「方便倒是方便，下雨天總還不免要打傘。」曹老太太說，「我看添蓋一段雨廊吧！也是敬重先生的道理。」

震二奶奶本就將這件事看得很鄭重，現在聽曹老太太的口氣，更不敢怠慢；隨即交代下去，立刻找了織造衙門的木匠來，限期三天，蓋一段連接迎紫軒走廊與角門的雨廊。

「書房裡起碼要添三個人。一個老成些的，照料內外；一個小廝，專門伺候先生。」震二奶奶躊躇著問：「老太太、太太看，伺候書房是用丫頭呢，還是用書僮？」

「我看用丫頭。」曹老太太說，「芹官有阿祥，伺候先生的是個小廝，再加個書僮，三個淘氣猴兒聚在一起，看吧，甚麼花樣都耍得出來。」

「我也覺得用丫頭好。不過，這個丫頭很難挑，一要穩重，可也不能太老實，不然壓不住那兩個小廝；二要肚子裡有墨水，不能連書架上取部書都不會。」

「一點不錯，一點不錯！」曹老太太連連點頭，「看看誰是既穩重，又識字，挑了去伺候書房。這比平常的又不同，挑中了得加她的月例。」

「老太太、太太這一說，我倒想到一個人，不過，怕她主子不肯。」震二奶奶含蓄地說。

「我也想到了。」馬夫人說，「另外拿一個跟她去換，不就行了嗎？」

「這——」震二奶奶遲疑著說，「要添人，就為難。」

原來曹家因為今非昔比，在兩年前就定下一個規矩，各房的下人，只准減，不准添。原來用兩個的，如果有一個或者遣嫁，或者病故，或者犯了大錯被逐，就不再補人；除非本來只有一個，因此而無人可用，便由用得人多的一處，撥一個過去。因此，震二奶奶覺得為難。

「例不可破。」曹老太太說，「由我這裡撥一個去替換。」

聽得這話，震二奶奶不作聲，只抬眼去看馬夫人，她亦保持沉默。兩人從眼中取得默契，知道彼此的想法是相同的。

「怎麼回事？」曹老太太問，「莫非有甚麼關礙？」

「我是怕誰都不願去替換。」

「我先跟老太太說，看中的是誰？」馬夫人低聲說道：「季姨娘那裡的碧文。」

「老太太明白了吧？」震二奶奶接口說道：「別說萱榮堂的『四季』，只怕掃院子燒火的丫頭，也未見得肯去伺候她。」

「那也由不得她們作主。」曹老太太向震二奶奶說道：「你先跟季姨娘去商量、商量，看她肯不肯放？」

「不肯也得肯。」震二奶奶答說，「事情擺在那裡，只有碧文最合適，而況棠官又是碧文照料慣了的。」

「看她自己兒子分上，說不定肯委屈——」

「反正，」震二奶奶搶著說，「碧文白天伺候書房，晚上仍舊回她那裡，也沒有甚麼不便。就是碧文辛苦一點兒，不過加了月例，她也沒有甚麼話好說了。」

曹老太太沒有聽出來，震二奶奶存心不再替季姨娘補人，只覺得她的話也有道理，點頭說道：「就這麼辦吧！」

接下來便談伙食「酒食先生饌」，自然格外豐盛，決定每個月六兩銀子，交給小廚房辦；朔望添菜，或者設席奉請先生，另外開帳。

「兩個學生怎麼樣？」馬夫人說，「我看不如中午陪著先生吃一頓，省得往來費時。」

「那樣伙食就得加錢了。」曹老太太說。

「不用！」震二奶奶接口說道：「反正芹官原有自己的飯菜，中午那一頓，合在一起好了。」

「這要告訴小廚房，把兩桌飯化在一起，六菜一湯還是六菜一湯，中午、晚上都一樣，只是中午用大碗而已。」

「一點不錯！」曹老太太深有同感，「如果中午有學生陪先生吃，菜就多添幾樣，顯得也是敬重先生的道理。」

她說一句，震二奶奶答應一句，都談妥了，回去便派人將碧文找了來，開門見山地告訴她，調派她去伺候書房，月例加二兩銀子，不過是個「兼差」，下了學仍回季姨娘那裡，比較辛苦，問碧文的意思如何？

「震二奶奶抬舉我，我自然願意，辛苦一點兒也算不了甚麼！不過，得請震二奶奶跟我主子說一聲，只怕——」

碧文沒有說下去，震二奶奶自須追問：「只怕甚麼？」

「震二奶奶知道的，」碧文苦笑著說，「我主子不是痛快的人。」

「哼！」震二奶奶冷笑一聲，「她要不痛快，不肯放人，讓她跟老太太去回。看她敢不敢？」

「我是怕她另外要個人去替換。」

「前年定下的規矩，各房只准減人，不准添人；她如果一定要個人替換，老太太說過了，就從她那裡撥一個人出來。我跟老太太回，把秋月撥了去頂你的窩兒，看她消受得了，消受不了。」

盡用大帽子壓人，碧文倒不免替季姨娘委屈。見此光景，震二奶奶暗暗感嘆，碧文忠心耿耿，實在難得。為了安慰碧文，便換了緩和的口氣解釋。

「其實，她那裡也沒有多少事，早晚有你在；你到了書房，總還有小丫頭可以支使。如今光景艱難，大家總要體諒；再說，家裡這麼多人，就把你挑了去伺候書房，也是她做主子的面子，就委屈一點兒，也應該想得開。你說我這話呢？」

「是！」碧文接受了她的想法，「我回去跟我主子說。」

「對了！我也不必找她了，就你給她說好了。你說是老太太的意思。」震二奶奶又說，「而且棠官有你照應，一舉兩便，不是很好的事嗎？」

「是！」碧文深深點頭，「這麼說，我主子一定再不會多說甚麼！」

「那好！你就去吧，我等你的回信。」

等碧文一走，震二奶奶還是不放心，派一個很伶俐的小丫頭，裝作串門子，去聽聽季姨娘說些甚麼。

不久，小丫頭回來覆命，據說季姨娘大為抱怨，說「柿子揀軟的捏」，震二奶奶專門欺負她。碧文苦苦相勸，她的嗓子卻越來越大；結果將碧文惹惱了，打算來跟震二奶奶「辭差」。

這一下嚇壞了季姨娘，反倒低聲下氣跟碧文賠不是。

震二奶奶又好氣、又好笑，等碧文來回話說季姨娘已經同意時，她故意問一句：「你主子沒有說我專會欺負她！」

「沒有，沒有！」碧文一迭連聲地說。

「你開導開導你主子，別那麼糊塗！如果她覺得我欺負她了，我就索性欺負欺負她。」震二奶奶接著說：「兩個學生中午陪先生吃飯，芹官是有自己的飯菜的，棠官怎麼說？我回明老太太，每個月扣她二兩銀子的月例，津貼小廚房算作棠官的一頓中飯。看她到哪裡喊冤去！」

「震二奶奶知道她心眼兒糊塗，又何必生她的氣？」

「我才不生她的氣，只懶得理她。說真的，碧文，大家都是看你的分上，不跟她計較。」

「震二奶奶這麼說，我可真當不起了！」碧文確有不勝負荷的感覺。

「沒有甚麼當不起！你就照現在這個樣子，識大體、知好歹，將來總還有抬舉你的日子。」

碧文一時也想不出，震二奶奶會如何抬舉她。反正抱著不多事、不躲懶，不爭先、也不落後，我行我素的宗旨就是了。

因此，她只淡淡地謝了一聲，隨又說道：「震二奶奶如果沒有吩咐，我可要告辭了。」

「後天開學，咱們到書房瞧瞧去。」

到得迎紫軒，只聽乒乒乓乓，木匠正在搭建雨廊。派定照料書房的管事何誠——何謹的胞弟，急忙關照木匠別弄出那麼大的聲音，然後迎了上來，請個安靜候問話。

「我看看書房，布置得怎麼樣了？」震二奶奶一面走，一面問：「先生哪天搬過來？定了日子沒有？」

「我問過震二爺了。後天開學，當天就搬了來住。晚上備一桌飯請先生。」何誠答說：「已經通知大廚房了。」

「喔！」震二奶奶心想，用大廚房的菜，似乎怠慢了先生，回頭還要斟酌。

這樣想著，人已到了迎紫軒。進門就看到一張極大的花梨木書桌，十分氣派，但桌上的文具，尺寸不甚相配。

「硯台、筆筒都得換！要換最大號的。」

「是！」

接著看北首一間，南向供著「天地君親師」的牌位；兩面疊著書箱，一部《全唐詩》、一部

《佩文韻府》。南首一間，便是芹、棠兄弟的書房，北向並排置兩張小書桌；身後靠壁是書架，卻還空著，要等他們自己來利用。

震二奶奶看完了問碧文：「你看合適不合適？」

「似乎少一張供茶水的條桌。」

「對了！你給補上。」震二奶奶又問：「吃飯呢？」

「只好臨時現擺桌子。」

「那有多麻煩！」震二奶奶問：「後面不還有一間廂房嗎？」

「都堆著書。」

「另外找間屋子，把書挪過去，收拾出來當飯廳。」

震二奶奶行事爽利，吩咐完了，隨又帶著碧文去看先生的臥室。

打已經搭好架子的雨廊下面進了角門，一眼便望見指派來伺候先生的小廝爵祿，正爬上梯子，在糊窗紗；回頭看見震二奶奶，急忙一躍而下，笑嘻嘻地上來打個千，叫一聲：「震二奶奶！」隨即又轉臉來看碧文。

「你見過碧文沒有？」震二奶奶說。

曹家內外之別甚嚴，碧文沒有見過爵祿，爵錄也記不起是否見過碧文？他此時這樣答說：「見是見過，不知道名字；這會兒才知道叫碧文。」

「你要叫碧文姐姐！」震二奶奶故意板起了臉說：「以後迎紫軒、綠靜齋，除了何誠就是碧文，她怎麼說，你怎麼聽。知道了沒有？」

「是！」

震二奶奶進屋一看，先生的臥室除了一張大床、一張方桌、四把椅子之外，空宕宕地甚麼都沒有。

「這怎麼成？」震二奶奶回頭問跟在後面的何誠：「這怎麼住啊？」

「除了鋪蓋，動用的東西都領齊了，明天上午等雨廊完工再布置。請震二奶奶明天下午來看，包管不一樣。」

「那還罷了！」震二奶奶又說：「找你哥哥，要幾件字畫古董擺設起來；要好好弄個樣子出來。」

「也預備了。」

「好！」震二奶奶對碧文說：「明天下午，你別忘了來看一看，總要讓先生覺得住得舒服才好。」

進了垂花門，曹震站住腳指著坐西朝東的三楹精舍說：「這裡是書房。」又指點新建的雨廊：「打那裡進去，叫做綠靜齋，為先生設榻。先看看住處，還是先到書房？」

朱實看書房前面，一名管家，兩個小廝，垂手肅立，大家的規矩禮節，如此嚴肅莊重，不由得感動，毫不考慮地答說：「自然先到書房。」

曹震點點頭，在前領路，一上台階，何誠帶著阿祥與爵祿，一齊請安。曹震便一一引見。這時湘簾已捲，門內左首站著一個長身玉立的女郎，年可十六七，穿一身藍布夾襖褲，上罩一件玄色軟緞的馬甲，梳一根油鬆大辮，垂到腰下，不施脂粉而臉上自然紅白相映，含笑相迎，顯得喜氣洋洋。

居然有這樣一個俊俏丫頭在這裡，事出意外，朱實不由得一愣。

「她叫碧文！特為派來伺候書房的。」

「賢居停如此多禮，實在受之有愧！」

「言重，言重！」曹震肅客進屋，看著南面喊道：「你們小哥兒倆來見先生！」

南面兩張書桌，桌前站著芹官。兩人聽得曹震招呼，先由芹官應一聲：「是！」接著便走向下方，但見碧文已捧著紅氈條鋪在當地，預備他倆行拜師大禮。

「不必客氣，不必客氣！」朱實說道：「倒是先師面前該行個禮。」

「正是！」曹震接著說，「先到這面行禮，再來拜師。」

這時北屋已由何誠燃起香燭，朱實恭恭敬敬地上了香，領著兩個學生，行了大禮。等他站起身來，書桌前面已擺好一張椅子，碧文微笑說道：「請先生上座！好讓學生磕頭。」

「不必——」

剛說得兩個字，曹震便來扶著他的手臂說：「師道尊嚴，禮節上不可苟且。請上座！」

再要謙讓，就是「苟且」了，朱實只好泰然上座。芹官與棠官便在紅氈條上，雙雙跪了下去，碧文在一旁贊禮，三叩起身。曹震隨即躬身長揖，朱實急忙起身還禮。

「舍弟資質愚魯，要請先生費心。如果不服管教，請先生戒飭！」

不知何時，何誠手裡已捧著一柄黃楊木的戒尺，曹震取來，雙手奉上，朱實亦用雙手接了過來。雖未開口，臉上那種接受付託，不敢輕忽的神情，卻是灼然可見。

「你們要聽先生的話！」曹震說道：「尤其是棠官，不准淘氣。」

「是！」小兄弟倆雙雙應聲。

「一切拜託！」曹震拱一拱手，轉過身去。朱實這時成了主人，跟在後面，送出門外，彼此又一揖而別。

等回轉身來，朱實不免有些茫茫然，初為人師，不知從何處措手？碧文正捧了茶來，便即說道：「先生請這裡坐！」

雖是平淡無奇的一句話，朱實卻在想：總算不至於唱獨腳戲了！答一聲：「多謝！」在書桌後面坐了下來。

碧文也看出先生是頭一遭教書，諸事陌生，少不得穿針引線，好歹幫襯著，因而喊道：「芹官、棠官，請過來見先生！」

芹官便站起身來，棠官跟在後面，走到書桌前面，朱實和顏悅色地說：「你們倆以前的功課跟我說一說！」

「是！」芹官答道：「我四書都念過了。」

「你的本經是甚麼？」

「本經？」芹官瞠然不知所對。

看他連何謂「本經」都沒有聽說過，就知道他根本不懂八股文，也不明科舉制度。原來鄉會試的八股文，在四書五經中出題，四書中出三個題目，《論語》、《孟子》是一定有的；另一題或《大學》、或《中庸》，所以四書非全讀不可。五經則「各占一經、分經取中」，在《易》、《書》、《詩》、《春秋》、《禮記》五經中，士子專攻一經，即名為「本經」。闈中雖有五經的題目，士子只就本經的題目作文章，其他可以不管。

當時朱實將這個沿襲自前明的制度，為他們兄弟細講了一遍。芹官不由得就想：「先生問到本經，莫非是要做八股？學會了又有何用，莫非還要下場去考舉人、進士？」

這樣轉著念頭，口中忍不住問了出來。那朱實點點頭說：「正是！令叔正以此期望你們兄弟。尤其是你！」

芹官大出意料，「家叔從未跟我提過。家塾老師亦不曾指明哪一經是我的甚麼『本經』。」他緊接著又說：「家祖母跟家叔倒是常提到先祖在日的訓誨，說讀書所以明理，又說詩書所以涵泳性情。從未說過，讀經是為了做八股、獵功名。」

朱實心想，自己的這個學生，已有些名士的味道了。如果自己不能在這方面有所矯正，未免有負曹震的舉薦、曹頫的付託。

於是，他微咳一聲，將碧文為他預備的六安瓜片，喝一口潤潤喉舌，方始從容不迫地說道：「雪芹，你把讀書看成為了『做八股、獵功名』，自然是一種輕視之意。這又不然！學而優則仕，換句話說，入仕則非學優不可。」

「讀書固然為明理，亦是為用世。府上是世家，世襲的差使，不容你不做；可見得你想不入仕也不行。既然如此，何不學而優則仕。」

「先生說得是！不過，我讀五經，不專攻甚麼本經，豈非更好。」

「當然，當然！能博通五經，自比專攻一經來得好；不過能精通一經，也就很有成就了。」

「這跟做八股似乎無關。」

「怎麼無關？本經精通，下筆有神，八股文自然做得好。」

「這八股文再好，也不過一時之用，我看除了考試以外，再無用處。」芹官看一看書架說：「架子上韓柳歐蘇的文集，不知哪一篇是八股？」

朱實笑了，「雪芹，說實話，我也討厭八股。不過，八股之可厭，在陳腔濫調；八股的本身，還是可取的。」他看芹官不答，便追問一句：「你不信是不是？」

「先生說出來，我自然就信了！」

「孺子可教！」朱實一眼瞥見碧文倚柱悄立，很用心地在注視他們師生辨難質疑，不由得尋思，要想再覓這樣可人意的館地，只怕很難；如果想長保目前的館地，首先要收服這個不輕易讓人牽著鼻子走的學生，因而整頓全神，思索了一下回問道：「你知道八股是誰發明的？」

「不是明太祖、劉基君臣創始的文體嗎？」

「非也！照我說做八股的老祖宗，要算王介甫。」

王安石會是八股的「老祖宗」，這話真是匪夷所思，芹官又表現出一種輕視的沉默了。

朱實視而不見，管自己從容說道：「宋朝的科舉，闈中本試『墨義』，只要把經書讀得滾瓜爛熟，就不愁不能交卷。譬如——」

譬如題目是：「子謂子產有君子之道四焉；所謂四者何？」這便是問君子之道四端；據《論語》回答：「其行己也恭；其事上也敬；其養民也惠；其使民也義。」再加上「謹對」二字，即為極完整的答案。

以此試士，只須強記，便可博上第，真才何由得見？因此，王安石主張變法，改「墨義」為「經義」；是作一篇短文，以通經而有文采為合格。經的題目出於經書，所作的文章亦須以經書中的意思去推衍。王安石作過一篇短文，題目是「里仁為美」；起首兩句是「為善必慎其習，故所居必擇其地」，後人以為這就是八股「破題」的濫觴。

「破者說破題旨。」朱實指著書桌上一個置糖食的福建漆的盒子說：「這個圓盒子，看來渾然一物，但一破為二，說上有蓋覆，下有底承，不就等於說是一個盒子嗎？」

芹官聽得有些意味了，微笑著說：「這不就像打燈謎嗎？」

「原有些像，並非全然如此。」朱實接著又說：「《雲麓漫抄》裡面有個故事，說當時有位彭祭酒，在國子監以善破經義，為生徒傾服。大家想難他，總難他不倒，有人開玩笑，拿『月兒彎彎照九州，幾家歡樂幾家愁』，請他破題；他想了一會，答了兩句：『運於上者無遠近之殊；形於下者有悲歡之異』。雪芹，你倒細心體味，題意是不是全說破了？」

芹官逐字想去，大有領悟，脫口說道：「依我說，只八個字就可以破它：天道有常、人事靡定！」

「你懂了，你懂了，你懂了！」朱實輕擊著書桌，很高興地笑道：「想不到這麼容易就開了你的竅。」

芹官也覺得得意，矜持地不敢露出笑容，轉臉問棠官：「先生的話你聽得懂、聽不懂？」

「有懂有不懂。」

「你比你哥哥自然差得多，慢慢來！」朱實又正色對芹官說：「下句『人事靡定』破『幾家歡樂幾家愁』，不錯；上句有瑕疵，不如彭祭酒破得好，惟其『無遠近之殊』，才見得月兒彎彎，普照九州。你那句『天道有常』，缺這麼一點意思。」

芹官想了一下，心誠悅服地答一聲：「是！」緊接著靈機一動，隨又說道：「先生，『天道有常』用來破蘇東坡的詞：『月有陰晴圓缺』呢？」

「這比原來好得多。」朱實怕長他的驕氣，不肯過於誇獎。接下來進一步談八股：「前明的文南英說：『制舉業之道，與古文常相表裡；故學者之患，患不能以古文為時文。』以你的聰明，八股的套子，即所謂『股法』，有輕敘、有重發、有照應、有賓主、有反覆、有疑問；還有流水、推說、鎖上、起下、轉換、操縱等等名目，將來一點就透，我不擔心，擔心的是你言之無物！」

對這句話，芹官當然不服氣，不過不便聲辯，只沉著地沉默著。

「『腹有詩書氣自華』，如今還是先讀書要緊。」朱實問道：「五經中你讀過哪一經？」

「《左傳》讀完了。《禮記》剛開始。」

「好！就接著讀《禮記》，一面上生書，一面溫熟書；這是要背的。」

「是。」

「一天讀五頁綱鑑，上半天的功課就差不多了！下半天讀《唐宋八大家文鈔》，用茅鹿門的選本。你把這部書讀通了，學做八股，事半功倍。其中的奧妙，一時也說不盡，日後你自然知道。」

一口氣說到這裡，朱實不覺口渴，將一碗茶喝了大半，碧文趕緊又去續了水來；回身向外時，一眼瞥見春雨在遠處探望，急忙悄悄迎了上去。

「怎麼樣？」她輕聲笑道：「是不放心芹官，怕他挨先生的手心？」

「倒不是怕他挨手心，是怕他發牛脾氣，衝撞先生兩句。」

「不會，不會！起先，我也有點擔心，師父徒弟彷彿在抬槓。後來不知道芹官說了些甚麼，先生高興得拍桌打板凳地，笑得都有點兒忘其所以了！」

「棠官呢？沒有怯場吧？」

「還沒有問到他呢！」

春雨本來只是放不下芹官的心，對棠官無非附帶問一聲。問過了本來可以走了，但自覺芹官剛剛到書房便來探視，關切得未免過分，不好意思就走。正在躊躇之際，碧文指著雨廊問道：「要不要到先生住的地方去看看？」

「好啊。」

春雨正中下懷，跟著碧文來到綠靜齋，只見新糊的窗紗、水磨磚地洗擦得纖塵不染；一踏進堂屋，只見爵祿從朱實的臥室中迎了出來，發現還有春雨，不由得一愣，旋即笑嘻嘻地說道：「兩位姐姐來得正好！我正施展不開呢！」

「甚麼事施展不開？」

碧文走進去一看，地下攤開了一副半新舊的鋪蓋，大床上原來鋪好的新被褥卻被掀得凌亂了。

「你看你！」碧文微加呵責，「好好兒鋪整齊的床，幹麼弄成這樣子？」

「先生交代把他帶來的鋪蓋鋪好，我是頭一回幹這件事，床又大！」

「先生來看過了？」碧文問說。

「還沒有。」

「可見你做事莽撞！」碧文說道：「先生以為沒有替他預備被褥，所以才用他帶來的鋪蓋。如果他知道已經預備好了，絕不會那樣說。你這不是給自己找麻煩？」

「那，」爵祿哭喪著臉說，「現在怎麼辦呢？」

碧文還在考慮，春雨便說：「有人使慣了自己的鋪蓋，換一副新被褥反而睡不著，也是有的。我看墊被用咱們的，蓋的被跟枕頭，用他自己的好了。」

「好！」碧文點點頭，「你來幫個忙。」

兩人都脫鞋上了床，將褥子、被單鋪得整整齊齊，再將一頂簇新水藍色湖縐帳子，放下來掖好，疊被置枕，片刻之間都妥帖了。

等爵祿將地上收拾乾淨，春雨才坐下來細看周圍。這間臥室很大，可以兼作書房。除了五斗櫃、衣櫥、方桌以外，臨窗書桌，桌後書架；兩面牆上一面掛一堂文徵明四體書的屏條，一面掛一幅黃子久的〈富春煙雨圖〉，仍舊綽有餘裕。

「東西也不少了，看上去好像還是空空落落的。」碧文說道：「春雨，你倒看看，毛病在哪裡？」

春雨站起身來，走到門口，向裡凝視了一會答說：「毛病在哪裡，我可不知道。不過我有個主意，也許行。」

「說吧！甚麼主意？」

「中間用一架多寶槅隔開。——」

「啊！」不等她說完，碧文已恍然大悟，「毛病就在這裡。原是兩間屋，把它看成一間屋子，那就怎麼樣擺設都不合適了。你這個主意高！可惜，昨天說多好，如今怕來不及了！」

「也沒有甚麼來不及。搬一架多寶槅來，也不費甚麼事。」

「光有『槅』不行，『寶』呢？」

多寶槅上的小擺設，不一定珍貴，但須別致，又不能雷同，一件一件去找，確是很費時的事。春雨只好默不作聲。

「如果東西現成，也還來得及，反正先生中午不回來。就是——」

「這樣，」看到碧文一心求好的神情，春雨又有了一個主意，「你找人去搬槅子，我替你去找東西。」

「你哪裡去找？得跟震二奶奶回明了，開倉房自己去翻，一下午也許都找不齊。」

「你別管！你只說你甚麼時候把寶槅搬了來？」

碧文又想了一下說：「一吃了午飯就能搬來。」

「好吧！等你搬來，我的東西也有了。不過不一定都能配得上。」

「少幾件怕甚麼！」碧文已深為滿意，「一時也看不出來，明後天再找好了。」

照料完了午飯，碧文請朱實仍回書房去坐，新沏了茶來，趁機問道：「先生是不是歇個午覺？」

朱實原有午後小睡片刻的習慣，但頭一天到書房，而「宰予晝寢」被視為「朽木不可雕」，在學塾中，一直用此故事來責備懶學生，自己豈可明知故犯？所以他搖搖頭說：「不必！」問清楚了，她放心了。朱實回臥室時，已經重新布置好了。不過，時間也不算充裕，趕回飯廳，催著爵祿與阿祥說：「你們趕快吃，吃完了去搬東西。」

爵祿是午前就已經接頭好了的，吃完飯很快地帶著人搬來一架多寶槅，安置妥當，又叫爵祿去打一大盆水來，兩人一起動手，擦洗乾淨，就這時春雨帶著阿祥也將小擺設送到了。

「你本事真大！」碧文又驚又喜地，「到底是哪裡弄來的？」

「說穿了不希罕！我是撿現成，把我們那裡的東西，原樣兒都搬了來了。」

「原來是這樣！」碧文微感不安地，「芹官不會怪你？」

「不會！別說是搬到先生這裡來用；就不是，他也至多問一聲，不會說甚麼。」春雨似驕傲，似無奈地又加了一句：「他對身外之物，看得很輕的！」

「這，我倒還是第一回聽說。我只知道芹官大方，不知道他大方得整個多寶槅上的東西不見了，都不會心疼。」

「你不知道的事還多著呢！」春雨無心說了這一句，出口才覺得不甚妥當，便顧而言他地說：「閒白兒丟開，快動手吧！」

這是細巧的工作，阿祥與爵祿都插不上手，碧文將他們都遣了去照料書房，然後與春雨二人，將那些用錦盒或者桑皮紙包裹的哥窯花瓶、玉雕的八駿、元朝的磁佛像、紫水晶琢成的獅子等等珍玩，一樣樣拆開來，擺在桌上先用白布都擦乾淨，方始相度位置，一一上架，有不合適的，重新調配。這是做事，但也是娛樂，因而不知不覺地兩個人都忘了時間。

突然，聽得爵祿在喊：「先生回來了！」

碧文與春雨都是一驚，雙雙向窗外望去，朱實的影子已經消失，當然是進了堂屋了。

於是碧文高高掀起門簾，春雨亦垂手站在她旁邊。朱實一進屋，眼中立刻有驚異的神情，站在那裡，左看右看，彷彿不能相信自己會住在這裡似地。

「先生，請坐，」碧文說：「我去沏茶。」

「喔，」朱實如夢方醒似地，「不必，不必！我在書房喝夠了。」說著，他的視線落到春雨臉上。

「她叫春雨。」碧文說道：「本來是在我們老太太那裡，特為派了去照料芹官的。」

她一面說，朱實一面點頭，等她說完，他向春雨招呼：「姑娘請坐！」話一出口，發覺不夠周全，向碧文說道：「你也請坐！」

碧文向春雨看了一眼，然後答說：「沒有這個規矩，請先生不必客氣。春雨是我請來幫忙的。」

「喔，多謝，多謝！」

「先生真多禮！」春雨向碧文微笑著說，但眼角卻瞟著朱實。

碧文正待答話，突然想到一件事，急忙出室，向爵祿問道：「芹官呢？」

「阿祥送回去了。」爵祿又說：「棠官也順帶送回去了。」

碧文放心了，回到原處說道：「春雨，你請吧！」

「嗯！」春雨輕答一聲，卻又略等一等，方側著身子，悄然退去。

朱實也知道，大家的規矩如此，晚輩或下人，在離去以前，都有片刻等待，為的是長輩或主人臨時想起有甚麼話，還來得及吩咐。他在想：春雨根本不會意料他會有甚麼話說，只是盡禮而已。但是，自己總覺得彷彿不該沉默，應該有所表示；這只是一個朦朦朧朧的意念，為甚麼要有表示，以及表示些甚麼，都還不曾想到過。而且，事實上等碧文一開口，他那朦朦朧朧的意念，也就立即拋開了。

「先生行幾？」

「我行二，也行五。」

「行五想來是大排行？」

「對了！」朱實點點頭，「叔伯兄弟一起算，我排列第五。」

「那就稱五爺吧！」碧文解釋理由，「我們用先生這個尊稱，不合適。稱二爺呢，我們家有一位二爺了，等芹官再長兩歲也得叫二爺，怕稱呼上弄混了。」

「隨便你怎麼叫，只要你們覺得方便就行。」

碧文覺得這位「先生」性情隨和，是易於伺候的人，頗感欣慰，因此說話也就比較隨便了。

「五爺跟我心裡想的不一樣。」她說，「我總以為既稱『先生』，必是道貌儼然，不苟言笑的，原來五爺不是那樣兒。」

「不是那樣，」朱實微笑問說，「是怎樣呢？」

這話卻將碧文問住了，笑而不答，略停一下說道：「五爺還沒有好好看一看屋子呢！」

「真的！」朱實矍然而起，遊目四顧，看了外面，看裡面，口中不斷稱讚，卻只是一句：

「太好了！太好了！」

「五爺倒想一想，」碧文矜持地說：「還缺甚麼，吩咐下來，我好補上。」

「不缺、不缺！甚麼都不缺。」

一語未畢，只聽外面是曹震的聲音在問：「先生呢？」

「二爺來邀客了。」碧文說了這一句，首先迎了出去。

朱實亦急忙出迎。曹震問道：「屋子怎麼樣？還能住嗎？」

「供應如此優渥，實在受之有愧！」朱實拱拱手說：「多謝、多謝！」

「太客氣了。」曹震進得屋來，很仔細地四處打量，最後向碧文指點著說，「多寶槅一隔，裡面光暗了點，應該開一扇窗，明兒個你告訴何誠。」

「是！」

「這個擱花盆的高腳茶几，不好！臥房裡也不宜擱花盆，怕有蟲子，你叫人把它拿走，換一張搖椅，看書方便。」曹震問道：「先生覺得怎麼樣？」

朱實心悅誠服，原以為布置得盡善盡美了，哪知曹震一看，便指出來兩個缺點，到底大家子弟，見多識廣，在這種起居服御上，眼光高人一等。

「拜服之至。」他說，「不過，通聲兄，這『先生』的稱呼實在不敢當。」

「不稱『先生』稱甚麼？舍弟的老師，總沒有稱兄道弟的規矩。」

就這時，碧文已去端了兩盞茶來，捧到朱實面前時，說一聲：「五爺，請用茶！」這下啟發了曹震。

「對了！我也稱五爺好了！」曹震作個肅客的姿勢，「朱五爺請吧！沒有外人，請了家叔的幾位清客作陪。」

「雪芹跟棠村呢？」

「我想不必了！彼此拘束。」

「也好！」朱實起身說道：「碧文姑娘，辛苦你了，你也請回去吧！」

「朱五爺，」曹震立即提出勸告：「跟他們說話不必這樣客氣！」

「不！碧文姑娘等於是我的居停，何能不存禮貌？」

碧文肚子裡有些墨水，聽得懂「居停」二字，心裡有種異樣的感覺。雖然在季姨娘那裡，她也等於已擺脫了丫頭的身分，但卻從不覺得有甚麼值得自慰之處。「居停、居停」，她默念著這兩個字，隱隱然覺得自己就是這裡的主人——應該是主持中饋的女主人。這樣一想，突然一陣心神蕩漾，倚著廊柱讓瑟瑟秋風撲面吹來，她才發覺自己的臉在發燒。

「碧文姐姐！」

這突如其來的一喊，倒讓她嚇一跳，定睛看時，才知是爵祿，不由得罵道：「幹麼這麼大驚小怪！」

爵祿一愣，只喊得一聲，聲音也並不大，何以會挨罵？

「說啊！甚麼事？」

「中門上嬤嬤派人來通知：老太太傳！馬上就得去。」

碧文初覺意外，多想一想便知道是意中之事：以全副精神貫注在孫兒身上的曹老太太，當然要問一問芹官頭一天上學的情形。如果竟能不問，那才可怪。

此時她已從迷離飄蕩，彷彿中酒情懷中醒了過來，看爵祿噘著嘴不高興的樣子，回想到自己剛才的態度，不由得抱歉。便故意笑著在他背上輕拍了一巴掌，當時也有幾句三分責任，七分撫慰的話。

「幹麼呀！姐姐就把話說重了一點兒，又何至於委屈得這個樣兒？」

這一說，爵祿反倒不好意思了，「沒有這話！」他扭著臉說：「你去你的。」

「我這一走，這兒可就全交給你了。頂要緊的是火燭！還有——」

她將朱實回來，應該如何照料，細細地叮囑了一遍，少不得也說幾句好話，哄著爵祿。

一進萱榮堂的院門，便遇見春雨：「快進去吧！」她低聲說道：「震二爺在老太太面前直誇你，天可憐見！終究也有讓你出頭露臉的一天。」

聽得這話，碧文陡覺心裡酸酸地想哭，對春雨頓有無限的知己之感。因為第一次有人道著她內心的甘苦——說來說去還是跟的主子不好，季姨娘難得能到曹老太太面前一回，曹老太太更是足跡從未出現在她院子裡，因此，跟季姨娘的人，在曹老太太幾乎都是陌生的。這份委屈，碧文從未跟人透露過，不想春雨竟看出來了，怎不令人感激涕零。

「咦！好端端地，怎麼眼圈兒都紅了！快別這樣子！」春雨將自己腋下拴在紐扣上的一方綢絹遞了給她，「擦擦眼睛，可別使勁地揉！」

碧文默無一語地接過綢絹，拭一拭雙眼、定一定神，自覺已神態如常了，方始繞著迴廊，去見曹老太太。

進門只見曹老太太斜靠著軟榻，一個小丫頭正替她在捶腿，腿後靠壁的椅子，上首坐著馬夫人，下首坐著震二奶奶，一張矮凳上坐的是總管嬤嬤。

碧文還是第一次這麼一個人被曹老太太找了來問話，不由得有些怯場，不過那也是一瞬間的事，只想到春雨的話，心裡就泰然了。

「怎麼樣？」曹老太太一開口就是體恤的語氣：「照應得過來吧？」

「照應得過來。」碧文答說：「一共三個半人，哪還能照應不了。」

曹老太太對所謂「半個」，有些茫然，震二奶奶說：「跟芹官的阿祥算半個。」

「噢！」曹老太太問：「朱先生的脾氣怎麼樣？」

「脾氣可是再好都沒有。客氣得了不得，震二爺說不必如此。朱先生說敬上重下，他客氣是敬重我家主子。」

「這，倒真不錯。」曹老太太大為欣慰。

「老太太看中了的，還能錯得了嗎？」震二奶奶知道她關心的是甚麼，便即問道：「他們師傅、徒弟可合得來？」

「對棠官很不錯，對芹官可真是緣分了！」

一聽這話，曹老太太笑得眼都快閉緊了，「怎麼呢？」她說：「你快說給我聽。」

「是震二爺送了來的，先拜了『聖人』牌位，又拜了師，等震二爺一走，朱先生把兄弟倆叫了去問書。先問芹官，我可聽不懂是甚麼，不過嚇一跳——」

「你嚇一跳？」馬夫人插進來問。

「是！朱先生跟芹官的聲音都挺大，彷彿在抬槓。隨後不知芹官答了句甚麼，朱先生樂開了，接下來便說了好些話，不像老師查課，倒像知己的朋友好久不見似地，親熱得很！」

「這可不假了！」震二奶奶故意這樣說，「剛才芹官指手畫腳講了半天，說老師怎麼樣誇他，老太太還以為他自己往臉上貼金呢！照你這一說，是真有其事！」

「真有其事。」

「阿彌陀佛！但願就此收了心，只要師生投緣，好歹會有長進，也省了他四叔一問芹官的功課就生氣。」

曹老太太一面說，一面要坐起來，馬夫人與震二奶奶雙雙上前相扶。就這暫停問話的片刻，碧文忽然想起，芹官如何不見？若說已回雙芝仙館，何以春雨又在這裡？

這樣想著，便悄悄向身旁的冬雪問道：「芹官呢？」

「到前面陪先生去了。」

本說不必陪侍，以免彼此拘束，如何又改了原議？碧文正在納悶時，只聽曹老太太又問：「朱先生住的地方怎麼樣？」

「很好哇！」震二奶奶答說：「綠靜齋又靜又寬敞。」

「寬敞是寬敞，太散漫了一點兒。」曹老太太說，「那間屋子，當初原是預備做書房的，進深比別的屋子多了一倍，擺得下四張書桌，住人可不怎麼合適。」

「如今改了樣兒了。」碧文接口說道：「拿多寶槅隔成兩間，裡面臥室，外面書房。」

「好！這個主意想得好。」曹老太太抬眼注視，「倒看不出你肚子裡還真有點兒丘壑。」

碧文暗叫一聲「慚愧」，微帶窘色地笑道：「老太太別誇獎我；我可不能冒功！那是春雨的主意。」

一聽這話，馬夫人喜動顏色，震二奶奶卻有疑問：「就那麼一架多寶槅，四大皆空，有多寒蠢？」

「槅子上不空。當時要來回震二奶奶，現找擺設，怕來不及，春雨把芹官屋裡那架多寶槅上的東西，先挪了來了。」

「怪道呢！這還差不離。」

話雖如此，震二奶奶心裡很不是味道。這件事在一個當家人來看，說大不大，說小也不小。春雨縱或一時權宜處置，事後怎能沒有一句話？如今提起來，自己竟一無所知，豈不是失了面子？

繼而又想，春雨一向心細如髮，行事穩重，多寶槅上的擺設，總有幾件值錢的東西，她自作主張地挪了地方，倘或失少損傷，責有攸歸。這一層關係，她一定會想到，而居然毫不在乎，莫非恃寵而驕？果然如此，倒要找個機會，教她識得厲害。

「棠官為甚麼不能上桌？」

季姨娘一見了面就來了這麼一句，倒讓碧文愣住了。

「你也說不出道理來是不是？也難怪，水往低處流，人往高處爬；一巴結上了那面，自然就忘了這面。碧文啊碧文，我總算也看透了你！」

夾槍帶棒地又是嘲笑又是罵，將碧文氣得差點要哭，忍了又忍，才從牙縫裡擠出幾句話來：「我不知道姨娘你說的甚麼？反正不願意我去伺候書房是聽得出來的。這也好辦，明天我不去就是。等人家來問，我自然有話說。」說完，一扭身子回到自己屋子裡，坐在床沿上抹眼淚。

季姨娘可又抓瞎了。心裡七上八下，悔恨不止。她可以想像得到，等震二奶奶派人來問，為甚麼不去伺候書房？碧文必是如蘇州人所說的：「灶王爺上天，直奏！」把她說她的話，照樣跟人說一遍。那一來，只怕直到過年，都不會有好日子過！

像這樣嘔氣的事，一年何止十次，次次是季姨娘的錯，也次次是季姨娘說好話認錯，碧文也只有嘆口氣，自己想開些，照舊忠心耿耿。這一回，季姨娘知道事態嚴重，格外多想了些好話，總以為只要破功夫去軟磨，必可將碧文磨得回心轉意。

哪知碧文淌了一會眼淚，突然想到，就在季姨娘剛剛走到以前，將房門緊閉閂上，隨季姨娘在外面柔聲叫喊，只是不應。

這一下，可大起恐慌了！不會是碧文一時想不開，上了吊了吧？轉到這個念頭，腿都軟了。而在心亂如麻之中，居然靈光閃現，急忙將躲在套房中看《三國演義》的棠官找了來有話說。

「碧文不知道為甚麼在生氣？你去叫她，一聲不理叫兩聲，多叫幾聲看！」

說完，將棠官一推，急急又到窗下去張望，看到碧文躺在床上，一顆心才得放下。

「碧文！碧文！」

棠官喊一聲，她的心就軟了，及至喊到第五、六聲，聲音中漸帶悽惻，碧文再也不能不理了。

「你到後面來！」她說，「當心有青苔，滑！」

一聽這話，季姨娘心中一喜，悄悄走過去，將棠官一拉，輕輕說道：「你說你的肚子又脹了，她就會放你進去，你勸她別生氣，好好兒哄哄她。」

棠官答應著，手握一卷《三國演義》，一到得碧文的後窗下，她已經開了窗在等著了。

「我問你，小哥是怎麼讓前面叫了去的？」

「我也不太鬧得清楚。我的肚子又脹了，你替我揉著，等我來想，是怎麼回事。」

原來棠官不喜蔬菜，愛吃栗子、芋頭這些粉質的食物，所以腹中常常停滯，重則用皮硝；輕則由碧文替他揉半天，通了下氣，才不至於脹得難受。

「好吧！」碧文想了一下，「你爬窗進來好了。」

越窗入內，棠官拿著他的書，往碧文的床沿上一坐。她替他脫了鞋，扶他躺下，撩起他的夾襖，手往肚子上一按，軟軟地毫無停滯的徵象，便順手打了他一下，笑著罵道：「你也敢來騙我！」

「是娘這麼教我的，她叫我勸你別生氣。」棠官問道：「你幹麼又嘔氣？」

「你沒有聽見你娘的話？」

「沒有！」棠官將手中的書一揚，「曹操吃了個大敗仗，我正看這段火燒曹兵八十萬，不知道娘跟你說了些甚麼？」

「你娘的話就別提了。我剛才問你的話呢？」

「喔，聽說是震二哥陪先生喝酒，不知怎麼提起來，說小哥會做八股，不知那位師爺不信，把小哥叫了去，要當場考問呢！」

「原來這麼回事！」碧文故意提高了聲音說：「我這會兒也把你送到前面，讓師爺們考考你，好不好？」

「幹麼？」棠官笑道：「你跟我過不去是不是？」

「哼！」碧文冷笑一聲，「不是我！是你娘跟你過不去。」

「這，這是怎麼說？」

「你娘說人家只把小哥找了去陪先生，沒有找你，是偏心。你自己說呢？」

「我才不稀罕去陪席！拘拘束束的，有甚麼滋味？」

「你這是真話？」碧文又問，「有時候有甚麼事，只找小哥不找你，你心裡不難受？」

「那要看甚麼事。」

「甚麼事？」

棠官想了一下說：「譬如說看戲，有他沒有我，我心裡自然不會好過。」

「那我倒問你，家裡不管唱戲、說書、彈詞，叫『女先兒』來彈著唱著，或者雜樣玩藝，只要你在家，功課又完了，哪一回漏了你的？」

棠官想了一回說：「好像沒有。」

「那不結了。」碧文又略略提高了聲音說：「十個手指頭伸出來都長短，人跟人天生不一樣；第一要投胎投得好，投得好你還當皇上呢！」

棠官「噗哧」一聲，忍俊不禁，不等碧文問他，他自己說了出來：「碧文，我要是當了皇上，封你做妃子好不好？」

這一下，在外面「聽壁腳」的季姨娘差一點笑了出來。但她的警覺特高，知道只要一出聲，說不定前功盡棄，碧文一生氣又故意作難，所以趕緊死勁忍住，緊掩著嘴逃了開去。

碧文是料到她在偷聽，卻不知她已溜走，聽棠官的話，本待笑著呵他兩句，但心中一動，怕季姨娘聽得兒子的話，會生心打甚麼糊塗主意，所以板著臉答道：「我可沒有那麼好的福氣！若是你當了皇上，有一大群人伺候著，我早就躲得遠遠兒的了。」

「為甚麼？」棠官微感恐慌地問。

「只為你娘難伺候。」碧文又加重了語氣說：「像剛才那種輕嘴薄舌的話，也不知道你是那兒學來的？我勸你趁早別說，說了讓人家笑話你，不像個大家公子。如果說慣了，在老爺跟前也會溜了嘴，你看吧，那頓板子，比你小哥那回只會重，不會輕。」

聽這一說，將棠官臉都嚇黃了，結結巴巴地說：「我沒有跟誰學，也沒有人教我。自己也不知道怎麼想起來的。」

「那必是看這些小說看的！」碧文放緩了聲音勸說：「我也知道，小說有趣，到底是閒書，功課完了，偶爾看那麼幾頁，也還罷了。如果把有用的精神都擱在這上頭，荒廢了功課，將來怎麼得了？凡事不必怪別人，總要自己巴結，你要替你娘爭氣。」

棠官一向肯聽碧文的話，這時聽碧文並不完全禁止他看小說，更是心悅誠服。「好！」他認真地說：「以後功課不完，不看小說。」

「那才是。」碧文問道：「今天上了生書沒有？」

「上了。」

「會背了不會？」

「還不怎麼熟。」

「去念熟了來！」碧文將他的《三國演義》拿到手中，「會背了來拿你的這本書。」

「你呢？」

「我就在這屋裡。」

「你還沒有吃飯吧？」

「菜都熱在那裡。」重新走了回來的季姨娘在外面接口，「我還煨了蟹粉白菜。棠官，你拉著你姐姐出來吃飯！」

人心到底是肉做的，聽季姨娘這樣示好，碧文也就不為已甚，讓棠官牽著手出來，季姨娘已指揮小丫頭替她擺好了飯。飯罷看著棠官做了功課，道得一聲「倦了」，季姨娘又勸她早早上床。說是「倦了」，話並不假，但頭在枕上，不知怎麼心在綠靜齋，想起朱實，心裡有一種搔摸不著癢處的感覺，自己都不明白是怎麼回事？

碧文起身時，窗紗上不過剛現曙色，掃院子的老婆子不曾起床，就只有自己到大廚房去提熱水了。

大廚房熱鬧得很，除了廚子和下手，更多的是在中門外執役的聽差、小廝、轎班。大家巨族的底下人，一早都喜歡集中到大廚房，尤其是入冬以後，先是熱水燙粥、白麵大饅頭，便是極大的誘惑。此外還有好些幹粗活的老媽子，至於稍為有點身分的丫頭，卻是從不到大廚房的。

因此，碧文之一出現，集中了所有的視線。她自己也沒有想到，會面臨如此窘迫的場面，尤其是發覺自己只穿了件緊身小棉襖，更覺羞窘難當，提著把銅銚子發愣，腳步要向後了。

幸好阿祥也在，迎了出來問道：「你怎麼自己來提水？」

碧文如獲救星，趕緊將銅銚子遞了過去；「勞駕、勞駕！」她說，「我在外面等你。」說完，站得遠遠地。

不一會阿祥提來一銚子的熱水，「碧文姐姐，」他說，「你提不動，我送你回去。」

「那可是太好了！謝謝、謝謝。」

碧文在前，阿祥在後，「碧文姐姐，」他說，「起來得這麼早！」

「是啊！現在是兩份差使，不能不巴結一點兒。」

「就到書房也還早得很呢。」

到書房還早，但洗臉梳辮子，很花功夫，平時都是忙完了主子的事，自己再來細細打扮，如今總不能蓬著頭髮上書房，只好起個大早，先料理自己的事。這些話跟阿祥說不清楚，她只隨口答了一句：「寧願早一點的好。」

阿祥沒有作聲，碧文也沒有跟他說話，只想自己的事。突然間，她發覺臂上被人摸了一下，急忙轉臉去看，阿祥正退縮地站住腳，臉上發紅。

「是你不是？」她沉著臉問。

「我，我是無心的。」阿祥囁嚅著說。

辨一辨那種感覺，她不以為他是說真的；想了一下提出警告：「好！就算你是無心的，我不跟你計較。阿祥，多少跟你一般大的人羨慕你，說你跟了芹官，不愁將來不出頭。你可別把你自己的前程砸了！」

阿祥低著頭，聲音雖輕，卻很清楚地答道：「我知道。」

「你知道就好！我也不跟人說，反正咱們家的規矩你也知道，底下人最忌這個，你自己識得輕重就是了。」

到得書房，天也不過剛剛亮透，何誠已將書房收拾乾淨，碧文四處看了一遍，並無不妥，隨即過雨廊來到了綠靜齋。

「朱五爺起來了沒有？」她問爵祿。

「起來了，正在洗臉。」

「早晨吃甚麼？」碧文又說：「我跟你說了，每天伺候晚飯，別忘了請示，第二天早晨吃甚麼；等小廚房來『收傢伙』，順便告訴她們。你請示了沒有？」

爵祿點點頭，「朱五爺交代，就吃粥好了。喏，已經送來了！」他手指著食盒說。

碧文揭開食盒看，兩葷兩素四樣粥菜，一碟油炸小包子，一罐粥。包子跟粥都冷了。

「這可怎麼吃呀！尤其這油炸的東西，一冷了咬都咬不動；就咬得動，吃下去也不管用。」

「是啊！我也這麼想，可是有甚麼法子？」

「法子要自己想。怎麼會沒有法子？你找老何去要一個茶爐子，在後面廊上支起來，燒水熱粥都有了。」碧文又說：「這油炸的東西，拿到小廚房去換。以後凡有點心，扣準了時候，讓小廚房現做，你等著拿回來上桌。」

「這是以後的事，這會兒呢？」

「連粥一塊兒去換。」

等爵祿一走，碧文不免躊躇，臥室裡沒有動靜，自己總不便闖了進去；倘是悄然離去，回到書房，似乎又覺於心不甘。想了好一會，決定找件事做，靜等朱實露面。

於是先進堂屋，將爵祿抹過的桌椅，又抹一遍。不久，聽得房門聲響，朱實衣冠整齊，容光煥發地出現了。

「朱五爺早！」

「你才真是早。」朱實說道：「剛才我聽你在交代爵祿，這麼周到，真費你的心。」

聽得這話，碧文心裡非常舒服。同時也更覺得朱實知好識歹，謙和體貼。這樣的人，為他苦一輩子都值得。多想一想，碧文不免既驚且羞，怎麼會起這麼一個念頭？內心自訟，臉上當然一陣陣發燒。朱實也發現了她神色有異，想來是女孩兒家與陌生人單獨相處，情理中應有的羞澀。為了消她的窘，他踏出堂屋，故意仰臉看天，自言自語地說：「今天倒是個好天。」

碧文沒有聽清他的話，但既是仰天而語，就不是跟她說話，聽不清楚亦不礙事；定定神，想一想自己該做的事。

該做的事，當然是替朱實收拾臥室，到得裡面一看，帳鉤掛起、被子疊好，書桌上亦很乾淨，要做的只有一件事，將一盆洗臉水端出去潑掉。

就這時，朱實進屋來了，看她端著面盆，急忙說道：「放著、放著！讓爵祿來倒。」

「一樣的。」

碧文去潑了臉水，又進來抹去桌上的水漬。朱實微感侷促地，視線只是跟著她的身子轉。彼此都覺得需要找一句話來說，是碧文先想到，「昨晚上睡得好不好？」她問。

「很好！」朱實答說，「半夜裡只醒了一次，起來看了兩頁書，馬上又想睡了。一覺到天亮。」

「朱五爺也有臨睡看書的習慣？」

「是啊！不看睡不著。」朱實又說：「其實，有時候拿起書來，眼睛就睜不開了。可是不是這麼虛應一下故事，儘管眼睛睜不開，還是不能入夢，真是怪事！」

「成了習慣了。不這麼虛應故事，心裡老會覺得有件事沒有做，放不下心去！」

「對了！就是這樣子。」

說到這裡又沒有話了，不過這一回未到雙方感覺艱窘以前，爵祿就回來了。於是碧文幫著擺碗筷，盛上熱粥，換來的是一碟現蒸的包子。朱實坐上桌子時問道：「你們吃了沒有？」

「朱五爺別管我們，請用吧！包子涼了不好吃。」

但不知怎麼，對於碧文的殷勤，朱實卻有侷促不安之感，態度上當然非常客氣，左一個「不敢當」，右一個「我自己來」，一時片刻猶可，始終如此，便似拒人千里似地，碧文不由得洩氣了。

「別瞎巴結了！何苦自己討沒趣？」她這樣理智地、傷心地對自己說。

「不知怎麼回事，這幾天到快放學的時候，心裡就有點發慌，好像惶惶然不可終日似地。有時候還有點兒想吐，老是泛酸水。」

聽到最後一句，春雨恍然大悟，心裡著實好笑；終於嘆口氣說：「真是！怪不得有人說，有些公子哥兒，連稻子跟麥子都分不清，如今居然還有連飢飽都不知道的人！這是哪裡說起？」

「怎麼？」芹官將雙眼睜得好大，「你說我是餓了，不是病？」

「是病。」春雨故意繃著臉說：「這個病叫餓病。」

芹官不由得失笑，「世上真有這麼滑稽的事！」他又正色問道：「以前怎麼沒有這個『餓病』呢？」

「虧你問得出來！以前，光是點心、零嘴，一天也不知吃多少，從沒有挨過餓，自然不知道餓的滋味。現在呢——」

現在按時作息，眠食正常，加以正當發育的時候，胃納自然增加，而況又少了一頓點心，越發容易飢餓。

「當初定書房的伙食，也不知震二奶奶怎麼跟小廚房說的，何以漏了下午一頓點心？我這會兒就跟震二奶奶說去。」

這一說等於碰了個軟釘子，震二奶奶叫她自己跟管小廚房的胡媽去交涉。春雨心想：這不是有意出難題？胡媽回一句：「你為甚麼不請震二奶奶親自交代我？」那時何詞以對？

她不明白震二奶奶為甚麼跟她為難？可是她知道不必再到胡媽那裡去碰釘子。反正從迎紫軒設了書房，芹官個人的花費就少得多，不如就拿省下來的月例銀子，自己備一頓點心送到書房。

「我走在路上，想想不妥，當家人有當家人的難處，書房添一頓點心，少不得公帳上又要多開支一筆。」她根本就瞞住了她碰了軟釘子這回事。

「這話也不錯。可是——」

「你別急，我話還沒有說完。」春雨搶著說，「反正一到下午，我跟小蓮就沒事了，我們倆做了點心給你送去就是。」

「也不光是我一個人。」

「當然，連棠官都有。」

「那才對。」芹官很滿意地說：「從明天起，你在申正以前，把點心送來，我們陪先生吃了點心就放學。」

「好！就這麼說。」

於是，這天夜裡就忙了，把碧文也請了來，三個人商量該做些甚麼點心？碧文認為不如包給胡媽來得省事，但小蓮興致勃勃，要自己顯顯本事，碧文也就不再多說了。

可是往深處一琢磨，事情甚難。做點心也是件很麻煩的事，光說蒸包子好了，得和麵、發麵、拌餡子；包好了上籠蒸，還得在雙芝仙館預備一個小廚房。

「這樣，」春雨說道，「咱們來個折衷辦理，一半聽碧文的，一半聽小蓮的。譬如蒸包子，餡兒咱們自己拌；怎麼包，怎麼蒸，託胡媽，津貼她的錢也有限。」

「依我說，根本就用不著津貼她。反正第一，有震二奶奶那句話在那裡，說是讓你自己去跟胡媽交涉，意思就是胡媽本應該備這頓點心的，不過當時少了一句話，忘了交代而已；第二，胡媽也肥了，就算白當差，也是應該的；第三，說不定胡媽要巴結你們，連餡兒都白送——」

「哪有這麼好的事！」春雨打斷她的話說：「你別想得太美了。」

「旁觀者清，」碧文說道，「如果換了我們那位主兒，你出錢，她還說沒空呢！」

「這倒也是實話。」小蓮接口說道：「如果咱們再託一個人去說，萬無不成之理。」

這個人，春雨和碧文都知道，是錦兒。當時便叫小丫頭去看她，「你看她閒不閒？」春雨叮囑，「如果閒著，你就悄悄兒跟她說，請她來一趟。」

不到一盞茶的功夫，錦兒笑嘻嘻地走了來，一進門就說：「我都知道了。這件事包在我身上，說好了你們怎麼謝我？」

這自然是小丫頭嘴快，在路上就告訴她了，春雨便說：「你自己說吧，該怎麼謝你？」

「原是說著玩的，哪個要你們謝？我再老實告訴你們吧，連餡子都不必預備，我已經替你們交代好了。」

「這——」春雨大惑不解，「從請你到你來，是多大的功夫，你就交代好了？我不信。」

「自然是我未卜先知，早就算到了，也辦妥了。」

原來當春雨碰了震二奶奶的軟釘子時，錦兒很為她不平。震二奶奶也就老實告訴她，看春雨有點恃寵而驕的神情，故意難一難她，讓她到胡媽那裡去碰一鼻子灰。可是錦兒提醒她，以春雨的為人，絕不會上這個當。倘或芹官知道了，跟老太太一提，以後會如何？

以後，當然是曹老太太親自交代震二奶奶，要她關照胡媽備一頓點心。那一來猶似「敬酒不吃吃罰酒」，說起來是輸在春雨手裡，這就不僅失面子，直是大失威信。因而趕緊叫錦兒去交代胡媽照辦。不過，此中原委，自然不便透露，所以含糊了事。

談完了正事，話風一轉，提到朱實，錦兒倒彷彿被提醒了似也說：「真的，朱先生怎麼個樣子？我還沒有見過呢？」

「那還不容易？」碧文接口：「明兒你裝著來找我，到了迎紫軒，不就看見了？」

「那不好！無緣無故闖到書房，擾亂他們小哥兒倆念書。」

碧文想了一下說：「還有個法子，讓他來看你，你也就看見他了，還可以說說話。」

「你這叫甚麼法子？」小蓮笑道：「簡直是行不通的餿主意。」

春雨聽她說話武斷而不客氣，便微微瞪了她一眼。碧文倒不以為意，聲音如常地對錦兒說：「明兒快放學的時候，你到綠靜齋來找我，等他一回來，不就遇見了嗎？」

「原來是讓我送去給他看，那多不好意思。」

「當然有個說法，明天我換窗簾跟門簾，正要人幫忙。我就說，你是我特為請來幫忙的。」

「那還差不多。」錦兒轉臉向春雨說道：「明兒咱們一塊兒去？」

「我可不想送上門去給他看。」春雨笑道：「我可沒有那個癮。」

「陪我嘛！再說碧文不是要找人幫忙嘛？芹官老師的事，你也應該出力。」

話說得有理，春雨點點頭答應了。小蓮也很想去，但看沒有人邀她，自覺沒意思，裝著去倒茶喝，拿起面前的茶杯，離座而去。

看她走遠了，錦兒向碧文悄悄問道：「這位朱先生怎麼樣？」

「甚麼怎麼樣？」

「聽說人很和氣的，而且一點也沒有那種板著臉自以為是道學先生的樣子，跟你一定很談得來吧？」

問到這句話，碧文微感痛心，不過她很小心，深藏的心事，絕不肯絲毫透露，所以用隨隨便便的聲音答說：「還好。」

「談些甚麼呢？」

「都是些不相干的事。」碧文又說：「有時候也談談他們兄弟的功課。」

這一說春雨便關心了，「朱五爺怎麼說他們？」

碧文未及回答，錦兒卻搶著問了：「朱五爺是誰？就是朱先生？」

「對了！他行五。」碧文又回答春雨：「朱五爺說他跟芹官倒像忘年交。」

「甚麼叫忘年交？」

「就是交朋友忘了年紀。」

「他這話甚麼意思呢？是說他把芹官看成小朋友，不當他是學生？」

「對了！就是這個意思。」

「那麼對你呢？」錦兒到底年齡長幾歲，經得事多，也經歷過碧文那樣年紀的心境，所以很銳利地問說：「把你看成甚麼？」

「你說呢，」碧文感到有些招架不住，便虛晃一槍，反問一句：「他能把我看成甚麼？」

「這要問你，我怎麼知道？」錦兒狡猾地笑著。

經過這兩句話的折衝，碧文已經想好了，但覺得不能馬上就說，故意很認真地思索了一下，方始答說：「看起來是把我當作他的管家婆。」

「管家就是管家，甚麼管家婆？」春雨插進來說，「叫都叫老了！」

這一打岔，倒是解了碧文的圍。錦兒一笑而起，「好吧！」她說，「明兒下午『朱府』上找『女管家』去。」

等她一走，碧文便說：「你看，錦兒瘋瘋癲癲地，不知道說些甚麼？」

「她是好意。」

「甚麼好意？」

「走著瞧吧！」

「怎麼回事？」碧文嗔道：「連你說話也是瘋瘋癲癲的。」

「我也是好意。」

「算了，算了！你們的這些好意，教人受不了！」碧文起身說道：「我也要走了！」

春雨一把拉住她，笑著問道：「跟你鬧著玩的，你沒有生氣吧？」

「哪有這麼多氣好生？」碧文把話扯了開去，以示無他：「你們明天甚麼時候來？」

「不說下午放學那一會兒嗎？」

「早點來！幫我打一條繃子。」

「幹甚麼用的？」

「你來了就知道了。」碧文又說，「再託你跟錦兒說一說，明兒當著人可別胡言亂語。」

「不會、不會！你真的當她瘋瘋癲癲的？」

「那好！反正有你在，我比較可以放心。」話一出口，發覺有語病，碧文便又加了兩句：

「不該說的話，多說一句，都會鬧得大家不好意思。」

其實，那兩句話不加還好，一加倒引起春雨懷疑，覺得她把這件事看得如此認真，或許有甚麼緣故在內。

第九章

朱實剛踏進門，碧文便已發覺，搶著迎了出去，說一聲：「放學了！」隨即打起門簾將堂屋門開直。

「放學了。」朱實也照例答這麼一聲，先回臥室。哪知一進堂屋，眼前便是一亮，心頭隨即浮起一陣又驚又喜的感覺。

一瞥之間，已看得相當清楚，一個年齡較長，體能豐腴，梳的頭卻不是旗人的「燕尾」，而是漢妝的墮馬髻。這是婦人裝扮；當然不會是哪一房的姨奶奶，而是通房的丫頭。

再一個削肩纖腰，眉間似蹙非蹙，脣角似笑非笑，眼中似冷漠、似關切，正是他一見就動心的春雨。

「原來有客，」他說，「請坐請坐！」

於是碧文很快地引見：「這是震二奶奶那裡的錦兒姐姐，她跟春雨都是我特為請來，幫忙換窗簾、換門簾的。」

等她說完，錦兒隨即斂衽為禮，含著笑大大方方地說：「朱五爺好！」

「錦姑娘好！」朱實抱著拳答禮，然後看著春雨說：「兩位請坐！」

「不坐了吧？」春雨看著錦兒說，意思是想看「朱先生」已經看到，就該走了。

「不，不！」朱實急忙挽留，「怎麼我一來就要走了。承兩位來幫忙，我還沒有道謝呢！」

「多說朱五爺謙虛多禮。果然！」錦兒答說，「朱五爺是我家的貴客，幫著碧文來照料照料，也是應該的。就道謝也該碧文道謝，何用朱五爺也來謝我們。」

「多虧碧文姑娘照應，我也應該道謝。來、來，請坐了說話。」

「就這樣很好！朱五爺請坐吧。不然，我們只好告辭了。」

朱實心想，曹家的規矩很重，連幾十年老嬤嬤在主人面前也只得一張矮凳，丫頭們絕無當著客人公然坐下之理，也就不勉強了，告個罪坐了下來。

這時碧文已替他倒了茶來。桌上是早就置著一個果盤的，她順手將蓋子一揭，朱實一見正好用來招待「客人」。

「兩位請用！」朱實抓了一把玫瑰松子糖放在朝錦兒這面的桌角上。

「我自己來。」春雨開口了。走過來抓了一把瓜子在手裡，拈一粒送入口中，只聽清脆的「閣落」一聲，兩片瓜子殼已吐在她另一隻手中了。

正當他不自覺地關注著春雨時，錦兒開口在發問：「朱五爺在這兒住得慣、住不慣？」

朱實定定神答說：「若說這裡還住不慣，我不知道哪裡才住得慣了！」

「別的都還好，我在想，」錦兒遲疑了一會，終於帶著些頑皮的笑容說了出來：「就是師母沒有在這裡，難免寂寞。」

「不，不！我是在外作客慣了的。何況又是在本地，要回家看看也很方便。」

「朱五爺來了有半個月了吧?」

「快二十天了。」

「回去過幾趟?」

「一趟。」

「那,」錦兒笑道:「好像太冷落了師母。」

朱實略微有些困惑,才初見面,便問到他們夫婦間的關係,似乎冒昧了一點。但她臉上只是有點好奇、似乎看不出挑逗的神情。再看到春雨和碧文,兩個人都很注意地在聽,而表情卻不同,春雨平靜,碧文卻跟自己一樣,似乎有些困惑。

困惑的不可解;平靜的不可測,朱實更覺得春雨可思。對於錦兒的話,卻只能笑而不答。

「師母一定很賢慧。」錦兒唯恐他又不肯回答似地,釘著問了句:「是不是?」

「總算難為她。」朱實點點頭。

「幾位少爺小姐?」

「一男一女。」

「『一男一女一枝花』,都大了吧?」

「大的是女孩,今年十歲,男孩剛剛斷奶。」

「這樣最好。」錦兒說道:「姐姐能夠幫著做事,照應小弟弟,省了師母好多事。」

「是啊!內人身體很弱,常鬧病痛,也多虧得有個女孩。」

問完了朱實的兒女,又問他的老親,已是父母雙亡,墓木早拱,他除了妻子兒女以外,唯一的親人是遠嫁在山東的姐姐，上次到山東，就是為了探親。

這些話是錦兒問了他才說的。春雨不明白她何以對他的家世，特感興趣，她自己可是懶得聽，而且也惦著芹官，所以悄悄拉了錦兒一把，示意她可以告辭了。

誰知錦兒恍如不覺，於是春雨找個空隙，插進去說：「朱五爺教了一天的書，必是累了。咱們走了吧！」

說完，不等她有所表示，便走往門口站定，錦兒無奈，只得告辭。朱實很客氣地要送她們，辭既辭不了，又不能動手去攔阻，只好讓他送到門口。

「走好！」碧文也在送，「我可不能遠送了。」

「你也跟我們客氣起來了。」錦兒笑道：「倒是做女主人的樣子。」

碧文臉一紅，「送你倒送壞了！」她窘笑著，「真是『狗咬呂洞賓，不識好人心』。」

錦兒沒有答話，只笑著說一句：「改天再來看朱五爺。」

「歡迎、歡迎！」他的眼風在春雨臉上掃過，視線碰個正著，急忙閃了開去。

春雨很困惑，不知他何以有這種受了驚的眼神？不過念頭剛剛轉到，就讓錦兒的話把它扯開了。

「你不是要棗餅的模子嗎？我替你找出來了，有大小兩種，你到我那裡挑去。」

「改一天吧！」

「何必改一天？順路把事情就辦了。」

春雨心想，芹官此時必是在萱榮堂，稍為晚點回去也不要緊，便點點頭，表示同意。

「春雨，」錦兒問道：「你看這朱五爺怎麼樣？」

這一提起來，春雨正有話要說：「你簡直把人家五百年前的老祖宗，都要問到了。我不懂，你幹麼會有那麼大的興致？」

「你倒猜一猜呢？」

春雨看她的臉色很平靜，仔細想一想，有些明白了。

「你是想替人做媒？」

錦兒的眼睛，立刻發亮，「你也猜到了！」她很起勁地說：「咱們好好琢磨琢磨。」

於是兩人口中不語，心裡默默地盤算著同一件事。

到得錦兒那裡，曹震夫婦都不在，一個是還沒有回來，一個是到萱榮堂去了。錦兒首先叫小丫頭把兩副棗木雕的棗餅模子取了來，讓春雨挑。

「不用挑，兩副我都要。」

「我叫人替你送去。」錦兒吩咐小丫頭說：「你找劉媽，幫你把兩副模子送到雙芝仙館，交給小蓮，你說春雨姐姐在這裡，作興晚點才回去。」

等小丫頭一走，春雨跟著錦兒到了她屋子裡，一進門便坐了下來，「罰了半天的站，可有點兒累了。」她脫了鞋，用手握著穿了白綾襪子的腳，捏了兩把，抬眼向錦兒問道：「你是打算替碧文做媒？」

「除了她還有誰？」錦兒答道：「憑良心說，咱們這一堆裡，就數她最委屈！能幹，性情又好，肚子裡還有墨水，將來隨便配個小廝，有多可惜？」

「雖說配小廝，到底一夫一妻。」

「雖說一夫一妻，到底不過配小廝。」錦兒又說，「嫁了朱五爺，也不見得沒有一夫一妻的指望。」

「指望著誰呢？指望朱太太一命嗚呼？」

「你不聽朱五爺在說嗎，朱太太的身子很壞，一天到晚咳不停，那是癆病。不是我咒她，只怕活不長。」

「就算活不長，也不見得能把碧文扶正。」

「事在人為。」錦兒很有把握地說：「換了你我，你倒想想，如果碧文又賢惠、又能幹；人心都是肉做的，自然是拿她扶正。」

「我倒不這麼想。」

「好！」錦兒立即接口說道：「我再說個道理，你一定會聽。兒女還小，另外替他們找個後娘，倘或把前妻的兒女看作眼中釘，怎麼辦？」

「這個理由好！」春雨深深點頭，「不過也得碧文會哄孩子。」

「她當然會哄，只看棠官那麼服她就知道了。」錦兒問道：「你看這件事，能不能做？」

「做當然能做，不過好像還早。」春雨又說：「第一，要看朱五爺的書教得好不好？教得不好，明年不下關聘了，自然不必談；第二，要看碧文自己願意不願意？」

「我想，她不會不願。」

「朱五爺呢？」

「那更不用談了。」錦兒說道：「作興他現在就在打碧文的主意。」

「你是從哪裡看出來的呢？」

「不用看，想都想得到的。」

春雨對這話微有反感，心裡在想，她是把天下的男人，都看成「震二爺」了。因此，她沒有答話。

「我在想，只要他書教得好，這件事就會很快成功。」錦兒解釋其中的緣故，「到那時候，為了籠絡朱五爺，說把碧文配給他，老太太一定樂意。」

「這話倒也是。」春雨說道：「就不知道他書教得好不好？」

「那問芹官不就知道了？」

「問他沒有用，要四老爺說好才算好。」

「不！」錦兒搖搖頭，「四老爺不會像從前那樣了。」

「為甚麼呢？」

談到這裡，只聽外面有聲音：「二爺回來了！」錦兒急忙撩起窗簾，向外一望，果然是曹震。

春雨是一聽見就站起身來了。她本來不願多作逗留，正好藉此脫身，但還不曾開口表示，只見門簾掀處，曹震探頭進來張望，只好先請個安、敷衍一陣。

一見是春雨，曹震立即想起，在剛到家不久，便聽震二奶奶在枕邊告訴他，那本春冊失而復得的始末，一時好奇心起，倒想細看一看，成了婦人以後的春雨，是怎麼個樣子，但一直沒有機會，此刻可不能失之交臂了。

「原來你在這裡！」他一腳跨了進來，「你別走，我正有話要問你。」

春雨想不出他會有甚麼話要問，只得答應一聲：「是！請震二爺說吧！」

「慢點兒！等我先交代幾件事。」

說著，從口袋中掏出一封信來，是曹頫在半路上寄回來的，因為在路上得到北京來的確實信息，這趟進京，必得過了年才能回來，甚至在京中會逗留到二、三月裡，因此，要趁早將春天的衣服捎了去。此外還有些本來可等到過年南歸時再辦的，這時候亦必須先作個交代。

一件件交代給錦兒，讓她轉告鄒姨娘，這樣就磨了好一陣功夫。等他說完，錦兒問道：「甚麼時候去交代鄒姨娘？」

「隨便你。」

「那我就晚上去。」錦兒說道：「春雨難得來，是客，我得陪陪她。」

一聽這話，春雨心放了一半。她本來一直在心裡嘀咕，錦兒一走，單獨留在這裡與曹震說話，是一件很彆扭的事。這會心情輕鬆了。

曹震卻有些懊悔，不該說「隨便你」，該說「都是要緊的。得趁早辦；這會就去。」那一來，就可說幾句風言風語，看她又羞又窘也是件很好玩的事。此刻無法，只能找些冠冕堂皇的話說。

「四老爺信裡提到芹官的功課。」曹震問道：「照你看，是不是長進了一點兒？」

「芹官的功課，有沒有長進，我可看不出來。不過，倒是比從前用功多了。」

「能用功就好。不過也要看他用的是甚麼功？」

「反正讀書、寫字，有時候也做詩做對子。」

「做詩做對子？」

「是的。」

「是老師交下來的功課嗎？」

春雨聽芹官說道，是朱實出了題目，要他做詩。但聽曹震的口氣，似乎不以做詩做對子為然，便不敢造次回答，只含含糊糊地答說：「大概是吧。」

「到底是不是呢？」

聽得他這樣追問，錦兒覺得太過分了，便不平地說：「你也是！春雨怎麼會鬧得清芹官的功課？你不會自己去問老師跟學生。」

「你知道甚麼？」曹震指一指曹頫的信，「四老爺讓我查芹官的功課，要我私底下查。」

「你這就算私底下查了嗎？」錦兒反脣相稽，「你大概忘了春雨是誰屋子裡的人囉！」

曹震語塞，只為既不肯認錯，又不宜強辯，臉上有些尷尬。春雨不由得有些好笑，轉念一想，曹震總是好意，似乎應該幫他說兩句話。

「震二爺問我，實在也是私底下查，而且也是衛護芹官，等於讓我帶個信回去，將來四老爺回來，會查功課，應該好好兒用功——」

「是啊！」曹震搶著說道：「我正是這個意思。」

錦兒懶得跟他抬槓，一笑而罷。春雨趁機問道：「震二爺還有甚麼話沒有？如果沒有話，我可要回去了。」

曹震遲疑了一下說：「一時也想不起，等想起來了，再打發錦兒來問你。」

「是！」春雨答應著，慢慢退了出去。

「咱們一路走。」錦兒說道，「我到鄒姨娘那裡去。」

於是出了門分手，春雨往裡，錦兒往外，到鄒姨娘那裡交代了話，回來一看，小丫頭淚眼汪汪地在發怔。

「怎麼回事？」錦兒大吃一驚，「幹麼掉眼淚。」

「二爺嫌茶涼了，又說紙煤捲得不好，再問一句：今兒晚上吃甚麼？我回了一句：不知道。二爺就一巴掌打在我臉上，又踹了我一腳，叫我『滾』！」

錦兒聽了這些話，氣往上衝，但趕緊警告自己要冷靜，拍拍小丫頭背，撫慰著說：「二爺一時心情不好你別難過，他不是有意的。去，擦擦臉！咱們快吃飯了。」

說完，又定一定神，才進入曹震臥室前房。只見他氣鼓鼓地坐在方桌前面，扭著臉，彷彿沒有聽見她的腳步聲似地。

錦兒也不理他，去換了熱茶來，又揀了根捲得鬆緊適度，一吹即燃的紙煤，連水煙袋一起擺在他面前。

這一下，曹震不能不開口了。當然，還是得理不讓人的態度，「一回來冰清鬼冷，甚麼事也沒有人管，把我一個人撂在這兒！」他看著錦兒說：「你們眼睛裡還有我沒有？」

「這麼說，你是怪我？」錦兒沉著地說，「既然怪我，要打要罵，該我承當，怪小丫頭幹甚麼？」

「她也不好。」

「就不好，也犯不著拳打腳踢！你這就算逞了英雄嗎？」

一句話惹得曹震火發，手一擻桌子，霍地站了起來，雙眼睜得好大，像要揍人似地。

錦兒卻不示弱，大聲說道：「好吧！你揍我好了！」說完，將胸一挺，臉也扭到一邊，一副豁出去的神態。

曹震當然下不了手，可也下不了場。看挺著胸的錦兒，雙峰隆然，不由得有些動情，一伸手便摸了一把。

「死不要臉！」

錦兒一罵，曹震一笑，就甚麼事都沒有了。不一會小廚房送了飯菜來，分例以外，另有一碟蝦子冬筍、一碗爐鴨絲燴魚翅，因為曹震難得回到自己院子裡吃一頓飯，所以胡媽格外孝敬了兩樣菜。

擺好餐桌，曹震喝酒，錦兒吃飯，一面吃，一面說：「剛才鄒姨娘問我，四老爺還沒有進京，怎麼就料到了要在京裡過年？讓我問問你，是甚麼道理？」

端杯在手的曹震，一聽這話，就把杯子放下了，臉上的神色也陰黯了。

「怎麼回事？」錦兒心裡嘀咕，他敗了酒興，她也覺得壞了胃口。「唉！」曹震嘆口氣，「我也沒有確實消息，不知道怎麼回事？」

「這可就怪了！既然你都不知道是怎麼回事，幹麼又唉聲嘆氣？」

「雖不知道，想起來總不是好事。」曹震低聲說道：「我是從別處得來的消息，李家舅太爺的案子，怕會鬧大。」

錦兒一驚，「大到怎麼個地步呢？」她問，「這跟四老爺留在京裡過年，可又有甚麼相干？」

「怎麼不相干？曹李兩家是分不開的，案子鬧大了，自然還要找四老爺去問話。那一問就不知道甚麼時候才能結案了！」曹震緊接著說：「這些話你可擱在肚子裡，跟姨娘只說不知道就是了。不然，傳到老太太耳朵裡，可不得了。」

「老太太要問呢？你也總得有一套話說。」錦兒又說：「別人家老太太，越老越糊塗；咱們家老太太，可是越來越精明。」

「怎麼呢？」曹震很注意地問：「你是從哪裡看出來的？」

「也不一定是那件事上顯得格外精明，反正話中不能有一句漏洞，一有，準給抓住。」

曹震沒有作聲，喝著酒沉吟了好一會，突然問道：「你知道不知道，『醋罎子』的存摺擱在哪兒？」

「醋罎子」是曹震在跟錦兒私語時，替震二奶奶取的外號，錦兒駭然，「你問她的存摺幹甚麼？」她說，「你想偷是不是？」

「說得多難聽！」曹震皺著眉說，「就偷來了也沒有用。」

「一點不錯！就有存摺，錢也取不出來，二奶奶另外有暗號的。」錦兒又問：「你既然知道，問它幹甚麼？」

「自然有用。這件事可得你幫我一個忙。」

「你可別找我！」錦兒搶著說道：「我幫不上你甚麼忙。」

「你看看，真洩氣！」曹震懊喪地說，「我還沒有說呢，釘子先就迎頭碰過來了，哪裡還有點休戚相關的情分。」

錦兒想想也忒心急了些，便連連點著頭說：「好，好！你說。」

「算了，算了！」曹震半真半假地，「跟你說了也是白說。」

「那可是你自己不願意說，別又怪我不講情分。」

「你講情分就好辦了！我想你總不至於讓我過不了年吧？」

「怎麼？」錦兒放下飯碗，雙手扶著桌子，身子往前湊一湊說：「怎麼過不了年？」

「唉！」曹震又嘆口氣，轉過臉去，裝出萬般無奈的神態說：「也是我自己不好！看來這個年是一定過不去了。」

畢竟是同床共枕的親人，錦兒不由得著急，「到底甚麼事過不去？你倒是說啊！」她問了一個字：「錢？」

「除了這個，還有甚麼叫人過不去的事？」

錦兒想了一會問：「你自己鬧了虧空？」

「也不是我自己要鬧虧空，還不是事由兒擠的！譬如——」

「好了，好了！」錦兒打斷他的話，「你別給自己找理由了，你先說說我聽聽，虧空有多少？」

「總得兩三萬銀子吧！」曹震是輕描淡寫的語氣。

錦兒卻真急了！「我的二爺，」她說，「你怎麼弄這麼大一個婁子？」她使勁搖頭，「這，我可真幫不上你的忙了。」

「是不是？不說要我說，說了還不是白說？你哪裡就把我的事當事了！」

「你，你，你說話不憑良心！」錦兒氣急敗壞地說，「我怎麼不把你的事當事？如果那樣，我問你幹甚麼？可是，你也得想想，我有多大能耐！誰又知道你的窟窿那麼大，教我有甚麼法子？」

「那麼，」曹震冷靜了，「你能幫我多大的忙呢？」

於是錦兒起身，到自己臥室中去了一趟回來，手裡已多了一扣存摺，連同一枚「錦記」的圖章，一起放在曹震面前。

「我的私房都在這裡了。」她說，「只能幫你這麼多的忙，再多我可沒法子了。」

錢是存在一家綢緞鋪中，總數兩千六百多兩銀子，寫明按月照七釐行息。曹震是個賭徒，這年運氣不佳，連戰皆北。最近雖因曹頫進京，公私事繁，不能不暫且歇手，但各處挪來抵賭帳的款子，到年下必須補足，總計不下三萬兩銀子之多。計無所出，想起震二奶奶的私房錢，有時經錦兒的手放出去，三、五千甚至上萬的有好幾筆；如果錦兒肯幫他的忙，託名他人代借，至少可以湊出一半來。

不過，這件事妻妾二人都是矇著他的，他亦不便說破；原意慢慢試探，將錦兒說活動了，再作計較。不想一開口就碰了釘子。但她肯以私蓄相借，足見還是能急人之急的；好在日子還從容，不妨緩緩以圖。

主意打定了，便將存摺往前一推，搖搖頭說：「我哪裡忍心用你的錢？」

「算了，算了！別說得好聽了。只要你手頭寬裕的時候，別忘了還我就行了。」說著，她將存摺硬塞到曹震手裡。

「好！」他握著她的手說：「算我暫借，改日加利奉還。」

過了幾天，曹震將存摺連圖章還了她，提過兩千銀子，但又存了兩千三百多，連餘數恰好湊成整數三千兩，而且另外還添注了一行：「自丙午年十一月份起，按月一分行息。」

「這家緞鋪的周掌櫃，欠過我一個情，自己願意長你的利息。錢數有限，不過總算是知好歹的。」

錦兒對曹震也是這麼想，多給了三百多兩銀子，長了三釐的利息，說起來錢數都有限，不過，他總算知好歹，有良心。

這樣想著，不由得對曹震添了幾分關切，便即問道：「你那個窟窿呢？可怎麼補呀？」

「到時候再說。船到橋頭自然直。」說完，曹震一甩袖子，瀟瀟灑灑地走了。

走到垂花門迎面遇見春雨，自然是她先招呼，叫一聲：「震二爺！」閃在一旁，讓他過去。

「喔，是你！」曹震站住腳，看她頭上，黑髮中分，結成兩條辮子，再合為一股；頭上別一枝紅玉簪子，繫著兩個小金鈴，西風過處，泠泠作響，便又笑道：「你打扮得好俏皮。」

春雨微紅著臉，矜持地笑一笑說：「我來找錦兒。」

曹震很想跟她閒聊幾句，但看到錦兒已迎了出來，只好說一句：「在裡面。你進去吧！」隨即走了。

「唷！」錦兒大聲笑道：「好俏皮！」

「真是！」春雨也笑著說：「一床上睡不出兩樣人來！震二爺也這麼說。」說著轉過身去，讓錦兒看一看她的辮子，方又說道：「有件事我不知道該怎麼辦，特為找你來出主意。」

「好吧！進屋說去。」

到得錦兒臥室，春雨坐下來愣了一會，方始開口：「明天芹官請老師吃飯，要我們自己預備。你說，這件事該怎麼辦？」

錦兒一時聽不明白，想了一下才弄清楚，隨即問道：「怎麼叫自己預備？小廚房不能嗎？」

「不能！」

「誰說的？」

「震二奶奶。」

這一下將錦兒又弄糊塗了，「到底怎麼回事？」她說，「你先講清楚了，我才好替你出主意。」

「是這麼回事，昨天朱五爺跟芹官說，幾時我到你住的地方去看看。芹官當然說好，問老師哪天來？約定的是明天。我們這位小爺，回來也不告訴我，剛才在萱榮堂才提起。老太太說，老師來看學生，可怠慢不得，該請請老師，留老師吃飯。太太也說應該。可是怎麼請呢？這時候震二奶奶開了口，她說，如果是老太太請老師吃飯，沒有話說，是我辦差。芹官請老師，可得他那裡自己預備。錦兒，」春雨語氣艱澀地說：「震二奶奶似乎跟我過不去，我真不知道哪裡得罪了她。」

「沒有的事！」錦兒急忙答說，「她為甚麼要跟你過不去？你別瞎疑心。」

「但願我是瞎疑心。可是，」春雨停了一下，終於說了出來：「你知道的，芹官的事，向來跟老太太的事，差不多一樣看待。這一回為甚麼又斤斤較量？讓我那裡預備，我可怎麼預備啊？莫非還得在雙芝仙館現置一座爐灶？」

「這當然不是。」錦兒找理由替震二奶奶解釋：「我想，她是怕棠官那裡援例。如果這一回芹官請老師，出公帳由小廚房預備；將來棠官請老師，當然也是一樣。凡是當家人，都不願意開這種例，你得體諒她的難處。」

春雨將信將疑地點點頭說：「好吧！這一段兒不談了。我只請你替我出個主意，明兒請朱五爺，我該怎麼預備？」

「那無非花幾兩銀子的事，叫朱媽替你預備就是。」說著，錦兒喚來一個小丫頭吩咐：「你到小廚房看看去，朱媽如果抽得出功夫，讓她來一趟。」

去不多久，朱媽跟著小丫頭一起來了。錦兒說了究竟，朱媽面有難色，因為她有個親戚辦滿月酒，她早就答應了去幫忙，無法承攬這樁額外的「買賣」。

當然，她不敢說真話，因為那是不合規矩的，思索了一會答道：「依我說，不必四盤八碗正式辦酒——」

「本來就用不到四盤八碗。」錦兒打斷她的話說：「無非弄幾樣像樣的菜而已。」

「只得老師一位，像樣的菜也吃不了；譬如鴨子，總不能來半個。這樣子請客最難，我看倒不如請老師吃蟹。」

「十一月初了，還有蟹嗎？」

「怎麼沒有？九月團臍十月尖；今年節氣晚，這兩天的尖臍，正是肥的時候。」

錦兒點點頭，看著春雨說：「那倒是又省事、又便宜。」

「便宜可不便宜。」朱媽接口說道：「對蟹總得三、四錢銀子一個。」

「還是便宜。」春雨已經決定了，「就託你買十二隻對蟹好了。」

「另外呢？」錦兒問說：「總不能光吃蟹吧？」

「另外配四個碟子的下酒菜。蟹吃完了，來一大碗羊肉大滷，吃麵。」朱媽又說：「芹官的事，我自然貼幾個，姑娘給五兩銀子好了，我全包了。」

春雨欣然同意，回到雙芝仙館，隨即秤了五兩銀子，叫小丫頭去送給朱媽。然後跟小蓮商量，明天如何接待老師。正在談著，芹官回來了，是秋月送了來的。

「怎麼你送了來？」春雨親熱地拉著她的手說。

「老太太不放心明天請老師的事，讓我來看看，預備得怎麼樣了？」

「預備好了！請老師吃蟹。」春雨將朱媽的建議說了一遍。

「那好。」秋月低聲說道：「老太太又不放心這件事，又不便公然駁震二奶奶的話，說是春雨如果一個人忙不過來，你們都去幫幫她，好歹要把芹官的面子圓上。她老人家真還以為你要自己動手呢！」

提到這方面，春雨不由得又勾起心事，悄悄將秋月拉了一把，帶到自己臥室中，並坐在床沿上，將震二奶奶似乎有意與她為難的感覺，低聲細訴，要秋月為她的想法是不是錯了，作一個評估。

秋月是知道震二奶奶對春雨已有成見的，不過她也知道，說了真話，便生是非；只是一味裝糊塗，又覺得對不起春雨求教的誠意，所以沉吟了一會，很含蓄地說：「震二奶奶不好惹，是人人都知道的，你這樣聰明的人，莫非還會想不明白？只要摸著她的脾氣，也就不必怕她跟你為難。」

春雨很用心地聽完，眨著眼細味弦外之音，看起來是自己哪裡不小心，無意中觸犯了震二奶奶的脾氣了。

「謝謝你！」她點點頭進一步要求，「不過，你能不能再給我多說一兩句？」

秋月想了一會說：「你記著好了，『是非只為多開口，煩惱皆因強出頭』。」

這一說，春雨終於完全領悟了，「真是，」她感激地說：「你這兩句話，真正讓我受用不盡。」

「你明白就好，凡事擱在肚子裡！」秋月起身說道：「我可要走了。」

等她走了，春雨一個人又盤算了好一會。第二天起個大早，匆匆漱洗，隨即去看震二奶奶；進門遇見錦兒，她訝然問道：「這麼早！有甚麼要緊事？」

春雨看震二奶奶前房的窗簾已經拉開，料已起身，便略略提高了聲音：「就為今天請老師的事。雖說歸我那裡預備，到底震二奶奶是當家人，我得跟她回一聲。」

錦兒暗暗點頭，說一聲：「跟我來吧！」

「二爺呢？」

「還睡著。」

說著話，已到了前房門口，錦兒將門簾一揭，只見震二奶奶穿一件緊身小棉襖、撒腳袴，自己拿著一把黃楊木梳在通頭髮；卻伸出雪白的一隻腳，擱在小凳子上，正讓小丫頭替她在修飾腳趾甲。

等春雨進屋請了早安，震二奶奶望著鏡子中她的影子問道：「一大早來，必是有話，說吧！」

「特為來跟震二奶奶回一回，今兒請老師吃飯的事。」

「喔，」震二奶奶說，「我已經聽錦兒說了。」

「這麼辦，不知道妥當不妥當？先得請震二奶奶明示。」

「是你們自己屋子裡的事，不歸公帳，我就懶得管了。」

「震二奶奶是這麼說，我們可不敢自作主張。芹官也說，這件事總得問問二嫂子。」

「芹官也這麼說？」

「是！」

「那——」

「那！」錦兒笑著接口，「二奶奶可不能不管了。」

「這回，春雨辦得很妥當，也不用我來管。」震二奶奶望著鏡中的錦兒，「你回頭自己去一趟，告訴朱媽，下酒碟子要講究，吃麵也不能光只有一大碗滷子，多寒蠢！」

「我也這麼想，不過朱媽說是五兩銀子包圓兒，我跟春雨就不好意思多要甚麼了！」

「誰要她包圓兒？你叫她開帳做，春雨那裡還是給五兩，不夠的，叫她跟我算。」

「這，」春雨笑盈盈地蹲身請安：「可真得謝謝震二奶奶了。」

「起來，起來！」震二奶奶又說，「芹官的事，我還有個不在心上的嗎？不過，昨兒個當面鑼、對面鼓的提了起來；我這個做當家人的，不能不想一想別人。以後有甚麼事，你只要私下先跟我來說，沒有不能商量的。」

「是！」春雨心領神會地答應著。

「還缺甚麼？」

春雨遲疑未答，錦兒卻避開震二奶奶鏡子的視線，連連向她眨眼，意思是大好機會，儘管需索。春雨能夠意會，無奈一時想不起，只好這樣答說：「也差不多了。」

「好吧，你回去看看，還差甚麼，說給錦兒，替你添上。」

於是春雨再一次道了謝，退了出去。錦兒在後面相送，去得遠了，悄悄問道：「你倒機伶！怎麼想到的？大清早來獻個殷勤。」

春雨不願道破，是得自秋月的啟示，卻歸功於錦兒，「我聽了你的話，回去仔細想想，覺得真不錯。震二奶奶本沒有甚麼，別是我自己瞎疑心，反倒疏遠了。所以特為來一趟。」她又笑道：「這一趟可真沒有白來。」

「現在你明白了吧？凡事你只要順著她、捧著她，別占她的面子，包你有好處。」

「這也是你關顧著我。」春雨緊握著她的手說：「幾時咱們好好兒談談。」

錦兒點點頭，「你回去吧！」她說：「缺甚麼打發人來告訴我。」

「姑娘看，」朱媽揭開篋簍蓋子，抓了一隻蟹，放在桌子上，「好壯的蟹。」

那蟹有飯碗那麼大，金毛紫背，爪利如鉤；在滑不留手的福建漆桌子上，懸起身子，飛快地橫行，加以雙螯大張，作勢欲噬，雖不過一蟹之微，看上去也有點驚心動魄。

「很好，很好！收起來吧！」

朱媽一伸手，便抓住了蟹蓋，仍舊放回篋簍，同時說道：「姑娘大概知道了，吃麵另外加四個菜，下酒的碟子，也要講究。我一定盡心，不過有件事，得請姑娘包涵。」

「你說吧！」

「不瞞姑娘說，今兒晚上，我有個親戚辦滿月酒，早就答應了去幫忙的。下午我把菜配好了再走，臨時讓長二姑下鍋。她的手藝也不壞，姑娘是知道的。就只怕震二奶奶查問，請姑娘替我遮著一點兒。」

春雨想了一下說：「我倒無所謂，如果查問，我一定替你瞞著。不過，錦兒姑娘那裡，你得先招呼一下。」

「是的！我會跟她說。」

等朱媽一走，小蓮笑道：「怎麼回事？這個老幫子最勢利眼，今兒倒是特別巴結。」

「還不是沾震二奶奶的光——」

剛談到這裡，只見中門上的老婆子來喚春雨，道是阿祥啣芹官之命，來接她到書房，有事交代。

「我知道了，你告訴阿祥，不用接，我自己會去。」

原來春雨還要略略修飾，換一件衣服，才肯出中門，到了迎紫軒，遠遠站住，讓阿祥去通知芹官出來說話。

「老師剛剛交代，回頭要看看我家的字畫跟宋版書。你說，這件事怎麼辦？」

這件事將春雨也難倒了。想了一下答說：「書畫骨董都歸老何管。老何除了四老爺，誰的話也不聽，只有請老太太的示。」

「先不必驚動老太太，你跟震二奶奶去商量。」

這句話提醒了春雨，「對了！」她說，「我這會兒就去找震二奶奶。」

震二奶奶亦有難色。原來何謹在曹家的身分很特殊，脾氣也很癟，震二奶奶從未跟他打過交道，萬一不識眉高眼低，商量不通，這面子丟不起。若說搬出曹老太太來，何謹自無不聽命之理，但傳出去，說震二奶奶使喚不動何謹，亦與威信有關。

她考慮了一會，認為只有一個法子可行，但亦不願實說，「字畫古書很多，也不知道老師要看些甚麼？」她說：「你告訴芹官，讓他自己跟何謹去說。」

春雨心想，震二奶奶倒也推託得妙，正想問一句，如果芹官碰了釘子怎麼辦？震二奶奶卻又接著自己的話，往下說了。

「你再告訴芹官，跟何謹說：老太太已經答應了，讓他挑了送到雙芝仙館。芹官只怕也不懂甚麼，最好讓老何給老師解說、解說。」

打著老太太的旗號，就不怕何謹不就範了！春雨明白震二奶奶的意思，暗暗佩服，她自己怕辦不通，但總能想法子辦通，而且還不顯她自己不能指揮何謹，手段著實高明。

果然，芹官找到何謹一說，有老太太擔待，他很爽利地答應了，而且恰如震二奶奶所預料的，何謹問說：「東西很多，不知道朱先生喜歡看些甚麼？」

「你挑好的給他看好了。」

「都是好的。」

語氣有些不對了，芹官也很機警，急忙說道：「老何，你作主好了。回頭還要你來幫忙，給老師說一說其中的好處。」何謹點點頭，想了一下說：「朱先生的字我見過，等我找幾件對勁的東西給他看。」

「那都在你了！」芹官特意叮囑，「老何，你可早點兒來。」

「早也無用，反正誤不了事就是。」

得此承諾，芹官放心了。春雨卻放心不下，因為聽何謹的語氣，並非心甘情願。她在想，何謹的脾氣不好，這兩年更有倚老賣老的模樣，如果出言不遜，將老師得罪了，豈不是連震二奶奶的那番好意在內，全都消逝了？

「小蓮！」她說了她的顧慮，接著提出要求，「回頭你甚麼都不用幹，專門對付老何，務必哄得他高興才好。」

「好吧！」小蓮一諾不辭，隨隨便便地說：「把他交給我好了。」

「你可別大意！」春雨見她那種毫不在乎的神氣，特又叮囑：「今天這個客請得好不好，全要看你。」

「好吧！」小蓮語氣如舊，「你看我好了。」

到得未時剛過，何謹來了，像個布販子似地，背上一個極重的白布方形包裹，脅下還夾著幾軸書畫，進門便大喊：「人呢！」

「人在這兒哪！」小蓮閃身出來，迎著他便將雙腿一蹲：「何大叔，我給你老請安。」

這一下大出何謹意料，而且也頗感不安。他在曹家下人的身分，相當於總管，大家都管他叫何大叔，與小蓮畢竟只有年歲的不同，並無身分的差別，受她這個禮，未免有愧。只是身負重物，不便還禮，只好趕緊答說：「幹麼呀！還沒有進臘月，你就給我拜年，不太早了一點兒。」

「我有個說法，來，何大叔，我先幫你把東西卸下來。」

幫著他將包裹卸在桌上，小蓮親自倒了茶，又叫小丫頭燃紙煤來，預備他抽旱煙。

「你先別張羅！」何謹問道：「你說你給我行那個禮有說法，是甚麼說法？」

「今兒芹官請老師，老太太交代，務必要尊敬。我們是理當伺候，沒有話說。你老本來是不相干的，無緣無故把何大叔你也拉上了，未免太委屈。所以我剛才先請個安，就算彌補你老受的委屈。」

何謹一聽笑了，「你無非怕我在朱先生面前，禮節怠慢，跟我耍這麼一個花招！」他說：「你這一招，還真讓我接不住，只好聽你使喚了！」

「罪過，罪過！」小蓮雙手合十說道：「何大叔你怎麼跟我說這個話？不過，還有句話，我也要說在頭裡。」

「你說。」

「酒替你老預備好了，可不能先喝！」

「那還用說？」何謹答道：「當然是客散了，我才能喝酒。」

小蓮原意是等客人坐了席，才讓他喝酒，不道他這麼守規矩，要客散才敢喝酒，這可是件沒有想到的事。

於是她說：「那好！等客散了，我跟春雨好好兒陪你喝。」

「對了，你忙你的去吧！我把『攤子』擺起來。」說著，動手去解他的包裹，裡面是四部宋版書、兩部冊頁、幾個手卷，拂拭安置，極其細心。

小蓮知道這一下將老何收服了，便不管他，一踏進後軒，便看見春雨翹著拇指迎了上來，低聲說道：「真有你的，我算服了你了。」

小蓮不作聲，但卻揚著臉，面有得色。

「小蓮，我想起一件事來了。」春雨說道：「回頭看畫、看書，都在堂屋裡，可怎麼擺飯呢？」

「不會把客人請到書房裡去？」小蓮靈機一動，「對了，看書可以到書房裡去看。堂屋裡等何大叔收了畫，擺飯；等朱五爺看完書，正好入席。」

「這個主意好。就這麼辦吧！」

小蓮到堂屋裡一說，何謹欣然同意。小蓮便幫著他將四部宋版書，還有些珍貴的抄本，都搬了到書房裡，順便檢點了燈燭。諸事妥帖，阿祥來報，客人快到了。

「你們姐妹倆在堂屋裡接，我帶著阿祥在外面接。」何謹向春雨、小蓮這樣交代，接著將捲上的袖口抹了下來，向外走去。

轉眼間，芹官陪著朱實出現了。一進垂花門，芹官看見何謹垂手肅立，隨即為朱實引見。

「先生，他就是何誠的胞兄，還是先祖手裡的老人，現在替四家叔收掌書畫古玩。更有一樣本事，醫道很高明。」

等他說完，何謹自己報名行禮：「何謹給朱師爺請安！」

「啊、啊！請起來、請起來。」朱實因為管何誠叫老何，就不便再用此稱呼，叫他：「何管家，我要好好向你討教呢！」

「不敢！朱師爺請。」

等朱實與芹官走在前面，阿祥悄悄拉了何謹一把，低聲說道：「何大叔，老師行五，不行四。」

何謹不答，也不看他，只反手一巴掌，恰好打在阿祥臉上，火辣辣地疼，不由得要張口喊痛，但畢竟還是忍住了。

這時朱實已經進了堂屋，門口盈盈含笑的，正是他這天的兩個目的之一——一個是可以告人的，想看一看曹家的珍藏；一個是不可告人的，想看一看春雨。

如今不但看到了春雨，還看到了另一個俊婢，經芹官說了名字，他忍不住深深看了一眼，覺得小蓮嬌憨白淨，聰明都擺在臉上，不如春雨深蘊耐看，尤其是眉梢眼角，偶爾流露的、彷彿已解風情的少婦韻味，格外動人。

但春雨只如驚鴻照影般，現一現身，隨即退藏於密，殷勤招待，都是小蓮。朱實自不免有悵惘之感。不過，視線觸及壁上所懸的畫幅，心事便自然而然拋開了。

於是他起身去細看那幅畫，長約三尺，寬一尺五、六寸。圖中一人坐堂上，一人揮毫作書；小僮二人，一捧硯，一伸紙。堂前階下，白鵝五頭，或鳴或食，姿態無一相同。背景是一片平湖，波紋如鱗；遠處層山複嶺，雲煙繚繞中，一角紅牆，飛簷高聳，設色豔麗，炫人心目。畫上黃絹「隔水」，題著錢大的七個字：「唐畫擬六朝人筆」；款署「元宰」，鈐有「宗伯學士」白文印，是董其昌的親筆。

「唐畫我見過，著色的唐畫，卻是初見。」朱實說道：「畫中在揮毫的人，自然是王右軍了。」

何謹等了一下，看芹管不作聲，他才答一聲：「是！」

「我想，是董香光鑒定的，總不會錯吧？」

這對是否唐畫，有存疑之意，何謹便即答說：「如果沒有把握，不敢拿出來請朱師爺鑒賞。」

「啊、啊！」朱實很機警，也很不好意思地：「我失言了！」

「朱師爺言重了！」何謹很誠懇地說：「這幅畫不但是唐畫，而且出於王右丞。」接著他指出畫中那些地方，可以證明是王維的筆跡；旁徵博引，使得朱實只能傾聽，不復能贊一詞。

何謹自然也很得意，但偶一抬眼，只見小蓮正在跟他使眼色，示意他不必如此長篇大論地講解，便略一點頭，隨手另取一個手卷，展了開來。

朱實一見驚喜。紙本手卷上寫的是一筆蘇字：「十二月二日，雨後微雪，太守徐君猷攜酒見過，坐上作浣溪沙三首。明日酒醒，雪大作，復作兩首。」以下便是蘇東坡在黃州所作「蘇」字韻的五首〈浣溪沙〉。這明明是東坡親筆；愛好蘇字的朱實，真不相信自己有此眼福。

看到他臉上的表情，芹官才明白何謹何以有把握，展示的字畫，必能「對勁」；原來他見過朱實寫的字，正是學東坡的。

這時手卷已到末尾；朱實一面看，一面念，念到「尊前呵手鑷霜鬚」，是五首〈浣溪沙〉的最後一句；何謹住手了。

「管家，」朱實迫不及待地，「我想看看後面的題跋。」

「只怕朱師爺會大失所望。」何謹微笑著，展開了最後的一部分。

原來不是東坡真蹟──有一行題款：「偶閱東坡詞，錄一過。匏翁，」押了三方圓章：「延陵」、「太史氏」、「玉延亭主」。朱實想到自己誤認為東坡的親筆，不免慚愧。再細看題款，除了從「延陵」、「太史氏」兩方圖章中，可以推想到「匏翁」姓吳，是個翰林以外，別無所知；「玉延亭主」這個別號，也是初見。

這是何謹小小的一個惡作劇，芹官看老師略感難堪，不知如何開口的神色，便替他發問：「這匏翁是誰啊？」

「朱師爺知道的，」何謹故意這樣先說一句，接著很快地介紹「匏翁」的經歷：「明朝弘治年間的吳文定公，蘇州人，單名寬，字原博，號匏庵，別署玉延齋，又稱玉延亭主。」

「吳寬」這個名字，朱實似曾相識，極力搜索記憶，終於想起來了，接著何謹的話說：「他是狀元。」

「是！」何謹很恭敬地，「成化八年的狀元。」

這一來，彷彿證明了朱實確知吳寬的生平，將他的面子找了回來，主客三人都大感輕鬆。

「請朱師爺看這一卷；真正的『坡翁詩翰』。」

開卷便有這樣四個篆字，但蘇東坡寫的卻是他自己的兩篇賦，一篇〈洞庭春色賦〉；一篇〈中山松醪賦〉，後面有自跋：「始安定郡王黃柑釀酒，名之曰洞庭春色；其猶子德麟得之以餉余，戲為作賦。後予為中山守，以松節釀酒，復為賦之。以其事同而反類，故錄為一卷。紹聖元年閏四月二十一日，將適嶺表，遇大雨，留襄邑，書此。東坡居士記。」

這是個長卷，加上後人的題跋，賞玩頗費功夫，春雨與小蓮，只得耐心等待。閒談之中，春雨突然想起了一件事，應該將棠官也找了來作陪客，問小蓮的意思如何？

「這也沒有甚麼不可以。不過，季姨娘很難惹，如果隨便派個人去找，她還會說把棠官看輕了。」

春雨知道小蓮跟季姨娘不和，絕不肯走這一趟，想了一下便說：「讓阿祥去接棠官來。」

這一說倒提醒了春雨，「咦，阿祥呢？」她問，「怎麼一直不見他的影子？」

於是四下去找，最後在後天井中，發現他坐在階沿上發愣，愁眉苦臉地，彷彿有滿懷心事似地。

「怎麼回事？」春雨問道：「幹麼不高興？」

「何大叔不講理。他管老師叫朱四爺，我提醒他，行五不行四，他反手就是一巴掌。你看，」阿祥指著自己的左頰說：「臉都腫了！」

「真的有點腫。我給你擦點藥。」

「好沒道理！我又沒有錯，幹麼打我？」

「錯是你錯了！」小蓮笑道，「何大叔叫朱師爺，老師的師，不是數目字的四。」

阿祥到此刻才知道何謹為甚麼打他，原來自己誤會了，想想也覺好笑。

「好了！何大叔是為你好，教訓你；以後說話先想一想，別信口開河。」春雨推了他一把，「快去，把棠官接了來陪老師。」

第十章

由於字畫及宋版書看得太久，入席已經上燈了。朱實居中，芹、棠兄弟左右相陪，照料席面的是春雨。小蓮在裡面接應，順便陪著何謹聊閒天。

喝不到兩巡酒，小廚房裡把蒸好的蟹送來了。於是在春雨指揮之下，小丫頭先端上一海碗用老薑煎過的粗茶，這是剝蟹洗手指用的；然後是一大冰盤冒熱氣的肥蟹，三尖三團，一共六個。春雨揀最壯的一隻，拿乾淨毛巾裹著，折下螯足，光剩蟹身，盛在五寸碟子裡送到朱實面前。

「謝謝！」朱實欠一欠身，很客氣地。

春雨剛要說話，芹官突然說道：「咱們那套吃蟹的傢伙呢？」

「啊！」春雨是失笑的神氣，「我差點都忘了。」說著，轉身入內，捧出來一個木盒子，打開屜板，裡面是一套銀製工具，有刀、有鉗、有鉤、有剪；還有釘錘與砧，小巧玲瓏，十分可愛。

「我早聽說過，閨閣中吃蟹有一套用具，今天算是見識了。不過，怎麼用法，還不懂。」

「我來——」棠官剛說了兩個字，看到芹官的臉，立刻把聲音噤住了。

其實芹官並沒有呵斥他的意思，但由於棠官的敬畏之態，反使得他不能不擺出儼然兄長的神情。這一來，棠官自然更顯得不自在了。

見此光景，春雨深怕好好的場面會就此變得僵硬，急忙哄著棠官說：「你來！你先替先生當差。」

朱實也很見機，將自己的蟹移到棠官面前，棠官便很熟練地運用工具開剝分解，春雨幫著剔黃索白，剝了滿滿一蟹蓋的肉，倒上薑醋，仍舊盛在碟子裡，送給朱實。

「不敢當，不敢當！」朱實歉然地，「你們辛苦了半天，我坐享其成，實在說不過去。」

「『有事弟子服其勞』。」芹官答說：「先生快請吧，冷了不好吃。」

「可是春雨姑娘不是我的學生。」朱實借酒蓋了臉，抬眼看著她說，「春雨姑娘一定也讀過書？」

「哪裡談得到讀書？」春雨突然想到，「我們之中，就數碧文肚子裡的墨水最多，也只有她才能伺候朱五爺。」

「是的。」朱實低下頭去吃蟹喝酒。

「老何呢？」芹官問說，「走了嗎？」

「沒有，在後面。」

「是不是在喝酒？」

「沒有。」

「為甚麼不拿酒給他喝？」

春雨未及答話，朱實已開口盛讚何謹：「府上的這位管家，真是了不起！版本目錄、書畫源流，懂得那麼多，說真的，在清客之中像他這樣的也很少。我很想敬他一杯酒。」

「敬字不敢當。不過朱五爺賞酒喝，他一定高興。」

「那，」芹官便說，「你把老何找來。」

春雨答應著，走到後面，笑嘻嘻地說道：「何大叔，朱五爺把你誇得不得了，要跟你喝酒。連帶我們也有面子，快去吧！」

到得席前，朱實要站起來，芹官把他硬按了下去。他便自己取壺斟滿了酒，一面遞了過去，一面說道：「借主人家的酒，聊且將意。」

「是！」何謹先請個安，方站起來接杯在手，又舉一舉一仰脖子乾了酒，回頭說道：「春雨，勞駕你另外拿個杯子，這個杯子髒了。」

不待他說，隨後跟出來的小蓮，已取了隻乾淨杯子，放在朱實面前，順手替他斟滿了酒，接著又替何謹去斟。

「乾脆，管家，你就坐下來喝吧！」

「沒有這個規矩。」何謹連連說道：「沒有這個道理。」

有了三分酒意的朱實，大聲說道：「禮豈為吾輩而設？依我說，老管家、兩位姑娘都不妨坐下來，團團一桌，豈不熱鬧？」

小蓮與何謹，春雨與芹官，面面相覷，不知如何作答？

「這樣吧，」芹官也好奇、好熱鬧，出了個折衷的主意，「你們再搬張桌子來，另坐一桌。這樣也不算太失禮。」

「對！對！這個法子通極。」

既然他們師弟倆都是這麼說，春雨估量就曹老太太知道了，是芹官出的主意，亦就不會見責。便點點頭說：「『尊敬不如從命』吧！」

「是不是！」朱實很得意地，「我說春雨姑娘讀過書！」

春雨微笑不答，等另外擺了桌子，空著上首，何謹坐了東面，與芹官並排，小蓮坐了西面，與棠官接坐，她自己坐了主位。高高在上的朱實，與她遙遙相對，抬眼便是平視，正中下懷。

「咱們行個酒令如何？」朱實問說。

「不行！」小蓮答得率直，聲音卻很清脆，「一行酒令，準是我跟春雨喝酒。」

「為甚麼呢？」棠官問。

「不是太難了，說不出來，喝門杯過關；就是說錯了罰酒。」

「那就來個容易一點的。」

「太容易了又沒有味道。」

「你可真難伺候。」芹官笑道：「太難不好，容易又不好。你自己說吧，要怎麼樣才好？」

「不太難，也不太容易，就好。」

「那就『飛花』吧！」

「甚麼叫『飛花』？」小蓮低聲問棠官。

「念一句詩，裡面要有個『花』字；一個一個數過去，數到『花』字喝酒。」

小蓮點點頭，轉眼去看春雨，她們倆都念了幾十首詩在肚子裡，估量還不致出醜，便雙雙同意了。

「請先生做令官。」芹官說道：「酒令大如軍令，不准違了先生的規矩。」

「沒有甚麼規矩，五七言不拘，今古人皆可；或者念一句詞、念一句曲也行。不過，不准杜撰。」

「是！」芹官又說，「是往左數起，還是往右數起，請吩咐。」

「照自鳴鐘的方向，從自己數起。」朱實隨口念了一句他在飯前看到的，題畫的詩：「孤窗細雨棗花香。」

照自鳴鐘的方向，「花」字落在棠官身上，小蓮便替他倒了一小杯酒說：「快喝！喝完了該你出令，別再念花字在第六個字上的詩。」

「違令！」芹官立即糾舉，「你不能教他念甚麼！要他自己想。罰酒！」

「不知者不罪！」令官寬大為懷，「下不為例。」

「棠官，該你啦！」何謹催促著。

一上來便有小蓮違令的情事，將棠官搞糊塗了，急切間竟想不起花字的詩句；再讓何謹一催，越發抓瞎；小蓮卻又忍不住開口了。

「五言也可以啊！」她是有些私心，五言詩怎麼也輪不到她，就可以保證不會喝酒。

「有了！」棠官脫口說道：「花落春仍在！」

一念出口，小蓮大笑，「我的傻小爺！」她把一小杯酒，擺在棠官面前。

朱實也笑了，「作繭自縛！」他說，「你喝了酒，沉住氣，慢慢想。」

棠官臉漲得通紅，覺得好沒意思，先是想不出自窘，想出來卻又變成自侮，越發覺得窘。

「你們別笑了！」芹官看著小蓮跟春雨說：「你們越笑，他越急，越急就越想不出來。」

棠官把心靜了下來，想好了幾句，方又再念，剛道得「春城」二字；只聽芹官重重咳嗽一聲，同時拋過來一個眼色。棠官會意，急忙說道：「這不算！」他換了一句：「桃花潭水深千尺。」

「這該我接令。」朱實喝著酒說：「請何管家喝一杯。」接著便念了句杜詩：「一片花飛減卻春。」

小蓮聽朱實指明讓何謹喝酒，早將大杯斟滿，此時隔座把酒杯交到他手裡笑道：「何大叔，你老多照應！」

「我不飛給你，我回敬朱師爺。」何謹乾了酒念：「雲想衣裳花想容。」

「這一句好！」朱實欣然引杯，又念一句杜詩：「多事紅花映白花！」

「唷！」春雨微微一驚，「該我。」

「是的，該你，我陪一杯。」

聽這一說，春雨才發覺，第二個花字落到他自己身上，心裡便想，行酒令講究的是自己不喝酒，他怎麼倒相反呢？

想到這裡，不由得抬眼去看，朱實正舉杯相邀，視線一接，倏然一驚，她從他眼中明明白白地看出來，是要跟她一起喝一杯酒。

她趕緊把眼垂了下去，不敢再看，默默地喝完了酒，只聽何謹在說：「還是該朱師爺接令。」

「不錯，還是該我。黃四娘家花滿蹊。」

終於輪到小蓮了。她是早就想好的，一枝花要飛給芹官，喝了酒從容念道：「楓葉荻花秋索索。」

芹官不曾說話，舉杯而飲，就這時聽得外面有人聲，棠官入耳便知，隨即說道：「是碧文。」

果然，碧文一現身即是又驚又喜，又有些迷惘的神情，「好熱鬧！」她說，「真沒想到！」

「來吧！我們正行酒令呢！」春雨起身，叫小丫頭添了杯筷，安排碧文坐在她下首。

「我吃了飯來的。」

「吃了飯就不能喝酒嗎？」小蓮拉一拉她，「坐下再說。」

「七個人正好！」棠官高興地說，「這一下就不會把花飛到自己身上了。小哥該你。」

芹官點點頭念道：「浪笑榴花不及春！」

數到第四人，正是碧文，小蓮便將一杯酒放在她面前，碧文笑道：「怎麼回事，一到就要喝酒。」

「對了，你沒有聽棠官說，是飛花！何大叔酒喝得不多，你飛給他好了。」

棠官接口補充：「那就得花字在第五個字上。」

「喔，」碧文立即念了一句：「春風桃李花開夜。」

「好！」何謹脫口便讚，「我要賀一杯。」

「那就是兩杯！」碧文笑道：「何大叔借名目想喝酒就是了，甚麼賀不賀。」

「果然好！怪不得都說你肚子裡有墨水。」朱實顧視左右說道：「咱們師弟三個，一起乾一杯！」

「是。」芹官很恭敬地答說，隨即站了起來，同時向棠官使個眼色。

棠官不太明白，為甚麼要一起喝，還要站起來？只是依樣行事。當然，不明白的還有春雨與小蓮。

在他們師弟仰臉乾杯時，春雨拉一拉何謹的衣服，努一努嘴。何謹懂她的意思，便輕聲為她解釋。

「春雨桃李是形容老師跟學生，春風桃李花開，不就是把學生教成功了嗎？」

原來如此，怪不得他們師弟相賀。春雨便說：「果然好！我也該賀一杯。」

「算了！」碧文答說：「你也拿我取笑。」

是其詞若憾的語氣，小蓮聽入耳中，心想，不道碧文一來就出了個鋒頭，心裡未免不是滋味。

因此，她很快地轉移了大家的目標，催促著說：「何大叔該你接令。」

「雪膚花貌參差是。」

「該你！」碧文看著小蓮說：「何大叔在恭維你呢！」

偏她又多話，爭強好勝的小蓮不假思索地說：「我也念一句〈長恨歌〉。」

話是說出口了，卻想不起〈長恨歌〉中，哪還有帶著花字的詩句？看著大家的眼光都落在她臉上，心裡著急，自悔孟浪，只好沉住氣，從頭背起。

「雲鬢！」碧文輕輕提示。

她正背到「雲鬢花顏金步搖」，只以碧文一提，賭氣不念這一句，再往下背，有一句「花鈿委地無人收」，卻又不能念，念了自己喝酒。

這下可真有點急了，小蓮一面默念，一面找個藉口打岔，她問：「華字算不算？」

「那要看用在甚麼地方？」芹官答說：「『聞道閶門萼綠華』的華，可作花字用；『春寒賜浴華清池』的華，當然不算。」

小蓮根本沒有聽他解釋，只是借此爭取片刻功夫，等他講完，她也想到了，如釋重負地念道：「梨花一枝春帶雨！」

「原來你是存心要我喝啊！」棠官頗為不快，「碧文不是提了頭：雲鬢花顏金步搖。你偏不念！」

「你要怪碧文！」小蓮的詞鋒向來犀利，立即答說：「她提了我自然不能念了。是我行令，不是她行令。〈長恨歌〉裡面一共五個花字，雲鬢花顏金步搖不能用；春風桃李花開夜用過了，花鈿委地無人收、花冠不整下堂來，是我自己喝酒，也不能用。能用的就只有梨花一枝春帶雨。豈不是不能怪我，要怪碧文擠得你喝酒。」

棠官駁她不倒，怏怏然喝了酒，念一句：「春城無處不飛花！」又說：「你喝吧！」

這有點鬧意氣了，春雨微感不安，不道小蓮嚷道：「請教令官，若是眼看要念錯了，旁人打暗號通知他，這算不算違令？」

朱實微笑答道：「自然算違令。」

「好！芹官，你罰一杯。」

「幹麼？」

「剛才棠官才念了『春城』兩個字，你重重咳一聲，棠官才改了口；先前只有六個人，棠官念這句詩，就跟『花落春仍在』一樣，該他自己喝酒，你不是打暗號作弊。」

「情有可原。」何謹說道：「似乎可以免罰。」

「不說酒令重於軍令。請令官主持公道。」

「按理說是要罰。不過，既往不咎，以後不許。」

小蓮有些不服氣，喝完了酒，現成地念一句「雲鬢花顏金步搖」，故意讓朱實喝酒。

「酒差不多了。」何謹到底年長持重，趁機說道：「請令官喝一杯收令吧！」

於是撤了下面那張桌子，仍是芹、棠兄弟陪著朱實吃麵。春雨既要照料外面，又要在裡頭安排何謹、阿祥與爵祿果腹，小蓮是因為多喝了兩杯酒，神思困倦，管自己去躺下了。幸好還有碧文，不過她總算也是客，春雨少不得客氣一番，說得口滑，話中免不了對小蓮微表不滿。

「我們那位『小姐』，不能說她不聰明、不能幹，可是做事得看她的興致。高興了甚麼事都行；一不高興，天塌下來都不管。」

碧文卻不敢接口，因為她在季姨娘那裡幾年，深知「是非只為多開口」的道理，而且她也多少看出來，小蓮對她已有猜忌之意，越發應該小心。

不過，對春雨沒有表示也不妥，她故意匆匆起身說道：「我到外面看看去，不知道麵片兒夠不夠，棠官最能吃麵。」

這下倒提醒了春雨，「對了！」她想，這也正是為她替朱實拉攏的一個機會，「勞你駕，就在外面照應吧！要甚麼叫小丫頭來告訴我。」

一到堂屋，只見朱實與芹官都已擱著，只有棠官還在吃麵；便叫小丫頭進去通知，已經吃完了。不一會，小丫頭捧出來一個托盤，裡面是一碟白菊花瓣、三杯紅糖薑茶。「交給我！你去倒臉水來。」

接過托盤，先伺候朱實。菊花瓣是用來擦手的，據說唯此可以去蟹腥，「我的手不腥。」他說，然後取了杯薑茶喝。

托盤送到芹官面前，他微笑說道：「怎麼勞動起你來了？」

「莫非我真的自居為客？」碧文也笑著回答：「我只當這裡也是書房。」

芹官因為有老師在，不敢跟碧文多說笑，一面抓把菊花瓣搓手，一面取了杯薑茶。餘下那一杯，連同菊花瓣，放在棠官那面。碧文接著便去絞把熱手巾，送到朱實手裡。

「請書房裡坐吧！」

等他們師弟在書房中坐定，隨即送來熬得極濃的普洱茶。朱實喝了兩碗，額頭微微沁汗，酒意半消，十分舒暢。

「今日之會，至足樂也！不可無詩以紀。」

聽這一說，芹官便起身走到書桌前面，先剪燭、後磨墨，抽毫鋪紙，安排妥當，等朱實坐下來寫詩。

朱實倒是有詩意，但想想不能在此做詩；因為此日之會之樂，主要的是由於有娟娟三姝，不但對春雨的那段窅眇情思，不便示人，就是小蓮的嬌憨，碧文的明慧，形諸筆墨，亦不便向受業的弟子公開。因而設詞辭去。

「我做詩，向來頗費推敲，今天晚了，不能再多坐了。」說著，朱實已探手入懷，觸摸到備好的一個紅包，裡面包著二兩碎銀子，但此時覺得將那個紅包拿出來，對主人、對自己都是褻瀆，因而將手又伸了出來。

「我送先生回去。」

「不必，不必！」朱實說道：「我最不喜這些虛套。」

芹官亦正是這樣的性格，因而便不再多說。及至等爵祿點上了燈籠，碧文說道：「我們亦該去了。一路送先生吧！」

順路相送，朱實沒有辭拒之理，於是爵祿在前，朱實與棠官居中，碧文另持一盞燈籠殿後，一路招呼「小心」、「走好」。在夾弄中走不多遠，發見前面出現了燈火，走近了才看出是秋月帶著一個小丫頭，兩人都身子緊挨著牆壁，讓朱實先走。

朱實少不得也要稍稍駐足，才合道理，等他一站住腳，碧文便即說道：「朱五爺，這是我們老太太跟前的秋月姐姐。」

「喔，原來是秋月姑娘。」朱實說道：「請秋月姑娘替我在老太太面前致意，今天太晚了，不便去給老太太請安。」

「先生太客氣了。今天芹官請先生，我們老太太不放心，怕怠慢了先生，特為著我來看一看。不知道先生吃好了沒有？」

「太好了，太好了！多謝老太太還惦著。」

「先生可別客氣。」秋月笑道：「我們老太太說了，如果今天怠慢了先生，改日老太太再補請先生。」

「不敢當，不敢當！真的很好。不信可以問碧文姑娘。」

這時又來了一盞燈籠，原來是錦兒聽說雙芝仙館笑語喧鬧，十分熱鬧，估量著朱實已經走了，想找春雨來說說。不道中途相遇，少不得略作周旋，然後一起將朱實送出中門。

「棠官，」錦兒問道：「聽說你們喝酒喝得好熱鬧，怎麼會呢？你們倒不怕老師？」

「怕甚麼？老師帶著頭玩，坐了兩桌，還行了酒令。」棠官一路走，一路回答。

「三個人怎麼坐了兩桌？」秋月大為詫異，「還行了酒令？」

這時已快到季姨娘的院子了，碧文怕棠官言語不檢點，又惹好些是非，便搶著笑道：「對了！你們找春雨去談吧！我們到家了，明兒見。」

看碧文神色詭異，不獨錦兒，連秋月亦是好奇心大起。她心裡在想，到了雙芝仙館，必有好一陣談，而萱榮堂在等著她覆命，應該先有個交代。

於是她告訴打燈籠的小丫頭說：「你先回去跟老太太說，老師已經走了，很高興。客請得很熱鬧、很有面子，請老太太放心睡吧！老太太如果問我，你說我跟春雨有事談，還得有一會兒才能回去。別的話，不用多說。」

「真玩得好有趣！」錦兒不勝嚮往地：「早知道，我也來湊個熱鬧。」

「你可不行！」芹官笑道：「你的身分跟她們不一樣。」

「就這樣，我已經在擔心了。」春雨接口也說：「不知道老太太、太太、震二奶奶會不會怪下來？倘或有你在裡頭，更不得了啦！」

「不錯！」秋月深深點頭：「就這樣，將來如果讓四老爺知道了，必不以為然，不過總還有話好說。」她停了一下又說：「偶爾玩這麼一回，也就頂到這兒為止了！不然會傳出去，說曹家沒上沒下，世家的規矩不知道哪兒去了？這話可不大好聽。」

一聽這話，春雨頓覺侷促不安，「原是我不好！」她說，「我該想法子攔住的。」

「攔也攔不住！」芹官覺得秋月太認真了，「老師一時高興，又是看重咱們家的人，莫非倒不識抬舉？再說，這也是件很文雅的事，作興傳出去還算一重佳話吧！」

「但願如此，不過最好不傳出去。」春雨怕芹官跟秋月意見相左，再談下去會起辯駁，所以接下來又說：「你請回房吧！我們三個還有事談。」

「你們談你們的，我又礙不著你們。」

「誰說？有些話是你不能聽的。請吧、請吧！」

芹官笑著走了。剛入臥室，聽見錦兒在問：「咦！小蓮呢？怎麼一直沒有見她的影子？」

「她的酒量淺，稍為喝幾杯就支持不住了。這會兒睡得正沉呢！」

這下倒提醒了芹官，怕小蓮真的是醉了，因而由後面繞到小蓮的房間。輕輕推開房門，只見帳門未卸，小蓮和衣面裡而臥，便走到床前，輕輕喊道：「小蓮！」

看小蓮不答，以為她是睡著了，芹官伸手到裡床，去拉開疊好的被子，想替她蓋上，不道一俯身時，發現枕頭上濕了一大片。

芹官大吃一驚，急急問道：「怎麼回事？錦兒、秋月都來了，談得好熱鬧。你怎麼不出來，在這兒淌眼淚？是受了甚麼委屈？」

不問還好，一問越使小蓮傷心。她是早就聽到了錦兒、秋月的聲音，很想起身來談談，卻又怕春雨心裡會想：裝醉不做事；聽說有人來了，倒會來趕熱鬧。因而不好意思起床，後來聽她們越談越熱鬧，心裡又悔又覺得委屈，不由得傷心落淚。此刻讓芹官說中了她的心事，剛收住的眼淚，忍不住又滾滾而下。

「甚麼事委屈？」芹官在床沿上坐了下來，手扳著她的身子說：「你告訴我。」

聲音越來越大，小蓮怕讓外面的三個人聽見了，進來一看，發現真相，是多麼令人發窘的事！所以一翻身坐了起來，一指按在嘴脣上，壓低聲音著急地說：「你別嚷嚷行不行？你請吧，有話回頭再說。」一面說，一面向外指一指。

芹官從小在脂粉堆裡打滾，幾乎摸透了這些女孩的性情。像此刻的小蓮，對她多說一個字都不必，只有依她的話，悄悄退去，才合她的心意。因而點點頭，還用手在自己嘴上按一按，表示不會說破，然後躡手躡腳地回到了原處。

但小蓮到底為甚麼哭，卻始終想不透。等錦兒、秋月辭去，春雨來探視時，他一把拉住她，低聲相告，自然也顯得很關切，希望能夠撫慰小蓮。

春雨很沉著，她也知道，小蓮的委屈多少是她引起來的，不過她並不覺得這是件如何了不起的事。尤其是芹官預先告知，更不難處置。

「她怕人知道她在哭，咱們就要裝得真的不知道有這回事。不管她是哪裡受了委屈，反正哭過了，心裡就舒服了。明兒一早起來，你看見她，千萬別問這件事。」

「我知道，我不會問。」芹官又說，「今天甚麼都好，就這件事欠圓滿。」

「這也不是甚麼大不了的事，你也別老在心裡嘀咕。我服侍你睡吧！」

春雨為他卸衣濯足，一直等替他掖好被子，放下帳門，捻小了燈，方始離去；將小丫頭找了來，故意大聲交代，說小蓮酒醒了，怕會口渴；替她沏一壺消火的冰糖菊花茶，用棉套子焐著，半夜裡醒了好喝。」

「她沒有吃甚麼東西，也許還會餓。」春雨又問：「有粥沒有？」

「有。不過涼了。」

「不要緊！你拿小銅鍋盛半鍋，對上熱水，擱在『五更雞』上；再盛一碟醬菜，抓一把筍乾給她預備著就行了。」

這些話在眼淚已乾，深感無聊，卻不能不裝睡的小蓮，聽得清清楚楚，心裡不由得感動，這樣體貼入微，不能不說她是真心相待。至於人前人後說幾句閒言閒語，這也是免不了的，「皇上背後還罵昏君」呢！如果認真，倒是自己顯得量窄了。

這樣一轉念間，頓覺胸膈舒暢。心中一動，何苦這麼假裝，憋得連大氣都不敢吭一聲，自己找罪受！

於是她開口應聲：「我酒醒了，現在就想吃粥。」一面說，一面起身，最要緊的自己先摸一摸臉，看有沒有哭得露出相來。

眼泡是略有些腫，但也顧不得了，反正只要自己裝得沒事就沒有人會問。隨即大大方方地走了出來。

春雨甚麼話都不說，只指著自己的茶杯說：「我剛沏了杯茶，還沒有喝呢，你要喝，你喝吧！」

小蓮其實不渴，不過不忍辜負她的好意，還是把杯子端了起來，心裡在想，芹官不會不把自己在哭的情形告訴她，她剛才的那番示好，必也是暗含著致歉的意思。事情已經過去，也不必再裝甚麼了，便即問道：「錦兒跟秋月來過了？」

「是啊！聊了好一會才走。」

「聊些甚麼？」

「錦兒是不知哪個『耳報神』報到她那裡，說咱們這裡好熱鬧，忍不住想來看看；秋月是老太太不放心，特為打發她來看的。」

「唉！」小蓮忍不住感嘆：「咱們這位老太太的疼孫子，只怕天下數第一了。」

春雨搖搖手，示意芹官已經睡下，別說這些話擾亂他的心思，接著輕聲說道：「你不是想吃粥嗎？自己去動手吧！」

「你呢？」小蓮問道：「要不要也來一點兒。」

「也好！」

於是小蓮興匆匆地熱了粥，又覓了幾樣粥菜，讓小丫頭端到自己屋子裡，然後來邀春雨一起消夜。

這是盡釋前嫌的明證，春雨也落得籠絡；將小丫頭都打發去睡了，兩人啜著粥閒談，又談到了朱實身上。

「你看到沒有，」小蓮低聲問說，「碧文對朱五爺好像很有意思呢！」

「這也不是甚麼新聞。」春雨順口回答，話一說出來，深為懊惱，自覺太輕率了。

小蓮當然不會輕易放過，立即眼中發亮，深感興趣地問：「原來早就這樣子了！你看，我多懵懂，到現在才知道。你說給我聽聽，是怎麼回事？」

春雨心想，小蓮最好奇，一定會去打聽這件事，說不定就會惹是非，壞了碧文的好事；倒不如索性明說，取得她的合作，反比較妥當。

「有件事，到現在還只有錦兒、秋月知道，連碧文自己都還在鼓裡。如今我跟你說了，當然也要你幫著出出主意。」

「那還用說？我有好主意，一定會告訴你。」

於是春雨將如何發現碧文對朱實未免有情、如何跟錦兒都替碧文委屈，打算為她作媒，以及如何替碧文打算、如何要看朱實教得好不好，再作道理等等，都告訴了小蓮。

「剛才我們跟秋月談的，也是這件事。芹官倒是服朱五爺，看來這位老師是請對了。不過教得好不好，還要看將來四老爺怎麼說？」春雨緊接著又表示了她的憂慮，「四老爺為人古板，只怕對朱五爺跟芹官彷彿叔姪兄弟似地，又親熱，又隨和，心裡不以為然。那一來，好事就多磨了！」

小蓮靜靜地聽完，先不作聲，只連著看了春雨兩眼，神情異樣，令人不解。

「怎麼？」春雨問說，「你好像另外有甚麼看法似地。」

「不是我另外有甚麼看法，我是不明白，你們只替碧文打算，有沒有想過，朱五爺本人願意不願意？」

「怎麼會不願意？」春雨振振有詞地，「碧文哪一點配不上他？」

「不在乎配不配，要問願不願。俗語說得好：『麻油拌青菜，如人心裡愛。』如果不喜歡，再配也沒用。」

「你怎麼知道朱五爺不喜歡碧文？」

「我知道朱五爺喜歡另外一個人。」

「那倒奇了！你怎麼知道的？」春雨大為困惑，「你說那個人是誰？」

「你！」

就這一個字，頗教春雨心頭似小鹿亂撞，滿臉通紅，結結巴巴地說：「你不會看錯了吧？」

小蓮此時很冷靜，看她的神情，聽她的這一聲問，便知春雨並不以為她的話是無根之談。因而反問她說：「莫非你自己一點都不覺得？」

這話讓春雨很難回答，同時也不願立即回答，此刻她要回憶的，也是重新去體認的，是有兩三次看到朱實的眼色，究竟是自己無端疑惑，還是真有深意？

但不用細想，也可以明白，連小蓮都看出來了，可知絕非自己瞎疑心。不過，話雖如此，還須印證，當即答說：「我並不怎麼覺得。你倒說給我聽聽，你是從哪裡看出來的？」

「太多了！只要你在他面前，他的眼珠總是跟著你的身子轉的。」

「那是你自己心裡在這麼想——」

「是的。」小蓮搶著說道：「我先也不相信，總以為我自己看錯了。可是到行酒令的時候，我看清楚了，我知道我並沒有看錯。」

這句話說得春雨啞口無言，不能不相信。小蓮言之有據；「你是指甚麼紅花、白花的那一句？」她不知不覺的問。

「是不是，你自己都知道的。」

「我也不能相信！」春雨使勁地搖搖頭，「他不該打這個主意。」

「該不該是另外一回事。」小蓮說道：「總之，他現在的一片心思是在你身上。」

春雨驀地裡想到，現在不是爭辯小蓮的看法錯與不錯的時候，最要緊的是這件事不能揭開。

「小蓮，」她神色懍然地，「這話你千萬擱在肚子裡！千萬不能讓芹官知道。」

小蓮點點頭，「當然，」她說，「我識得輕重。」

這一夜，春雨與小蓮都輾轉反側，不安於枕，縈繞在心頭的是同一件事，思慮的方向卻大相逕庭，心境自亦判然有別。小蓮彷彿從一片雲山霧沼中，發現有一道炫目的光亮，指引著出路，方寸之中，充滿著興奮與憧憬。

她一直有個想法，春雨與芹官在年齡上的差別，將隨著歲月之逝而越來越明顯，春雨終將會痛苦地發現，她要成為「芹二爺」的偏房，是個妄想。小蓮始終認為自己的條件要比春雨好得多，但「芹二爺」偏房的那道門，春雨雖進不去，卻一直把守在那裡，很難使她讓開，而且最近發現，她也沒有讓開的意思。如果能假手另一個人，強擁之而去，那道門不就為自己敞開了？

這個人現在出現了！小蓮心裡在想，其實，這個人的出現，並不是件壞事。倘或春雨能夠及早發現，「那道門」是注定了為她所進不去的，她就會覺得，由她來取代碧文，實在是最聰明的做法。只是，怎麼樣才能讓春雨解得此中消息？是不是應該有個人去提醒她？若說應該，這個人是誰？

疑問一個接一個，越想得多，越覺得事有可為，但也越記得當初春雨跟她說過的那幾句話，於是，疑問只剩下一個了。

至少，在眼前就只有這樣一個疑問；她清清楚楚地記得春雨跟她說過的話：「他很喜歡你，你的年齡也還配，你總有個打算吧？」又說：「我是真心想促成你們的好事。」如今要考究的是，到底春雨是不是真心呢？如果她確是真心，自己也不妨報以真心，勸她不必為碧文費心，倒是應該為自己打算。

在春雨，卻全然不曾料到小蓮為她失眠通宵。事實上是她根本沒有想到小蓮，只想到小蓮的發現，朱實借行酒令的機會，想跟她一起喝酒，以及當時四目相接時，所予她的感受，確確實實證明了小蓮的發現，確有其事。然則，應該如何料理這一縷無端飄來的情絲？

但是，她竟一時無法靜下心來細作思量。回想幾次跟朱實見面的經過，他的視線似乎總跟著她的身子在轉，當時不覺有異，此刻搜索記憶，不能不承認小蓮的話，非無根據。她實在沒有想到，朱實會這樣對她一見傾心。這使得她很煩惱，但煩惱之中，似乎也有一些堪供回味的東西。這就使得她無法拋開煩惱了。

第十一章

「春雨姐姐、春雨姐姐！」朦朧中她聽得有人在喊；同時發覺有人在推她的身子，睜開眼來，只覺光亮刺目，不由得大驚失色。

「這是甚麼時候？」她驀地裡坐起身子，滿心煩躁地問。

「自鳴鐘剛打過九點。」

「這麼晚了？你們怎麼不叫醒我？」

「叫你叫不醒。」新來不久的小丫頭三多答說：「剛不久，老太太打發人來，要你去一趟，那時我就來叫過。」

聽這一說，春雨越發驚出一身冷汗；「甚麼時候來叫的？既然老太太來叫，你們怎麼樣也要把我弄醒！」她越說越著急，匆匆忙忙掀被下床，一迭連聲地說：「快替我打盆洗臉水來。」

「不用急！小蓮姐姐去了，那時她也剛起來。」

壞了！春雨兩手扶著梳妝台，軟弱地坐了下來，心亂如麻，不知自己心裡是何滋味？多少天以來，自己步步小心，好不容易在曹老太太面前，留下了一個謹慎小心，一步不錯的印象，如今完了！尤其是將昨晚上那件事連在一起想，曹老太太不但會覺得她靠不住，還會在心裡痛恨她荒唐。

春雨傷心得幾乎要掉眼淚，尤其使她痛心的是，偏偏小蓮占了頭籌，據三多說，她也不過剛起來，誰知道恰好就趕上了。這一點，怎麼樣也不能令人甘心。

可是，事已如此，徒悔何益？她強自克制著去想眼前該幹甚麼？首先想到芹官，是甚麼時候上的書房？

「還是照平常的時刻。」三多答道：「那時你們都睡著，我要去叫，芹官不許，說讓她們多睡一會。」

「那麼，是誰伺候他洗臉、穿衣服、吃早飯的呢？」

「是我。」

「是你！」春雨既驚且怒，順手一掌，摑在三多臉上，「你叫甚麼三多？你就是一多，要多不要臉，有多不要臉！我問你，你剛來的時候，有沒有人教過你規矩？」

這話將捂著臉含著眼淚的三多，問得心驚肉跳。原來曹家下人的等級，分得極嚴，小丫頭不奉呼喚，到不了主人面前；就到了主人面前，不該她做的事，也不准胡亂插手。像這種貼身伺候主人的差使，更所不許。三多也不是不懂這些規矩，只是不知道規矩如此厲害，一時輕心，不道有如此嚴重的後果。

但是，她也有委屈，結結巴巴地申辯：「我是因為芹官那麼說，也是想讓兩位姐姐多睡一會——」

「住嘴！」春雨喝道，「你還強辯，你別脂油蒙了心，以為瞎巴結可以巴結出甚麼好處來！

你也不去照照鏡子，問問你自己是甚麼東西？我們倆就睡死了，也輪不到你去伺候主子。」

她看到三多染得鮮紅的嘴脣，便又說道：「你過來！」

她越是這麼說，三多越往後縮，用發抖的聲音告饒：「春雨姐姐，我錯了！下次再不敢！」

「你過來！」春雨將聲音放緩和了，「我不打你。」

春雨平時不比小蓮那樣，動輒叱斥；三多信了她的話，居然到了她面前，春雨湊過臉去，使勁嗅了兩下，勃然變色了。

「我問你，你嘴脣上塗的胭脂，是哪裡來的？」

「是小蓮姐姐給我的。」

是小蓮的東西不假；那是她自己特為調製，不但色澤鮮豔，加的香料也不同。春雨就是發現了這一點，才要進一步探究。不過，這也不能證明三多不是在撒謊。

「她甚麼時候給你的？」

「好多天了。」三多的聲音比較正常了，「不信，問小蓮姐姐。」

看來她不是私下偷用的，可是，春雨還有疑問：「既然已經好多天了，怎麼平常從沒有見你用過？」

聽得這一問，三多面色如死，知道無意中闖了大禍，但不能不硬著頭皮回答：「是芹官問我，你嘴上怎麼一點血色都沒有？是不是有病？我就想起小蓮姐姐給我的胭脂——」她無法再說得下去。

「噢！你就趕緊去抹上胭脂，好等著給人看。是不是？」

三多不敢再作聲，春雨也沒有功夫再多問，反正事情是很明白了，如何處置，回頭再作道理，此刻心已懸在萱榮堂那一面，覺得不能再耽誤了。

「你先下去！自己好好去想一想，待會我再問你。」

說完，匆匆漱洗，趕往萱榮堂，一路走，一路思量，為何睡到這麼晚才起身？這一層必得有個理由交代。

這個理由很難找。不過有一點她是認識得很清楚的，如果沒有說得過去的理由，倒不如老實認錯，切忌花言巧語的矯飾。

因為已存著預備認錯的打算，心裡就比較平靜了，不過一進入萱榮堂，臉上的表情總不免不大自然，倒像做了甚麼虧心事，見了人先就心虛了。

「你怎麼這時候才來？」秋月正好在廊上，迎上來低聲問道：「大家都在詫異，老太太還當你病了呢，要打發人去看你。」

「病倒沒有病，不過到天亮才睡著。」

「怎麼啦？就為的昨晚上鬧酒那件事放不下心？」

「正是！」春雨被提醒了，心頭一喜，順勢承認，「就為的這個。」接著又問：「老太太怎麼說？不會責備吧？」

「這也不是責備的事。」

春雨不懂她這句話的意思，也沒有機會再問。進了曹老太太起坐的那間屋子一看，馬夫人也在，小蓮站在一邊，臉上一絲笑容都沒有。

見此光景，春雨格外加了幾分小心，一一請過了安，靜等發問。

「我以為你病了呢！」曹老太太說，「今天早晨，秋月才告訴我，你們那裡昨晚上好熱鬧。是怎麼起的頭呢？」

春雨心想，話倒不難回答，不過要跟小蓮的說法相符，因而先這樣答說：「莫非小蓮還沒有跟老太太回？」

「說是朱先生喜歡那麼辦，你們就依了他了。人家是性情隨和，有那麼一句話，也盡夠抬舉你們了。你們可不能不懂規矩！」

聽得話風如此，春雨正好將想停當的話說了出來，「老太太責備得是！我就是為這件事做錯了，一夜都睡不著。」她停了一下說：「當時我想攔住，話還沒有出口，芹官就說恭敬不如從命，照先生的意思辦。看他們老師、學生一團高興，想攔也攔不住。後來是何大叔出的主意，我們下人在下面另擺一桌陪先生。」

「這也罷了！不過傳出去不好聽。」

「下回，」馬夫人接著曹老太太的話說：「可再不能這樣子沒規矩了。」

「是！」春雨很恭敬地答應著，看她們的臉色皆已緩和，心裡一塊石頭落地，知道風波過去了。

「老何不該在裡面起鬨。」曹老太太又說，「這件事若說該派誰的不是，第一個就得數老何，真得說他幾句。」

「是！」馬夫人很委婉地說：「老太太要數落他幾句，他自然口服心服。不過，這件事傳到書房裡，先生的面子上不大好看。」

「這話倒也是！便宜了老何。不然，我要說他幾句，看他的老臉往哪裡擱？」

正說到這裡，外面在喊：「震二奶奶來了！」

接著，門簾掀處，震二奶奶一進來，便就笑著問道：「老太太的氣消了吧？」

「早就消了！」秋月笑道，「老太太的氣不消，震二奶奶也不會來。」

「你錯了！」震二奶奶半真半假地說，「我要早來了，老太太的氣也消不了。」

「這又是甚麼道理？」曹老太太接口問道：「你倒說給我聽聽！讓太太評一評，說得沒有道理，可要罰。」

「老太太又要罰我了！既然如此，我可得先問一問，是怎麼個罰法？」震二奶奶故意一本正經地說：「如果罰得不重，乾脆我就認了吧，省得老太太還為怎麼安上我一個罪名淘神。」

這時裡裡外外，聲息全無，耳目所注，都在震二奶奶身上。因為只要震二奶奶跟曹老太太抬槓，或者曹老太太要跟震二奶奶打賭，必有些新鮮花樣出現，所以都興味盎然地等著看。

「老太太這兩天念叨著棲霞山的紅葉呢！」秋月代為出主意，「震二奶奶若是輸了東道，就請逛棲霞山，看紅葉好了。」

「使得！」震二奶奶問道：「若是我贏了呢？」

「自然照樣。」

「好！那我就說個道理，請太太評一評，通不通？一早起來，說老太太為了昨兒芹官請老師，不分上下，坐在一桌上喝酒行令，要按家法處置。我可怎麼處置？不說老何是爺爺手裡的人，就老太太還得念他幾十年辛苦，格外賞個面子，我怎麼能跟他認真？即便是碧文，伺候書房有功；春雨、小蓮為請客也忙了好一陣子，偶爾越了規矩，也不能不寬恕她們一個頭一遭。而況，其中還礙著朱先生的面子。這件事直教不能辦！」

「不能辦，」馬夫人說，「你可也得來跟老太太說啊！」

「太太有所不知，就是不能來說。一說是駁老太太回，豈不是氣上加氣，越發非辦不可。真的辦了呢，老太太回頭又懊悔，說是芹官面上的事，而況也不是甚麼了不起的沒規矩，告訴他們下回不可，也就是了。這一懊悔不打緊，我可又落了不是了。」

「何以見得？」

「太太倒想，老太太自覺做錯了一件事，除了怪自己，還該怪誰？怪我。老太太會把我叫了來說：我是想逛棲霞山又捨不得花錢，心裡不痛快，所以一早起來發『被頭風』——」

一語未畢，哄堂大笑。震二奶奶卻繃著臉，毫無表情，直待笑聲略停，方又說了下去。

「老太太會說：大家都說你孝順，你的孝心哪兒去了？若是有孝心，就該仰體親心，去仔細想想，這回必有緣故，想通了就該不理我這一段兒，趕緊拿錢給棲霞寺的和尚，備辦上等素席，邀客傳轎，陪我去逛棲霞山才是。如果你也捨不得花錢請客，盡可以躲在一邊兒不理，我的氣自然也就消了。怎麼反倒來惹我生氣？莫非你就不知道，只有你請客，才治得了我的被頭風嗎？」

大家是早都想笑了，憋著一口氣，等她說完，無不縱聲大笑。

震二奶奶卻有不為自己所搖的定力，依舊聲色不動地加了一句：「請太太評評，可不是我要早來了，老太太必是至今氣還不消？」

「東道算是你贏了，不過你贏了還是輸了。」

「這又是甚麼道理？」

「這個道理還不明白？」曹老太太學著震二奶奶的話說：「莫非你就不知道，只有你請客，才治得了我的被頭風？」

這一說大家又笑，震二奶奶卻跺一跺腳說：「糟了！又讓老太太捉住了我的漏洞。」

「真是！」馬夫人說，「你再精明，莫想強得過老太太去。」

「好了！沒話說了。」秋月推一推曹老太太說：「老太太挑日子，約陪客吧！」

「這日子很難挑。」曹老太太說，「若非降了霜，楓葉不紅；要楓葉紅透了，天氣可又太涼了。」

「老太太，」震二奶奶立即接口，「我有個法子，讓你老人家看了棲霞山紅透了的楓葉，可又不會受涼。你老人家看如何？」

「我先得聽聽你是甚麼法子？」曹老太太笑道：「你過幾天，叫人到棲霞山去摘幾片紅葉來，莫非也算我看過了？」

「對了！」大家都附和著說，「這個法子不算。」

震二奶奶微笑不語，彷彿莫測高深似地。秋月便催著她說：「震二奶奶，你倒是開口啊！」

「你好不曉事！」她卻又板著臉，裝得老羞成怒地，「除了這個法子，哪裡還有別的法子？」

於是曹老太太又被逗笑了，「你呀！」她半真半假地，「再別在我面前逞能，你的算計我全知道。」

「我哪敢算計老太太？不過到了那天，我得在棲霞寺好好燒一炷香。」

「幹甚麼？」秋月問說。

「求菩薩保佑老太太——」震二奶奶搖搖頭：「不說了，說了就不靈了。」

「你不說我也知道，求菩薩保佑我少發兩回被頭風，是不是？」

這回是震二奶奶領著頭笑。笑停了商量逛棲霞山的事，選到日子，大家都說越近越好，因為秋深寒重，山風甚烈，究於老年人不宜。

「這日子也由不得我們挑。」曹老太太問說：「春雨呢？」

「在這裡！」春雨從馬夫人身後閃了出來。

「你知道不知道，朱先生一個月當中，哪幾天回家？」

「倒沒有聽說。」春雨請示，「是不是讓碧文去問一問。」

「不用問了！」震二奶奶搖搖手說：「老太太是看哪一天朱先生回家，就那一天逛棲霞山，好帶著芹官一起去。其實用不著這麼麻煩。老太太定了哪一天，跟朱先生說，放芹官一天假就是。」

「這不好！還是湊朱先生的便比較妥當。」

春雨看馬夫人與震二奶奶都沒有話，才答一聲：「是！」接著又說，「我馬上就讓碧文去問。」

曹老太太點點頭說：「也好。」

於是，春雨與匆匆地來到了迎紫軒。老遠碧文就迎了上來，神色略有些張皇，「沒事吧？」

她問。

春雨一時不明所以，「甚麼沒有事？」她愕然反問。

「說為了昨晚上的事，老太太很生氣，找震二奶奶要家法處置，震二奶奶是有意躲著不肯上去。她跟人說：都是有頭有臉的人，叫我怎麼處置？是能打還是罵？最多罰個半個月的月例銀子，無傷大雅。不如讓老太太等得不耐煩了，把春雨她們叫了去罵一頓，不就沒事了？」

春雨這才知道，原來震二奶奶不懷好意。想想她當面哄得曹老太太笑得合不攏嘴的情形，不由得脫口說了句：「真是笑面老虎！」

「說來話長，回頭細細告訴你。此刻總算沒事。」

「喔，」碧文又問，「那麼你來甚麼事呢？」

「老太太讓你問一問先生，哪天回去看師母？老太太好帶著芹官去逛棲霞山。」

聽這一說，碧文才真的相信沒事了，不然不會有此遊山之興。便點頭說：「我們一起去。」

春雨要遠避朱實，答一句：「不必了！我在這裡等。」

等不多久，就有了回音，朱實的意思是，曹老太太決定哪天去逛棲霞山，他先一日回家，第二天放芹棠兄弟的假。

「震二奶奶也是這麼說，不過老太太說還是要湊先生的便，來得妥當。勞駕你再走一趟吧！」

結果朱實仍持原意，他說，遊山要看天氣，如果他在家的那天，恰逢下雨，可又怎麼辦？

「話倒是挺有道理的。你就這麼跟老太太去說吧。」

「只好這樣了。」春雨問道：「你甚麼時候到我那裡去？」

「等開過飯我就去。」

「好吧！我等你。」說完，春雨回萱榮堂去覆命。

於是將日子定了下來，又定陪著一起去逛山的人，馬夫人、震二奶奶、芹官同行，自不待言；棠官是曹老太太自己交代的，也在名單之內。不過季姨娘卻向隅了。

「把鄒姨娘也找上，留季姨娘看家。」震二奶奶又說，「不過碧文不能不帶。伺候書房，辛苦有分；到哪兒玩，就沒有她的分，似乎說不過去。」

「人也不必多帶，只要夠使喚就行。」曹老太太又說：「如今不比當年了，人太多顯得招搖。」

因為這句話，春雨跟小蓮兩人之中，只能去一個。春雨知道小蓮愛熱鬧，決定讓她跟了去。不道曹老太太還有話。

「不但人不必多，而且要挑穩重得力的。好亂走亂說話，行動輕狂的，別跟了去。鳳英，好好分派一下子。」

「我知道。」震二奶奶說，「老太太例外，帶幾個都行。秋月自然要去的，另外呢？」

「我也別例外。秋月帶一個小丫頭就是了。」

「那麼你那裡呢？」震二奶奶看著春雨問。

「自然是春雨。」馬夫人接口便說。

「不如讓小蓮——」

「不！」馬夫人不待春雨辭畢就搶著說：「這一陣子我聽好些人說，小蓮愛使小性子，而且一張利口，出言就傷人。」

「是這樣嗎？」曹老太太很注意地，「倘或如此，那還不光是這一趟不能帶她去逛山。」不止於此，還有甚麼呢？自然是將她從雙芝仙館調走。春雨心想，難得天從人願，但不能落個嫌疑，便即說道：「小蓮很能幹——」

「越是能幹，越覺得自己了不起。」馬夫人再一次打斷了她的話，「這件事今天不談吧！過兩天再核計。」

有這句話，春雨不能再多說甚麼。回到雙芝仙館仔細想了一會，覺得自己的那句話沒有能說完，光聽半句，不無落井下石之嫌。為了避免小蓮誤會，應該說在前面，別等她來問。

於是，她招招手將小蓮找來了，低聲說道：「你可得留點兒神，有人在太太面前說你！」

「喔！」小蓮睜大了眼問：「說我甚麼？」

「說你愛使小性子，利口傷人。」春雨又說，「你倒跟錦兒探探口氣看。」

「探甚麼口氣？」小蓮問說：「要攆我？」

「也不是這個意思——」春雨覺得話很難說，有些自悔孟浪了。

小蓮自然要追問：「不是這個意思，是甚麼意思呢？」

春雨發覺自己的語氣過分了些，為了澄清事實，便將馬夫人、震二奶奶的話，照樣說了一遍，幾乎不增不減，一字不差。

小蓮很仔細地聽完，略有些困惑地說：「事情不過才提了個頭，錦兒只怕還不知道，教我怎麼探她的口氣？」

「錦兒遲早會知道，震二奶奶一定要跟她談的。」

「那就等震二奶奶跟她談過了以後再說。這會兒不必心急，不然，倒像是我要求她替我說好話似地。」小蓮接著又說：「反正見怪不怪，其怪自敗。」

聽她的話，知道小蓮動了疑心，以為是她從中在搗鬼。春雨不免懊悔，也很不安。想要辯白，卻又怕話再說錯一句，應了俗語「越描越黑」這句話，誤會更深。

這時小蓮又開口了：「其實，我也知道是誰恨我，在太太面前煽火。」

「是誰？」春雨問說。

「還有誰？季姨娘。」

春雨想了一會，點點頭說：「有點像。她沒事常常到太太那裡去的。太太是看四老爺的面子，跟她比較客氣，這就讓她有了挑撥是非的機會了。」

「哼！」小蓮冷笑，「我倒要看她挑撥得了誰？不過，有一點我倒不明白，她又哪有那麼多謠言能造，總還有人在她面前說我甚麼吧？」

春雨立即想到，只怕她又在疑心碧文了！口雖不言，暗中卻存了戒心。到得午後碧文來訪時，本想邀她到自己屋子裡去聊天的，也改在小蓮常在那裡盤桓的後軒閒坐了。

談不到幾句，小蓮走了來，一見就問：「碧文，你知道不知道，有人在太太面前嚼我的舌頭？」

碧文一愣，不知道她何以突然問這句話，不由得抬頭看了春雨一眼，這下，小蓮可真的動了疑心了。

「我不知道。」碧文答說：「我一年到不了太太那裡兩次，怎麼會知道？」

「我以為你總知道——」

「這也奇了！」碧文本覺小蓮進門就問那句話，過於突兀，微感不快；此時反感更深，脫口質問：「為甚麼硬派我知道？莫非以為我說了甚麼。」

「不是，不是！」春雨急忙排解，「小蓮不是說你。」

「那麼是說誰呢？」

「誰也不說！好了！」春雨揮一揮手，「別談這段兒了。」

「談談要甚麼緊！」小蓮接口說道：「有人想攆我，我可不是那麼讓人欺侮的。好就好，不好我統統把它抖出來，倒看誰還有臉在這裡？」

春雨氣得手足冰冷，只說：「你看，你看！碧文，這麼不講理！」

碧文卻沒有想到，小蓮的「統統抖出來」，也包括她在內，只當是專對春雨而發。她自己的氣倒是消了，卻有抱不平之意，覺得不能不說小蓮幾句。

「小蓮，你太過分了，都是一塊長大的姐妹，何苦破臉？」

小蓮也深悔一時魯莽，漲紅了臉說：「我也沒有說誰，我只是自己跟自己發脾氣。」

「自己發脾氣，不該傷人。你這個脾氣最吃虧。」

小蓮默然無語，淚水盈睫。春雨嘆口氣說：「唉！何苦？」她有許多話，又想追問，又想辯解，又想責備，又想規勸，但因對小蓮傷透了心，覺得甚麼話都是多餘的，最後唯有付之一聲長嘆而已。

碧文也覺得好沒意思，站起身來說：「快放學了，我該走了。」

春雨點點頭，送她出門，兩人都是看也不看小蓮，倒像根本沒有她這個人似地。到此時，小蓮才是痛悔莫及，轉身飛奔回房，倒在床上，淚如泉下。心裡七上八下，不知何以自處，自己恨極了自己，將頰上的肉擰得又青又紫，還是不能解恨。

也不知過了多少時候，聽得芹官回來的聲音，小蓮的心立刻又懸了起來，深怕他問到，會走了來看她，那就不知道該怎麼說了？

屏息靜聽，一時並無聲息。不久，復又聽見芹官的腳步聲，然後是春雨在說：「我要去看秋月，順便送了你去。」

不會進來了！小蓮在心裡說，一顆心暫時得以放下，但卻有一種無可言喻的悵惘，同時亦頗不安，不知道春雨去找秋月是甚麼事？會不會是談下午的那場衝突。

因此，她又多了一份盼望，心情越發苦悶，一直在想芹官跟春雨回來以後，會對她是怎樣的一種態度。

忽然，屋子裡有了腳步聲，只聽三多在叫：「小蓮姐姐，你睡著了不是？」

小蓮心中一動，不妨問問三多，便即答說：「沒有。」

「怎麼不點燈？」說完，三多轉身走了。

不多片刻，一燈熒然，由遠而近；小蓮怕她看到她臉上，尤其怕她看見紅腫的雙眼，便裝做畏光，舉手擋在眼睛上。

三多放下了燈，去到床前問道：「小蓮姐姐，你怎麼不起來吃飯。」

「我不餓！」小蓮用另一隻手將她一拉，「你坐下來。」

三多在床沿上坐下，側著臉來看，訝然問道：「臉上怎麼了，又青又紫的？」

「讓蟲子螫了一口——」

「我替你去拿藥。」

「不要，不要，不要緊的。」小蓮緊接著問，「芹官回來過了？」

「回來添了件衣服，馬上又走了，是到老太太那裡去吃飯。」

「春雨送了他去的？」

「嗯。」

「春雨跟芹官說了些甚麼？」

「沒有說甚麼。」

小蓮不信，「是你沒有聽見，」她問，「還是真的沒有說甚麼？」

「真的沒有說甚麼。她伺候芹官添衣服，讓我拿衣刷子，我就在他們旁邊。」

小蓮覺得春雨的態度有點兒莫測高深，沉吟了一會，想起早晨的事，隨即問說：「她甚麼時候起來的？」

「很晚了。一起來聽說老太太找，急急忙忙就趕了去。」三多記起一早受責之事，不由得就心向小蓮，略想一想問道：「小蓮姐姐，剛才你們在裡面好像在吵嘴。一定是她欺侮你，是不是？」

「也可以這麼說吧！」

「真的？」三多追問著，「她連你都敢欺侮？」

這話有弦外之音，小蓮便即問道：「怎麼？你看她還欺侮了誰？」

「誰？」三多嘟起嘴說：「我！」

「怎麼啦？」小蓮大為關懷，也大感興趣，「她怎麼欺侮你？多早晚的事？」

「就是今兒早晨，她起來以後。你不是給了我一盒子胭脂嗎？就是在那上頭招了她的忌──」

三多將這天上午受春雨所責的經過，添枝加葉，有誇張、有隱藏地說了一遍。

「照這樣說，倒是我害了你。」

「小蓮姐姐，」三多困惑地，「我不懂你的話。」

「如果我不給你胭脂，不就沒事了嗎？」

「哪裡，還是會說我不懂規矩。」三多惴惴然地問：「春雨會不會攆我？」

一聽這個「攆」字，小蓮的怒氣又來了，「甚麼攆不攆的！」她冷笑著說，「誰能攆誰？」

三多不明白她的心情，覺得答非所問，因而又問一聲：「我是說，她會不會告訴管家嬤嬤，或者震二奶奶說我不懂規矩，要把我攆走？」

這卻是很可能的事，小蓮一時無法回答，心裡在替三多設想，要怎麼樣才能免去此厄？

三多倒又開口了：「如果真的要攆我，倒不如我自己識相。」

「怎麼叫自己識相？」

「我自己說，我不在這兒待！省得他們攆我。」

此言入耳，恍如密布的濃雲中，露出一絲陽光，小蓮大有意會，默默地盤算著。

三多見她不作聲，以為懶得再理她了，隨即站起來說：「沒有別的事，我可要去了。」

「不，不！」小蓮一把將她拉住，「你坐著，你的事我來替你想法子。」

「是！」三多欣然答應，重又坐下。

「你到外面去看看，有沒有人？」

這是防著話會洩漏，三多也是心思極靈的人，出去很仔細地查看過，等她再回進來時，小蓮已經起床，坐在暗處。「沒有人。」

「好！你坐這兒，我跟你說。」等三多在她身旁坐下，小蓮接著說：「你的事很好辦，有兩個法子，你自己挑一個，一是你跟春雨賠個不是，說你以後不敢了。」

三多遲疑著，從鼻子發聲，將個「嗯」字拖得很長，顯然的，她是不願意這麼做。

這多少出乎小蓮的意外，因而說法也就不一樣了，「你如果不甘心給她賠不是，以後不斷會有小麻煩。」她說：「你得仔細想一想，頂得住頂不住？」

三多想了想說：「只要我自己小心，別讓她拿住短處，我就不怕她給我找麻煩。」

小蓮暗暗欣喜，居然能有一個人不怕跟春雨作對，因而用很有把握的聲音說：「你只要聽我的話，我包你無事。」

「我自然聽你的。不然，也不會來求你。」

「好！從明天起，你照舊抹胭脂，春雨若問，就說我叫你抹的。」

「是！」三多又說：「不過，我捨不得——」

「不要緊！」小蓮搶著說道：「我再給你。過一天索性連方子都傳授給你。」

「那就行了。」

「沒有甚麼不行的。」小蓮壓低了聲音：「回頭等芹官回來了，如果他不到我這裡來，你得避開春雨，悄悄兒跟他說，我要他來一趟。」

「是。」

「等他來了，我把你的事跟他說，讓他跟春雨說一句『別攆三多』，不就沒事了嗎？」

「是。」三多深深點頭，「我一定把話說到。」

「但是，」小蓮接口說道，「一定要避開春雨。」

「我知道。」三多又說，「我想他回來一定要問的，小蓮怎麼不見？那時候我怎麼說？」

「你——」小蓮答道：「你就說我人不舒服，上床睡了。」

那三多人小鬼大，接受了這個與本身利害亦有密切關係的委託，卻不知如何忠人之事？因為接近芹官的機會雖不難找，但要跟他說話，尤其是避開春雨私下說幾句話，幾乎是絕不可能的事。

一個人左思右想，想出唯一可行的法子是，預先寫好一張紙條，塞給芹官。當然，這是一大冒險，讓春雨發覺了，抓到真贓實據，那就不用再在雙芝仙館待了。不過，她覺得這個險是值得冒的，芹官應該想得到，有事不說，而要悄悄送紙條給他，自然是不足為外人道的事。倘或神色之間再暗示一下，就更能使他警覺了。

於是她裁了一張寸許寬，三、四寸長的白紙條，用眉筆寫了一句話，本想寫個「密」字，只以筆畫記不真切，怕認錯了易招誤會，便畫了一張緊閉的嘴唇示意。

到得二更時分，春雨陪著芹官回來了，三多接過燈籠，吹滅了燭火，掛在壁上，接著進入堂屋，聽候使喚。

「小蓮呢？」芹官問說。

三多猶未答話，春雨已搶著說道：「自然睡下了。她累了一天，你就別再叫她了。」

芹官點點頭，摩著肚子說：「今兒晚上吃得過飽了，熬一壺普洱茶來喝。」

三多心想，喝普洱茶消滯積，自然得有一會功夫才上床，看起來機會很好。於是找一塊普洱茶，在紫銅銚子裡熬開了，傾入磁壺，取個托盤端著。經過後房窗下，從窗紙上發現春雨在換衣服的影子，便加緊幾步，進了芹官的臥室。

芹官正站在書架前面找書。三多便說一句：「普洱茶熬好了。」

「擱在書桌上。」芹官頭也不抬地說。

「要趁熱喝才好。」三多取隻杯子斟茶，將磁壺提得高高地，水聲洋洋，終於將芹官招引過來了。

三多放下磁壺，左手將茶捧了過去，右手將摺成小小一個方勝的紙條，塞到芹官手中；同時向後房努一努嘴，隨即取了托盤，掉頭就走。

芹官一愣，旋即會意，捏著那張字條，先看一看後房門，方打開來看，只見上端畫一張嘴，雙脣緊閉；下面歪歪扭扭寫著五個字：「請去看小蓮。」

這下芹官才想起來，情形是不大對，一天沒有見小蓮的影子。春雨到了萱榮堂，又找秋月悄悄說了好一會功夫，看樣子彷彿出了甚麼事了。

轉念到此，頓覺不安，但三多的意思是很明白的，要去看小蓮也得瞞著春雨，那就只好耐心等待，且找本書，只是視而不見，根本就不知道是本甚麼書。

「該睡了吧？」不知何時，春雨出現在他身邊問說。

「我得消消食。」芹官答說，「你別管我，你歸你去睡。」

於是春雨復回後房。芹官自我克制著，忍了有半個時辰，估量春雨已經入夢，方悄悄起身，放輕足步去推小蓮房門。

房門未閂，小蓮也沒有睡，等他一進去，便有一隻手來握住他，引著他坐下。

「你的手好涼。」芹官急急問說：「出了甚麼事？」

「春雨要攆三多，又打算要攆我。」小蓮的聲音很輕，但很清楚，她說：「我特為請你來說說明白。」

「怎麼回事？春雨怎麼想起來要攆這個，要攆哪個？」

「包裡歸堆一句話，看我們不順眼而已。我無所謂，三多要請你替她作主，別攆她。」

「不會的。必是春雨嚇唬嚇唬她。」

「但願如此。」小蓮緊接著說，「不過，我不管她怎麼樣，只請你答應，一定把三多留在雙芝仙館。這一點，你總能作主吧？」

「當然！為甚麼我不能作主？」

「我這麼說說，並不是說你不能作主。至於我，我是不想再在雙芝仙館待了。」

芹官一驚，「為甚麼？」他說：「好端端地！這是幹麼？」

「她是真的要攆我。」小蓮緊接著說，「你別以為我冤枉她，或者是瞎疑心，我有真憑實據。」

「甚麼真憑實據，莫非她親口說了要攆你？」

「對！也跟親口說差不離了。今兒早上，老太太派人來叫她，她還睡著，我就去了。老太太是問些昨兒晚上的情形，說到一半她來了，我看沒有我的事，悄悄兒先溜了回來。及至等她到家，神色倉皇地跟我說，最好到錦兒那裡探探口氣——」

「探甚麼？」芹官插嘴問說。

「是啊，探甚麼？因為她跟我說，有人在太太面前說我愛使小性子，利口傷人。我就問：是不是要攆我？她吞吞吐吐地，好半天才說清楚，老太太、太太也沒有說要攆我，只說過兩天再核計。事情剛開頭，錦兒都還不知道有這回事，哪裡有甚麼口氣好探？這不明明是她想攆我，裝神弄鬼罷了。」

「這你誤會了。春雨這麼告訴你，要你當點兒心，不能說她有惡意。」

「不見得。尤其是太太說我，那就總有人在太太面前嚼我的舌頭。我先疑心是季姨娘，她也說是。後來越想越不對，季姨娘倒是常去太太那兒獻殷勤，太太瞧四老爺的面子，對她客客氣氣地。可是，太太的見識，莫非就不如震二奶奶？震二奶奶是只要季姨娘一張嘴，就能看到她肚腸根，太太難道她說一句就信一句。太太不是沒有主見的人！」

「你的意思是，春雨在太太面前說你不好？」

「對了！除了她再沒有別人。」

「你這話太武斷了！」芹官大不以為然，「且不說春雨不是那種人，只說這件事好了。她在太太面前說你不好，總有個緣故吧！就算是想攆你，可又為甚麼要攆你呢？」

「你說得不錯。不過，我倒要請問你，今兒早晨，她狠狠一巴掌將三多揍得哭了，那又是為甚麼？」

「有這回事？」芹官大以為異。

「這可是不是瞎說的事！如果你連這個都不信，咱們就沒有好說的了。」

「不，不！我不是不信，我只是要問，春雨為了甚麼打三多？」

「我告訴你吧，第一，老太太派人來找她，她怪三多沒有叫醒她；第二，今兒你起床，我跟她都還睡著，是三多伺候的——」

「那是我不許她叫你們，好讓你們多睡一會兒。」

「三多也是這麼說。如今打你口裡說出來，足見得三多沒有錯。她錯在哪兒呢？錯在你說她嘴脣上沒有血色，她回來把我給她的胭脂抹了一點兒。就為這個，春雨看她不順眼，揍過了還要攆她。總而言之一句話，芹官是她一個人的芹官！那就讓她一個人伺候你好了，我們何必在這兒討她的厭？」

三多的這段經過，倒將芹官說得無話可答，沉吟了好一會才說：「只怕你也言過其實。到底不是甚麼解不開的冤仇，你就看我面上，忍耐一點兒。」

這句話一樣也是說得小蓮無話可答。同時她也很明白，如果吵得芹官不能安心讀書，有理都會變成沒理。

「反正，有我在，絕不會攆你，你放心好了。」

「也不是甚麼放心不放心的事，我也不過表表心跡，說說理。萬一我在這裡待不住了，你別怨我一點不講情分。」

「不會不會！不會有那個『萬一』。」

等芹官悄悄回房，進門一看，大出意外，竟是春雨在燈下支頤獨坐。

「你怎麼睡到半夜裡起來了？」

「我是不放心你的積滯，不知道消了沒有？」春雨一面起身，一面回答。

這個答覆，也是大出芹官意外的！他原以為她是發覺了他在小蓮那裡，特為在這裡坐守？守到了少不得要興問罪之師，難免又有麻煩，誰知竟不是這回事！

這樣轉著念頭，心情自然就輕鬆了。看春雨穿一件紫色寧綢短袖小棉襖，這時正舉起渾圓的雙臂，將紛披的長髮收攏，在頭頂上盤一個髻。由於穿的是緊身襖，手舉頭低，身子扭著；以至於自腰而上，凹凹凸凸，曲折玲瓏，將芹官看得只是發愣。

「你過來！我看你的積滯，是不是消了。」

等他走近了，她面對面地伸手去摸他的小腹，仍是硬鼓鼓，便使勁替他揉了幾下。

這一揉揉出芹官的一股丹田之氣，這股氣不上沖而下貫，癢癢地卻又不癢在皮肉上而癢在心裡。於是，他也一探手，從她衣襟中伸進去摸索。

「別鬧！」春雨問道：「肚子是不是發脹？」

「是啊！脹得很。」

「普洱茶喝得太多之故。」

「不是！喝得不多，而且剛小解過。」

春雨便揿了兩下，點點頭說：「你睡下來，我好好替你揉一揉，下氣一通就不脹了。」

芹官便拉著她的手，到得床前說道：「你到裡床去！今天就睡在這裡，好不好？」

春雨不答，脫鞋上床。等芹官睡了下來，她便跪坐在裡床，替芹官推拿。他哼哼唧唧，只覺得渾身又好過、又難受；不多一會，果然下氣一通，肚腹像是有一塊石板被移去了。

「你哪裡學來的這套功夫？」

「是秋月教我的。」

「啊！對了！秋月常替老太太推拿的。不過，我倒不知道你也會。」

「你不知道的事，可多著呢！」春雨住了手，取起芹官枕邊的一方手絹，去拭額角。

這時芹官才發現她額上已經沁汗，便憐愛地攬住她的肩說：「辛苦了！睡下來息一息。」

「等等！房門還沒有關呢！」

說著，春雨下了床，走到門口，先探頭往外看一看，才輕輕關上，下了插鞘。

「起來！我把床重新鋪一鋪。」

於是芹官起身，自己卸了夾褲與薄棉襖，看床上並頭疊好兩個被筒，便照慣例，占了裡床的被筒，讓著外面的給春雨，好讓她便於臥起。

但春雨卻並不睡下，坐在床沿上問道：「你剛才到哪裡去了？」

還是免不了要興問罪之師，芹官想了一下，閃避地問：「明天再談行不行？」

「不如此刻就說，說開了沒事，一覺睡到天亮。」

看她的神色不算嚴重，芹官便照實回答：「去看小蓮了。」

「怎麼半夜裡會想起來去看她？」

「我聽得她在哼，怕她病了，所以起床去看看她。」芹官覺得自己編造的這個理由，很說得過去，所以語調從容，像真有其事那樣。

「那麼，到底病了沒有呢？」

「有一點點發燒。不打緊！」

「我也知道不打緊。」春雨接口說道：「不然，你還不把大家都吵醒了，替她找藥？」

話中漸漸可以捫得出稜角了，芹官不敢大意，沉著地不作聲。

「你們談了些甚麼？」春雨接著又說：「你最好跟我說實話。瞞著、騙著，誤會越來越深，等到一發作，往往就不可收拾了。」

這倒是非常實在懇切的話，芹官想了一下問：「你今兒早晨，揍了三多？」

「對了！我揍了她一巴掌。她膽子太大，亂作主張，我非這麼嚇她一嚇，她才會記住。」

「怎麼說是膽子太大？」

「老太太來叫我——」

「喔，」芹官打斷她的話說：「你錯怪她了，是我不讓她叫你的。」

「那是在你剛起來的時候。老太太來叫，是以後的事。」春雨緊接著說，「你倒想，老太太來叫，不就是問昨晚上的事嗎？昨晚上那件事，你在高興頭上，又礙著老師的面子，我不便攔；不過事情到底做得不合規矩，回對得不好，老太太責備下來，誰都受不了。這麼要緊的事，讓她耽誤了。你說該打不該打？」

「她可不知道其中有這麼要緊的關係。」

「可是，」春雨立即質問：「你說，中門裡面，除了老太太叫以外，還有甚麼要緊的事？」

芹官語塞，心想三多不知輕重，小蓮應該知道，自告奮勇，代春雨此行，說起來是太輕率了。

「你怎麼問起這話？是小蓮替三多抱不平，告訴你的？」

「倒不是為三多抱不平，她是為三多求情，怕你攆她。」

「這也何用張皇？如果我要攆三多，少不得先要跟你商量？那總不是今晚上的事，何妨留到明天再說。」

「這也是隨便談起來的。」芹官故意把話頭從小蓮身上扯開：「你不會攆三多吧？」

「我不說過了，第一，是嚇嚇她的；第二，如果要攆她，我先得跟你商量。」

「那好！既然是嚇嚇她的，就不用再提了。睡吧！」

「稍等一等！我再問你一句話，小蓮還說了些甚麼？」

這到了圖窮而匕首見的時候了！芹官沉吟著，一直不知道該持何態度？

越是這樣，越惹春雨生疑，她問：「是狠狠告了我一狀？」

「也不是甚麼告狀，她是訴訴委屈。」芹官很吃力地說：「聽說太太要攆她。有這回事沒有？」

「太太沒有明說，是老太太有這麼一種意思。我聽語氣不妙，回來告訴她，讓她到錦兒那裡探探口氣，如果錦兒還不知道，聽她這一說，也就知道了；到得震二奶奶提到這件事，就好替她疏解。」春雨有些激動了，「我是一番好意，誰知『狗咬呂洞賓，不識好人心』；反而疑心我在搗鬼，當著碧文就破口大罵。你說，這不就像瘋了一樣嗎？」

芹官大為驚詫，「原來她還破口大罵！」他隨口加了一句：「真的嗎？」

「放著碧文在那裡，你去問她。」

提到證人，話自不假，芹官往下追問：「她怎麼破口大罵？」

「她罵得出口，我可不好意思學。反正，連你也在內！」

「她說我甚麼？」

「你不會自己去問她！」

「她怎麼會告訴我？」芹官狐疑滿腹，「怎麼會把我也牽涉在內？」

「哼！你的書都讀到哪裡去了？」

「我不懂你的話。」

「那我就說明白一點兒，雙芝仙館若有是非，都是打你身上起的。」

芹官默然，心裡非常難過，自語似地說：「最不願惹是非的人，想不到竟是眾怨所集。」

「你不願意惹是非，莫非我倒願意？可是偏偏找上你來，有甚麼法子？」

芹官心想，照小蓮說來，都是春雨不對；春雨語氣中，卻又表示釁由他人而起。到底孰是孰非呢？

這樣轉著念頭，不由得嘆口氣說：「唉！真是公說公有理，婆說婆有理。」

這一下將春雨惹惱了，「你還說她有理？好，我把她的話學給你聽！」接著，她將當時的情形說了一遍，由於過分激動，口齒不甚清楚，但要緊話只得一句，聽得芹官都色變了。

「你別理她——」

「還教我不理她！」春雨哭著說，「都是你，讓她一抖出來，我還有臉做人？都是教你害的。」

夜深人靜，霜空韻遠，即令是飲泣，聲音也會傳到別院。芹官著急地說：「別哭！別哭！驚動了人，怎麼得了？」

春雨心頭一驚！連帶想到，小蓮如果聽見了，必以為她是在向芹官哭訴，自己豈不理上站不住，絕不能給她這麼一個印象，留下一個話柄。因此很快地將眼淚止住了。

「唉！」芹官又重重嘆口氣，「她就吃虧在『利口傷人』這四個字上頭。」

「哼！」春雨冷笑，「也不算甚麼利口。就好比瘋子，拿把刀不分青紅皂白，亂砍一氣。我可不能像她一樣，真的鬧開來，我的臉皮讓她撕破了，還在其次；傷了你，教我跟老太太、太太怎麼交代？」

芹官將她的話體味了一會，方知她對這件事不會默爾而息，便很關切地問：「你打算怎麼辦呢？」

「我得自己占個地步。」春雨冷冷地答說：「我把前後經過，統統告訴秋月了。」

「怪不得你一直在秋月屋子裡。」芹官越發關心，「秋月怎麼說？她會不會告訴老太太？」

「告訴老太太，不把老太太氣出病來？我想不會。」

「那就一定會告訴震二奶奶。」芹官著實替小蓮擔心，「那一來，事情怕要鬧大了。」語氣中很容易聽得出來，芹官仍有衛護小蓮之意，春雨心裡更不舒服。她忍了又忍，才說了句：「要鬧大了，也沒法子，反正愛鬧事的不是我。」

說著便站起身來。芹官一把將她拉住，「你到哪裡去？」他問。

「我回我自己的床。」春雨又說：「今晚上絕不能睡在這裡，不然，話沒有完，都別睡覺！」

「再稍為坐一會，我還有幾句話問你。」

春雨想了一下，復又坐下來說：「好吧，你就說吧。」

「你看秋月是怎麼個意思呢？」

「我不知道。」

「莫非一點都看不出來？」

春雨是已跟秋月商量好了辦法的，故意不告訴芹官。但看樣子，他怕震二奶奶對此事會有嚴厲處置，也許替小蓮擔心，一夜都睡不著覺，明天哪裡來的精神念書？

這樣一想，決定略略透露，「她不鬧，誰也不願意鬧事。」春雨緊接著又說：「只要她脾氣改一改，也沒有誰要攆她。」

「我來說她，讓她把脾氣改一改。」

「好吧！你跟她說好了。我看，她只聽你的話。」說完，春雨起身就走，一直回到後房，而且將門也關上了。

春雨從未有過這種負氣的樣子，芹官頗為不安，同時恍然大悟，春雨是在拈酸。接著便落入沉思中了，將平時對待小蓮的情形，一樣一樣地回想，是不是有何對小蓮過分親近的情形，落入春雨眼中？或是小蓮意圖親近，自己茫然不覺，而春雨卻在冷眼旁觀？

有事在心，睡不安枕，芹官天剛亮就醒了。他怕驚醒春雨，悄無聲息地下了床，還怕開房門有聲響，決定先臨一遍帖再說。

輕輕拉開窗簾，不道小蓮比他起得更早，親自在掃院子裡的落葉。芹官心想，這不正是勸誡她的好時機？但隨即想到春雨，不免躊躇，萬一她發覺了，豈不更惹她生氣？

靜靜想了一會，有了個主意，轉身去推後房的房門，幸喜未閂，一推而入，走到床前，揭開帳門，只見春雨雙眼灼灼地望著他。

「原來你早就醒了？」芹官故意這麼說：「還早，你再睡一會。」

「醒了，還睡甚麼？」

「那你就起來吧！今早好像有點冷，多穿衣服。」說完，他又回到前房，拔門開門，走到堂屋裡。

小蓮沒有想到他起得這麼早，心頭頓時湧起好些話，但不知說那句話，因而只停了掃帚，望著芹官發愣。

芹官卻須掌握春雨起床著衣這寶貴的片刻，疾趨向前，招招手等小蓮走近了，低聲說道：「看我的分上，你把脾氣改一改。『是非只為多開口，煩惱皆因強出頭』，你只記住這兩句話，我包你沒事。」說完，隨即又轉身由堂屋回到自己臥房。

小蓮格外發愣，不明白何以有此沒頭沒腦的幾句話？想了一會，覺得身上發冷，便丟下掃帚，回到自己屋子裡，披上一件棉襖，捧著三多替她剛沏的熱茶，一面啜飲，一面靜下心來細想。

這一想，自然首先想到宵來隱隱聽見的，春雨的哭聲，再想芹官剛才說的那幾句話，不由得在心頭浮起一個想法：必是春雨不肯善罷甘休，芹官替她說了許多好話，勉強將春雨勸得聽了。不過，春雨一定提了條件，就是要她改一改脾氣。

這樣一面想，一面不斷地有芹官的影子，浮現在腦際；影子由淡而深，最後竟像刻在心版上了，而只是一個背影——在他匆匆將勸她、安慰她的話說完，掉頭就走，唯恐為人發現的那個背影。

這個背影有著太多的情思，她可以想像得到，他是抓住機會，背著春雨來見這一面，說這幾句話；雖然石火電光般一瞬，但守伺這個機會，可能已費了不少功夫。可憐！竟如此為春雨所挾制！她驀地裡覺得心頭酸楚，眼眶發熱，但不知是為芹官，還是為她自己而哭。

這一哭，便又不能見人了；心裡很亂，也不想見人，索性又放下帳門，躲在床上，一切都眼不見為淨了。

但她不能暫時將自己變成聾子，或者拋開一切，聽而不聞。芹官上學，春雨叮嚀，他們的一舉一動，都如目見。等芹官出了門，春雨指揮小丫頭收拾屋子，料理一切瑣務，有條不紊，就像天天做慣了的，根本就察覺不出，少了個小蓮有甚麼不便。同時，她也不問一聲：小蓮呢？怎麼不見她的人影、彷彿雙芝仙館壓根兒就沒有這麼一個人！

小蓮暗暗驚心，知道自己已遭遇了不易打破的困境了。

「小蓮呢？」她終於聽到有人在問，但卻不是春雨的聲音。

「還睡著。」是三多在回答，她緊接著又說：「她人不大舒服。」

「喔，你看看去，如果能起來，讓她到萱榮堂來一趟，秋月有事找她。」

這回小蓮聽出來了，是夏雲的聲音。等三多一進來，她已經起身，先就說道：「我知道了！你替我打盆水來，洗了臉我就去看秋月。」她又問：「春雨呢？」

「到太太那裡去了。」

小蓮不作聲，默默地在想，秋月不會無緣無故來找她；此去是吉是凶，難以逆料。倘或竟是傳老太太的話要攆她，應該持何態度？是訟冤呢，還是求情？或者甚麼都不說，走就走，顯得硬氣些。

以她的性情，很想採取最後的一種態度，但一到發狠要下決心時，就會想到芹官，自然而然地軟下來了。

第十二章

「你要想想，你自己說錯了沒有？幾十年老根兒人家，三代人住在一起，哪一座院子裡都有點兒不能傳出去的話。照你說：好就好，不好你就全都抖了出來。這不簡直就要造反了嗎？」

秋月的聲音很溫和，措詞卻很嚴厲。小蓮不能不辯：「我是一時氣話，哪裡會真的不識輕重。」

「知道你是氣話，所以春雨跟我商量，只勸勸你，不必把你的話往上頭去回。」

「是！」小蓮輕輕答一句：「我錯了。」

「你錯了怎麼樣呢？改過？」

「是的。」

「還有呢？」

小蓮正在將自己的脾氣壓下去，一聽這話壓不住了，揚著臉愕然相問：「還有甚麼？」

「你的話像把刀子一樣，傷了人，總不能沒有一句話吧？」

小蓮緊閉雙脣，細細想了一會，方始開口問道：「是要我給春雨陪個不是？」

秋月點點頭說：「這也是應該的不是？」

「應該是應該，可惜我辦不到。」

秋月勃然變色！小蓮也發覺自己的話說出口來，方知太重。心裡不免失悔，但已晚了！臉上青一陣、紅一陣的秋月，最後臉色變得蒼白，她用強自克制的聲音問說：「你是不是覺得你做錯了事，傷了人是應該的？」

「當然不是。」

「既然如此，為甚麼不願給春雨陪個不是？」

「不是不願，是——」小蓮很吃力地說：「是辦不到。我是心裡的話，要我向春雨說一句：我錯了！從此有個把柄在人家手裡，再也抬不起頭來，那還不如去死。」

秋月頗為動容，深深看了她一眼問：「那麼，甚麼是你辦得到的呢？」

「我走！我躲開春雨。」

秋月不作聲，將杯茶拿起放下，放下拿起，一副舉棋不定的模樣，誰都看得出來。好久，她才問出口來：「你不想在雙芝仙館待，想到哪裡？」

這是小蓮早就想好了的，破釜沉舟的局面已經出現，不容她再瞻顧，所以毫不遲疑地答說：「哪裡都不想，只想求老太太放我回家。」

秋月深深點頭，「我也是這麼想，你在雙芝仙館待過了，自然哪裡都不想再待。再說在雙芝仙館還待不住，哪裡還有你再能待的地方？這件事，我能作三分主。你先回去，我總替你辦成就是。」

聽她這番話，小蓮方知秋月胸有成竹，早就跟春雨計算好了。明知她心高氣傲，不甘向春雨低頭，故意編了一套話來擠她，要擠出她自願求去的話。好厲害、好惡毒的手段！

雖已認輸，心猶未甘，小蓮故意給秋月出個難題，「既然你肯成全我，就請你好人做到底。」她說，「今天就放我走。」

「你家住杭州，今天怎麼來得及？」

「我舅舅在這裡。」

原來小蓮的父親是杭州織造衙門的機戶，她的舅舅叫邵二順，是江寧織造衙門的木匠，小蓮是因為受不了繼母的冷淡，為邵二順接了來住，由於偶然的機緣，成了曹家的下人，既不是所謂「家生女兒」，也沒有寫過賣入曹家為婢，因而可以求去。但曹家待下人一向寬厚，哪怕灶下婢，也不能隨總管一句話，便可進退。像遣走小蓮這樣的人，更須先取得曹老太太，或者馬夫人的允許，連震二奶奶都無權作主。這樣，就絕不是一天半天定奪的事，所以她以此來難秋月。

秋月年長穩重，經得事多，多少也看出小蓮的本心，不過，她卻不會跟她賭氣，你想難我，我偏不讓你難倒！她是另有考慮之處，覺得既然留不住她了，倒不如早走為妙。

於是，她點點頭說：「好！你先回去收拾東西。我來想法子。」

這樣回答，在小蓮略有意外之感，她心裡仍舊認為是可以將秋月難倒的。回到雙芝仙館，一面收拾自己的衣物，一面等候消息。

「怎麼？」三多走來，奇怪地問：「小蓮姐姐，你這是幹甚麼？」

「我要走了。」

三多大驚，「這，這——」她結結巴巴地問：「是怎麼回事？」

「還不就是那回事，她們要攆我，不如我自己識相。我又不是賣給曹家的，她們想似我這樣子要走就走，還辦不到呢！」

那番話既像灑脫，又像不甘，但有一點是真實不虛的，小蓮確是要走了！三多一半是依戀難捨，一半是兔死狐悲，不由得就息率、息率地，在鼻子裡出聲了。

「你別哭！」小蓮急忙輕喝一聲：「我又不回杭州，還是住在我舅舅家，見面也容易得很。」

「喔，」三多止住了眼淚，「小蓮姐姐，你舅舅家住哪兒？」

「也不遠！你到後街上問一聲，織造衙門木工房的邵司務，都知道。」

「好！該當我歇著的日子，我一定去看你。」說著，三多動手去幫忙。

「我自己來！」小蓮攔住她說，「哪些東西是我的，哪些東西不是我的，哪些是借來的，要還人家，只有我自己知道。」

「是！」三多停了一下說：「小蓮姐姐，我總得幫你做點甚麼事才好，不然，我心裡過不去。」

這是出於至誠的話，小蓮很認真地想了一會，突然心中一動，再想一想，方始開口。

「你幫我做一件事，你到書房裡，想法子悄悄兒跟芹官去說，我要走了。」小蓮又說，「有個法子，你找到阿祥，私底下跟他說一聲，讓他去告訴芹官。」

「好！我馬上就去。」

「別莽撞！」小蓮叮囑：「要裝得沒事人兒似的。」

「我知道！我懂。」

到了迎紫軒，找阿祥不見人影，卻為碧文發現了，叫住她問：「三多，你來幹甚麼？」

三多知道，如果鬼鬼祟祟地說不出一個緣故來，必為碧文所呵，而且一定會有所防備；要說理由，也實在無從說起。情急之下，反而觸動靈機，索性實說，或者她倒會傳話給芹官。於是，她大大方方地說：「我來找春雨姐姐，小蓮姐姐要走了。」

碧文一愣，「怎麼回事？」她問，「走到哪裡去？」

「說是要回家了。」

「怎麼會有這種事？」碧文大感困惑。

三多沒有理她的話，只問：「春雨姐姐是不是在這裡？」

「她哪會在這裡？你怎麼會想到上這兒來找？」碧文的話剛完，立即想到，她是自己為自己提醒了，三多怎麼會到這裡來找春雨？莫非是託詞，要找的不是春雨，而是芹官。

因此等三多一走，她隨即也走了，要找到春雨細問究竟。經過震二奶奶的院落，恰好遇見秋月。

「說小蓮要回家了。」她拉住秋月，低聲問說：「誰告訴你的？小蓮自己？」

「不是！三多來找春雨——」接著，她將所聞所思，說了給秋月聽。

「吁！」秋月舒了口氣，「幸虧咱們在這兒遇見。你趕快回書房，務必拿這個消息瞞住芹官，不然準有一場大鬧。」

「這麼說，是真的囉。」

「不錯，小蓮要走了，馬上就走。這會兒沒功夫說，回頭我細細告訴你。」

碧文將秋月的話，多想一想，陡覺雙肩沉重。如果處置不善，讓芹官知道了這回事，一場大鬧，責任全在自己肩上。好在只要應付到放了學，責任便可解除，事情也還不難。

於是一面走，一面想，回到迎紫軒，首先就找到阿祥問道：「你到裡面去過沒有？」

這「裡面」是指雙芝仙館，阿祥答說：「沒有。」

語氣平靜，可以料定他還不知雙芝仙館已起風波，便照路上想好的辦法問道：「我託你辦件事行不行？」

「行！怎麼不行？」阿祥很爽朗地答應，「你說吧！」

「我要買絲線，等著要用。勞你駕到錦記去一趟。」

「錦記」是一家有名的絲線店，位處下關惠民橋，一南一北，來回三十里都不止，阿祥不免有難色，「就在城裡買，不行嗎？」他問。

「只有錦記的絲線不掉色，而且原來用的是錦記的絲線，必得仍舊是錦記，顏色才能一樣。好兄弟，你辛苦一趟，現在就去！」說著，去拿錢給阿祥，當然，另外還給了吃午飯的錢。

這一來，只要守住門口，便不愁會有人跟芹官去通甚麼消息。到得飯後，秋月打發一個小丫頭來將她喚了去，悄悄告訴她說：「小蓮已經走了。」

「到底為了甚麼呢？」碧文問道：「是跟春雨吵嘴？」

「你不是昨天自己瞧見的嗎？跟春雨吵嘴不要緊，不知輕重，胡說八道，會闖大禍。春雨昨天來跟我商量，我說等我來好好勸她一勸，能改過也就罷了。哪知她鬧著要走，又說就在今天一定要走。看這樣子，她是預備大鬧一場，如她自己所說的，不管甚麼，統統把它抖了出來。」秋月停一停，息口氣又說：「我從來沒有敢大包大攬，仗著老太太撐腰，擅自作一回主，這一回可要破例了。跟震二奶奶一說，她也覺得就此讓小蓮走了，反倒乾淨。當時把她舅舅找了來，賞了五十兩銀子，把小蓮領走了。」說完，長長地舒了口氣，是如釋重負的神情。

「她走的時候怎麼樣？」碧文問道：「哭了沒有？」

「沒有！小蓮的脾氣你知道的，有眼淚也不會當著人掉。」

「她就是這個脾氣吃虧。」碧文又說：「不過人是能幹的。她這一走，春雨可要累著一點兒了。」

「我正就是為這件事，找你來商量。」秋月問道：「你在季姨娘那裡也出不了頭，不知道你願意不願意到這裡來？」

「到——」碧文遲疑地問道：「到這裡來？」

「對了！伺候老太太，跟我們作個伴。」

一聽這話，碧文又驚又喜，但轉念又覺得是件辦不到的事，姑且先問明白了再說。

「怎麼回事，你先跟我說一說。」

原來秋月為春雨著想，要找個人替補小蓮，但震二奶奶已立下規矩，各房下人，准減不准加，只有曹老太太是例外。她就是想利用這個特例，使一條移花接木之計。

「各房雖不許添人，可是老太太要把自己的人撥一個到雙芝仙館，誰也不能說話，我在想，這件事要分兩截來辦，現在把冬雪撥到雙芝仙館，補小蓮的缺；過一陣子說老太太這兒還是不能缺一個人，把你調了過來，兼值書房，另外替季姨娘找一個人，這一來不就面面俱到了嗎？」

秋月的設計很巧妙，但關鍵還在季姨娘，是不是肯放碧文。其中的關鍵，又分兩種，一種是事實上的，譬如她少不得碧文；再有一種是心理上的，認為不挑別人的丫頭，偏挑她的，是不是覺得她好欺侮？倘或存著這個念頭，一定又會起風波。

「這不算欺侮她。」秋月聽了碧文的這番道理，回答她說：「說起來還是照應她。因為你現在兼值書房，在她那裡只算半個；現在給她一個整的，不是照應她嗎？」

「這話倒也勉強說得過。」

「盡說得過去了，只看你的意思。」

碧文卻是著實講情分的人，對季姨娘只是可憐，覺得應該多幫助她些；另外對棠官，卻如自己胞弟一般，心裡很捨不下。只是這些話說出來怕人笑她太傻，所以必須另找一個理由。想來想去只有一個說法，可作為辭謝的藉口，她說：「你是為我好，我很感激。不過，季姨娘那裡如果沒有人，我也難以脫身。」

「怎麼會沒有人？」

「怎麼會有人？你倒想，誰肯到她那裡去？」

這一下說得秋月愣住了，細細想去，確是如此。「水往低處流，人往高處爬」，下人的身分，要看主子；季姨娘不算曹家的正主兒，再好的人品，跟著她也矮了半截。何況季姨娘脾氣乖張，欺弱怕硬、不識好歹是出了名的，除了碧文，只怕誰也拿她沒辦法。就算是碧文這樣能制得住季姨娘的，一個月也難免有一兩場氣生；隔個三、五個月，總還要氣得哭一場。

「事緩則圓，不妨先把冬雪調過去。反正老太太這裡有你在，就一時不添人也不要緊。我的事慢慢再說吧。」

「那也好。」秋月無可奈何地。

「多謝你關顧。」碧文起身說道：「我可得趕緊回去，快放學了。」

快放學了，本來與碧文無關；只以估量阿祥還未回來，要送芹官回去，得有人照料。所以到了迎紫軒，在書房門口等著芹官，等他一出來，先就作了說明。

「芹官，我送你回去。」她說，「阿祥還沒有回來，我託他買絲線去了。」

「喔，你儘管使喚他。你也不必送，我自己會走回去。」

話雖如此，碧文還是不放心，找到爵祿，託他送芹官到中門，心裡在想：「芹官這一回去，發現小蓮走了，不知道會怎麼樣？」

這不僅是碧文關懷，更是春雨所擔心的一件事。她一直有個念頭在胸中盤旋：他問起小蓮，該怎麼說？

這個念頭一直到午後才轉定，而且決定不等芹官來問，先就告訴他。

哪知一見了面，不容她有開口的機會，「老師要看我寫的字。」他對春雨說，「你把我這半個月臨的帖，檢齊了交爵祿帶去。」

等春雨檢齊了拿出來，已不見芹官的蹤跡，心知不妙，將東西交代了爵祿，急急趕到小蓮屋子裡，只見芹官對著小蓮的床在發愣。

床當然是空的，帳子已卸，褥子捲了起來，放在棕棚中央，看上去別有股淒涼意味。

「小蓮呢？」芹官問說，聲音中充滿了驚恐。

「她走了。」

聽得這三個字，芹官顏色大變，接著便哭了出來，「到底把她攆走了！」他重重頓足，「你為甚麼容她不下？你告訴我，你告訴我啊！為甚麼容她不下？」

春雨又委屈、又著急，想答他一句：沒有人容她不下，她自己要走的——事實上也是如此，秋月原意是勸一勸她，不想把話說僵了，逼得秋月非即時處置不可。這話是有見證的；芹官的誤會，即不能完全消失，卻不致誤解只有她一個人跟小蓮作對。但這樣一說，即時牽涉到秋月，萬萬不可。因此，她緊咬著嘴脣，硬將眼眶中的兩滴淚水忍住了。

流淚眼看流淚眼，芹官的心軟了一下，憤恨立即逸去了大半，揩一揩眼淚問：「她到底怎麼走的呢？」

「我哪裡知道？等你上了學，我到太太那裡，那時候小蓮還沒有起來。太太一直留著我說話，到將近中午，小丫頭來說：小蓮要走了！等我趕回來一看，」春雨指著床說：「就是你現在看見的這樣子。」

「那麼到底到哪裡去了呢？」

「交給她舅舅邵二順領走了。」春雨緊接著說，「她也不知道怎麼想來的，跟秋月說，非走不可，而且馬上就得走。秋月再三勸她，她就像吃了秤鉈似地，鐵了心了。秋月沒法子，跟震二奶奶去商量，說留得住她的人，留不住她的心，讓她走了吧。叫了她舅舅來，賞了五十兩銀子，把她領走了。」

「這，小蓮是為甚麼呢？說走就走，並馬上就走，她就狠得下這個心來？」

春雨不願也不必答他這句話，自己抽出腋下的手絹，擦一擦眼淚，回頭看到窗外的小丫頭，便即吩咐：「去絞把熱手巾來給芹官。」

芹官卻拿衣袖拭一拭眼，默默地走了出去。回到自己書房，在書桌前面的椅子上坐下，雙眼直勾勾地望著窗外，不知在想甚麼？

等春雨跟了進來，三多已絞了個熱手巾捲來，拿一個遞給春雨，將另一個抖開來，遞給芹官。等他轉頭時，她深深看了他一眼，很快地將頭低了下去。

芹官驀地裡會意，小蓮待三多不壞；昨天的那場風波也是從三多身上引起來的，到底是小蓮自己求去，還是讓秋月、春雨攆走的，問三多一定能知真相？如果是小蓮自己堅決求去，又為的是甚麼？想來三多總也知道。

這樣想著，不由得轉臉去看春雨——這一看看壞了。「拿著手巾不擦臉，看我幹甚麼？」她這樣在心裡一生疑問，隨就想到了三多。

當下聲色不動，等三多走了，她在靠門的一張方凳上坐了下來，幽幽地嘆口氣：「家和萬事興，成天無緣無故尋事，我就知道遲早要出婁子！」

「凡事總有個緣故吧？又不是瘋了，為甚麼非走不可。」

「誰知道呢？她的脾氣你又不是不知道，寧折不彎，必是跟秋月不知怎麼在言語上碰僵了；下不得台，才落得這麼一個結果。」

「這可奇怪了！秋月是從不肯拿言語傷人的。」

「我也奇怪。不過，有一點是很明白，她不說要走，秋月絕不會攆她走，秋月也沒有這個權柄。她不說今天非走不可，秋月也不會去找震二奶奶。」

「是啊！」芹官愈感困惑，站起身來走了兩步，突然回身說道：「你昨晚上跟秋月是怎麼商量的？」

看他的神氣，春雨已提高了警覺，聽「商量」二字，便知他起了疑心，當即正色答說：「不是甚麼『商量』！莫非我還跟秋月商量好了攆她？我只是跟秋月訴訴苦，說小蓮這樣子下去，萬一說了甚麼不能說的話，鬧出風波來，我受委屈是其次，芹官說不定又會挨打，也在其次，最怕四老爺跟老太太又生意見。老太太這兩年筋骨也不如往年，萬一氣惱成病，怎麼得了？秋月就說：等我來勸她。就是這麼一回事，哪裡有甚麼商量不商量？」

提到祖母，芹官的想法就大不相同了。在曹家，只要說是老太太的意思，怎麼樣也要做到；只要為了老太太，甚麼委屈也得忍受。尤其是芹官，若是祖母稍有不愉之色，他就會憂心如擣，所以避免讓曹老太太生氣，實際上也就是為他自己解憂。

這一來就再也不必談誰攆誰了。芹官拋開過去，只想未來，「她走的時候，說了甚麼沒有？」他問。

「我不知道。我又不在這裡？」

「你倒也不問一問三多她們？」

「問她們幹甚麼？」春雨答說，「小蓮脾氣雖僵，事情輕重是識得的；即便有甚麼牢騷，也不會跟她們去發。」

「我問你，」芹官突然想到，先問一問清楚，「你是說小蓮不在這裡了這件事，根本就不讓老太太知道？」

「是。」

「這就是說，老太太只以為小蓮仍在雙芝仙館？」

「可以這麼說。」

「那麼，小蓮若是悔過了，願意回來，仍舊可以回來？」

不想芹官到此刻還不死心！春雨心頭一懍，想了一下答說：「這我可不敢說了。事情也由不得我們作主，起碼要震二奶奶點頭。不過，國有國法，家有家規，若說做下人的，要走就走，要來就來，也沒有那麼方便。」

「這——」

「還有一層，」春雨不容他將話出口，搶著說道：「譬如有人去求一求震二奶奶，卻不過情面，說是好吧，讓她回來吧！可是小蓮呢，以她的脾氣肯回來嗎？如果不肯回來，震二奶奶的臉面往哪裡擱？人背後說一句：震二奶奶神氣甚麼？她求人家回來，人家還懶得理她呢！你倒想，以後她這個家怎麼當？求她讓小蓮回來的人，不就害苦了她了嗎？」

這番話將芹官說得倒抽一口冷氣。心裡在想，這件事只怕難以挽回了。就算小蓮肯回來，震二奶奶也願意「高抬貴手」，但勢必又歸結到秋月當初所勸小蓮的話，要她從此改過。小蓮又豈能回過頭來低頭？

她將他的心理摸透了，但也只限於此一刻，事後思量，芹官覺得要讓小蓮回來，亦非全無指望之事，不過對於小蓮，自己應該有兩項把握，一項是確知她出去以後，不曾將應該保守的祕密洩漏出去；再一項是她自己願意回來，而且願意接受秋月的勸告。

他也想過，想有這兩項把握，所望過奢。但不試一試，總覺餘憾莫釋，尤其是她臨走之際，竟不能見一面，不知她心裡究竟是何想法，是件怎麼樣也不能甘心的事。

於是他想到了三多，也知道春雨對三多一定多所防範，所以必得考慮周詳，覓個為春雨所意料不到的機會，找三多來問，才是為自己避免麻煩，也保護了三多的作法。

這要等待，不知等到甚麼時候？所以還要耐心。不過有一個人是隨時可以找來問的：阿祥。

「我不知道小蓮是怎麼走的？那天我替碧文到下關買絲線去了。只聽說那天上午，三多到書房裡來過——」

「她來過？」芹官迫不及待地抓住這條線索，「你聽誰說的？」

「爵祿。」

「他怎麼說？」

「他說，看見三多在迎紫軒外探頭探腦，彷彿想找甚麼人似地。」

「以後呢？」

「以後？」阿祥搔搔頭答說：「我沒有問他。」

「蠢才！」芹官叱斥著，「三多到書房裡來，定有緣故，你怎不問問清楚。」

「那，我這會去問他。」

這又不妥！一問就可能打草驚蛇了。芹官想了一會問道：「你平時在哪裡遇得到三多？」

「有時候一清早在大廚房遇得到。」

芹官又沉吟了好一會，老實道破心事，「我想私下找三多來問她幾句話，可是這件事不能讓任何人知道，尤其是春雨。」他問：「你看該怎麼辦？」

「這個差使可不容易辦。得好好兒琢磨、琢磨。」

「可以。」芹官問道：「甚麼時候給我回話？」

阿祥此時已有了一個主意，但先得查一查清楚，當即答說：「最快也得明天。」

到得第二天中午，師弟飯罷，各人徜徉自適之時，阿祥將芹官引到僻處，卻又欲言不語，顯得非常為難似地。

「怎麼回事？」芹官不耐地催促，「要說快說，作出這個樣兒來幹甚麼？」

「我若是說了，包不住挨頓大板子，攆了出去。若是不說，除了我的這個招數，再沒有甚麼好法子。為此，拿不定主意。」

「怎麼樣會挨頓大板子，攆了出去？」芹官又說，「除非你帶我做不該做的事。若是那樣，我也不肯依你的。」

「那就是了。」阿祥擺出如釋重負的神態，「我的法子不好，慢慢兒再想吧！」

芹官不想他竟趁機卸責，自然不容他如此，而且，由於他這種盤馬彎弓的姿態，越惹得他心裡癢癢地，要先聞為快。

「法子好不好，能行不能行，得由我來拿主意。」他故意板著臉說：「你只說你的好了。」

見此光景，阿祥漸生挾制之心，先作聲明：「說歸說，行不行另作商量。若是我說了，就非這麼辦不可，我可不敢說。」

芹官無奈，點點頭說：「好吧！」

原來阿祥是想到這幾天芹官有個應酬。駐防京口的佟副都統，老母病歿；旗人不比漢人有丁憂解任之制，只是穿孝百日，便即服滿。這副都統防地在鎮江，眷屬卻住江寧，所以服滿之日，在江寧請親友「吃肉」；這樣的場面，最宜於帶子弟去歷練世態，因而早在一個月前就說好了，由曹震帶著芹官去作客。阿祥就是想利用這個機會，讓芹官跟三多在外面見面。

「我得事先跟三多說好，到了那天，我找三多的表哥到宅門上來說，三多的媽得了痧症，接她回去。她家不遠有座法藏庵，想法子在那裡跟她見面好了。」

「那好啊！」芹官很高興地說，「震二爺說了，等那天吃了肉，他得在喪家幫著照料，讓我先回來，這不就更方便了嗎？」

「方便是方便，把戲拆穿了，我可是吃不了，兜著走。再說，這件事也不是我一個人辦得成的。」

「要怎麼才辦得成？」

「第一，三多的表哥，不肯白跑腿；第二，跟著去的人，不止我一個，都得想法子塞塞他們的嘴。」

「你的意思是要花幾兩銀子？這容易，我跟春雨要好了。」

「嘚！」阿祥很堅決地，「這件事辦不成了！剛才的話，就算我沒說。」

「怎麼了？」芹官大感困惑，不知他何以有此翻然變計的態度。

「我的小爺，你不想想，跟春雨要銀子，春雨問一句：幹甚麼？可怎麼把用途告訴她。」

「啊，我一時沒有想到。」芹官赧然而笑，停一下又問：「你說，該怎麼辦呢？」

阿祥想了半天，搖搖頭說：「不行！明兒事情犯了，說壞主意全是我阿祥出的，那時震二爺不叫人把我兩條腿打爛才怪。幫主子也有個分寸，這太犯不著了。」

「事情怎麼會犯？三多不會說出去，其餘的人嘴都塞住了，只要我不說，誰也不知道。」

「我不信。像剛才說跟春雨要銀子那樣——」

「你別說了，行不行？」芹官喝道，「一時不留神，漏了一句話，倒像讓你拿住了把柄似地，說個沒完。」

看芹官已有怒意，阿祥覺得裝腔作勢得夠了，當下指著芹官身上的荷包說：「這裡面的玩意，隨便給一樣就夠了。」

「你這麼說，你就自己挑。」芹官從荷包裡掏了一粒荳蔻放入口中，「莫非這也值錢。」

「這個表是老太太給的，不行。」芹官答說，「我還有幾個表，回去找一找。」

「是！」阿祥又問，「如果春雨問起來呢？怎麼少了一個表？」

「我就說不知掉哪兒去了。上次掉了個翡翠班指，她也只說了一句：『可惜了，好綠的一塊玉。』別的話一句沒有。」

聽得這話，阿祥又歡喜，又懊悔。他原以為春雨精明，平時照料芹官的一切，十分仔細，倘或掉了一樣東西，定會尋根問底，追究真相。早知如此，也不必等到此刻才在他身上打主意。

「喔，還有件事。」阿祥又問：「朱五爺問爵祿，老太太逛棲霞山定了日子沒有？爵祿問我，我可沒有法子告訴他。」

「大概不會去了。這一向老太太有點兒咳嗽，不能吹風，往後天氣更冷，越發不宜。」

這一下倒是提醒了芹官，由於朱實回家的日子，要看居停作棲霞山之遊是在哪一天？此遊如果作罷，應該早早告知，讓人家好另作打算。因此這天在萱榮堂侍膳時，便提了起來。

「我看改日子吧！」馬夫人用徵詢的語氣，看著曹老太太說，「咳嗽剛好一點兒。」

「那就不是改日子，改年分了。」曹老太太眼望著震二奶奶，帶些皮裡陽秋的笑容。

「是不是？我猜得不錯吧？」震二奶奶向秋月說，「這會兒，老太太心裡有句話沒有說出來。你別以為你占了便宜，明年逛棲霞山的東道，跑不了還是你的。憑良心說，我可絕沒有賴這個東道的意思；老太太這幾天不宜冒寒吹風，誰都知道。不過，太太能勸，我可不能勸；一勸就犯嫌疑。秋月，你說，我是不是這麼跟你說來的？」

「是的。」秋月又說，「只要老太太不咳了，震二奶奶情願另作東道，哪怕多花幾個，也是心甘情願的。不過勸老太太別逛棲霞山了，這話她可不肯說。」

看曹老太太頗有感動之色，震二奶奶便又加上一句：「自然，明年逛棲霞山的東道，也仍舊是我來。」

「這是你們的孝心。其實，我又何嘗不知道，咳嗽不宜於吹風？不過，從那天定了逛山，我就許了願，到棲霞寺去燒香，心動神知，這個願不能不了。」

馬夫人不作聲，震二奶奶亦覺為難。照俗例，類此心願，可由晚輩代完，但馬夫人是「天方教」，例不拜佛；震二奶奶這一陣雜務紛繁，不知哪一日才抽得出功夫，所以亦無以為答。

見此光景，芹官便自告奮勇，「我替老太太去完願好了。」他說，「佟副都統家的應酬，半上午就完事了，棲霞山來回也來得及。」

「胡說！」曹老太太喝道：「那天吃肉，怎麼去燒香？也不怕罪過。」

「喔，」芹官在自己額上拍了一巴掌，「我倒忘了，燒香應該齋戒。」

「齋戒倒也不必。就前一天吃素好了。」

聽曹老太太的口氣，是同意芹官代為完願。震二奶奶便說：「就這樣吧，請老太太定個日子，我好預備。」

曹老太太想了一下問：「佟副都統家吃肉是哪一天？」

「十二月初三。」

「那就十二月初二好了。」曹老太太說，「這麼著連初三應酬，兩天不上書房，讓老師在家多陪陪師母。」

「老太太真是能替人打算。」馬夫人由衷地頌贊。

「初一照例該請老師。」震二奶奶問道：「何不初二應酬、初三燒香。」

「初二應酬是吃肉，可怎麼吃齋？」曹老太太又說，「照例該請的，等老師回來了補請，也犒勞犒勞芹官。」

「真是！」震二奶奶原是故意那樣一問，此時便又作了個啞然失笑的表情，「心思再沒有比老太太細的，也再沒有比老太太快的，我就沒有想到補請老師，還順帶犒勞芹官。」

恭維得不著痕跡，曹老太太聽了非常舒服，略想一想又說：「也不能芹官一個人吃齋，既是替我，齋我也該吃。」

「好啊！我也陪老太太吃齋。」震二奶奶很高興地說：「朱媽新添了個下手，據說在湖州一座家庵裡待過，學得一手好素菜，正好試試她的手藝。」

「喔，是新手？」曹老太太說：「你叫朱媽把咱們家吃齋的規矩告訴她。」

「老太太放心，我早就告訴朱媽了。回頭再交代一遍好了。」

「還有件事。初一那天，從早飯起，讓芹官到這裡來吃，晚上睡在我外房。」

「是！」震二奶奶垂著眼，很鄭重地答應著。

「我看，」好久未曾開口的馬夫人說，「初一都吃素齋吧！」

「我也是這麼想。免得小廚房又葷又素，混雜不清。至於書房裡，就老師跟棠官兩個人吃，讓大廚房湊付一頓，也沒有甚麼。」震二奶奶抬眼看著秋月問，「讓芹官初一跟在老太太身邊，是你去交代，還是我讓錦兒去說？」

「讓錦兒去說好了。」曹老太太很快地說。

第十三章

「他有擇席的毛病，換了床睡不著，要這要那，讓老太太一夜不安。」春雨問道，「我不明白，為甚麼要睡在老太太哪裡？」

「那還不容易明白，怕芹官『偷葷』啊！」

春雨臉一紅，「老太太也是，」她略有些氣惱，「是怎麼想來的？莫非齋戒的規矩，芹官不懂，我也不懂？」

「是啊！還有好笑的呢？老太太還特為讓我來交代，是怕秋月也不懂，話說得不明不白。其實，秋月能不懂嗎？」

春雨默然，然後突如其來地問說：「秋月到底怎麼樣呢？真的打算伺候老太太到壽老歸山？」

「伺候到壽老歸山倒容易，就是往後的日子難過。」

「我也就是說的老太太壽老歸山以後的日子。」春雨接著又說，「老太太心思最細、最能體貼人情，想來總也替秋月打算過吧？」

「誰知道呢？」

「太太跟震二奶奶倒不問一聲？」

「不便問。」錦兒答說：「一問倒像容不下秋月，巴望她早早嫁了出去，好把老太太的那一把鑰匙交了出去似地。」

春雨復又沉默，心裡在想，那一大把鑰匙如果由秋月交了出來，會交給誰？難道是交給震二奶奶？「不！」她在心裡斷然決然地對自己說：「應該交給太太。」

「我走了，還得去找朱媽。」錦兒搖搖頭說，「還得好好費口舌呢！」

「怎麼？」

「還不是那回事！」錦兒頭也不回地走了。

到得小廚房，朱媽正在跟她管採買的下手對帳，一見錦兒，趕緊站了起來，滿面堆笑地招呼，關照現沏好茶，又問有甚麼點心，趕緊盛出來，殷勤異常。

「不用，不用！」錦兒連坐都不肯坐，「我把震二奶奶交代的幾句話，說完了就走。」

「坐一坐怕甚麼？來，」朱媽將她拉到裡面，「這裡暖和。」

「初一吃齋——」

「太太吃齋？」

「太太也吃，不過是素齋；初一、初二兩天，只老太太哪裡備一桌好素齋，其餘都是普通的好了。」錦兒又說，「書房裡那桌飯，你也可以不管，讓大廚房去預備。」

「喔，」朱媽很仔細地問：「太太哪裡、震二奶奶哪裡，還有芹官哪裡，都是普通的了？」

「對了！太太、震二奶奶、芹官都在老太太屋裡吃。」

「是，是！老太太那桌素飯，一定講究。」朱媽精神十足地說，「我新請的這個于嫂做素菜，我只能替她當下手。」

「她知道不知道咱們家的吃素齋的規矩？」

原來曹家吃素齋，極其認真，有兩個規矩，一個是從鍋杓到餐具，都另有一套，絕不沾半點葷腥；再有一個規矩，不准用葷腥的形制與名目，那是曹老太太的見解：「甚麼素雞、素鵝的，還花好大功夫做出那個樣子來，倒像萬般無奈才吃齋似地，可見得嘴裡吃齋，心裡殺生，自己騙自己，真是不怕罪過。」

「我知道，我會告訴她。」

「對了你跟她好好說明白。咱們家的素齋，又省工、又省料，可惜她的手藝，只怕使不出來。」

「哪裡，正是這樣，才顯她的手藝。至於說料，可也不省，冬菇、冬筍，貴得嚇人。」朱媽笑一笑說：「錦兒姑娘，告訴你個笑話：山東來的大白菜，如今是吊在水果鋪子裡論兩算的，叫甚麼『膠菜』。」

「出在膠州叫膠菜，就算論兩算，總也不能貴過火腿吧！再說，本地黃芽菜也很好。經了霜的蔬菜都又肥又嫩，只看她的手段。」

「她的手段是好的，加上好配料，包管老太太讚一聲好。」

「那也等菜上了口才算數。」錦兒急轉直下的說：「你算算，都是些蘿蔔、青菜，又少了三桌上飯，書房也不用管了，那得省多少錢出來？」

朱媽一聽這話，頓時拉長了臉，好半晌才說了句：「這也得扣錢嗎？」

「當然囉！添菜你是不是另外開帳。」

「那，那不同！」朱媽趕緊將她拉了一把，低聲說道：「上回你不是說，震二奶奶誇我的雞包翅好，妳又喜歡吃我做的點心，你說個日子，我做了來孝敬。」

「不相干！你也不必破費，我也不敢領情。老實跟你說吧，震二奶奶交代了：那兩天你省下來的菜錢不少，也不扣你的了，不過甜鹹葷素四鍋臘八粥，可得叨你的光了。」說完起身就走。

朱媽望著錦兒的背影消逝，悵然若失！原以為兩天只備素菜，可以落下好幾兩銀子。不想震二奶奶的算盤太精，要她貼補一頓臘八粥，照例可領的八兩銀子落空，還得搬動一套專製素菜的炊具與餐具，極其費事，真正白忙一場。而且，這是于嫂第一次獻手段，下鍋的材料，不能太馬虎，也許要賠上幾文，亦未可知。

越想越窩囊，也越想越不甘心，滿腔怨氣不出，只有發洩在震二奶奶身上。只要跟于嫂在一起，便談震二奶奶如何刻薄，如何欺上罔下，以及如何風流，私底下給震二爺戴的綠帽子，何止一頂？

「朱姐，」于嫂向左右看了一下，低聲說道：「我也聽見過震二奶奶的一段新聞，不是你提起，我還不敢說呢！」

「喔，」朱媽心想，她所聽到的新聞，當然亦是震二奶奶的風流故事，所以極感興趣地問，「莫非最近又跟後街上的哪個大姪兒、小叔子有一腿了？」

「不是，不是，不是！說是新聞，實在也是老古話。」于嫂問道：「從前蘇州李家有位少爺，是這裡的親戚？」

「你是說抄了家的李織造家？」

「是啊。聽說那李織造是這裡的姑老爺——」

「你弄錯了！」朱媽糾正她說，「是舅老爺。李織造跟我們老太太，同父不同母。他的那位少爺，才真正是大少爺，十六、七歲就上萬銀子的花。有一年來，說我做的魚翅好，一賞就是五十兩銀子的一個大元寶。舅老爺也是極厚道，極好面子的人。哪知道後來會抄家，連姨太太都當丫頭似的，叫媒婆來要賣掉。好人沒有好下場，也不知是哪一世作的孽！」

「是啊！從蘇州到湖州，沿太湖的人也都是這麼說。他的那位少爺，人稱『鼎大爺』——」

「一點不錯，我們也叫他鼎大爺。」朱媽又說，「他比震二爺小好幾歲，不過輩分反而長一輩。鼎大奶奶和震二奶奶，聽說是表姐妹，所以——」她突然有所領悟，睜大了雙眼望著于嫂，壓得極低的聲音：「莫非他也偷了震二奶奶？」

「還不是！」于嫂坐到朱媽身邊，聲音低得僅僅只有兩個人聽得見，「不過也不知道怎麼樣？我聽說還是震二奶奶偷了鼎大爺。」

「喔，在哪裡偷的呢？在蘇州，還是在這裡？」

「那就不知道了。只知道是李家抄家以前不久的事。」

朱媽想了一下問：「你是聽誰說的？」

「是從雨珠庵聽來的。那裡的當家天輪師太，跟鼎大爺相好，是無話不談的，這件事就是從天輪師太嘴裡漏出來的，是沒有親耳聽見，不過一定不假。」

「你怎麼知道不假。」

「我有個堂房的嬸兒在雨珠庵做佛婆，她從不說假話的。她告訴我，李家抄家的那年冬天，鼎大爺因為遭了官司要用錢，特為到這裡來告幫，約了震二奶奶在雨珠庵見面，兩人見了面的那種神氣，一看就知道了。」

「知道甚麼？」

「一看就知道，是一床上睡過的人。」

「嗯，嗯！」朱媽又睜大了眼問：「那麼，那次在雨珠庵是不是又上了床呢？」

「沒有。」

「為甚麼？」

「這還用問？朱姐，」于嫂笑道：「女人總是女人，天輪師太就算四大皆空，這上頭到底看不破的。能容得他們胡來嗎？」

「對，對！這道理很容易明白。」朱媽想了一下又問：「告幫呢？震二奶奶幫了他沒有？」

「怎麼沒有幫？幫了一萬銀子，還說實在湊不出來，能湊一定多湊。說了好些過意不去的話！」

聽這一說，朱媽的怨氣就不只從一處來了，「哼！怪不得這麼剋扣咱們？」她咬牙切齒地說：「上萬銀子倒貼姘頭，真死不要臉！等著瞧吧，總有一天——」

「朱姐，朱姐！」于嫂嚇得臉都白了，「你可千萬不能闖禍！」

朱媽從罵了那句「死不要臉」，怨氣消滅了一大半，笑笑拍一拍她的手背，安慰她說：「我也不過說說而已。哪裡會不知道輕重？倒是你，像今天的話，跟我說說不要緊，可別跟別人去說。尤其是那個錦兒，死幫她主子，更得當心。」

「我知道。」于嫂又說，「看錦兒的模樣，倒也像是忠厚的。」

「忠厚的無用，所以就犯賤了。她主子是個有名的醋罐子，待她一點都不好！她跟震二爺同房，她主子還半夜裡起床去聽壁腳，只要稍微親熱一點兒，你看吧，她就有臉色看了，她主子拉長了臉，就像該給一千，給了八百似地，好難看的臉！她就能看得下去，還死幫著她主子苛刻別人。你說，這不是犯賤是甚麼？」

「原來震二奶奶是這麼一個人！」于嫂頗有不能相信之感，「照這樣說，待震二爺也好不到哪裡去！」

「一點不錯。」朱媽微帶幸災樂禍的神情說：「你看著吧，總有一天有把戲你瞧！」

初一一早上了書房，朱實已經在座位上了。芹官恭恭敬敬地作了揖，待回自己座位時，朱實喊住了他。

「今天不必上書了。」他說，「在聖人面前行了禮，你就回去吧！」

「是。」芹官問道：「先生呢？是不是也是上午回府，我叫他們預備車子。」

「你不用管我，我自己會交代爵祿。」

說著，棠官也到了書房，給老師、兄長請過安，隨即走到「先師之位」前去燃燭點香——「有事弟子服其勞」，每逢朔望在先師神主前行禮時，都由棠官執役。

依次行過了禮，朱實將這天放學的話，跟棠官也說了一遍，然後向芹官說道：「《孟子》：

『齋戒沐浴，則可以祀上帝』。《後漢書．禮儀志》：『凡齋、天地七日、宗廟山川五日、小祠三日』。為祖母完願，是件大事；齋戒一日是不可少的。最好獨處靜室，息心靜慮，體會齋戒之道。」

「是！」芹官肅然相答，又想到不能「獨處靜室」，須向老師申明便又說道：「家祖母交代，讓我陪她一起齋戒。」

「那也可以。你去吧！」

於是小兄弟倆雙雙向老師作了揖，辭出書房。芹官順道送了棠官，也不回雙芝仙館，逕自來與祖母作伴。

「咦！」正在親自檢點香籃的曹老太太問說：「這麼早就放學了。」

「老師給一天假。」接著，芹官將朱實的意思轉述了一遍，語氣中特別著重「代祖母完願，是件大事」這句話。

「朱先生真是極至誠的人！」曹老太太很高興地說，又問芹官：「你回去過沒有？」

「沒有。」

「應該告訴春雨，人已經在這裡了。」

「我知道。」秋月答應著，隨即出屋，找到一個小丫頭說：「你到雙仙館跟春雨去說，芹官今天放假，在老太太身邊了。芹官今晚上住這裡，有現成乾淨被褥，叫春雨不必預備了，只把明天要穿的衣服送來。」

「還有，」芹官趕出來叮囑：「有一部書叫《攝山志》，你隨手帶回來。」

「甚麼志？」小丫頭問說。

「乾脆寫個條子，」秋月建議，「免得弄錯。」

「也好！」

「你請進去吧！我去拿筆硯來。」

芹官知道她臥室中有副筆硯，是專為記帳用的，便即說道：「不用拿來拿去了，乾脆我到你屋子裡去寫。」

於是秋月領著他坐到她素日記帳的位子上，取張紙，又為他揭開墨盒。等芹官寫上「攝山志」三字，隨即持了字條去交給小丫頭。

芹官卻還坐在原處，因為案頭有個小本子，將他吸引住了。這個小本子是用竹紙、絲線裝釘的，上面有三個字：「繡餘吟」。不由得大為驚喜；心中自語：原來秋月還會做詩！這可真是大大的新聞。

於是，他毫不遲疑地將小本子取了過來，正待揭開第一頁；只聽有人喝一聲：「不許看！」接著一伸手來搶那小本子——自然是秋月。

芹官的動作也很快，搶先按住小本，望著秋月笑道：「我真想不到你會做詩。」

「不是我做的。」羞紅了臉的秋月說，「我是拿人家的詩，抄著玩兒的。」

「既是人家的詩，看看又有何妨？」

「不行！我的字太醜，不能見人。」

「可是，題在封面上的字，我已經看見了。寫得很好哇。」

這下，秋月想不出遁詞了，便即說道：「好吧，我念給你聽。」等芹官一鬆手，她很快地將小本子搶到手裡，藏在身後，「沒有甚麼好看。你請吧！」

「不！」芹官耍賴，「你不給我看，我就不走。」

「別胡鬧！」秋月說道：「你別忘了，今天是甚麼日子？不許亂開玩笑的。」

這句話很管用，芹官想到老師所說的，「靜心息慮」的告誡，立即莊容答說：「對！改天再說吧。」

說完，走回堂屋，只見曹老太太，已將香籃整理好了；「明天派何誠跟了你去。」她說：「反正放學，他也沒事。」

「是啊，派他去最好。」

「燒完香要寫緣簿。你知道不知道怎麼寫？」

「不知道。得老太太先告訴我。」

「你寫『信女曹李氏敬獻燈油銀二百兩』，跟知客僧說，隨便哪天，拿緣簿來取銀子。」

「是！」芹官問，「每一處都是二百兩？」

「不！看情形，棲霞寺是二百兩。此外替你備了齋飯的，不管你吃不吃，都是二百兩。」

「乾脆就在棲霞寺吃齋好了。」秋月插嘴說道，「跟去的人一大堆，也只有棲霞寺方便。」

「這話也對！」曹老太太又說：「秋月，你叫人把他爺爺出門常用的那口箱子抬了來。」

那口箱子從未打開來過，而且為了怕曹老太太觸景生情，興起哀思，一直將它鎖在庫房裡。秋月也只見過這口箱子的外貌，並聽說過箱子裡所裝的全是進京需用之物。到底是何物品？

一無所知。此時聽曹老太太突然要找這口箱子，自不免奇怪。

「這還得找震二奶奶開庫房。」她問：「老太太倒是幹麼要這口箱子啊！」

「裡頭有芹官用得著的東西。快找去！」

於是秋月叫人從震二奶奶那裡取來庫房鑰匙，將那口箱子取了來；藍布箱套已為積塵染成黑色，裡面一口輕便的藤箱，箱鑰就拴在手把上。曹老太太親自開了鎖，掀開箱蓋，一時視線集中，都想看看裡面是甚麼值得曹老太太如此重視的東西？

一看卻都不免失望，只有芹官喜形於色；因為首先入目的，正是他久思不得的《遼東曹氏宗譜》。據他知道，連曹氏在南京的族人在內，只有曹頫有這麼一本宗譜，他經常取出來對族人的生死存亡、升遷調動，加以補註；用完了親自鎖在櫃子裡，彷彿視如拱璧。芹官幾次想跟曹頫要求看一看，只以怕碰釘子，始終不敢開口。不道無意之中得償宿願，這一喜，自是非同小可。

正待伸手去取時，曹老太太已一面檢點，一面開始解釋，她說：「咱們曹家是宋朝曹武惠之後。出關的始祖是安國公一支；安國公有三個兒子，長房、二房，都在關內；你爺爺每一次進京，一路上總有人來認本家，所以得帶這麼一部宗譜，好敘輩分。」

除了宗譜以外，還有一部康熙五十年的《縉紳錄》，此外便是拜匣、護書、名帖，以及筆硯紙張，凡是旅途拜客應酬需用之物，應有盡有。

最後，曹老太太找出一個綿紙包，泛黃的新棉花中裹著一塊羊脂玉牌，長約三寸，寬約寸許，上刻「齋戒」二字。

「這叫『齋戒牌』。」曹老太太說，「皇上冬至祭天，夏至祭地，都得住在齋宮。能夠進宮，到得了皇上面前的臣子，都得掛這麼一塊齋戒牌。講究的用玉，馬虎的用塊木牌，寫上齋戒兩個字也行。這塊牌給你吧！」

「是！」芹官很莊重的答應著，先請個安，方站起來，用雙手去接玉牌。

「你就掛上吧！」曹老太太交代秋月，「看有甚麼絲繩子，黑的最好，藍的也可以，別種顏色都不行。」

秋月去剪了一截玄色絲繩，就玉牌上方的圓孔中穿過，替芹官繫在大襟衣紐上，同時說道：「再過個五、六年，進宮就用得著了。」

「巴望的就是那麼一天。」曹老太太說，「也不知道我瞧得見，瞧不見？」

「為甚麼瞧不見？」秋月抗聲相答，倒像跟人吵嘴似地，「芹官還要掙一副一品夫人的誥封給老太太親眼瞧一瞧呢！」

「那是想得過分了。能像他爺爺那樣，做到三品官，替他娘掙個『淑人』的封號，我就躺在棺材裡都會笑。」

一提到身後之事，雖然曹老太太自己豁達，言笑自如，芹官與丫頭們都不免傷感，尤其是秋月，眼圈都紅了，強笑著埋怨：「老太太是幹麼呀！無緣無故說這些沒影兒的話。」

「好了，好了！」曹老太太趕緊撫慰著說，「我不提了。」

口中這樣說，心裡卻又是一樣想法。她是枕上燈下，不知思量過多少遍了，對她視如「命根子」的唯一的親骨血要說的話，不是三、五天談得完的，但芹官年紀太小，未必能領會，不如不說。這幾個月從曹頫狠狠教訓了他一頓，以及從朱實讀書以來，氣質大有變化，已很懂事了。難得有今天這樣一個機會，不宜錯過。

其時已近中午，馬夫人與震二奶奶接踵而至，鄒姨娘聽說曹老太太為了完願吃齋，亦茹素兩天，她是飽餐了來的，但正好趕上開飯，少不得也幫著照料席面。

「牌搭子倒是現成，不過今兒齋戒，不能成局。」震二奶奶說，「果子酒是素酒，老太太不如喝兩杯，回頭好好歇個午覺。」

「要說果子酒是素酒，高粱、江米也不是葷腥，那不是白酒、黃酒都能喝了？」曹老太太問道：「齋戒能喝酒嗎？」

「好像在哪部書上見過，齋戒能喝酒。等我想想。」芹官低頭凝神想了一會，突然揚起臉來，很有把握地說：「能喝！有出典的。」

「你倒是仔細想想。」馬夫人告誡著，「別弄錯了，那可是罪過。」

「太太請放心！錯不了，錯了，罪過是我的。」

「胡說！」曹老太太喝一聲，「你才多大的人，能頂得起罪過？」

「你也是。」震二奶奶拉了芹官一把，埋怨著說，「你把出典說清楚了，讓老太太能放心喝酒，不就完了嗎？」

「好，好，我來把出典講明白。典故出在《漢書》上，叫作『齊酎』；這個齊字當齋字，就是齋酎。酎字酉邊傍一個寸字；味厚的新酒，叫做酎。老太太若還不信，我去拿《漢書》來給老太太看。」

「老太太怎麼不信？」震二奶奶說，「不過我得問清楚，是要新酒不是？」

「是。」

「甚麼叫新酒呢？」

「照《漢書》的注解：『正月旦作酒，八月成，名曰『酎』。反正隔年謂之陳酒，當年釀的都算新酒。」

「那就行了。老太太愛喝的荔枝酒，我是今年五月裡釀的。」

「大概不假！」馬夫人笑著對婆婆說：「聽他背書背得有板有眼，不像是瞎編的。」

「娘！」芹官出聲如撒嬌，「我幾時瞎編了？娘這麼說，倒像是我不知騙了老太太多少回似地。」

「你啊！」震二奶奶伸出纖纖一指，在芹官鼻子上點了一下，「別自己往自己臉上貼金了！我花好大心思想騙老太太一回都騙不住，你就敢說不知騙了老太太多少回？」

此言一出，笑聲四起。秋月冷眼旁觀，知道曹老太太為震二奶奶說動了，便即提高聲音問道：「言歸正傳，荔枝酒可在哪兒啊？」

「馬上就有。」站在門口為震二奶奶接應的錦兒答說：「叫人去取了。」

等酒取到，菜亦上桌。于嫂倒是練了一套香積廚中的好手藝，無奈稟承曹老太太的意思，素菜不准耍花巧，以致無用武之地，不過老老實實幾種家常做法。只是上上下下，久飫肥甘，偶爾吃一回素菜，反倒胃口大開。尤其是芹官，用五香蕈油拌的麵，一連吃了兩中碗，是極少見的事。

餐桌上由於曹老太太容色甚莊，讓震二奶奶意會到是齋戒，不敢多說笑話，所以這頓飯吃得很快。飯罷，曹老太太喝了一盞消食的普洱茶，漸有倦意。馬夫人便首先示意，「老太太該歇午覺了。」她說，「扶到裡面去吧。」

於是秋月扶著曹老太太到裡間，在床前那張靠榻上躺下，馬夫人親手替她蓋上一張毯子，震二奶奶撥旺了火盆中的炭，有一搭沒一搭地閒話，直到曹老太太閉上眼睛，方始與馬夫人悄悄退了出來。

外面新添了一張床，是為芹官預備的，震二奶奶捏一捏墊褥，點點頭說：「厚是夠厚了。」又問：「芹官呢？」

「讓阿祥請出去了。」冬雪答說，「大概是朱先生有功課交代。」

「喔，」震二奶奶又問，「明天要起早，今兒是誰坐夜？」

「今兒坐夜的多了！外面是楊媽，裡面是我們三個輪班兒，每人一個更次，到四更天全都起來了。」冬雪答說，「震二奶奶請放心，誤不了。」

「芹官有擇席的毛病，換了地方不易睡得著，你們可千萬小心，別弄出聲來；讓他剛睡著，可又驚醒。」

「是的。春雨已經告訴我們了。」

「明兒穿甚麼衣服，春雨送來了沒有？」馬夫人問說。

「送來了！」冬雪打開了衣櫥，裡面掛著一件寶藍寧綢的絲棉袍、玄色團花緞子的馬褂，另外還有一件鼻煙色的俄羅斯呢長袍，是壓絲棉袍用的。

「山上風大，光是這件袍子怕壓不住。我看得穿他二哥的皮大氅。」震二奶奶又說，「偶爾一回，也不算亂了規矩。」原來曹家的規矩，男子非二十五歲不能著皮衣，所以震二奶奶這樣說。

「能穿得上嗎？太長了。」

「有兩件。一件短一點兒，我叫人取來看。」

不一會將大氅取到，水獺領子狐腿裡，就大雪天也足夠禦寒了，只是比一比長袍，仍舊長了三寸之多。

「得縫上去一截，不然就拖髒了。」從裡屋出來的秋月說：「交給我吧！」

於是馬夫人與震二奶奶各自歸去，秋月便將大氅捧回自己臥室，找出針線，動起手來。縫到一半，只聽門簾微響，抬眼看時，卻是芹官。

「到哪裡去了？」秋月仍舊低下頭去穿針引線，「半天不見人。」

「跟阿祥在說話。」芹官指著衣服問，「這幹麼？」

「預備你明天上山好穿啊！是震二爺的大氅，稍為長了一點兒。」

「秋月——」

「你先別跟我說話，就幾針了！縫好了你試一試，看合適不合適？」

芹官便不言語，靜悄悄地坐在旁邊看。由於她是低著頭，所以芹官可以毫無顧忌，是第一次恣意細看。

一細看才發覺秋月跟哪一個丫頭都不一樣，皮膚雖白，卻欠滋潤；頭髮雖亮，全由膏沐；而且眼角已有極細的魚尾紋。芹官恍然有悟，原來這就是憔悴！

是為誰憔悴呢？他在想，以秋月這個年齡，總不外乎為了「生怕黃昏，離思牽縈」而憔悴；但她矢志不嫁，意中無人，根本就不會有「因郎憔悴」之事。她的憔悴，完全由於日夜照料老主母，心力交瘁所致。

這樣想著，芹官既感動又感激，透過淚光，卻又突然有所發現，脫口驚呼：「你頭上一根白頭髮！」

語聲剛落，只聽秋月「啊喲」一聲；芹官的淚光中，一片鮮紅，他急急用手背拭去盈眶的淚水，定睛細看，只見秋月用右手兩指，急急捏住左手的拇指；為了縫紉需要而鋪在膝上的一方細白布，猩紅點點，看樣子創口還不小。

「怎麼回事？」芹官站起身來，倉皇四顧，手足無措。

「你別著急！不要緊。」秋月用極沉著的聲音說：「五斗櫥第一個抽斗，有個裝藥的木頭盒子，裡面有老虎骨頭。」

這一下提醒了芹官，象牙、虎骨剉末，皆可用來止血。像這種輕傷急救，他看得多了，所以不必秋月再教，取塊虎骨，找張白紙；一時沒有剉子，可用剪刀來刮。

「這把剪刀很利，你可當心，別跟我一樣，鉸下一塊肉來。」

「喔，」芹官一面刮虎骨，一面問道：「怎麼會鉸了指頭了呢？」

「我是鉸線頭——」她沒有再說下去。

芹官想一想就明白了，是聽說有了白頭髮，一驚誤傷。心裡愈覺歉然，手中亦就加快，刮下來一堆末子，看看夠用了，方始住手。

「現成的白布。」秋月教導著，「你撕一條下來，有八分寬就夠了。」

芹官照她的話做，但以布質細密，一時竟撕不下來，臉漲得通紅，依舊文風不動。

「只怕吃奶的力氣都使出來了。」秋月笑道，「你先拿剪刀鉸個口子，不就好撕了嗎？」

「對，對！」芹官不好意思地笑道，「我竟沒有想到。」

於是下了一剪刀，接著使勁去撕，應手而裂；只聽極清脆的一聲，手中已多了一條八分寬的帶子；然後讓秋月鬆開手，將虎骨末子敷在傷口上，用帶子紮緊，急救告一段落了。

「疼不疼？」

「還好。」秋月指一指大氅說，「我的手髒了，你自己拿起來，披上我看一看。」

「不用試，一定剛好。」

「不！披上我看。」芹官便依她的話，秋月又說，「到外屋自己照一照穿衣鏡去。」

「不用了！」芹官突然想到一個主意，大氅長短，根本就不關心，把它脫了下來，堆在椅子上，拿起那方沾了血的白布說：「這個給我。」

「幹甚麼？」秋月神色凜然地問。

芹官不明白她何以有此嚴重的表情？只老實答說：「我是想起『桃花扇』；想把這方白布添上枝葉，不也是很好的一幅紅梅？」

「你真想得出。」秋月笑著說了這一句，隨正色說道：「你先擱下！等我想一想。」

芹官不敢違拗，將染了血跡的這方白布，很仔細地平鋪在五斗櫥上，回頭問道：「要不要找老何來，給你仔細看一看？」

「你不用管，我會叫人——」剛說得半句，看見夏雲踏了進來，秋月便即改口說道：「夏雲，你去找何大叔，說我把指頭鉸破了，現在敷上虎骨包紮好了；看還要甚麼外敷內服的藥，你順手替我帶了回來。」

「怎麼弄的？好端端把指頭鉸破了？」

「還不是縫那件大氅不小心的原故。」

「快去吧！」芹官也幫著催促，「別多問了。」

此時兩人想到的，都是那根白頭髮，一個起身坐到梳妝台前，揭開鏡套，親自檢點，一個自告奮勇地問道：「要不要我把你那根白頭髮拔掉。」

「恐怕不止一根。」

於是芹官走到她身後，仔細檢查，果如秋月自己所說的，不止一根。

「很多吧？」秋月在鏡中看著芹官問。

「不，不！三、五根而已。」

「你拔下來我看。」

芹官便拔下一根，住手問道：「疼不疼？」

「拔根頭髮哪裡會疼？」秋月微感不耐地說：「你別這麼婆婆媽媽行不行？」

芹官不免自愧，一言不發地拔下來五根白頭髮，心裡卻又不忍了——其實至少還有五六根；怕說多了，秋月更為傷心，只好再騙她一騙。

「沒有了。」他說：「你也少操些勞，叫夏雲、冬雪多動動手。」

秋月想說，夏雲、冬雪只能操勞，不能操心。但話到口邊，卻又忍住。想到芹官能如此體恤，知道白髮因何而生，心裡不免酸酸地又難過、又好過。

「你請出去吧！我收拾收拾，看老太太也快醒了。」

「不！」芹官答說，「等夏雲回來，看怎麼說？」

「還能怎麼說。反正痛一陣子，有一兩天不方便就是了。」

「都是我不好——」

「不怪你！」秋月不願他多說，更不願他自責，「我左手不能下水，勞你駕，絞把手巾讓我擦手。」但緊接著又說：「算了，算了！水是冷的，別凍著了。」

「不要緊！外面爐子上坐著一壺水，應該早開——」

「不，不！」秋月更為著急，「小祖宗，你就安安分分替我坐著，別胡出花樣！開水潑出來，燙傷了，怎麼得了？」

「也不過提壺開水！就看得我這麼沒用？」芹官嘟起嘴說。

「不是說你沒用。甚麼人幹甚麼，不能勉強的；你有你會幹的事，我不攔你。」

「那麼，」芹官乘機說道：「最近我學畫花卉，自己覺得還看得過去，你把那方白布給我。」

秋月想了一會問道：「你畫得了怎麼樣？」

「當然送給你。」

「也別送給我——」

「那我就自己收著。」芹官搶著說道：「甚襲珍藏。」

「也不行！畫好了來拿給老太太。」

「行！」芹官不勝欣喜地，拿起白布，細細端詳，已在研究一幅折枝紅梅的章法了。

「秋月，」芹官又想到了一件雅人韻事，「趕明兒個等我畫好了，你來題一首詩，怎麼樣？」

「嘚！嘚！我的詩怎麼能見人？」

「其實我的畫又何嘗能見人，不過好玩而已。」

「好玩也要玩得中規中矩，不然就是小孩子胡鬧。」秋月又說，「你畫畫，我題詩；身分不配，算甚麼名堂？」

「也沒有甚麼不配——」

「好了，好了！」秋月搶著說道：「總而言之兩個字：不行。」

芹官怏怏若失，但轉念想一想，覺得她所說的，「好玩也要玩得中規中矩，不然就是小孩子胡鬧。」這兩句話大有道理，不由得又深深點頭。

秋月卻誤會了，以為他又不知道想到了甚麼自以為得計的花樣，不可不防，便正色說道：「來，來！咱們倆來個約法三章：第一，我根本不會做詩，你別跟人去胡說；第二，我今天鉸了手指頭的事，你也別跟人去說，只當不知道這回事。」

芹官想了一會答說：「還有件事，你頭上有了幾根白頭髮，我也不跟人說。這才是『三章』約法。」

「對了！」秋月欣然，「你能這樣子；我還會在老太太面前替你多說好話。」

「謝謝你！不過，有一點，你說根本不會做詩，是騙人；騙人的話，我為甚麼要相信？」

聽他似乎有理，秋月沉吟了一會說：「就算會做，也不過跟女先兒的『七字唱』一樣。」

「那是好壞，總不能說不是詩。」

「你覺得是詩，就算是詩好了。」

「有的詩稿，能不能給我看看？」

「不能！」秋月斷然拒絕。

「你不能我也不能！」芹官威脅著說：「你別說我要賴。」

秋月拿他毫無辦法，只好稍作讓步，「除了這件事以外，你另外再提一件事，我答應你就是。」又加了一句：「君子不強人所難！你得做個君子。」

芹官是服軟不服硬的性情，聽她這麼說，便不忍作難，想了一下問說：「你做詩是怎麼無師自通的呢？」

「我給你看樣東西。」

秋月取出來兩大本冊子，定製綠格子的稿紙，絲線精裝；封面題補四個字：「靜如詩草」。下面署款「楝亭」。

芹官一見驚喜，「原來大姑的詩稿在你這裡！」他說，「還是爺爺替她題的封面。」

「你翻開來看吧！還有讓你受用不盡的東西。」

這「靜如」便是曹寅的長女，由先帝「指婚」，嫁給「鑲紅旗王子」，即是現在襲爵的平郡王福彭的生母。這兩本詩草，是曹寅當年親自課督的成績。芹官如獲至寶似地，捧到窗前，展頁細看。

詩很多，照年月約略計算，大致為三日一詩，起先多是七絕，以後七律與五言詩漸漸增加，間或也有古風。每一首詩都經曹寅圈點刪改，最可貴的是那些眉批，指點作詩的門徑，深入淺出，而靜如的詩功日進，亦分明可見。原來秋月無師自通，是由於有此祕笈之故，芹官頗有不可思議的驚喜。

當然，詩的內容在他亦別有親切之感；康熙四十年以後，有幾題尤其令他悠然神往，不盡思慕。看到一首五律，題目是「連弟從余讀唐詩，試為解說四聲，居然舉一反三，喜而賦此」，芹官悲喜交集，不覺熱淚盈眶——他知道，「連弟」即指在他出生五個月前，病歿京師，小名「連生」的生父。他曾聽祖母說過，父親在四歲時，就由「大姑」為他啟蒙認字號，看來是信而有徵了。

又有一題叫做「不勝」，用了好幾個典故；玩味詩意是突有非常的機遇，身分遽變，而且將負艱鉅的責任，深恐難以負荷，貽父母之羞，所以題作「不勝」。

這是怎麼回事？細細參詳，看到作詩年月是康熙四十五年正月廿九，方始恍然大悟；他從小就聽人說，他家最盛是在康熙四十至五十那十年之中；有椿光寵之極的大喜事，發生在康熙四十五年的元宵，那天皇帝在暢春園召見曹寅，以他的長女指婚平郡王訥爾蘇。靜如的這首詩，便是接到喜信以後，自覺做了王妃，主持王府中饋，恐懼不勝，因而有此詩之作。

由此線索，看以下的詩，本末了然，興味愈濃。下一首「花朝」，獨寫牡丹，用「國色天香」之類的詞藻，已隱然見王妃的身分了。

再下一首為「不勝」作了鐵板註腳，詩題是：「二月十八日，嚴親歸自京華；恭述內官梁九功傳旨，慈親感激涕零，敬賦紀恩。」詩是一首五言古體，內中有一條注：正月十九日，太監梁九功傳旨：「著曹寅告知其妻於八月上船，奉女北上，曹寅由陸路於九月間接勅印，再行啟奏。欽此。」這時的靜如，已是待嫁的平郡王妃，所以述旨用「奉女」的字樣。

此後好久沒有詩，想來是備辦嫁妝，日夜忙碌，無暇吟哦之故。這樣一直到七月間，才有一首「嚴親以全唐詩刻竣，命以詩紀之；敬述始末，兼以志喜。」詩是八首七絕，並有評註，其事起於康熙四十四年春天，皇帝第五次南巡時；《全唐詩》的抄本，來自泰興季振宜。他的父親叫季寓庸，明朝天啟二年的進士，以依附魏忠賢得補吏部主事；經手賣官鬻爵，所以宦囊極豐。

及至魏忠賢一敗，季寓庸名列「逆案」，革職回籍；泰興地近海濱，是有名的產鹽區，季寓庸便做了鹽商，長袖善舞，因而成為鉅富。六、七十年前，海內談到富家，首推北亢南季；北亢是山西亢家，獲得了李自成兵敗西遁時所遺落的一筆輜重，用以經營米業，亦成敵國之富。但北亢的名聲不及南季，因為季寓庸的兒子，季開中、季振宜、季開生，在順治年間，先後兩榜及第，做了言官，而且頗有直聲之故。季振宜又好藏書；鎮庫之版是宋版的《昭明文選》，但沒有幾年即已敗落，宋版《文選》歸入大內；曹寅亦買了他許多藏書，《全唐詩》的鈔本，即在其內。

那時曹寅正蒙欽點巡鹽御史，是個有名的闊差使，照例一年一輪；這一年中，公開的「好處」，即有三十萬兩之多，而曹寅受惠，還不止三十萬兩；皇帝面許自康熙四十三年開始，十年之間，由曹寅、李煦二人，輪流巡鹽。

李煦能沾此厚惠，出於曹寅的舉薦；兩人商量，應該有所報效，知道皇帝正銳意振興文教，因而在第二年五巡江南時，面請刊刻《全唐詩》，一切費用，不煩請款。皇帝自然照准。

詩註中記載，《全唐詩》是在康熙四十四年五月初一，於揚州天寧寺設局校刊；欽派翰林官彭定求等十員校勘；當年一月就刻成了唐太宗及初唐高、岑、王、孟四家的詩集，印成樣本，進呈御覽，皇帝非常滿意。年底進京，即有指婚的恩諭，未始不是與刊刻《全唐詩》獲得皇帝的嘉許有關。

接下來便是一連串的「別」詩，別至親、別閨友、別女伴、別保母、別蒼頭；別人以外別物、別狸奴、別庭梅、平日摩挲相伴的一几一瓶，忒煞多情，一一別到。最後一首是「叩別宗祠」。

詩稿夾頁中還藏著兩張紙，抽出來一看，芹官又有驚喜之感。紙是宣紙，一摺為二，長約六寸，寬約三寸許，看來毫不起眼，卻是最貴重的文件——奏摺。芹官只見過不曾寫了字的「白摺子」；上達御前，復又批回的「密摺」，由於曹頫看得極其鄭重；彷彿讓孩子們也能見到，便是一種褻瀆似地，因此，連照例奏報米價、晴雨、瑞雪初降這些毫無機密的奏摺，亦未見過。此時「得來全不費功夫」，覺得是一種意外的眼福。

打開第一個奏摺看，一筆遒勁的小楷，是他祖父的親筆；凡是這種奏摺，必須親自繕寫，這個極嚴的規定，是芹官早就知道的，但他沒有想到，奏摺上既無衙門關防，亦無私人印信，只憑筆跡。後面皇帝的批示，是淡淡的紅字；若非硃書，也不會知道是御筆。芹官要等這一不可思議之感，心裡能夠體認了，方能仔細去看奏摺。

這道奏摺上於康熙四十五年七月初一日，寫的是：江寧織造通政使司通政使臣曹寅謹奏：六月二十五日，臣在揚州於新任杭州織造郎中臣孫文成前，恭請聖安。蒙聖旨令臣孫文成口傳諭臣曹寅：「三處織造、視同一體、須要和氣。若有一人行事不端，兩個人說他改過便罷，若不悛改，就會參他。不可學敖福合妄為。」欽此，欽遵！

臣寅免冠叩首，感激涕零，謹記訓旨，刻不敢忘。從前三處，委實參差不齊，難逃天鑒，今蒙聖訓，臣等雖即草木昆蟲，亦知仰感聖化；況孫文成係臣在庫上時，曾經保舉，實知其人，自然精白乃心，共襄公事。臣寅遙望行在，焚香九叩鴻恩。御批是：「知道了」三個蠶豆大的硃書。芹官心想，怪不得何誡那些老家人常說：「蘇杭兩州的織造，都靠咱們曹家。」孫文成是他曾祖母，也就是先帝保母的娘家人，原是芹官知道的；現在才知道，孫文成是由他祖父所提攜。

再看第二個摺子，奏報於同年臘月初三；開頭照例具名銜，請聖安，緊接著寫道：前月二十六日，王子已經迎娶福晉過門。上賴皇恩，諸事平順，並無缺誤。隨於本日重蒙賜宴，九族普沾；臣寅身荷天庥，感淪心髓，報稱無地，思維惝恍，不知所以。

看到這裡，芹官停了下來，心裡只是在想，包衣人家的女兒，能夠成為「鐵帽子王」的嫡福晉，誠然是無比的榮寵；但祖父受寵而驚，又何至於「思維惝恍，不知所以」？

怔怔地想了一會，不得其解，便又再看下文：伏念皇上為天下蒼生，當此嚴寒，遠巡邊塞，臣不能追隨扈蹕，仰奉清塵、泥首瞻望，實深慚汗。臣謹設香案九叩，遵旨於明日初六起程，赴揚辦事。

所有王子禮數隆重，庭闈恭和之事，理應奏聞，伏乞睿鑒。硃批仍舊是「知道了」。芹官復又想到祖父當日的心境；正當漸漸有所領悟時，只見秋月走來，匆匆將那兩本詩稿闔攏，推到一邊。接著，從窗中看到冬雪走來，手裡持著一大包藥。

「喏，這包藥是敷的，這包是吃的。」冬雪打開藥包，一一交代，「這包現在就服，要用熱黃酒。手不能沾生水。」

「這我知道。」秋月問說：「用果子酒行不行？」

「他沒有說，我也沒有問。幹麼要用果子酒？」

「黃酒不知道是葷酒，還是素酒？今兒不是吃齋嗎？」

「管它葷酒、素酒；反正治病就不算罪過。」

「冬雪這話有理。」芹官接口說道，「黃酒活血，外傷的藥，用熱黃酒吞服的很多。」

既然芹官也這麼說，秋月也就同意了。她先讓冬雪去絞了一把熱手巾來，擦拭血汙的手，然後囑她去弄熱黃酒來服藥。

「今兒齋戒，廚房裡不殺生；不想還是見了血了。」秋月笑著說。

「宰的甚麼？」芹官信口問說。

秋月被問住了，過了一會才說：「自然是隻鴨子。」

這是用丫頭之丫與鴨字來諧音，芹官安慰她說：「自道是隻鴨子，別人看來是小雞。」

「哼！」秋月嘴角掛著自嘲的微笑，「那得看來世了。」

「其實也不難。」芹官答道，「只要老太太作主，讓太太認你作個乾女兒，不就是小姐了？再找個合適的人把你嫁出去，一夫一妻，白頭到老。」他又加了一句：「這是正經打算。」

「好了，好了！」秋月笑道：「聽你說得多美！」

「真的。」芹官很認真地說，「只要你願意，我來跟老太太說。」

「你可別多事！」秋月神色凜然，「辦不到的事，免的教人背後笑話！再說，我也從沒有這個打算。」

芹官還待爭論，秋月連連拋過眼色來，一看是冬雪回來了，芹官亦就止口不語。

「芹官，」冬雪說道，「阿祥在外頭，請你出去有話說。」

芹官先答應著起身而去，秋月趕緊喊道，「外面冷！加件衣服再出去。」

「不用！」芹官一面走，一面回答：「說一句話就回來。」

他已預知阿祥要說的只是一句話：「已經約了小蓮，後天在法藏庵見面。」哪知不然！

「震二爺交代，後天應酬，既然不上書房，把棠官也帶了去。那有多不便！所以我改了明天。」阿祥又說：「明天只有我跟老何跟了去，到時候我把老何支使開就行了。」

「不行！」芹官大為搖頭，「絕不行。」

「為甚麼？」阿祥愕然相問。

「明天是替老太太去完願，怎麼能偷偷兒去看小蓮？顯然心太不誠了！」

「還是後天好。」

「後天有棠官跟著。震二爺總不見得會把他帶在身邊。棠官最愛多嘴，那次——」阿祥驀地裡省悟，有句傳聞之詞，絕不能出口，硬生生嚇住了。

幸好芹官並未注意，所以亦未追問，只說：「你再想個著兒出來。」

阿祥攢眉苦思，突然眉掀且揚，很得意地說：「有了！有個極冠冕、極省事的辦法，而且還穩當得很，比原來的法子又好得多。」

「別嚕囌！」芹官撈起長袍下襬，在他屁股上橫掃了一腿，「快說！」

原來先議的是芹官與三多私下見面；阿祥心想，見了面無非細問小蓮的情形，接下來便一定是要他安排如何跟小蓮相會。既然如此，何不直截了當去約小蓮？

定了主意，便煩他的一個嫁與機戶陳二的表姐作「紅娘」。陳二嫂也知此事關係重大，倘或發覺，連她丈夫的「飯碗」都會敲破，所以一口拒絕，無奈阿祥糾纏不已，再又看在他所許的一枝金簪子份上，勉強答應了，但聲明在先：只此一遭，下不為例。

如今芹官要改期，第一層難處是，小蓮已經約在明日，去了撲個空，下回再約她，絕不會相信。所以這時候想到仍舊要利用三多，到地藏庵去等小蓮，告訴她約會展延一天的緣故。

等阿祥說到這裡，芹官已經忍不住了，「你該先揀要緊的說。」他急急問道：「後天可怎麼跟小蓮見面呢？」

「自然有法子。跟老太太說一聲，佟副都統家完了，去看老師，拜師母——」

「啊！」芹官失聲說道：「這一著倒是真高。」

「還有高著呢！」阿祥得意地說：「要跟老太太說，一去了，老師少不得要當客人看待，人去多了，豈不是害老師費事？所以跟的人，只帶阿祥一個好了。」

「老太太要不放心呢？」

「怎麼叫不放心？如說臨時雇轎雇車，怕靠不住，自己家裡的轎班，有甚麼不放心的？」

「這句話倒也是。」

「還有一層，裝可是要裝得像。既然看老師，不能空手上門，得要備禮。」

「那容易。老太太會讓震二奶奶預備，不用我費心。」

「有件事可得爺自己預備、自己費心了。」阿祥緊接著說，「原來不預備找三多的表哥了，只送我表姐一枝金簪子，就能了事。此刻還是得麻煩三多的表哥，不是多出一份開銷來？」

「那可是沒法子的事。你說怎麼辦吧？」

阿祥是早已看了又看想了又想，看準了的：「爺把書架上的那部李太白的詩集子，給了我吧！」他說。

那部詩集是明初四川的版本；蜀刻向稱精槧，所以這部明版，雖比不上宋版，卻比普通的元版還值錢。芹官自然不懂這些，他只顧慮著秋月會查問。

「如果她問，爺就說老師借去好了。莫非秋月還敢去問老師？」

「可是，」芹官這方面的心很細，「秋月一定會跟碧文說，老師借了一部詩集子，如果不用了，託你代為收回來。那一下，不是拆穿西洋鏡？」

阿祥想了一下說：「不會。老師是借回家看的；後天就帶去！碧文只會用眼睛看，不會去問。」

「好！」芹官同意了，「就這麼說吧。」

於是阿祥離去；芹官仍回秋月那裡，一見就問：「藥服了沒有？」

「早就服過了。」秋月問他：「怎麼一去老半天？」同時伸右手抓住他的手一摸，「你看，手冰涼。風頭裡吹那麼半天，不凍出病來才怪！」接著又喊：「冬雪，你替芹官沏碗熱茶來。」

「不用，我就你的茶，喝兩口好了。」

「我喝的是杭菊花，一股藥味。」

「該說一股藥香。」芹官笑道，「說藥味，未免欠點兒詩意。」

秋月未及答言，聽得一聲蒼老的咳嗽，都知道曹老太太午夢已迴，秋月匆匆趕去伺候，芹官便順手挾著他姑母的詩稿，隨後跟了過去。

「你的手怎麼啦？」曹老太太問。

「做針線不小心鉸了手。」

「不要緊吧？」

「不要緊。」

「芹官呢？」

「在這兒。」

芹官恰好走到門外，先答一聲；接著掀簾而入，將詩稿放下；隨即便提到要去看朱實的事。

「到現在還沒有到老師家去過，也沒有見過師母。」他說，「後天佟家吃肉，不過半上午的事；我想順路去看老師、拜師母。老太太看，行不行？」

「也沒有甚麼不行。」曹老太太說，「不過別正趕上吃飯的時候，讓師母費事。」

「正是這話。」芹官趁機答道，「所以我只帶阿祥一個人去，人多了，師母客氣，少不得要費張羅。」

曹老太太點點頭，沉吟了一會說：「說你師母身子很弱，是不是？」

「是。常常鬧病。」

「你帶一枝人參去送你師母。學生孝敬老師，不必講甚麼花巧，總以實惠為主。那天我開箱子，找出來兩個紫貂帽簷，油水還挺好的，再擱下去，板子一蛀就可惜了，你帶一個去送你老師，配上兩匹緞子。再讓你二嫂子看看，有甚麼家常用得著的藥、關外來的臘貨，配上兩樣就行了。」

「還有師弟、師妹呢？」秋月插進來說，「也得應酬到。回頭我跟震二奶奶說，老太太不必操心吧。」

這件事就算說妥當了，芹官如願以償，快慰非凡。不道好事多磨，曹老太太忽然說道：「拜師母，應該把棠官也帶去，不然就是失禮。」

這一下，芹官大起恐慌，口中答應著，心裡說不出的苦，頓時將臉上的笑容都收斂走了。

「怎麼？」曹老太太便問：「有甚麼不對勁？」

「我怕，我怕，」芹官囁嚅著說：「怕老師覺得不對勁？」

「這是怎麼說？老師怎麼會覺得不對勁？」

秋月也認為芹官的話，匪夷所思，不過看得出來，他不願與棠官一起去看老師，便使個眼色，鼓勵他說實話。

芹官心感其意，卻仍照原來所想到的理由回答：「老師跟棠官沒有甚麼好談的，棠官也沒有甚麼話能跟老師談。那一來，就弄得格格不入了。」

「本來這也就是盡禮而已。你們老師、學生，天天在書房見面，有甚麼話不好談？」

「那是不同的。」秋月替芹官幫腔，「書房裡只是談談書本上的東西、做人的道理，到了老師家可以聊聊家常。老師或者有些話要問芹官，當著棠官就不便了。」

「怎麼不便呢？」曹老太太問道：「你倒舉個譬仿我聽聽。」

「譬仿，談起四老爺，就不方便了。」

曹老太太不作聲，芹官看秋月的話已有效驗，機不可失，因而又加了一句：「棠官有個毛病，聽見了甚麼，愛跟人說，所以老師有些話，是不在他面前說的。」

「跟別人說還不要緊，跟他娘一說，就是是非。」秋月再一次幫腔。

曹老太太終於被說動了，「去是非哥兒倆一起去不可的！不然不但失禮，倒像咱們家，自己有甚麼意見似地。」她略想了一下說：「這樣吧，你帶棠官去了，見了師母行過禮，就教他先回來。」

一聽這話，芹官頓有如釋重負之感，口中答應一聲：「是！」卻向秋月拋過去一個感激的眼色。

這個眼色立刻就發生了作用，秋月說道：「也不能當時就教棠官走，倒像攆他似地，得事先交代棠官。」

「說得不錯。」曹老太太深深點頭，「你看該怎麼編個理由，跟季姨娘先說明白。」

「我知道，我會辦。」秋月又說：「老太太還有甚麼交代，一起都說清楚吧！」

「我沒有別的交代，只是在外頭一定要顯得兄弟和睦！」

「是！」芹官很恭敬地回答。

第十四章

「你們懂吃肉的規矩不懂？」曹震問說。

「我沒有見過，聽說過。」芹官答道；「不十分懂。」

「我連聽都沒有聽說過。」棠官傻兮兮地問：「吃肉還有規矩啊？」

「當然有規矩！規矩還挺大。」

一聽這話，棠官便有畏縮之意，曹震看在眼裡頗為不悅，臉就沉下來了。

「你不願意學規矩就別去！沒出息的東西！」

「我沒有不願意。」棠官急忙分辯，「不等著你給我們講規矩嗎？」

「帶你去應酬，就是讓你去學規矩。過幾年，你就得進京當差了，不懂規矩，處處教人瞧不起。」

「是。」

接下來，曹震好好教訓了棠官一頓，然後說道：「這吃肉的規矩，跟普通坐席不一樣。坐席要吃得斯文，人家看著才會誇你是有教養人家的子弟；吃肉用不著斯文，而且吃得越多越好，吃得越多，主人家越高興。」

「棠官最能吃肉。」芹官笑道：「帶他去是找對人了。」

「喔，」曹震很注意這話，特為問棠官：「你真的能吃肉。」

「我也不知道算不算能？」棠官答說：「我娘常時弄個冰糖肘子，胃口好的時候，我一頓就吃光了。」

「好傢伙！」曹震不覺失笑，「你真行！不過，到佟家去吃的肉，可不是冰糖肘子，是白肉。」

「白肉也行，拌上作料也一樣。」

「麻煩就在這裡，沒有作料，連鹽都沒有。」

「那，那可怎麼吃啊？」

「自然有法子。不過要片得好。」曹震喚小廝問道：「到大廚房看看，那方白肉焐好了沒有？」

去不多久，廚子來了，打開食盒，裡面大銅盤上置著一方熱氣騰騰的白肉，估量沒有十斤，也有八斤，另外一大銅碗的肉湯。再就是三隻七寸碟子，三隻飯碗，都是樺木根製的。

「拿坐墊來！」曹震說道：「吃肉的規矩，一進門給主人道喜——」

「不是開弔嗎？」棠官插嘴問道：「怎麼道喜呢？」

「對了，這一點先得弄清楚。後天是佟家的祭祀，不過這祭祀是由開弔而來，其實是兩回事，祭祀求神降福，自然要道喜。明白了沒有？」

「明白了。」棠官又問：「道完喜以後呢？」

「那就找熟人坐在一起吃肉；主人不讓客，不安坐的。」等取來墊子，曹震盤腿坐下；芹官與棠官亦照樣席地而坐，聽曹震又說：「也有酒，是燒刀子，倒在大碗裡輪著喝。」

「這就是『傳觴』。」芹官向棠官說。

這時曹震從一個漆盒中，取出來三把裝飾得極精緻的解手刀，另外還有三寸見方一大疊醬紫色的高麗紙。芹官知道他的用處；棠官沒有聽說過，便好奇地發問了。

「二哥，這是甚麼玩意。」

「一會兒你就知道了。」

說著，曹震拿起那把解手刀，順手一抽，一片銀光，隨刀出鞘；刀身刃薄如紙，鋒利非凡。只見他左手按肉，右手用刀連精帶肥，片下極薄的一片肉來，先擺在盤子裡，然後取了張高麗紙片在手裡。

「這是拿好醬油泡過的，泡了蒸，蒸了晒，九蒸九晒，醬油的精華都在裡面了。棠官，你仔細看著，這種紙有兩種用法，我先說正派的一種。」

正派的用法，是用紙去拭刀；刀剛切過肉，沾在上面的熱油水，立即化成薄薄的醬汁；再用紙去拭碗，碗中也有了鹽味，然後將刀上的醬汁轉抹到肉上，再在碗中過一過，肉的味道就不一樣了。

「宮裡二月初一賜大臣吃肉，就得照這個正派的吃法。你也不知道將來有沒有這份造化。不過，」曹震看著棠官說，「歇幾年進京當差，也許在護軍營，派上守宮門的差使；半夜都有白肉吃，那吃法就不必像在坤寧宮陪皇上吃肉那麼錯不得一點。」

「怎麼？」棠官興味盎然地問，「半夜裡還吃肉呀？」

「是啊！坤寧宮每天半夜裡都宰兩口豬上祭；祭完了就歸各宮門上的侍衛、護軍享福胙。」

說到這裡，曹震把那片肉用刀尖挑了起來：「你吃了吧！看味道怎麼樣？」

棠官客氣禮讓，看著芹官說：「小哥，你先嘗。」

「不行！我今天燒香回來，還是吃齋；只能看，不能吃？」

等棠官將那片肉嚥下肚，曹震問道：「怎麼樣？」

「有點膩。」

「這是肉沒有煮爛；一煮爛了，油都溶在湯裡，包你不膩。」曹震又問：「鹹淡呢？」

「太淡了。」

「那就還有個法子。」

曹震舀了半碗湯在碗裡，撕碎了一張高麗紙投入碗中，立刻成了一碗醬湯。

「啊！這就差不多了。」棠官高興地說。

「那你自己來片著肉吃。」

「你可格外留意！」芹官這兩天對刀剪的警惕特高，「別割了手！那不是拉個口子，真能割下一塊肉來。」

「我知道。」棠官動手片肉，片下來在醬湯中泡一泡，送入口中；一連吃了好幾大片，神色自若。

「你真行！」曹震說道：「到了那天，你放開量來吃，我跟你小哥就可以少吃一點兒了。」

芹官正愁著這樣的白肉，不知如何下嚥，而又非多吃不可；聽得這話，愁懷一寬，接口說道：「對了！你多吃就算幫我的忙。」

「今天少吃一點兒，吃得膩了，那天會倒胃口。」

「嗯，嗯。」棠官答說，「能片薄一點兒，弄鹹一點兒，味道一定更好。」

「要鹹容易，多弄幾張紙，多泡一會兒。肉要片得薄，可不大容易。慢慢兒學吧！」曹震又說，「只要你守規矩，以後能帶你去的地方，我一定帶你去。」

「我一定守規矩。」棠官問道：「二哥，吃肉還有甚麼規矩？」

曹震想了一下答說：「還有最重要的一個規矩，你可千萬不要忘記，吃完了不能抹嘴。」

「這可是為甚麼？」芹官問說：「從佟家辭出來，還得去拜老師；弄得一嘴的油，成甚麼樣子？」

「當時不准擦嘴，等辭了出來，誰又來管你？」曹震又說，「不但不准擦嘴，還不准道謝；吃完了管自己走路就是。因為——」

因為所享用的神的餕餘，既然如此，不該謝主人，應該敬神；而拭口被認為是不敬表示。這些規矩，只要說明了道理，就不會忘記，棠官很有把握地說，他絕不會失禮。

果然，第二天在佟家，棠官從頭到尾，不曾出錯。飽餐了一頓，看曹震使個眼色，小兄弟倆起身出了佟家，合坐一頂轎子，逕自來拜師門。

到得朱家，何誠與阿祥將縛在轎後的一口皮箱取了下來，然後叫門，來應接的正是朱實。

「咦！」他驚喜地，「你們兄弟倆怎麼來了？」

「家祖母交代，特為來拜師母。」芹官躬身說道：「先生請進去，讓阿祥來關門。」

「不，不！都請進來。」

進來的還只是何誠與阿祥；事先說好了的，何誠跟轎班在巷口茶館坐候，等棠官跟老師、師母行了禮，隨即告辭，由何誠陪著回家，再放空轎來接芹官。

「請師母出廳受禮！」阿祥高聲喊著，同時將箱子打了開來。

「一枝老山人參，是孝敬師母的；這個紫貂帽簷，還是先祖留下來的。」說著芹官將禮物一樣一樣取出來，緞匹以外，還有好些食物以及京裡帶來的「老鼠矢」、「辟瘟丹」、「紫金錠」之類，出自「御藥房」的成藥。

「太客氣了！」朱實問說，「這是誰的意思？」

「自然是家祖母的意思。」

說到這裡，只是左首房間的門簾一掀，出來一個纖瘦婦人，約莫三十出頭，一臉的病容；這自然是師母了。芹官看一看阿祥，從他眼色中知道沒有錯，便將棠官拉了一把，退到紅氈條後面。

「請先生、師母一起受禮！」阿祥臨時當上了「贊禮郎」的差使。

「不必客氣，不必客氣！」朱師母拉著棠官的手說：「這想來是棠官。」

「請師母叫我名字好了。」棠官居然也懂禮節了。

這時阿祥已端了兩張椅子擺在正中，但朱實夫婦一定不肯讓他們兄弟倆磕頭；辭讓了好半天，終於取得近似折衷的辦法，只由朱師母一個人受禮，只是一叩；不行二跪六叩的大禮。

行完了禮，朱實立刻將禮物指點給妻子看，「曹老太太真是慈祥愷悌，對我們後輩，愛護備至。」

「是啊！我一直說應該去見見老太太。」朱師母轉臉對芹官說，「你老師總說我身體不好，到稍為健旺些再說。這一陣子倒還好；等我稍為閒一閒，一定要去。請你先替我在老太太面前請安。」

「不敢當。」芹官心想，說「這一陣子還好」，猶是這樣的臉色；身體不好時，更不知是如何憔悴？又想，說「稍為閒一閒」，可見得平時家務操作，也很勞累，因而又說：「師母身子欠安，還請節勞才是。」

「孩子多，又小；想不勞動也不容易。」

接著，朱太太便將四個孩子都喚了出來見「師哥」；三男一女，最大的九歲，最小的是女孩，才四歲。

芹官是備好了見面禮的，每人一個用紅封套裝的「康熙通寶」金錢。戶部寶泉局並未鑄過這種赤金的制錢；是曹寅嫁長女時，特為用來分贈喜筵賓客的子女的。曹老太太還留著十來個，知道芹官到朱家作客，有小師弟、小師妹要應酬，特為給了他四個。

四個孩子很有教養，先不肯拿；直待朱實說一句：「還不謝謝芹哥？」才由老大領頭收下，帶著弟妹向芹官稱謝。

等孩子都走了，朱師母便說：「你們兄弟倆在這裡便飯。不過沒有好東西請你們吃。」

「謝謝師母！」棠官照教導好的話說，「我得趕回去有事。」

「不要客氣。有事也不會等著你去辦。」

原來說好，用替他親娘代筆寫信為藉口；棠官說得含糊了些，芹官便替他補充：「這件事倒是非他不可。是寫平安家信給在京裡的四家叔。」

「既然這樣，棠官我就不強留了。不過，芹官可一定得留下來。」

「是！」芹官很恭敬地答應著。

於是棠官告辭，由阿祥陪著上轎，順便關照轎班，空轎準未正來接。

看棠官一走，芹官心中一塊石頭落地；不由得想到小蓮，便有些神思不屬的模樣，話題也就枯窘了。幸好談到這天在佟家的應酬，就不愁無話可說；朱實亦聽得興味盎然。一直到吃完飯，談的都是旗人的規矩禮節。

轎子是未正不到就到了，只為朱實再三相留，多坐了半個時辰；芹官急，阿祥更急，一則怕小蓮以為失約，逕自回去了；再則怕時候過晚，回家要受責備。所以不斷在門外，閃閃躲躲地向芹官擠眉弄眼。

最後終於讓朱實發現了，也將他提醒了，「我倒忘記了！」他歉疚地說，「一大早就出來，老太太一定在惦念了。你趕快回去吧！」

聽得這一聲，芹官如逢大赦，答一聲：「是！」請見師母面辭；朱師母又絮絮不斷地說了好些話，方得脫身。

等一上了轎，阿祥跟轎班說：「老太太關照，還得到法藏庵去看淨一老師太；時候不早了，快走吧！回頭芹官有賞。」

聽說有賞，四名轎班，越發健步如飛；阿祥氣喘吁吁地跟在轎旁，及至法藏庵將到，他拉一拉領頭轎班的衣服，示意停轎。

「怎麼？不抬進去？」

「不必抬進去，我們走後門。」阿祥指著庵旁的空地說，「你們把轎子停在那裡；領了芹官的賞錢，到前面茶館喝茶。看完了老師太，我會來叫你們。」說著，將紅紙包好的四兩銀子遞了過去。

轎班自然唯命是從；芹官出轎還謝了賞，然後將轎子停擺妥當，就在不遠的茶棚子中喝茶靜等。

這時阿祥已陪著芹官到了法藏庵後門，輕叩了兩下門，出來一個中年女尼，芹官似曾相識，卻記不起在哪裡見過。

「芹官又長高了，也長俊了。」她陪著笑說，「老太太好？」

「託福。」

「太太、震二奶奶她們都好？」

這下讓芹官想起來了，在震二奶奶那裡見過她，說道：「我記得你的法名，有個『緣』字？」

「是的。我叫悟緣。」

「覺悟的悟？」

「正是。」

芹官心想，儒家就講究「緣」；這「悟緣」二字，意思是說：凡事不過緣字，緣盡而止，不必認真，更不可執著。這話固然不錯，但與他此時來看小蓮的心情，完全不合。因而對這兩個字，頗為不喜，也就懶得跟她周旋了。

事實上也無須再多費功夫；悟緣還想巴結巴結這個小施主，阿祥卻忍不住了，「知客師太，」他問，「小蓮呢？」

「在、在！請跟我來。」

曲徑通幽，走了好一陣才到；是個小小的院落，北屋三間，隱隱透出芸香，悟緣一進垂花門就站住了。

「請自己進去吧！我們在外面等。」

連悟緣都不進去，可知裡面除了小蓮，別無他人。芹官對悟緣作此安排，頗為感激，便說一聲：「多謝！」

「可別太久了！回去晚了不好。」阿祥在後面提醒他說。「我知道。」

說了這一句，往前走去；近門情怯，遲疑了一下，方始舉手去推；兩扇屏門應手而開，但見小蓮雙目灼灼地在等著。

「小蓮！」

小蓮沒有作聲，將頭扭了開去；側面相望，看她睫毛亂閃，知道她是在忍淚。果然，等她轉過臉來時，眼圈是紅的。

「真是想不到的事。」芹官半埋怨地，「小蓮，你的脾氣也太傲了！稍為隨和一點兒，不就大事化小，小事化無了嗎？」

小蓮仍然沒有答他的話，只說：「外面冷，裡面來坐吧！」

裡面是臥房，臨窗一張方桌，已泡了一碗茶在那裡，還冒著熱氣；另外有四個乾果碟子，桂圓、荔枝、蜜棗、薰青豆，把他當成貴客看待了。

等芹官坐了下來，小蓮站在另一面抓了一把薰青豆放在他面前；再要為他剝乾荔枝時，芹官一把按住了她的手。

「你別張羅！咱們說完了話，我還得趕回去呢！」芹官又說：「你坐下來。」

「那，你說吧！」小蓮在他對面落座。

「我問你，你還想不想回去？」

這話大出小蓮的意料，想了一下問道：「是你想我回去呢？還是誰要我回去？」

「我想你回去。如果你願意，我到震二奶奶那裡去求個情；不過，你回去了以後，脾氣得改一改。」

前半段的話猶可，後半段的話，卻有些不中聽，小蓮冷笑道：「江山好改，本性難移。若說，我得改了脾氣才能回去，不就等於說，她們攆我沒有錯。」

「誰攆你啦！」芹官不能不強為辯解，「沒有人攆你。」

「誰說沒有，不過你不知道而已。第一個春雨，第二個是秋月。最可氣的是碧文，跟她不相干的事，她也橫插一腿。」小蓮又冷笑，「當然啦，人往高處爬，水往低處流，秋月是老太太面前的紅人；春雨是候補的芹二姨奶奶，能拍一拍，還能錯過機會嗎？」

「你別渾說，」芹官略有些窘，「甚麼芹二姨奶奶不芹二姨奶奶！」

「你打是我不知道？你們前後房，半夜裡一床上幹些甚麼好事，還能瞞誰？」小蓮終於出了一口氣，心裡不再酸酸地難受了，所以緊接著又說：「不過你放心！別看我說得刻薄，也不過這會兒說說；別人面前，可沒有洩你們的底。」

「這話，春雨也說了，說你是有分寸，知道輕重的。」

「喔，她怎麼說？」

「她——」芹官將他曾跟春雨商議到震二奶奶那裡去求情的話，都告訴了小蓮。

芹官是無心之言；小蓮卻有心推敲，一聽就明白了，春雨不便公然攔阻芹官，故意拿小蓮如果不願回去，震二奶奶就會掃了威信的話，去打消他的本意。因此，剛消停了的怒氣，便又茁發了。

「也只有你這樣的人，就像春雨替你下了蠱似地，只要是她的話，你就看得跟聖旨一樣。你倒把她的話，仔細去琢磨琢磨。反正有了她這幾句話，我就再也不能回去了。一個人做人，要處處受歡迎才好；處處討人厭，何必？」

看她語氣如此，越顯得她心意堅決；芹官悵然問道：「你不回去，到哪裡去呢？你跟你繼母不和，舅舅雖說是親的，舅母到底隔著一層，我想你這麼一鬧脾氣出來，她也未見得會有好臉色給你看。」

這幾句話說到了小蓮心坎裡，道盡了她的委屈；心頭一陣發熱，再剛強也忍不住那種出於知己之感的激動，一雙大眼中，到底出現了晶瑩的淚珠。

「你也別難過。」芹官趁機說道：「還是回去吧！如果你跟春雨合不來，就到老太太那裡去；倘或覺得秋月也難處，我跟太太說，把你撥了過去。」

「不！」小蓮收淚說道，「我說過不回去，絕不回去。」

芹官不死心，又想了個辦法，「不然，我跟老太太說，拿你去頂碧文的差使。」他說，「甚至於住在外面，根本就不跟她們見面。」

「那更是辦不到的事！」小蓮不假思索地答說，「那樣一辦，說不定讓碧文又恨我一輩子。何苦？」

一聽這話，芹官大為詫異，「為甚麼？」他問，「為甚麼碧文會恨你一輩子？這與碧文何干？」

小蓮知道失言了，沉默不答。這越使得芹官又困惑、又好奇，非要問個水落石出不可。

「好吧，你一定要我說，我就說。不過，你可不能跟旁人去說。」

「自然！我又不是那種喜歡搬動口舌的人。」

「你知道不知道，碧文心裡有個人？」

「不知道。」芹官越感興趣，「誰啊？」

「莫非你在書房裡看不出來？」

「看出來甚麼？」芹官突然省悟，卻又有些覺得不可思議，怔怔地望著小蓮說：「莫非，莫非她一片心思，都在我們老師身上？」

「對了！也許有一天，你還會管她叫師母呢！」

芹官將她前後的話，連同這天在朱家所見的情形，連在一起想了好一會，不由得大感興趣，「慢來，慢來！」他說，「小蓮，到底是怎麼回事，你倒好好兒跟我說一說。」

不過小蓮還是舌端留情，沒有洩漏朱實屬意春雨的祕密；只是看芹官似乎也有為碧文撮合朱實的意向，不免不快。

「回頭來還是談你的事。」芹官問說：「你總得有個歸宿才好。再不然，我替你找個婆家好不好？」

小蓮臉一紅，旋即「噗哧」一聲，忍俊不禁，「看你老氣横秋的樣子。不知道你自己多大。」她說，「我看你留心留心自己吧！將來老太太、太太替你娶親，可千萬不能找太軟弱的；不然，就讓那位芹二姨奶奶欺負死了。」

出語尖刻，而且又刺及春雨，芹官有些生氣，便反脣相稽：「可也不能太剛強、太任性，像你這樣的；弄得水火不容，六神不安。」

小蓮色變，很想跟他爭一爭、辯一辯；轉念想到，此非待客之道，硬生生忍住了。但「水火不容」這句話猶可忍受；說甚麼「六神不安」，好像她跟春雨不和，是造了多大的孽似地，這話無論如何不能甘服。

於是她站起身來，走向一邊，背對著芹官，以無言而且不想談下去，作為抗議。芹官自然悔恨著急，趕過去扳住她的右肩，猶未開口，小蓮已轉身卸肩，一巴掌打了過來。

打是往上打，用的又是左手，力道不足，很容易地為芹官捉住了她的手；掌心溫暖、掌背軟滑，芹官便捨不得放開了。

「你看你的氣性多大！」芹官笑著說：「你不想想，我花了好大的心機，才能跟你見一面，莫非就為的來惹你生氣。」

聽他這樣說，小蓮幾乎又要掉眼淚，不過嘴上還不肯服輸，「本來是你說話可氣！」她說：

「家宅六神不安，莫非都是我的罪過？」

「好了，好了！咱們不管春天下雨，只談夏天的荷花行不行？」

小蓮想了一下答說：「荷花打泥土裡鑽出來，自然會往上長，到了時候開花——」她驀地裡省悟，不能再往下說，硬把話縮了回去。

芹官卻不肯輕放，「開了花結子是不是？」他看她嬌暈滿面，不由得一陣心蕩，湊在她耳際，輕聲笑道：「我替你結個子好不好？」

「去你的！」小蓮嗔道：「這是甚麼地方？你說這種話也不怕罪過！」她奪出手來，合十當胸，同時又說：「我替你在求菩薩。聽說你昨天才替老太太來完願燒香；今天在這裡喝醉了酒似地，胡言亂語，還不趕快來磕個頭。」

說完，走到條桌前面，拈起一枝線香，在芸香爐中點著了，插在另一具香爐上，又從條桌下面抽一個蒲團，向芹官招招手。

「你過來磕頭，我替你禱告。」

受了責備的芹官，盡消綺念，乖乖地俯伏在蒲團；聽得念念有詞的小蓮，為他禱告完了，方始起身。

「咱們坐下來，好好談談。」芹官說道：「你如果沒有個妥當的處置，我心裡放不下。」

「其實也沒有甚麼？這裡的悟緣師太對我很好；舅母如果討厭我，我可以躲到這裡來。」

「你舅母果然討厭你不是？」

「現在是沒有。」小蓮很含蓄地說：「日久天長，難保不說閒話。」

「到了那一天，你就躲也躲不過去了。」芹官說道：「總而言之一句話，你得有個歸宿！你自己說好了，該怎麼辦，我總替你想法子就是。」

小蓮不作聲，低著頭拈了幾粒薰青豆，慢慢咬嚼著，好久，才抬頭說道：「蘇州人說的，船到橋門自會直。這一會兒也急不出一個辦法；過一陣子也許你用不著費心思去想，就會有辦法出來。我也跟你說一句總而言之的話，你不必為我急！我自己都不著急，要你著急幹甚麼？再說，這又不是甚麼火燒眉毛的事，何用著急？」

她的語氣舒徐，芹官心裡覺得寬了些；點點頭細細體味她的話，似乎心思活動了，過一陣子，也許願意重回雙芝仙館。甚至現在就已願意，不過先前說得太硬，一時無法轉彎而已。

既然如此，就不可操之過急；芹官大感安慰，還想說些甚麼時，只聽鐘打四下，小蓮一驚說道：「可不得了啦！到家都天黑了！老太太不知道會叨念成甚麼樣子？快走，快走吧！」

芹官也很著急，但總覺得有一句要緊話想說，因而搖手說道：「你別嚷嚷！讓我定定心，說一句話就走。」

「好吧！你定下心來想一想。」

「啊！」芹官想到了，「你給我一樣隨身用的東西；我想你的時候，可以拿出來看一看。」

小蓮何忍拒絕，又何肯拒絕；正在思索，要找怎麼樣的一樣東西，才能表達自己的情意時，芹官卻又開口了。

「把你這方手絹兒給我吧！」他指著她拴在腋下那個紐扣上的，一方雪青繡花綢絹說。

小蓮想了一下，有了主意，便即答說：「這方手絹兒髒了——」

「不要緊！」他搶著說：「要用過的才好。」

「我給你一方用過的就是。明天下午你讓阿祥來取。」

「此刻不行嗎？」

「不行！」

「為甚麼？」

「別多問！我也沒有功夫回答你。趕緊走吧？」小蓮問道：「怎麼來的？」

「坐轎來的。」說著，芹官急急忙忙往外走。

果然，只見阿祥已急得在原地旋磨打轉；一見芹官，喜逐顏開，快步迎了上來說：「轎子早在山門口等著了。這會兒回家，還趕得上老太太那裡的晚飯。」

這時悟緣亦已走了攏來，芹官少不得又道個謝；無心周旋，匆匆上轎。轎班得了犒賞，格外賣力，真像飛毛腿似地，一陣風趕回家，將阿祥拋得老遠。

一進街口，芹官便知不妙。原來自曹寅下世，臣門如市的盛況，便不復可見；曹頫如不在家，門庭益發清寂，而此時角門前卻聚著些人，高舉燈籠火把，彷彿正在待命出發；其中有兩三個人，發現轎子，隨即奔了上來，這就很明白了，正是要來尋覓芹官。

果然，領頭的是何誠，一把扶住轎槓，一面走，一面轉頭向轎中說：「芹官，你倒是到那裡去了？不把老太太急死！」

一聽這話，芹官方寸大亂，不知如何回答？轉念想到有轎班在，行蹤是瞞不住的，不如先說實話：「我在法藏庵。」到法藏庵去幹甚麼，就只有再編理由了。

「在法藏庵？尼姑庵？」何誠又問：「阿祥呢？」

「不是在後面嗎？」

何誠鬆手往回看，但見阿祥跌跌衝衝地往前奔，是竭蹶的模樣，便知轎班是格外賣力趕了回來的。

「你這小子！」何誠一把抓住他的肩頭，大聲喝道：「把芹官帶到哪兒去了？你說！」

被罵得上氣不接下氣的阿祥，本就站都站不穩了；一聽這話，恰如青天一個霹靂，頓時震倒在地。何誠踢了他兩腳；他噭然一聲，翻轉身來，抱著頭，嗚嗚地哭出聲來。

「你哭也沒有用！」何誠又踢了他一腳，「反正你小心著吧！看震二爺揭你的皮。」

萱榮堂中，裡裡外外都是人，但聲息全無；一個個面色凝重，只有芹官強含著笑意，竭力想衝破僵硬的局面，但絲毫無用。

「你就不想自己，總也該想想老太太；天黑了你不回來，派人到朱家去問，說未時就走了。走到哪裡去了呢？親戚熟人家，凡是你去過的地方，都問到了，說沒有見你來過；你想，老太太急不急？如果急出甚麼病痛，怎麼得了！這麼不孝，老太太真是白疼你了！」說到這裡，馬夫人不由得就掉眼淚了。

見此光景，芹官五中如沸，頭上冒出熱汗；雙膝一彎，跪倒在母親面前。

「跪在我面前幹甚麼？」馬夫人用春雨遞過來的手絹，拭著淚說：「給老太太賠不是，說你下次再也不敢了。」

「是！」芹官膝行轉身，面向祖母說：「都是孫子一時糊塗，下次再也不敢了。」說完，

「蓬」地一聲，磕了個響頭。

正在找機會化解的震二奶奶，急忙喊道：「唷、唷！你這是幹甚麼？把頭碰破了，豈又讓老太太心疼？」說著，趕了過來，蹲下身去，扶著芹官的肩說：「我看看，可不是碰出一個包來了！」

接著便一面替他揉，一面叫人絞熱手巾來，故意亂成一片。曹老太太自然看不真切，心裡又氣又疼，想問一聲：「要緊不要緊？」卻又因一直繃著的臉，一時放不下來；便偏過頭去，微微努一努嘴，秋月自能會意。

「不要緊吧？」她伸右手一拉芹官，同時向震二奶奶使個眼色，接著看一看他的額頭說：「不要緊！傷了點油皮，我那裡有藥。」說完，把芹官拉走了。

陰凝不解的局面，就此無形中有了轉變。曹老太太說：「叫他們都散了吧！有話明天再說。」於是男女總管，幾個有頭有臉的下人，還有鄒姨娘、季姨娘，都悄悄退了出去。碧文也想走，讓春雨私下拉了她一把，便留了下來。

「你問過了沒有？」曹老太太看著震二奶奶，輕聲問說：「他到法藏庵幹甚麼去了？」

「還沒有問出來。小廝只說，芹官忽然說要到法藏庵去，他只好依他。」

「也不問問他去幹甚麼就依他了？」

震二奶奶想回答「沒有」，話到口邊，靈機一動，高聲說道：「問了，怎麼沒有問？芹官說要到法藏庵去看蠟梅。」

「看蠟梅也不能看一下午吧？」

「那是因為悟緣留他吃點心。」震二奶奶又說：「悟緣向來也喜歡詩啊、詞啊的，弄些文墨上的玩意；芹官跟她聊對了勁，忘了時候！真正是個書獃子。」

外面說，裡面一字不遺地都聽清楚了；替芹官在敷藥的秋月，面對面輕聲問道：「你真的看蠟梅去了？」

「嗯、嗯！」芹官含含糊糊地答應著。

「還跟悟緣談詩談詞？」

這一下芹官連「嗯」都答不出來了，只是笑著。

秋月看了他一眼，慢吞吞地說：「你別笑！回頭老太太問你，你就照震二奶奶的話說。」

芹官恍然大悟，原來是震二奶奶為他解圍，教他這麼一套說詞，當下大感輕鬆，略想一想說道：「阿祥也得照這套話說才是。」

「你放心！他怎麼說，老太太也不會知道。」秋月緊接著問說：「你到底幹甚麼去了？」

「這——」芹官答說：「你別問了！我不告訴你，我也不騙你。」

「你不說，自然會有人說。」秋月扭過臉去，嘆口氣，自言自語似地：「阿祥可憐！」

芹官一愣，急忙問道：「怎麼？怎麼說阿祥可憐？」

「跟了你這樣的主子，經常挨罵，還要挨打。不是可憐嗎？」

芹官這才明白，秋月何以有「你不說，自會有人說」的話，原來是要拷打阿祥逼供。心裡不由得大為著急；盤算了好一會，冒出一句話來：「如果誰要揍阿祥，我不依！」

「你不依又怎麼樣？」

「我——」芹官想了想說：「我就溜出去到晚不回來，看你們還揍不揍阿祥？」

秋月勃然變色，一指頭戳在芹官額上，咬牙說道：「真是太太說的，老太太白疼了你！」

芹官也覺得太失言了，漲紅了臉笑道：「我不過這麼說說而已。」

「說說！就這麼說說，你可知道，就能害老太太睡不安穩！」秋月臉色已霽，「你要說了實話，我替你在震二奶奶面前保阿祥無事。」

這個交換條件，是芹官所無法接受的；但也不能立即拒絕，最妙莫如先搪塞一下，將事情拖下來再說。

「說來話長——」

剛剛開口，機緣湊巧，夏雲進來說道：「開飯了。」

「吃飯去！」芹官趁此收場，舉步便往外走。

外面飯已經擺好了，震二奶奶正親自在替曹老太太溫酒，看見芹官便問：「今天師母請你吃了甚麼好東西？」

芹官知道，這是暗示他揀曹老太太有興味的話說，於是坐下來便談朱家。

「師母身子不好，師弟師妹又都小，我看師母真夠累的。」芹官又說，「我在那裡吃那頓飯，害師母忙了好一陣，心裡實在不安。」

「師母沒有用人？」

「有一個，看上去也不大得力。」

「不得力，事事要自己操心，還不如自己動手。」震二奶奶說，「能聽話，倒也還罷了；遇見又懶又不聽話的，回一兩句嘴氣得你半死，那就更划不來了。」

「朱先生跟咱們家有緣。唉，」曹老太太把喝了兩口的野鴨絲熬粥，往旁邊推了一下，問一個小丫頭說：「你拿去喝了吧！」

「怎麼啦？」震二奶奶問道：「想吃野鴨子熬粥，說了好幾天了；好不容易找了來，吃一口就不吃了！」

「還不是為了朱師母，」秋月接口，「飯都吃不下了。其實——」她忽然頓住。

大家都轉臉去看秋月；馬夫人從容說道：「你必是有甚麼話要說？」

「那就說出來！」震二奶奶也說，「也許說到老太太心坎上，胃口一開，喝上兩碗粥，也不枉我巴巴地去覓野鴨子的一番孝心。」

秋月沉吟了一會，迫不過十目所視，終於說了出來：「我在想，如果替朱先生置一房偏房，一定會得力。不過，也要看朱師母。」

曹老太太與馬夫人不約而同地深深點頭；震二奶奶卻拍拍在她右首的芹官的手背，問說：「你看師母賢惠不賢惠？」

「賢惠！」芹官的語氣很堅定。

「你怎麼知道？」曹老太太深感興趣，「你是從哪裡看出來的呢？」

「師母自己就提過——」

芹官說，在午飯桌上，朱師母提到自己身弱多病，想替丈夫「弄個人」。話剛說到這裡，就讓朱實打斷了。

「當時老師就大不以為然，攔著師母說：『當著學生在這裡，你提這些幹甚麼？』師母就沒有再說下去。」

「當著學生不能談，避開學生自然就可以談了。」震二奶奶說，「老太太有成全人家的意思也容易；朱師母不說要給老太太來拜年嗎？那時跟她當面談。」

「說得不錯！」曹老太太有些不好意思地笑道：「我倒又想喝野鴨粥了。」

這一下，連馬夫人都忍俊不禁了，「老太太也是！」她說，「為自己一大家人已夠操心的了，還替朱家操心。」

「我替朱家操心也是為芹官。」曹老太太看著震二奶奶說：「你倒看看——」

「老太太操心就操到這兒為止吧！」震二奶奶搶著說：「慢慢我再跟老太太回。」

曹老太太對這件事正在興頭上，何肯不言，想一想又說：「不是也快過冬至了，咒人家朱師母；像她這種情形，我見得多了，除非遇見好大夫，藥能對症，也還得要自己看得開，好好調養，不然帶病延年，也不過十年八年的事。像朱師母這樣子，兒女小，放不下心；又累又煩，恐怕只多兩三年的日子。到那時候，偏房如果是個人才，又有過功勞；朱先生是有情義的人，自然就會拿偏房扶正。你們道是與不是呢？」

說著便轉臉看了秋月一眼——這一眼看得意味深長；尤其是秋月本人，倒像為人暗中疑心她作賊似地，欲待分辯，苦無根據，被人說一句：本來沒有說你，你急著表白幹甚麼？反顯得作賊心虛；若不分辯，則明明大家心裡有個犯嫌疑最重的她在！因而漲紅了一張臉，忸怩萬狀。心中在想，成全碧文與朱實這件事，只跟震二奶奶談過，她應該可以替她表白，所以頻頻施以求援的眼色。

震二奶奶腹中雪亮，心裡好笑，不但不替她解圍，還有意嘔一嘔秋月，「老太太說得一點不差。」她說，「替朱老師、朱師母操心，就得想透了。這是替朱老師預備一位候補的續絃在那裡，人品差不得一點。若非才德俱備，芹官將來也不甘心叫人家『師母』。至於年紀，大一點倒不要緊。反正這件事除非老太太自己作主，我們想到了也不敢說。」

最後那兩句，簡直就差叫明了「秋月」這個名字。「年紀大一點」當然是指秋月；說「想到了也不敢說」，更是指秋月——老太太得力的人，總希望這個人長在老太太身邊，做晚輩的何敢輕言遣嫁？

馬夫人忠厚老實，不知震二奶奶是故意相戲，覺得她說得很有道理，因而又加了一句：「咱們家的女孩子，能有這麼一個結果，也要點兒福命；也只有老太太才看得出來，誰的命好。」

「不光是老太太看得出來誰的命好。」震二奶奶緊接著說：「是老太太能教誰的命好！」說著又瞟了秋月一眼。

秋月差一點就要哭了！芹官大為不忍，也大為不平；他在想，碧文的事連小蓮都知道，錦兒自無不知之理；錦兒知道，震二奶奶自然也知道。如今為朱先生擇偏房，首先被考慮的，應該是碧文；而且秋月矢志不嫁，正室尚且不願，何況偏房？震二奶奶不是有意跟她大開玩笑。

他覺得有為秋月應援的必要，但也不願意跟他的「二嫂子」過不去，想了一下說道：「我看誰都在巴望老太太給這個恩典，只有一個人想都不想。」

「你說，那是誰？」曹老太太問說。

「不就是秋月嗎？」芹官的手一指。

曹老太太回頭去看，秋月一臉如釋重負的神情，而且眼中有感激之色。這個眼色當然是投向芹官的。

震二奶奶最見機，見此光景；態度一變，神色自若地笑道：「芹官的話一點都不錯，跟老太太說了吧，這件事秋月跟我已經核計過了；心目中倒是有個人，不過也要仔細看看，等盤算妥當，再跟太太、老太太回。所以我說：老太太為這件事操心，眼前就到此為止吧。」

聽得這番話，秋月對震二奶奶的芥蒂，幾乎消失無餘。馬夫人卻微感不悅，「原來你們早都核計好了。」她說，「我竟跟在夢裡頭似地。」

此言一出，震二奶奶與秋月都深感不安，但也無從分辯，卻又是芹官說了一句話，無形中為震二奶奶與秋月作了解釋。

「所謂核計，也是看看行得通，行不通？若是行不通的事，何苦來煩太太、老太太？」

「正是這話！」震二奶奶急忙接口，「看來芹官真是大大長進了！人情透熟，看得到，說得出；就到宮裡或者王府當差也過得去了！」

「你也把當差看得太容易了！」曹老太太笑道：「不過，從朱先生以後，長進是看得出來的。趕明兒個給四老爺寫家信的時候，順便提上一筆，也好教他放心。」

聽得曹老太太這麼說，大家都知道雷霆風波都已經過去了。本來為了芹官突然行蹤不明，簡直就像斷了曹老太太的命根子，上上下下，無不惶恐，及至芹官回家，亦都預料著查究緣故，定會鬧得天翻地覆。哪知臨到頭來，芹官不但不曾受責，倒還為祖母所誇獎。明眼人都看得出來，這是震二奶奶手腕高明，自然，秋月從中穿針引線之功，亦不可沒。

一直在閒處探看動靜的春雨，卻還有件心事，暗地裡思量，吃完飯總還得多陪曹老太太一會，哄她一哄。不然趁此時機，去了自己的心事。

打定主意，便悄悄跟冬雪打個招呼，說有事要先回雙芝仙館；隨即到中門上託人去找阿祥，少不得矯命行事，說芹官有要緊事交代。

等她回雙芝仙館不久，阿祥就來了。哭喪著臉，先做出萬般委屈的神氣；春雨卻和顏悅色地問道：「你吃了飯沒有？」

「哪裡還吃得下飯？」他說，「老何一面喝酒，一面罵人，光是氣就氣飽了。」

「還不光是氣的事。禍闖出來了，如果不趁早想法子，只怕讓震二爺把你在馬棚裡吊起來，抽一頓鞭子，是逃不掉的。」

聽這一說，阿祥的臉都嚇黃了。好半晌才開口，「為主子雙肋插刀，我也認了！」說著，掉下兩滴眼淚來。

春雨好笑，「你這算甚麼？」她說，「要充英雄好漢，就別掉眼淚。」

「我掉眼淚不是為別的，是氣咱們那位小爺，我再三勸他，不能這麼辦，他非辦不可。闖出禍來，還不是一個人頂罪？」

「我知道你的委屈，也有心幫你的忙，就怕你不肯說實話。」春雨問道：「你們到法藏庵到底幹甚麼去了？」

「你去問芹官。」

「芹官不知道甚麼時候才回來？就問出來，也只怕落後一步，沒法兒補救。」

這話當然能打動阿祥的心，但此事關係重大，一說破便成了不打自招，賴都賴不掉，豈非自找倒楣？因而沉吟未答。

「你可想明白一點兒，你不肯說就打量沒有人知道了嗎？你不想想，明兒震二奶奶打發人到法藏庵一問，悟緣敢不說實話？到那時候，說你錯了還不肯改悔，罪加一等。你就等著震二爺請你吃『冬筍煨肉』吧！」

「沒有。」

阿祥五中如焚，欲言又止；囁嚅了好一會，才問出一句話來：「我要說了實話呢？」

「我救你。」春雨緊接著又說：「不過我先得問一問，你跟旁人說了實話沒有？譬如老何。」

「他問你去幹甚麼，你是怎麼說的呢？」

「我說，是芹官心血來潮要到法藏庵，我也不知道他要去幹甚麼？」

「喔！」春雨想了一下，用很負責的語氣說：「你跟我說實話，我一定想法子救你。」

阿祥緊閉著嘴思索了一會，頓一頓足說：「好吧！我相信你，反正這件事鬧開來，於咱們這位小爺也沒有甚麼好處；我一點不瞞都告訴你，你瞧著吧！」

話雖如此，還是瞞了一件事，即是從芹官騙了東西去變錢花。此外倒是鉅細靡遺，連芹官關照他，明日上午到法藏庵去向小蓮取一方舊手帕的話，都照實說了。

春雨一面聽，一面暗暗驚心。她深知芹官，除了對女孩子心軟以外，一向愛抱不平；平時語氣之間，總說小蓮是被攆走的，這一見了面，以小蓮那張利口，必然把她與秋月，可能還有碧文在內，都說成是欺侮她的人。而只看芹官還惦著小蓮的「私情表記」，可知這件事隱憂重重，非得有個明快的了斷不可。

當然，最簡單的辦法是，將整個真相，向震二奶奶和盤托出，她一定會料理得乾乾淨淨。但阿祥一定逃不脫罪過；還有，最重要的是如阿祥所說，這件事鬧出來對芹官一無好處。

再深一層去想，對芹官沒有好處，於自己又何嘗不是大大的不利？可想而知的，旁人知道了這件事，一定會當作笑話去談，風言風語地說一句：看起來春雨也抓不住芹官的心。這話傳到馬夫人或者曹老太太耳中，就再也不會言聽計從了。

想到這裡，春雨決定隻手遮天，要連震二奶奶都瞞過去。定了主意，細細盤算；自覺裡裡外外並無半點毛病，方始開口。

「我先問你，你明天還要不要到法藏庵？」

「你，」阿祥問道：「你為甚麼問這個？」

「我自然有我的道理，你只要聽我的話，包你沒事。」

「我當然不想再去。可是，咱們那位——」

「你別管！芹官那裡，我自有辦法。」

「只要他不逼我，我不會去的。」

「好！那麼，我告訴你，明天不管是誰問你，你都這麼說：芹官一定要到法藏庵，說老太太關照，順便去看一看那裡的老師太；一到了那裡，看見小蓮在那裡。姑子庵又不能亂闖，我只好耐心等在那裡。」

「這麼說，」阿祥懷疑地問：「行嗎？」

「怎麼不行？這麼說！你一點兒責任都沒有。」

「話是不錯；不過芹官說的話，只要跟我有一點不一樣，就露馬腳了。」

「不會。我會告訴芹官，要他也這麼說。」

「那就對了！」阿祥很欣慰地；但旋即發現了話中的漏洞，「倘或問芹官：你怎麼知道小蓮在法藏庵？還不是阿祥替你約好了的？這話，芹官可又怎麼說？」

「芹官只要這麼說：聽春雨談起，小蓮常在法藏庵跟悟緣作伴，所以我順路想去碰碰機會。這一來，不就把你洗刷出來了嗎？」

「啊，啊！你真高。不過春雨姐，我問一句多餘的話，倘或再追問，春雨又是聽誰說的，小蓮常在法藏庵？」

春雨不即答話，向外面看了一下，放低了聲音說：「你不是說，咱們這裡有個人，住在法藏庵附近嗎？」

「著！」阿祥驀地裡一巴掌拍在腦門上，「看我這個腦筋，連這一點都想不到。行！春雨姐，你真高。我算是服了你了。」

「你別高興！這件事要裝得像，你還是得擺你那張冤氣沖天的臉子；還有芹官問你到法藏庵去了沒有，你說：去過了，小蓮沒有來。」

「如果要我到她舅舅家去呢？」

「你說你不敢去。再勸勸他，這件事就到此為止吧！真要鬧大了，別忘了今年夏天，四老爺的那頓板子！」

到得心領神會，唯命是從的阿祥一走；隔不多時，芹官由冬雪帶著小丫頭，打了燈籠送回來了；春雨聲色不動，噓寒送暖，一如平時。芹官本來倒有些惴惴然，以為她一定會埋怨，甚至查問到法藏庵去的緣故。不道春雨竟是如此，寬慰之餘，反覺得歉然；同時也想跟她談談碧文的事，所以一直坐在那裡喝茶看書；意思是等春雨檢點門戶，諸事皆畢，再來從容談心。

春雨恰好也是這樣打算，等得大家都睡了，她自己也卸了妝；才到芹官屋子裡，先將炭盆的火撥旺；鋪好了床，用一個雲白銅的「湯婆子」，為芹官暖被，最後才在書桌旁邊坐了下來。

「你今天到法藏庵看小蓮去了？」

此言一出，芹官慌了手腳，因為全然想不到她會直揭其隱；一時間不知道應該承認，還是否認？

「阿祥都告訴我了。其實這件事也沒有甚麼；如果你早告訴我，我會想法子替你安排。如今鬧得人仰馬翻，無人不知，反倒難辦了。」

芹官聽她這樣說法，愈覺意外；同時也不免失悔，早知如此，何苦去費許多心機。

「你自己不說，害阿祥一頓好打，何苦？都像這樣子，趕明兒個沒有人敢跟你了。人家心裡在想，芹官是老太太的命根子，人往高處爬，鳥往旺處飛，跟了你一定有出息。哪知道好處沒有，挨打有份，豈不叫人寒心？」

這番責備使得芹官心中不安，煩躁異常，「我明兒去自首，都是我逼著阿祥幹的。他是我的人，不敢不聽我的話；錯了問我，與他無干。」他停了一下又說：「或者，你這會兒就替我到震二奶奶那裡去一趟，說我說的，請震二奶奶無論如何賞我一個情面，不能打阿祥。」

「你肯老實認錯，事情就好辦了。」春雨慢條斯理地說：「也用不著跟震二奶奶去求情，我有個說法，自然能叫阿祥沒有罪過，也能保住你的面子，將來就四老爺知道了，也不會有甚麼。」

「好啊！那是太好了。你快說。」

「你說：從老師家回來，經過法藏庵，忽然想起，聽春雨說過，小蓮從咱們家出去以後，常在法藏庵聽經。我平時做的功課都歸她管，有幾篇稿子，不知道弄到哪兒去了？她走的時候，沒有交代，我也沒有見著面，不如順路看看她在不在，問個清楚。」

「啊、啊！這套話編得天衣無縫。可是，震二奶奶若問，何以待那麼久，我可怎麼回答？」

「震二奶奶絕不會問你。」

「你怎麼知道？」

春雨不肯說原因；這個原因也是萬不能說——原來她決定說服震二奶奶，將小蓮攆回杭州；要跟震二奶奶說明，看小蓮是真，問功課是假。這一來，震二奶奶哪裡還會明知故問？

「你別管。反正照我的話就沒有錯。」

「好吧！我聽你的。」芹官又說，「可是阿祥說的話，也跟得我的話，對得上榫才行。」

「不勞費心，早就跟他說好了。」

「你真行！」芹官笑道，「難怪小蓮說你厲害！」

春雨抬眼問道：「她怎麼說我？」

「也沒有說甚麼，就這一句。」

「哼！就這一句也夠受的了！」

「你別誤會！」芹官趕緊解釋，「她也是恭維你的意思。」

「這樣的恭維，倒不如打我兩下。」春雨略停一下又說，「也不是我厲害，是她傻。原來就沒有人容她不下，何苦一定要鬧？」

「是啊！」芹官附和著說，「本來就是她傻。你別跟她一般見識。」

看他這樣處處護著小蓮，春雨越覺不快；只以為時不早，不宜再跟他爭論，便起身說道：「去睡吧！」

「你呢？」芹官問。

「我回我自己那裡。」她又正色說道：「今天你也累了，該好好睡一覺，別嚕嘛。」

「我不跟你嚕嘛。今天晚上很冷，咱們一個被筒睡兩頭，你替我暖腳，我替你暖腳。」

「又不是七老八十，還要人暖腳！況且，有湯婆子在那裡。」

「活的湯婆子，不是更好？」芹官想到就說，「我管你叫『春夢婆』好了。」

「甚麼叫『春夢婆』？」

芹官因為她叫春雨，所以有此戲言，原未經過思索；此時聽她一問，去細想這個典故，卻模模糊糊，記不真切。不過他記得此典出於《侯鯖錄》，走到書架前面，檢出原書查明白了，方為春雨作解釋。

「蘇東坡老來失意，日常只在鄉下閒逛。有一天有個七十歲的老婆子跟他說：『學士從前的富貴，一場春夢。』蘇東坡承認她說得不錯。那個老婆子倒就此出名了，大家都叫她春夢婆。」

講完，把書闔上，送回原處，卻想起元好問的兩句詩，隨口吟道：「神仙不到秋風客，富貴空悲春夢婆！」

他是無心念的兩句詩，不道春雨竟然悲從中來。聽他說蘇東坡老來失意，閒時只跟鄉下老婆子打交道，便已覺得委屈；說到「昔日富貴，一場空夢」，想起老一輩的人談當年的繁華景象；又記起蘇州李家抄家的慘狀，更是大大地不自在。心裡想，那春夢婆必是聽說過蘇東坡當年富貴的，局外閒人，以今視昔，尚且忍不住感慨，倘或身歷其境，更不知如何傷心？她設想自己到了七十歲，而曹家的富貴，已如春夢，那時是何感想？恰在此際聽得芹官念那兩句詩，自然感觸更深。

芹官哪裡會知道她的心事，回頭一看，見她淚痕滿面，不由得大驚失色。

「你怎麼啦？」他又不免困惑，「是我說錯了話，還是哪裡得罪了你？」

「不是！」春雨搖搖頭。

「那，為了甚麼呢？」

「你不明白。」

「原是我不明白，才問你的啊！」

春雨不作聲，站起身來，將湯婆子從被子裡取了出來，轉身說道：「你快睡吧！」

看她這等神情，芹官不敢多問，乖乖地一個人上床睡下。春雨替他掖好了被，放下帳門，站在燈前沉吟了好一會；覺得有許多話要跟芹官說，卻又不知從何說起，而且這也不是時候。所以只是長嘆一聲，捻小了燈，悄悄回到後房。

前後房兩張床上的人，都是輾轉反側，有種自己都說不上來的心事饗睡魔以閉門羹；此外還有一個人也失眠了——小蓮。

想了一夜，天亮到了謀定後動的時候。幫著舅母照料表弟、表妹吃了早飯，將一大堆狼藉的碗筷，刷洗得乾乾淨淨，也打掃了屋子，才向舅母說一聲：「我可要到法藏庵去了，誤不了幫舅母做晚飯。」

一出門就有種特異的感覺；舅舅的髒旱煙袋、小表弟的臭尿片，自然而然地都拋在九霄雲外；心裡悲悲切切地，卻又有種乾坤一擲的決絕的痛快。自己都不知道是怎麼回事？不過，有一點，她是能夠確切體認而不疑的，這一天——今天，是她一生之中的一個大日子。

一進門就遇見悟緣，招呼過了；小蓮說道：「師太，今天阿祥還會來，我有樣東西交給他，我跟芹官的緣就了掉了。真正是，」她歉意地笑笑，「師太，我犯你的法諱，真正是『悟緣』了。請師太成全。」

「但願你能悟。我知道你是心口如一的人。」

「是的。師太請放心，我一定心口如一。」

原來這法藏庵的知客師悟緣，身在空門，俗家的念頭極濃，打算把香火弄興旺來，想個題目重修大殿，再塑金身，大大地斂一筆錢，置個百十畝田的產業作基礎，轟轟烈烈地幹一番，要教南京城裡提起法藏庵，公認它是比丘尼的第一座大叢林。

志向是很大，路子也有；有名縉紳人家的內堂，她都走得進去，說得上話，可是她不敢輕易做個道場，請命婦官眷、千金小姐來隨喜，因為獨木不成林，沒有幫手。但自小蓮來了兩回，越談越投機，不覺又激起了她的「雄心壯志」。小蓮雖是在家人，但亦不妨視作有善緣的信女；面目姣好、手段靈活、言語機敏、禮節嫻熟，看菩薩面上，請她來幫忙應酬，有何不可？

因此，悟緣已經籌畫好了，開年二月十九日觀世音生日，要做一個法會，請小蓮做她的幫手。小蓮也答應了；因此，從阿祥來傳信以後，她跟悟緣明說，要與芹官一會；又表明了心跡，絕不會再惹塵緣，僅僅是了一了緣分而已。如今這「心口如一」的話，不但表示她是「悟緣」，而且話中有話：她許了二月十九日的法會，一定幫忙，絕不食言。

悟緣自然樂意「成全」；關照一個很靠得住的老佛婆，專門守著昨日芹官來過的那道門，只要阿祥來，隨即放他進門，然後通知小蓮來見面。

「師太，」小蓮又說：「今天我怕不能替你幹點甚麼；我要一個人靜一靜。」

「我知道，我知道。你仍舊到我的院子裡去息著吧！」

於是小蓮禪房獨處，檢點要讓阿祥帶給芹官的信物。她是聽人說過百把年前「奉聖夫人」客氏出宮的故事，從辮子上剪下一綹頭髮。用綵線縛好；恰好也有一枚剪斷的指甲——她剛進曹家時，左手一枚指甲已養得很長；她舅母說：「養這麼長的指甲，可怎麼做事？」因而剪了下來，藏到如今；正好連那一綹頭髮，用芹官所要的一方舊手絹包了，作個「天長地久有時盡，此恨綿綿無盡期」的「私情表記」。

一面想，一面等；等到近午時分不見阿祥的蹤影，小蓮不免心裡嘀咕，但還不急，替阿祥設想了好些必須到下午才來的理由，自寬自慰。

第十五章

近午時分，震二奶奶才得閒下來，查問芹官到法藏庵究竟為了何事？

「去問過春雨了，真是想也想不到的事。」錦兒放低了聲音說：「芹官跟小蓮唱了齣『庵堂相會』。」

「有這樣的事？」震二奶奶問道：「是誰拉的縴？必是跟他的那個小廝。」

「不、不！不與阿祥相干。」錦兒是受了春雨的重託，務必將阿祥開脫出來，所以加重了語氣說，「是芹官聽春雨提起，小蓮常到法藏庵去找悟緣；他就記在心裡了。那天從老師家回來，騙阿祥說，老太太讓他去見法藏庵的老師父。阿祥就領了他去了。」

震二奶奶不作聲，沉吟了半天說：「這件事不能讓老太太、太太知道，只有私下了掉它！不知道芹官跟小蓮在那邊幹了些甚麼？那麼大的功夫！」

「有菩薩的地方，還能幹甚麼？不過敘敘情話而已。」

「這是你的猜想——」

「不是！」錦兒搶著說，「是春雨說的。」

「春雨又怎麼知道？」

「她把芹官換下來的小衣，仔細看過了，一點兒也不髒。」

震二奶奶點點頭，「那還好。」她說，「我就怕芹官一時糊塗，荒唐得離了譜。照這麼說，事情也還不麻煩。」

事情雖不麻煩，究竟作何處置呢？錦兒是跟春雨商量好了來的；先探震二奶奶的口氣，如果是照她們預期的辦法，就不必多說甚麼了。

因此，震二奶奶的意向，一定要弄明白。錦兒率直問道：「二奶奶是怎麼個打算呢？萬一鬧出甚麼笑話，等四老爺回來又不得了。是不是呢？」

「這還要甚麼打算，把小蓮攆回杭州就是了。」震二奶奶說，「你叫人把小蓮的舅舅去找來。」

震二奶奶的辦法，正是春雨的期望；錦兒便答應著，立即由中門傳出話去，要邵二順午後來見震二奶奶。

得午末未初，邵二順應傳而來；震二奶奶卻正要午睡，讓他在門房裡等了個把時辰，方在花廳中傳見。

「你那外甥女兒怎麼樣啊？」

邵二順不知她問這話的用意，老實答說：「震二奶奶是問小蓮？還不是幫著她舅母做做飯，照應孩子；閒下來到法藏庵去學念經。」

「年紀輕輕學念經幹甚麼？又不是想當姑子。」震二奶奶說：「小蓮脾氣是不大好，樣樣兒可真不賴，人也能幹。你怎麼不好好替她找個婆家，趁早嫁了出去？」

「說得是！」邵二順皺著眉說：「這孩子脾氣強，一提到這上頭，馬上臉就放了下來，也不答腔。不知道她心裡想的甚麼？」

「想的甚麼？」震二奶奶冷笑著說：「還不是滿腦子的糊塗心思！」

邵二順驚疑不已，聽口氣似乎小蓮不知甚麼地方得罪了震二奶奶，因而不敢作聲。

「本來已經出去了的人，我也管不著。不過，你是衙門裡有名字的，倘或小蓮替你惹了是非；逃得了和尚逃不了廟，人家也還是要找你。那時震二爺只能公事公辦！你懂我的意思嗎？」

邵二順似懂非懂，想了一下答說：「震二奶奶總是好意。」

這句話說得很中聽，震二奶奶的臉色和緩了，「你明白就好，我是不願意小蓮替你惹是非。女大不中留，早嫁出去的好；既然她連這件終身大事談都不願談，你就該想到，其中一定另有道理。」

「是！」

「二順，」震二奶奶問道：「小蓮的老子把小蓮交了給你；你知道不知道你的責任很重！出了事，你對她老子怎麼交代？」

邵二順一驚，囁嚅著說：「跟震二奶奶回，不知道小蓮鬧了甚麼事？」

「現在是還沒有鬧出事來，不過，遲早會出事。」震二奶奶又問：「聽說她跟她舅母也不大和睦。有這話嗎？」

「是！有的。」

「那你就更應該早作了斷了。既然跟舅母也不和睦，還不如把她送了回去。」

「是！」邵二順又遲疑著說：「只怕她不肯。」

「不會的！」震二奶奶說：「你做舅舅的，竟不知道外甥女兒的脾氣。你跟她說：『你跟舅母不和，我也不能說你們誰是誰非。不過，我接你來原是想讓你過幾天安閒日子，你在曹家待不住，現在又常到法藏庵，在家裡也待不住。這樣子，倒不如我把你送回杭州。』小蓮一定答你一句：『好吧！我就回杭州。』絕不會賴著不肯走。」

「是，是！」邵二順想想果然，「還是震二奶奶見得明。」

「你這麼說，是願意這麼辦囉？」

「是！」

事情定局了，震二奶奶又是一副面目；也是恩威並用的另一種手段，和顏悅色地問道：「你吃了飯沒有？」

「吃了一半。」邵二順答說：「府裡去的人，說震二奶奶立等回話，我是放下飯碗來的。」

「早就來了。」錦兒補充一句。

「啊，」震二奶奶聲中有著歉意，轉臉問錦兒，「大廚房這會兒是不會有甚麼東西吃的了，怎麼辦？」

「我找小廚房去。」錦兒答說，「給邵司務弄個什錦火鍋，熱呼呼的，連湯帶菜都有了。」

「對了！另外再拿一瓶酒。」震二奶奶又對邵二順說：「你先吃飽喝足，回頭我還有事交代你。」

於是震二奶奶回自己院子；邵二順被帶到門房裡，不一會小廚房送來一個火鍋、一瓶酒、一盤銀絲捲，等邵二順吃完，復又被傳喚到花廳；桌上有個紅紙包，另外是一個淺藍竹布的大包裹。

「這二十兩銀子，是給你送小蓮回杭州的盤纏；包裹裡頭有疋頭、有衣服，也有幾樣首飾，還有點外頭少見的動用物件，都是新的，託你帶給小蓮。」

邵二順為人老實，看又是東西又是錢；心裡不由得就想，誰說震二奶奶刻薄？當下連連道謝，請了兩個安；高高興興地揣著銀子，揹上包裹回家。

「你那是甚麼？」邵二順的老婆問，「還喝得滿臉通紅。」

「你先倒杯茶來我喝。等我細細告訴你。」

邵二順一面喝茶，一面將兩次見震二奶奶的情形，都說給妻子聽。邵二順的老婆，眼皮子淺，小蓮的去留，她不甚關心；關心的是那個包裹，「等我看看，是些甚麼東西！」說著，她便動手去解包裹。

「你別動！這是人家給小蓮的。」邵二順說，「全是新的，意思是給小蓮添的嫁妝。你別又眼紅！」

「唷！誰眼紅啦？」

一語未畢，只聽窗外接口，「眼紅也不要緊！」小蓮閃身出來說，「舅母喜歡，都送給舅母好了。我不稀罕。」

邵二順夫婦對小蓮的突然出現，深感迷惑；同時也不知道她那幾句話是甚麼意思，所以瞠目相視，作聲不得。

小蓮一揭門簾走進來說：「我是真話。我又不想嫁人，要甚麼嫁妝？」

這時邵二順才想到一件事，急急問道：「你是甚麼時候回來的？」

「我是看著舅舅進門的。」

「原來，原來你一直在窗子外頭聽壁腳？」

「是的。」小蓮平靜地回答：「我全聽到了。」

「那倒也好。」邵二順的老婆說：「省得你舅舅再說一遍了。你的意思怎麼樣呢？」

「我要看舅舅的意思。」

「我能有甚麼意思？」邵二順苦笑著說：「飯碗在人家手裡。」

「是的。我不能害舅舅把飯碗敲破。可是我也不能聽人家擺布。舅舅請放心，今天再住一晚，我明天一早就走。」小蓮接著說，「我不在舅舅這兒住，他們總怨不上舅舅了吧？」

「那麼，」邵二順的老婆問：「你預備到哪兒去呢？」

「我還在南京城裡。」

「總有個地方吧？」

小蓮已經想好了，卻不願說破，「此地不留人，自有留人處。」她說，「舅母就不用管了吧？」

「怎麼能不管？將來你爹跟我們要人呢？」

「人在南京城。等我找好了地方，自然會來告訴舅舅，而且我也還要寫信給我爹。」

「小蓮，」邵二順很緩和地說，「你也別鬧脾氣。當初是我把你接了來的；自然還是我送你回去，才算對你爹有個交代。」

「哼！」小蓮冷笑，「只怕是對震二奶奶有個交代。他們能攆我出曹家，可不能攆我出南京。」略停一下又說：「其實，要攆我出南京也容易，拿張片子把我送到江寧縣，押解回杭州。不就二十兩銀子都不用花了嗎？」

「你也別那麼說！」邵二順的老婆插進來說，「好端端地，人家為甚麼要攆你？總是你有讓人家容不得你的地方。」

「那是甚麼？倒請舅媽說給我聽聽。河水不犯井水，為甚麼容不得我？我看——」小蓮終於還是忍不住要說：「只怕不是曹家，另外有人容不得我。」

「那是誰？」邵二順的老婆認為小蓮指的就是她，所以大聲吼道：「你倒說是誰容不得你？是你舅舅，還是我？」

小蓮亦頗悔明知不妥而失言，便強辯著說：「我沒有說舅舅和舅媽。」

「那麼是誰呢？只有曹家容不得你；你說不是曹家，當然是我跟你舅舅囉！」邵二順的老婆越說越氣：「不行！你得把話說明白了，請街坊來評評理。」

「好了，好了！」邵二順從中解勸，「何必鬧得左鄰右舍不安，還讓人看笑話。」

「誰在鬧！」邵二順的老婆，覺得丈夫偏袒小蓮，不覺遷怒，「是我嗎？你幫你外甥女兒好了，我回娘家！」說著，衝進臥房，嗚嗚咽咽地哭了起來。

「你看，你看！」邵二順只是頓足，「鬧成這個樣子，有甚麼意思？」

小蓮也很煩，低頭不語。在心裡盤算了半天說道：「舅舅，我明天就走。天下沒有不散的筵席，我是提得起，放得下的。」

「我不懂你的話，甚麼提得起，放得下？」

小蓮無以為答。她是指對芹官的一段情；這話要說出來，真會讓人當笑話。但是，她也很困惑，莫非震二奶奶把舅舅叫了去，就沒有提一句為甚麼不惜賞賜要把她送走的緣故？

因此她問：「舅舅，到底震二奶奶跟你是怎麼說的？」

「她說女大不中留；既然小蓮不肯嫁人，不如把她送回去的好。」

「就是這麼兩句話？」

「大致就是這樣。」

小蓮暗暗嘆口氣，她舅舅老實無用，連人家的話都沒有聽清楚，那就更不必多說了；慢慢移步，預備回自己屋裡去想心事。

「你別走啊？話還沒有說完呢？」邵二順阻攔她說，「你到底是怎麼個意思，你說明天就走，是不是回杭州。」

小蓮遲疑了好一會才說：「不是！」

「那麼是到哪裡去呢？」

「我——」她知道不說明，絕無了局，便實說道：「我暫時住到法藏庵去。」

邵二順大駭，「怎麼？」他問，「你預備鉸了頭髮當姑子去？」

「哪有這麼容易？能讓你削髮就削髮。」

「那麼，你是幹甚麼去呢？」邵二順又問：「人家肯收容你嗎？」

「人家還巴不得我住到那裡去呢！」小蓮驕傲地說。

這時邵二順的老婆又出來了，她是聽見小蓮要住庵，覺得是件很新鮮的事，所以收住眼淚，悄悄出來坐下，細聽究竟。

「我倒不信。法藏庵又不是甚麼有廟產、有香火的庵，能供養得起你？而且，還巴不得你去住，倒是甚麼地方少你不得？」

「我說了，舅舅就明白了——」小蓮講了要助悟緣做觀音誕辰佛會的因由；接下來又說：「答應了人家的事，不能不算。而且這是菩薩面上的事，也是一場功德。」

「說不定悟緣還在菩薩面前禱告過的呢？」邵二順的老婆因為小蓮有了出路；同時也希冀著震二奶奶給小蓮的東西，所以盡棄前嫌，自己來搭了腔。

這下倒是提醒了小蓮，立即接口說道：「悟緣師太禱告過沒有，我可不知道；不過，我自己是在觀世音菩薩面前許了願的，一定為這場佛事盡心。這個願如果不完，菩薩會生氣。請舅舅明天再去一趟，跟震二奶奶說，明年二月底我再走。」

「這——」邵二順躊躇說，「這怕辦不到。」

「那就沒法子了。」小蓮自以為找到了極有力的藉口，有恃無恐，很輕鬆地說，「除非震二奶奶說一句，有罪過都是她的。不然，她就不必多管人家的閒事。反正，我也沒有拿她的東西。」

邵二順想了一下說：「那就得把銀子跟東西都還給人家。」

「那是幹甚麼？」邵二順的老婆說，「震二奶奶已經給了，哪裡還肯收回？反正小蓮遲早要走的；你把銀子跟東西送了回去，人家還當不肯走呢！」

「這話也不錯。不過，」邵二順說，「銀子還得繳回去，只說寄在帳房裡，等明年二月底小蓮動身再來取。」

邵二順的老婆還覺不捨，跟丈夫有所爭辯；小蓮卻懶得理他們了，回到自己臥室，靜靜思索，到了法藏庵，怎麼得想個法子替春雨、碧文、秋月惹它一場麻煩出來，讓她們知道她是不好惹的。

也不知過了多少時候，只聽她舅母在喊：「金子，開飯了，請你表姐來吃飯。」

一聽舅母態度大變，小蓮倒有些歉然；平時開飯都是她在照料，所以答應一聲：「來了！」走到堂屋裡去擺碗筷。

哪知餐桌早擺好了，菜也比平時豐富，還切了一大盤燒鴨，倒像是有意替小蓮餞別似地。

「坐吧！」邵二順的老婆說，「金子，你坐過來，別擠著你表姐。」

金子是小蓮的表妹，才十歲，平時一直是挨著小蓮坐的，所以小蓮拉住她說：「不擠，還是跟我一塊兒坐好。」

金子已經知道小蓮要住庵了，「表姐，」她問，「你在法藏庵吃葷還是吃素？」

「傻話！庵裡哪來的葷腥。」

「那是吃素。」金子又問：「表姐，你平常不大愛吃蔬菜的。」

聽得這一聲，小蓮倒不免心中一動；邵二順到底是親舅舅，本覺得她有家不住住庵，心裡惻惻然地頗感淒涼，所以便即勸說：「小蓮，我看算了吧！」

小蓮還未答話，他老婆立即問道：「怎麼能算了？震二奶奶那裡怎麼交代？」

「我不是說，小蓮不回杭州了。你別弄錯！我是說，小蓮還是住家裡來，等明年二月十九完了心願，我們一起送她回杭州，順便到三天竺燒個香。」

「到杭州去燒香，我是老早在想了。不過，」邵二順的老婆問道：「你倒想想，你跟震二奶奶怎麼去說？」

「有甚麼，說甚麼，半句話都不騙她。」

「你沒有騙人家，不錯；人家呢？肯信你嗎？」

邵二順設身地想了一下，自己也覺得表面的一切不變，倒說明年二月十九以後，小蓮一定會回杭州，這話似乎太縹緲了些。

「舅舅、舅媽不必爭了。」小蓮下定了決心，「明天我就搬到法藏庵去。」

「喔！」邵二順看著她問說，「金子剛才提醒你了，你平時不大愛吃蔬菜，最愛吃魚，庵裡可是終年到頭都吃素哦！」

「我自然也吃素。佛門清規當然應該守的，那還用說嗎？」

「怎麼不要說？應該不應該是一回事，守得住守不住又是一回事。譬如寡婦——」邵二順話到口邊，才發覺擬於不倫；硬生生將「守節」二字嚥了回去。

「才喝了一杯酒，就胡說八道了！」邵二順的老婆數落丈夫，「人家自己願意，自己有把握，要你多說多管幹甚麼？」

最後的一句話，使得邵二順和小蓮同感憤怒，但都繃著臉不作聲。

邵二順的老婆也覺得自己的話說得不妥，便又自我轉圜：「高高興興吃飯！這件事明天再說吧！」

邵二順和小蓮都接受了她的意見。飯罷有許多瑣碎家務要料理，一直沒有機會再說此事。直到回入臥室，孤燈獨對，小蓮才又細想心事。

首先想到的當然是久等阿祥不來。芹官的脾氣，她是再清楚不過，必是一早就催阿祥來跟她要那方舊手絹；阿祥不來，絕不是芹官變了心意，而是另外有人攔阻阿祥。這個人不用說，必是春雨；即令是震二奶奶不准阿祥來，亦必出於春雨主意。

芹官呢？小蓮在想，他一定會追問：阿祥也不敢不說實話。以後呢？芹官是跟春雨吵，還是會逼著阿祥再來？如果吵得厲害了又如何？凡此都是疑問，小蓮又關切、又不安，以致一夜都不曾闔眼，直到天色將曙，方始朦朦入夢，但也睡不安穩，稍為有點聲音就驚醒了。

為了報復春雨，她希望芹官會鬧，要鬧得厲害，鬧得連曹老太太都知道了，追究緣故，責備春雨、秋月不對，甚至連震二奶奶都落了不是，方始稱心。

但是，這一來，親友之間，一定會將這件事傳作笑話，把芹官形容得年少荒唐，一無出息；尤其是想到芹官夏天挨的那頓打，不知道「四老爺」一回來，又會出甚麼禍事？一顆心便又揪緊了，自己都不知道怎麼樣才能寬得下來？

就是如此為芹官神魂顛倒了一夜，到得她舅母將她驚醒時，已經日上三竿，邵二順幹自己的活兒去了。

「你舅舅中午會回來。臨走留下話，你把主意打打定；該怎麼辦怎麼辦，拖是拖不過去的。」

睡眠不足的小蓮，肝火很旺，即時答道：「誰要拖？莫非舅舅以為我是賴在這裡不想走？舅舅家雖好，也還不至於到讓人捨不得走的地步吧！」

邵二順的老婆是有意用話激她，所以一點都不生氣，平靜地說道：「那麼，你是怎麼一個主意呢？」

「主意昨天晚上就定了，我是絕不會改的。」小蓮答說，「我不管舅舅怎麼跟震二奶奶去說，反正我今天一定搬到法藏庵去。」

邵二順的老婆緊接了一句：「過了明年二月十九回杭州？」

小蓮欲待不答，卻又想到自己一向所重視的是言出必行；既然已經許下了，不能不算，便即答一聲：「對了。」

邵二順的老婆對小蓮的態度，頗為滿意；想到自己的話不免絕情，或者小蓮會記恨，把震二奶奶給的那包東西，也要帶了去，豈非落得一場空？因此，和顏悅色地格外客氣。小蓮心裡冷笑，表面卻不便擺出來，也應酬了幾句，才又回臥房去收拾行李。

收拾到被褥時，在枕頭下面發現了一個棉紙包，正就是她要送給芹官，而盼到黃昏，阿祥未曾來取的那方舊手絹與包在其中的一綹頭髮、一枚指甲。

見及此物，心裡不免又怨又恨，不自覺地咬著牙自語：「哼！居然給人，人家還不要！以後想要也沒有了！」說著便解開紙包，同時在思索，該用甚麼法子毀掉這些東西。

最方便的法子是一火而焚。不過，燒指甲她不知道是甚麼氣味，燒頭髮的那股焦毛臭很難聞，卻必須顧慮。於是她又改了個法子，找塊舊布，加上一塊舊硯台，包在一起，投入井中。

而到找舊硯台時，她的心情冷靜了。

這也不能怨芹官！賭氣賭得沒有道理。正這樣轉著念頭時，聽得邵二順的咳嗽聲，便匆匆將那個棉紙包塞在箱底。

「你在收拾東西了！」邵二順走進來說。

「我吃了飯就走。」

邵二順不作聲，頹然坐了下來，雙手捧著頭，用肘彎撐住桌子，真是叫痛心疾首。

「舅舅，也別難過，到庵裡去幫忙，也是一場功德，菩薩保佑咱們兩家平安。」小蓮又說，「得閒我會回來看舅舅，舅媽沒事也可以帶著金子來看我。」

「好吧！」邵二順站起身來，一面走，一面說：「吃人一碗，受人使喚。你知道的，舅舅不是不想留你——」說到這裡，聲音已有些哽咽了。

小蓮心有不忍，喊一聲：「舅舅！」等邵二順回身過來，才又說道：「你先去見一見震二奶奶，把我許了悟緣的話告訴她，看她怎麼說？」

「那麼，你呢？」邵二順問，「不是說今天下午就要搬到法藏庵去？」

「我等你回來再說。」

小蓮的意思是，如果震二奶奶諒解，許她仍舊住在舅舅家，直到過了明年二月十九再回杭州，她也就不必搬到法藏庵，而且到時候踐行承諾，就算委屈也仍舊要回杭州。哪知邵二順傍晚回來，傳述震二奶奶的意思，恰如她最初的計畫。

「震二奶奶說，你要替觀世音菩薩盡心，是件好事；住到法藏庵也是應該的。不過，她說：

悟緣的話也不一定靠得住。」

「怎麼？」小蓮打斷話問：「人家怎麼靠不住？」

「震二奶奶說，當知客師的，都有一套見人說人話，見鬼說鬼話的功夫；小蓮年輕不懂事，別把人家隨口敷衍的一句話當真。」

小蓮大起反感。首先覺得震二奶奶批評悟緣的話，是一種侮辱；就像有人批評她的親人，譬如舅舅邵二順怎樣，自然使她心裡很不舒服。

其次，她認為說她「年輕不懂事」，將「人家隨口敷衍的一句話當真」，就好比說她是個易受人欺的小孩。未免太小看她了。

於是她說：「震二奶奶真是門縫裡張眼，把人都瞧扁了。反正現在也不必爭，明天我一搬到法藏庵，大家自然會知道悟緣師太是怎麼樣的一個人。」

第二天吃了早飯，邵二順雇個挑夫，一肩行李，親自送小蓮到法藏庵，他本來還想一見悟緣，當面重託；小蓮說尼庵怕男客逗留，不必多事，將他催走了。

但悟緣卻一直不露面，問老佛婆說她在老師太那裡。小蓮不疑有他，又靜等了好一會，才見悟緣姍姍而來，臉上一無表情；小蓮立刻就覺得脊梁上直冒冷氣。

在她的想像中，悟緣必是欣喜不勝，迎以笑臉；因為她說過多少次：「如果你覺得跟你舅媽合不來，不如趁早搬來這裡；咱們有商有量，多好！」現在的樣子，絕不是歡迎的態度。

「你真的要搬了來？」

一聽這話，小蓮的氣就往上衝，但畢竟忍住了，「是啊，」她這樣回答：「師太不是老要我搬了來嗎？」

「那話是不錯。不過，我總以為你會先跟我商量商量。」

「怎麼？」小蓮愕然，「商量甚麼？」

「這裡不是說話之處。」悟緣看著一口箱子，一個鋪蓋捲說：「行李先擱在這兒，咱們上裡頭說去。」

小蓮的心更涼了，不讓她將行李搬進去，不就是明擺著不願她搬來？既然如此，也就沒有可商量的了。

話到口邊，卻反噤住；小蓮心想，倒要聽聽她說些甚麼？這樣的情形，太令人迷惑了，其中必有甚麼緣故在內。

於是默無一言地跟著悟緣到了她的院子裡；小蓮眼尖，很快地發覺禪床上有一塊摺疊好了的包袱，料子式樣跟震二奶奶送她東西包來的那塊包袱，一式無二。

這就像隱在雲霧中的一條龍，忽然露了眼睛一樣，通體皆明；小蓮便沉著地坐了下來，在打自己的主意了。

「我跟你說實話，不是我不願意你來住；我也說過好幾次，你要來了，我是求之不得。不過，現在情形跟以前不一樣，所以——」

所以甚麼，不說也知道；小蓮只問：「怎麼不一樣？」

「你是跟你舅舅、舅媽吵了架出來的，我就不便收留了。」悟緣又說：「你聽我的話，眼前先別搬來，過幾天等你跟你舅舅、舅媽和好了，我再來接你。」

人，告訴師太的？」

「師太，」小蓮又問，「你怎麼知道我跟舅舅、舅媽吵了架的事。」

話中出了漏洞，悟緣有些發窘，支吾著說：「總有人會知道的。」

「是的，總有人會知道。」小蓮一步不鬆地逼著問：「請師太告訴我，是哪位知道這件事的人，告訴師太的？」

「這，你就別問了。只說沒有這回事吧！」

「有——」

「有，」悟緣搶著說道：「你就聽我的勸！你舅舅待你不錯。」

「是的。我舅舅待我很好，剛才還是他送了我來的。他昨天下午去見了震二奶奶，跟她都說明了；震二奶奶不曾反對我要住到你這裡來，不過，她說一句話，現在看起來，倒像是未卜先知了。」

這句話不會是甚麼好話，悟緣是可想而知的，不過其勢不能不問：「是怎麼一句話？」

「震二奶奶說，悟緣師太也許是隨口敷衍的一句話，其實未必歡迎我住在法藏庵去，叫我別認真。我就不明白，震二奶奶怎麼就能猜得到悟緣師太你心裡？」說著，小蓮將視線從她臉上移開。

悟緣臉一紅，順著她的視線所至，看到那方包袱，心裡越發不安，但也不能就此認定，小蓮已發現了她的祕密，因而定一定神說：「我倒不是敷衍。你知道的，原來我是真心；現在完全是為你好，不願意弄成你跟你舅舅之間的僵局。」

「多謝悟緣師太。現在倒真是一個僵局了，我也沒有這張臉再回去。不過，請你放心，我絕不會賴在你這裡，討你的厭。」

一聽她話外有話，悟緣急急問道：「你說你不回去，也不會在這裡；那麼，你到哪裡去呢？」

小蓮原是故意嚇一嚇她，自己也還不知取何進止，此刻聽她這一問，再看到她擔憂的神態，心中微生報復的快意，便索性再耍她一耍。

「我打算找個客棧住下來，想法子回杭州。」

「那，」悟緣像是突然醒悟了，立即換了副神態，「這才是正辦！你也不必去住客棧，如果真的不願意回家，就在這裡住一兩天，我替你雇船，找靠得住的人送你回杭州。」

「不必！」小蓮起身說道：「我暫時將行李寄在這裡，回頭讓客棧的夥計來取。」說著，腳步已在移動了。

「不！」悟緣一把拉住她說，「你一個人，年紀輕輕的，又長得體面，怎麼能放心讓你去住客棧。你先坐下來，咱們慢慢商量。」

「請你放手——」

「不，不！你坐下來，有話好說。」

悟緣是一心以為她要去尋短見，怎麼樣也不肯放她走，當然，更希望能說服小蓮回杭州，在震二奶奶面前得以將功折罪。可是小蓮卻又不說要回杭州的話了。

這一來，越使悟緣覺得所料不差，而且也警覺到自己所負的責任極重；更慶幸發覺得早，不致闖出禍來。於是想了條緩兵之計，假意說道：「你先請坐一坐，我跟當家老師太去商量商量看，你別走！」

小蓮不知道她要去商量甚麼，姑且等她一等，便即答說：「我不走，等你回來。」

悟緣這一去，好久都不回來；時已近午，老佛婆端來兩碗素菜、一碗湯，又是一碗飯、一盤素包子。小蓮胃口毫無，只問：「悟緣師太怎麼還不來？」

「正好有客來燒香，陪著吃齋。」老佛婆說，「你慢慢吃著等她吧！」

小蓮無奈，吃了一個素包子，喝了兩匙湯；正待起身去招呼老佛婆來收拾時，只見悟緣走了來說：「請你跟我來！」

來了個要看小蓮的人，是她怎麼樣也意料不到的，竟是她的舅舅。

「咦！是舅舅，你怎麼又來了？」

「我來接你回去。」

聽得這句話，小蓮知道又是棋輸一著！原來悟緣是把她穩住了，派人將她舅舅去找了來，好交卸責任。

轉念到此，真有欲哭無淚之感，而且覺得腳下所站之處，片刻都不能逗留，雖然舅舅家也沒有臉回去，至少街上還可以透一口氣，所以一言不發地就往外走。

「小蓮！小蓮！」邵二順喊道：「你怎麼一句話不說，管自己走了呢？」

於是小蓮站住腳，回身看她舅舅，一手提箱子，一手提鋪蓋，提得他腰都彎了，心裡自然不忍，便迎上去說道：「舅舅，得找個挑伕；你去找，我在這裡等你。」

邵二順將行李放了下來，喘口氣說：「好！我去找。你可別又管自己走了。」

「我不走。」

小蓮望著邵二順的背影，茫然半晌，突然醒悟，在心中自語：「舅舅說得不錯，此時不走，更待何時？」可是，走到哪裡去呢？

要答這一問，又須先想一想，自己最想做的一件事是甚麼？念頭剛剛轉到，答案已經有了，要弄清楚，芹官是不是知道震二奶奶逼得她不能在南京存身？她想要明瞭這一點，最簡捷的辦法是找到阿祥，但阿祥又從哪裡去找呢？

苦苦思索，想起來一個人，不由得大為興奮；三多不是有個表哥嗎？此人姓甚名誰、家住何處？她全然不知。不過不要緊，三多家她是去過的，想到三多的娘，忠厚熱心，她有把握一定可以找到她要找的人。

於是定定神籌畫了一下，抬眼看時，有個像金子那麼大的女孩，趕著一黑一白兩頭羊在吃草，便走過去叫住她說：「小妹妹，我託你件事，那面的行李是我的，請你看一看，回頭我舅舅雇了挑伕來，請你告訴他，先把行李送回家，我一會兒就回去。」說著，在身上掏了十來個制錢給她，「別嫌少，送你買糖吃。」

那小女孩點點頭問說：「你舅舅姓甚麼？」

「姓邵。」

「好！我把你的話告訴他。」

事已辦妥，小蓮更不怠慢，急急走了開去，從庵後繞小路到了三多家；敲開門來，所遇到的正是三多的娘。

「唷！小蓮姑娘，你怎麼來了？」

「大嬸兒好吧！」小蓮答說，「我是特為來跟大嬸兒辭行的。」

「怎麼？要回杭州了！來，來，外面風大，裡面坐。」

到了堂屋裡，小蓮將編好的一套話，從從容容地說了出來；她說她回杭州的行期已定，有兩樣針線要送給三多留念，另外還有幾句話要說與三多，想麻煩三多表兄，到曹家去一趟；不知道他住在哪裡？又問他的名字。

「他叫梅生，住得不遠；我去看看，恐怕在家。」

「不、不！不忙。」小蓮因為梅生來了，亦不便明言所託之事，所以攔阻著說：「請大嬸告訴他一聲，務必請他明兒上午，總在辰牌時分，到我舅舅那裡來一趟。不必太早，也不能太遲；要準時。」說著，拔下頭上一枝鑲翠的金簪，送了過去，「沒有甚麼孝敬大嬸兒，留著這個；大嬸兒要想我，就看看這枝簪子好了。」

說完便告辭了。一路思量，自覺沒臉見她舅母，但事到如今，不容她退縮；反正就覺得難堪，也只是一兩天的事。

第十六章

扣準了辰光在門口等；由於那枝金簪的效用，三多的娘一早便去催促，梅生不用小蓮多等，便按約定時間來赴約了。

「梅生哥，」雖只見過一面，小蓮倒像青梅竹馬之交似地，語氣顯得很親熱，「我想拜託你一件事。辦好了我要好好謝一謝你。」

「好說，好說。」梅生答說，「你把東西交給我，我馬上替你去送給三多。」

「不是這件事。」小蓮先拋過去一個媚笑，「不知道你是不是常跟阿祥在一起？」

梅生頗感意外，「我怎麼會常跟阿祥在一起？」他說，「他忙，我也忙。」

「那麼，如果你要找他呢？」

「那倒不難。」

「既然不難，我就託你去約一約他，說我要跟他見個面。」

梅生想了一下答說：「好！我替你去跑一趟。是不是叫他來看你？」

「不！在他大姐家。請他明天上午一定來。」

梅生點點頭問：「就是這句話？」

「是的。」等梅生轉身欲行，她又把他喊住：「梅生哥，你答應我了？」

「當然答應了。莫非你還不放心。」

小蓮嫣然一笑；「要有了你這句話，我才放心。」她說：「我一定會好好謝你。」

小蓮的笑容極甜，梅生也是個浪蕩子弟，一下子大為動心，便即問說：「你怎麼樣謝我？」

「現在還不曉得。」

「這話怎麼說？」

小蓮的打算是，要在箱子裡找一找，有甚麼男人也用得著的飾物檢一件送他；急切間卻還想不起，所以那樣回答。如今他這樣追緊了問，倒必得有個確實的答覆才好。

於是她說：「我送樣首飾給你，讓你到梅生嫂面前去討個好。」

「多謝，多謝！」梅生笑道：「可惜，我老婆還不知道在哪裡？」

「原來你還沒有娶親！」

「是啊！」梅生心中又一動，「小蓮姐，是不是你要替我做媒？」

這一問便離題了，小蓮開玩笑地說：「我替你跟你表妹做媒，好不好？」

「怎麼不好？」梅生又問：「你這個媒怎麼做法？」

「等我跟阿祥商量了再說。」

提到這個名字，梅生心冷了，必是她跟阿祥，早就有約。念頭轉到這裡，好奇心起，隨即說道：「我此刻就替你去約他。」

談到這裡，只見遠遠來了個挽著菜籃的婦人；小蓮眼尖，認出是她舅媽，便急急催促梅生快走。

「梅生哥，我不能再跟你多談了。總而言之，我重重拜託、重重有謝。明天這時候，聽你的回音，千萬不要讓我白等！」說完，翩然回身；進門時卻又拋了個祈求的眼風過來。

梅生悵然若失，悵悵地走了好些路，心情才比較正常；抬頭一看，不知不覺地已離曹家不遠。於是走到角門邊，找著一個相熟的小廝，託他去通知阿祥，出來一見。

阿祥倒是很快地出現了，匆匆忙忙地問道：「甚麼事？」

「小蓮託我帶話給你，不過不是三言兩語說得完的。」

「那怎麼辦？書房裡快開飯了。」阿祥躊躇了一會，下了決心：「好吧！你到巷口茶館等我，我去告假。」

編個理由向碧文告了假，趕到巷口茶館；只見梅生已切了一盤板鴨、叫了一碗干絲，在那裡喝酒。上首擺好一雙筷子，杯中酒也斟滿了。

見此光景，便知要談的話很多。想到前天傍晚聽人談起先是邵二順來看震二奶奶；然後是震二奶奶特地派人去找悟緣來，心裡不免警惕。

「小蓮託我來跟你說，一定要跟你會個面。」

阿祥心裡一跳，不由得就愁眉苦臉了。梅生原以為自己做了傳柬的紅娘，所見的阿祥必是喜上眉梢，不道卻是這副神情，真想不透其中的道理了。

「她跟你說了沒有，有甚麼事一定要跟我見面？」

「沒有，」梅生答說，「你們的事，你還不知道嗎？」

「我知道。」阿祥喝了口酒，搖搖頭說：「真麻煩，我心裡煩透了。」

「怎麼回事？」梅生突然想到，湊過身子去，低聲問說：「你一定闖了禍了！」

「差點闖禍。好不容易敷衍過去了；她不肯饒我，又來找我的麻煩。」

「你闖了禍，她怎麼能饒你？不找你的麻煩找誰的麻煩？」

梅生的話費解，但阿祥懶得去推敲，心裡只在盤算，要怎麼樣找個理由跟小蓮推辭。

「阿祥，我給你出個主意，這樁麻煩，只有請你姐姐幫忙。」

「請我姐姐幫忙？」阿祥愕然，「她怎麼能幫得了忙呢？」

「小蓮說，要跟你在你姐姐那裡見面。你該把你闖的禍，先跟你姐姐說明白——」

「慢慢！慢慢！」阿祥搖手截斷他的話，「你的話，越來越玄了！我不懂，我闖的禍為甚麼要跟我姐姐說？」

「當然只有跟你姐姐說，阿祥，我問你，你闖的甚麼禍？」

「我倒問你，你說我闖的甚麼禍？」

「不是把小蓮勾上了手，肚子裡有了你的孩子了嗎？」

話猶未畢，阿祥「噗哧」一聲，嘴裡一口酒噴得滿桌子，接著捧腹大笑，使得別桌的茶客側目而視了。

梅生這才發覺，自己搞了個絕大的誤會，臉上發窘，但阿祥笑個不停，便讓他老羞成怒了。

「我是好意！你這個鬼樣子幹甚麼？」說著，向跑堂招一招手，預備算帳走路。

「對不起，對不起！」阿祥急忙賠不是，「我請客！我告訴你我闖的甚麼禍。」

經此安撫，梅生不再作聲。阿祥心悔失言，但已經許諾把鬧的甚麼禍告訴他，如果翻悔，這個朋友就做不成了。於是將芹官私約小蓮，鬧出一場風波的始末經過，都告訴了他。

「不過禍總算還鬧得不大。如果當初是託你上門，把三多接了出去；再由三多替我們那位小爺去約小蓮，牽扯得太多，事情一發作難以收拾，那禍就大了。」

「原來是這麼回事！我哪知道其中有這麼多疙瘩？只當小蓮——」

「對，對！是我話說得不清楚，不能怪你。」阿祥搶著說道：「這件事你已經很清楚了；我倒要請你替我出個主意，怎麼樣能夠教她死了心，不要再纏不清了！」

「好，好！我一定替你想個法子；你把心放寬了，慢慢喝酒。」

其實梅生是為自己在打算。他從阿祥口中知道曹家視小蓮是可以使得芹官不能安心讀書的隱憂；如今到明年二月十九，也還有兩個月；夜長夢多，只要小蓮一天不離南京，就一天不能放心。當然如果能讓小蓮有個歸宿，死了芹官的心，更是好事。

他現在就是在打小蓮的主意，這當然要靠阿祥助以一臂，但阿祥要他幫忙之處更多。仔細盤算下來，這筆交易著實做得過，而且阿祥一定樂意。

於是他笑笑問道：「阿祥，我聽說你對我表妹很有意思。有這話沒有？自己弟兄，別撒謊。」

阿祥原想否認，聽到最後一句話，就只好用微笑作答了。

「這樣說是有這話。你們府裡的規矩我知道的，就兩親家自己願意結親，也還不行，得要上頭答應了才算。你如果替震二奶奶把事情辦妥當了，立下大功一件，震二奶奶自然會替你作主。你說，是這話不是。」

「是啊！」阿祥大為興奮，「就是這樣。梅生，你倒說給我聽聽，怎麼能把小蓮騙回杭州去——」

「不，不！」梅生打斷他的話說：「讓她嫁人不也一樣嗎？」

「對！一樣。可是她嫁誰呢？」

「我！」梅生指著自己的鼻子說。

阿祥差一點又要噴酒，不過念頭剛起，即存戒心，但仍忍不住笑著調侃了一句：「你倒想吃這塊天鵝肉？」

「我原以為你跟她好，自己弟兄，不作興橫插一腿。既然你要想做我的表妹夫，那何不成全了我？而況，又是你的一件功勞。」

「話倒也不錯。」阿祥想了一下問道，「看你的樣子，倒也是漂漂亮亮，一表人才。不過你白天吃太陽、晚上吃月亮，一天到晚混在賭場裡，你想人家是怎麼說你？」

「無非說我沒出息。」梅生答說，「我既然要想成家，當然仔細想過。現成有很好的一樁事在那裡，只看我願意不願意去做？」

「你說，甚麼事？」

「我老子有個朋友——」

梅生這個父執叫石大山，家世是山西的馬販子；石大山的父親在南京落了戶，專門製售馬具，從鞍轡到所謂「銅活」——踏蹬之類的銅器，一應俱全；大主顧是駐防的旗營。

由於他為人耿直，不善應酬，所以有人用他名字諧音，管他叫「大傻」。半年前大傻的一個夥計，不念多年情誼，在他斜對門開了一家同樣的鋪子；旗營的大宗買賣都讓人家搶走了，因而想起了梅生能言善道，手腕靈活，打算請他去幫忙，許了三分之一的股子算他的，唯一的約束，是不能再上賭場。

「我就是因為嫌拘束，才回謝了他。如今為了成家，我自然要戒賭。阿祥你怕我口是心非，我賭咒給你聽。」

「用不著跟我賭咒。我也願意幫你的忙，不過凡事要靠你自己，我只能替你找機會跟小蓮接近。」

「這就是幫我的忙。」梅生急忙又問，「你怎麼替我找機會？」

阿祥沉吟了一下說：「最好跟三多說清楚，用她的名義，經常讓你送點小東西給她，或者煩她一件甚麼事。東西我替你來找，你只管跑腿，混熟了就看你的本事了。」

「好！我只要師出有名，自然會把她的心磨得轉向。可是，你替我找甚麼東西給她呢？」

「那你就不用管了。」阿祥問說，「你看我眼前對她應該怎麼辦？」

「容易，不過別嫌我年下說不大吉利的話，我說你病了不能來，有話可以告訴我。」

「吉利不吉利我倒不在乎，就怕她不信。」

「那就用得著你的辦法了。給我的甚麼東西，我拿來給她，讓她知道，我跟三多見過面了，不是撒謊騙她。」

「有，有！你明天上午在這裡等我。」阿祥付了帳，起身而去。

回去看放學還早，便逕自來到中門，說芹官讓他有事來跟春雨說，中門上放他入內。到得雙芝仙館，因為風大太冷，春雨懶得出來，隔窗問他的來意。

「有很要緊的話，只能跟你一個人說，而且話也很多。」

「好吧！你到後面來。」

後面有小房屋，凡是老媽子坐夜暫歇，以及別間小丫頭來串門子，都在這裡坐。春雨叫人端了個火盆來，把小丫頭支使開；聽阿祥說了他跟梅生商定的那條李代桃僵之計，好久都不曾作聲。

「怎麼樣？」阿祥催問著，「我看這是個釜底抽薪的法子。」

「我聽說三多的表兄，行為不端，怕鬧出事來。」

「行為不端也不過愛押個寶而已！既然改邪歸正，也不必再去提它。」阿祥又說，「而況鬧出事來，也不與咱們相干。」

「怎麼會不相干？」

「怎麼會相干？」

一句反問將春雨問得啞口無言，沉吟了一會說：「好吧，不過要跟三多說明白。不然她跟小蓮一碰了頭，談起來全不是那回事，變成你我在中間搗鬼。落這個罵名可划不來。而且，這話我也不便跟三多去說，要你自己跟她商量。」

「不！要你跟她說，作為你的好意，但怕小蓮多心，所以要用三多的名義。三多一定會問，找誰去送；你就說，讓我拿給她表兄去跑腿。」阿祥又說，「如果我跟她一說；萬一三多洩了底，說我表兄在打你的主意；好，滿完！」

春雨想想也不錯，點點頭說：「你明兒送芹官上了學，就來拿東西。」

於是找個機會，春雨從從容容地跟三多說，小蓮也是吃慣穿慣用慣的；如今在她舅母家，甚麼都委屈；念在姐妹一場橫豎有多下吃不掉、用不完的東西，何妨分些給她。接著便將阿祥的話，作為她自己的意思，問三多願不願意？

「讓我來做人情，我怎麼不願意？不過我不能送去；讓震二奶奶知道了，可是件不得了的事。」

「不要緊！我叫阿祥找你表兄去跑一趟。」

於是春雨將各房年下自己做了送來的臘貨醃菜點心之類，罐裝紙包預備了一大堆，交給阿祥，轉給梅生。

梅生看東西很多，不必一次都送去，留下一半，作為第二次進身之階。同時又想，約定時間在邵家門口見面，小蓮不說「請進去坐」，自己不便硬闖；那要幾時才得登堂入室，不如一早逕自登門拜訪為妙。

於是第二天起了個早，到剃頭擔子上刮了臉、梳了辮子，換上一件專為出客用的二藍摹本緞紫羔皮袍，提著食物，走到邵家附近，先找家茶館歇腳，等神閒氣靜了，才去叩邵家的大門。

來開門的是邵二順的老婆，梅生也見過的，便即含笑招呼：「邵二嬸，一向好！」

邵二順的老婆頗感意外，看到他手中提著簍簍，簍子外面伸出兩個臘鴨頭，頓時滿面堆笑地說：「唷！不是李大爺嗎？哪陣風把你吹來的。」說著，讓開了身子。

「不敢當，邵二嬸，你叫我梅生好了。」梅生一面進門，一面提高了聲音說：「我表妹託我送點年貨來給小蓮姐。」

小蓮在屋子裡聽到了，心中一驚；但也一喜，不過隨又生疑，三多怎會有年貨相送？因而急忙迎了出來，要看個究竟；但見梅生昨日今朝大不同，不但體面，而且瀟灑，一時倒忘了說話了。

「小蓮，」邵二順的老婆說，「你看！三多姑娘特來送年貨。怪不得你跟她好，實在是有義氣的姐妹。」

「臘貨要掛在風口吹才好。邵二嬸，請你給我一枝晝叉，」梅生仰臉看著簷下，「我把這些東西掛起來。」

「不敢當，不敢當！我自己來。請堂屋裡坐。」邵二順的老婆又喊：「小蓮，廚房裡水剛開，替李大爺沏碗茶來。」

小蓮自然照辦；心裡的疑惑更甚，一面沏茶，一面在想，三多哪有錢買年貨來做人情，自然是曹府現成的東西；可又怎麼能到得了一個小丫頭手裡，莫非來路不明？

這樣一想，才知道是收不得的東西；急急又趕了出去，看她舅媽已興興頭頭地解開篾簍在檢點了。事已如此，只好默不作聲地將一碗茶擺在梅生面前，同時示以眼色，告誡他語言留神。

「三多怎麼樣，還好吧？」小蓮問說，「你甚麼時候遇見她的？」

「昨天在她家，她也正要找我，把東西送來。她說她本要來看你，只為震二奶奶說年底下忙，只准了半天假，來不及了。」梅生又說，「三多告訴我，從你走了，大家都怪想你的！」

小蓮心頭一喜，自覺有這句話，在舅媽面前就有了面子，便即問說：「倒是哪些人啊？」

「她跟我說了幾個名字；曹府上的姑娘，我也鬧不清楚。不過，她說，跟芹官的兩個人，也託三多捎信，問你的好。」

「喔！」小蓮已懂他的暗示了，問一句：「她是說阿祥？」

「是的。」梅生揚眉張眼：「阿祥病了。」

「病了？」小蓮又說：「阿祥你也認識的，你倒不去望望他的病？」

「曹府上的門檻高，我跨不進去；只好託三多問問他的病。」

這一下，小蓮大致明白了，必是梅生去找阿祥，門上回報他，阿祥病了；於是再找三多，帶來了這些東西。只不知她要約阿祥見面的話，不知道梅生跟三多說了沒有？

於是她又問：「你光是託三多問問阿祥的病？」

梅生想了一下，也懂了她的意思，點點頭答說：「就是這一點，沒有別話。」

聽他語聲肫摯，小蓮感激之心，油然而生，不由得深深看了他一眼說：「我也不耽誤你太多的功夫。」說著，從藤製的茶籠中，提出一把瓷茶壺，「新沏的香片，該燜透了。」

於是兩人在方桌兩頭，對面而坐，一面喝茶，一面談話，梅生總以為她首先要問的是他跟阿祥見面的情形，不道她是問三多所送的「年貨」。

「我很奇怪，三多怎麼會有那些東西？」她指著掛在簷下的風雞臘鴨說，「這不是市面上的東西，明明是府裡的。以三多的身分，還分不到這些東西，她是哪裡來的呢？」

「這我可不知道了。反正總有個來路吧！」

後面的一句話是蛇足，小蓮接口說道：「對了，我就是要問她的來路。」

梅生發覺失言了，便加了幾分小心，「我實在不知道。」他說，「過一天我替你問她。」

「不、不！」小蓮急忙搖手，「你不知道就算了，不必去問。她是一番好意，我尋根問底，倒像疑心她的東西來路不明似地。其實，我也是隨便說說。」

梅生這才明白她的用意，本想答一句：「你放心，不是來路不明的東西。」話到口邊，才想起幾乎又是失言，因而改口答道：「好的。我不問她。」

這件事不問了，該問甚麼呢？小蓮先覺得似乎有許多話要問，此時卻不知從何說起？沉吟了好一會，才問了一句：「阿祥是甚麼病？」

「重傷風。」

「那不是甚麼大毛病。」小蓮問：「服了藥沒有？」

「不知道。」話一出口，梅生才想起答得荒唐，豈有探病而不問人曾否服藥之理？為了補救，便又加了一句：「聽說請大夫看了。」

這話才真的露了馬腳，小蓮不解地問道：「你是說請大夫來看？」

「是啊！自然是請大夫來看。」

「不對吧！」小蓮越發困惑，「府裡有個老人，我們都叫他何大叔，醫道極精，傷風咳嗽的小毛病，找他來藥到病除。何用外面去找大夫？」

聽到一半，梅生方知弄巧成拙。不過他的機變也極快，急忙說道：「對，對！姓何。我只當是大夫，誰知道就是府裡的老管家？」

這一下，總算支吾過去；小蓮卻仍有些將信將疑。尤其是三多送年貨，亦不無疑問。這兩件事加在一起，似乎其中大有文章，小蓮的神色變得很凝重了。

話已說得相當露骨，為防邵二順的老婆識破機關，不宜再往下說，反正彼此的意思都已默喻。梅生欲擒故縱，毫不遲疑地起身告辭。

小蓮卻很著急，她還有許多話要問梅生，卻苦於不便挽留，而且就留住了，當著舅母也不能暢所欲言。心想不論如何，梅生這條線索不能就此斷掉；當下心一橫，決定先將梅生維繫住了再作道理。

於是她說：「梅生哥，你請等一下，我寫張條子謝謝三多，請你再辛苦一趟。」

「行！行！」梅生又坐了下來，「你去寫吧！我等你。」

這時邵二順的老婆料理完了那批食物，來跟梅生寒暄；談不多時，小蓮復又回來，明欺她舅母不識字，那張字條摺都不摺，便遞了給梅生。

接來一看，上面寫的是：「請你下午再來，看大門右面牆頭，如露出一截竹竿，敲門可也。」梅生心頭一陣狂喜，但臉上極力保持平靜，點點頭說：「好的！我明天替你送去。」說著起身向外走去。

邵二順的老婆還要留他吃午飯，神態且還相當誠懇。梅生自然連連道謝，表示歉意，心裡卻覺得所謀更可樂觀。

一過中午，早早來到邵家，看牆頭並未露出竹竿；梅生不敢造次，到茶館裡消磨了半個時辰，重新回來，這一次可以敲門了。

來開門的自然是小蓮：「我來過一次了。」他說，「邵二嬸不在家？」

「嗯！」小蓮答說，「到親戚家去了，剛走。」

「我猜到你的暗號，一定是這個意思。」他替小蓮關上大門，轉身又說：「想來一定是有不便讓你舅母聽見的話問我？」

「有一兩句話。請裡面坐吧！」

到得在堂屋裡坐了下來，梅生問道：「家裡就你一個人？」

「就我一個。」

「你這樣放一個男人進來，倒不怕街坊見了，在人前背後說你的閒話？」

聽得這話，小蓮定睛看了看他，方始回答：「人家要說，我也沒有辦法。反正命中注定犯小人，我也想開了。」

「對！一個人總不免有煩惱，全靠自己想得開。你要問我甚麼話，快說吧？」

「怎麼？」小蓮問道：「你有事？」

「有事也可以暫且丟開，你的事要緊。」

「梅生哥，」小蓮突然說道：「我跟你商量一件事，能不能把三多接出來，我要問她幾句話。」

「那恐怕很難。她剛回來過，還只有半天的假——」

「我知道。」小蓮搶著說，「所以說要跟你商量，就因為不容易。」

梅生就有辦法也不願意說，因為讓三多跟小蓮一見了面，好些謊話都會拆穿；而況他也實在想不出辦法，因而沉吟未答。

「梅生哥，你看編個甚麼理由，可以再讓她告半天假？」

「我想不出。」梅生問道：「你有甚麼話，我替你轉過去不也一樣嗎？」這下是小蓮沉吟不答。梅生心裡明白，她對他不太信任；費了好些心血落得這樣一個結果，未免不甘。於是激發了他的「賭性」;準備著不歡而散把僵局打開來。

於是他考慮了一會,下定了決心,「小蓮姐,」他說,「你是要問三多一句話不是?這句話你不說,我也知道。」

「噢!」小蓮是覺得很好笑的神氣,「你知道,你倒說給我聽聽!」

「你是要問三多,芹官對你究竟怎麼樣?是不是這麼一句話?」

話猶未畢,小蓮已經盡斂笑容,臉上由紅轉青,青又轉白,看上去很可怕。

這一寶押中了,可是也把莊家激怒了;接下來很可能是翻檯子,大打出手。梅生鼓一鼓自己的勇氣,準備接著。

「我勸你死了這條心吧!人家是個香餑餑,多少人護著,容得你去咬一口——」

「管你甚麼事!」小蓮倏地起立,怒容滿面:「我不知道你是安著甚麼心來的?」

「我是為你好!」梅生也站了起來,「趁你舅媽不在家,躲在屋子裡去好好兒哭一場,哭濕兩個枕頭,把芹官的影子從你心裡沖掉就舒服了!」

不容他說完,小蓮就撲了上來握緊兩個拳頭,沒頭沒臉地捶了去;梅生左頰上著了一下,急忙一手護臉,一手護胸。先有些吃驚生氣,繼而覺得好笑,避都不避,隨她亂打。

「也好,你打吧!這也是個叫心裡能痛快的法子。」

聽得這話,小蓮下不了手了。但就這樣偃旗歇鼓,自己都覺得尷尬;再想想憑空打人家這麼一頓,又算甚麼名堂?一時無法下場,索性撒賴似地撲向梅生,把臉埋在他胸前,委委屈屈地哭出聲來。

梅生亦想不到有此突變，一時又興奮、又驚奇，感覺非常複雜。不過有一件事是很清楚的：應該安慰小蓮。

於是他溫柔地伸出手去撫摸小蓮的頭髮；另一隻手輕輕拍著她的背。小蓮當然已明白了她自己在激情衝擊之下，所作出來的不尋常的舉動，會替梅生帶來了怎麼樣的感想？同時從他的輕柔的慰撫中，也了解了他所期望於她的反應。意識到此，自是一驚，發現自己在無意之中惹來一個很大的麻煩；但是她並不悔，生來的性情就是如此；覺得一個人最痛苦的時候，就是在後悔的時候，所以此時很快地升起一個念頭：如果錯了，就讓它錯到底！

這一來就甚麼都不在乎了；心裡也就一下子踏實了。她輕輕地掙脫他的懷抱，用手絹擦一擦眼淚，看梅生胸前溼了一大塊，隨手就用自己的手絹去擦拭他的衣服。

梅生不免又一次驚異，不明白她何以在這個時候，有如此從容細緻的動作；低頭看了一下，按住她的手說：「一會兒就乾了。袍子的顏色深，也看不出來，不要緊。」

「你道你袍子是誰替你做的？」

「是我自己。」梅生不解地問：「你以為是誰替我做的？」

「我以為是你娘替你挑的，這種古板的花樣！」

「我娘早就去世了。」

梅生沒有娶親是她知道的，因又問說：「那麼，你是光棍一個人，還是有兄弟一起住？」

「光棍一個人。」

小蓮不作聲，低著頭想了一會，突然抬眼問道：「你住在哪裡？」

「我住在督院西街，毗盧寺左首巷子裡。」

「我知道了。你走吧，明天我來看你。」

這才是真正的驚異，梅生頓時心猿意馬，萬念奔騰，只嘴角含笑，怔怔地看著她，恰如生來不慧的傻子。

「你沒有聽見我的話？」

「聽見，聽見！」梅生如夢方醒似地，「你明天甚麼時候來？」

「上午。」

「好！我等你。」梅生走了兩步，忽又站住了細想：還有甚麼話要交代的。

「你怎麼不走？」

「我在想，有沒有漏掉的話要跟你說。」

「漏掉也不要緊！等我明天去了，有多少話不能說？」

「是，是！」梅生在自己額上拍了一巴掌，「我竟沒有轉過這個念頭來。」

第二天一早，梅生等在巷口；到得辰牌時分，看到青帕包頭的小蓮，步行而來。急忙迎了上去；路上不便交談，也不便並肩同行，梅生在前領路，進了大門，小蓮將包頭取了下來，先打量房屋。

從外面的圍牆看，便知梅生所住的房子，規模甚大；當然，這不會是他的產業，無非分租一兩間而已。此時才發現他住的竟是一個院落，一明兩暗三間屋，還帶一個廂房。走廊盡頭有一道門，已經封閉；所以這座院落是獨立的門戶。

進入堂屋，才知道右面一間打通了成了一座大廳；左面一間垂著門簾，想來是梅生的臥室。再看廳上，沒有甚麼陳設，卻有好些可摺疊的椅子，越發不解了。

「你一個人住？」

「是的。」梅生點點頭。

「廂房呢？」

「廂房做了廚房。不過不大用。」

「怎麼？還特為弄一間廚房？莫非你還用了廚子？」

這當然有點開玩笑的意味在內，梅生唯有報以尷尬的笑容。

「你光棍一個人，用得著廚房；還用得著這麼一間大廳？」小蓮一雙炯炯清眸，逼視著問。

梅生沒有想到，小蓮一來，會看到他的底蘊；心裡在想，如果說一句假話，小蓮就不會再來第二趟。考慮了一下，決定一切都不瞞她。

「我一個人本來也用不著住好幾間房；有些朋友有時候要找個場合消遣消遣，所以我弄了這個地方。一個月玩一兩場，開銷就都有了。」

「原來你是抽頭聚賭！」

話太率直，梅生不由得臉上一陣發燒，卻不能不承認，「沒法子！」他說。

「甚麼叫沒法子？我看是沒出息！」小蓮忽然轉過臉去，搖著手說：「我不該這麼說話，其實，於我——」她又把話嚥住了。

梅生這時候才完全明白，她是打好了主意來的；心頭一陣狂喜，急忙抓住稍縱即逝的機會說：「我承認我沒出息；現在我請問你，你要我怎麼樣才算有出息？」

小蓮轉臉來問：「你家從前幹甚麼行當。」

「做買賣。」梅生答說，「我家的那爿布店，八十年的老字號，到了我手裡才敗光的。」

「敗光不要緊！只要你肯上進。做買賣是清白身家，也能趕得了考，也能做得了官。」

梅生心裡一跳！「你要我趕考？那，那──」他囁嚅著說，「好像太抬舉我了。」

「那麼，你做官會不會？」

「那要看甚麼官？」梅生答說：「譬如關卡上收稅的官，我自然會做。」

「那你就做關卡上收稅的官！不過，你要答應我兩件事，第一件戒賭；第二件用功。用功不過是要你讀書、練練字、打打算盤。」

「一句話！」

「還有，你那班狐群狗黨的朋友，要斷絕往來。」

「這不可一概而論。」梅生答說，「也有些規規矩矩的朋友。」

「規規矩矩，還要有點身分的朋友，自然可以往來。水往低處流，人往高處爬；你要懂這個道理。」

原來小蓮的想法是，哪怕「未入流」總也是朝廷的命官，梅生便是「老爺」；她就是「官太太」。那時如果還有低三下四，叫人為「老爺」的朋友，豈不辱沒了身分？

梅生已看出她的意思，心裡卻有些為難；因為他也是講義氣的人，尚未富貴，已忘卻貧賤之交，會令人齒冷。因而躊躇著，不知怎麼樣去表示態度。

「你一定要替我爭一口氣！」小蓮加重了語氣說，「如果你願意娶我，你一定要依我。」

「如果你願意娶我」七字，重重地擊撞在梅生心坎上，他一遍一遍地默念著；有種無可言喻的咀嚼不盡的滋味。

「你說一句啊！」小蓮眉一揚，催促著說。

「喔，」梅生定定神說，「我當然願意娶你，就怕我配不上。」

「倘或你不替我爭口氣，就是配不上我；不是甚麼別的配不上，你的志向配不上我。」

「沒有這話，我又何嘗不想往上爬。」梅生突然說道：「小蓮，我們搬到別處去好不好？」

「搬到哪裡？」

「隨便哪裡，只要不在南京。」

「為甚麼？」

「一離開南京，我那班朋友，譬如像阿祥他們，不就無形中斷了嗎？」

這一點卻又與小蓮的意願不合，她之要「爭口氣」，就是想在南京做個「官太太」給春雨、碧文看。倘在別處就沒有意思了。

「我老實跟你說，我是愛朋友的；在南京要讓我跟阿祥他們斷絕往來，這件事辦不到。」梅生又說：「能對不起窮朋友，就能對不起你。你總不肯嫁個沒良心的人吧？」

這話使得小蓮想起不知在哪裡見過的兩句話：「貧賤之交不可忘；糟糠之妻不下堂。」心裡著實感動；也著實安慰，覺得自己在梅生身上押的這一寶，居然押對了。

「好吧！這一層我們暫且不去提。現在商量商量正事；你不在賭場裡混，靠甚麼過日子？」

「這個我早就有打算了。」梅生將他預備到父執的馬具店去幫忙的話，細細說了給小蓮聽。

小蓮自是深感欣慰；隨即將攜來的一個布包打開，裡面是個裝奇南香的錫盒子，盒中有好幾樣首飾，還有一扣存摺。

「我在曹家所攢的私房，都在這裡了。這幾件首飾，你可以變多少錢？」

梅生因為在賭場中，常見有人偷出妻子的首飾來質押，作為賭本，所以這方面的行情相當熟悉。細心估計了一下，認為至少值二百兩銀子。

「這樣一共就有三百五十兩銀子，做人家也夠了。」小蓮將存摺交給梅生，「錢是存在水西門一家綢緞鋪裡，明天你去提幾十兩銀子出來，備一份禮去送我舅媽，年初一要來拜年，也要備禮上門。過了年初五，你來求親，有舅媽作主，事情一定可以成功。」

「嗯、嗯，好！」梅生連連點頭。

「求親的時候，你只說備一百兩銀子的聘禮，不要嫁妝。舅媽會來問我，我自有話說。」

她說一句，梅生應一句；談到近午時分，小蓮叮囑梅生去買了菜來，洗剝割烹，手段俐落，居然就像做人家的樣子了。

上坐的是梅生，儼然一家之主；小蓮打橫相陪，而且不斷替梅生挾菜，真個賢妻的模樣，令人未飲先醉了。

吃到一半，有人敲門，聲音極大；小蓮自然有些緊張，「必是你那班狐群狗黨來了。」她說：「快去擋住。」說完，急步躲入臥室。

梅生便去開了門，意想不到的是阿祥；不由得愣住了。

阿祥是來慣的，管自己往裡走，留意梅生在後面關門。一進入堂屋，發現桌上兩副碗筷，而別無他人，覺得是件怪事。

「你有客！」他回身迎著梅生問：「你的客人呢？」

梅生大感窘迫，支吾著不知何以為答？眼睛卻不斷望著臥室；阿祥便即笑道：「我明白了！一定是釣魚巷來的相好？為甚麼不請出來見見？」

在裡間的小蓮聽得清清楚楚，料知是躲不過去，心一橫閃身而出。這一下是阿祥愣住了。

「原來你在這裡？」

小蓮強自鎮靜著，不答他的話，只問一句：「你吃了飯沒有？」

梅生因為她如此沉著，心也定了下來，接口說道：「就算吃過了，也可以喝杯酒。」

「說得是！」小蓮掉身走了。

她是去添杯筷，梅生將座位換個方向，請阿祥上坐；他坐小蓮對面，一面替客人斟酒，一面問道：「你怎麼有空出來？」

阿祥是受了春雨的囑託，特為來打聽小蓮的情形；此時當然還不便造次說明，隨口答一句：「替我們那位小爺去買紙，順路過來看看。」

「阿祥，」小蓮問道：「你這兩天不是感冒？」

這一說，第一個梅生大感不安；不過阿祥腦筋很清楚，自會圓謊，「昨天還躺在床上。」他說：「今天好了。」

「剛好要當心，少吹風。」

「是，是！少吹風。」阿祥附和著，偷眼去看梅生與小蓮的表情，一個惴惴不安；一個若有所思，真猜不出葫蘆裡賣的甚麼藥？

「勞駕！」梅生對小蓮說，「能不能替我們換點熱湯來？」

阿祥想說句「不必費事」的客氣話，但看到梅生的眼色，縮住了口，知道他是故意把她調開，要有話說。

「你想都想不到的。」梅生湊過來低聲說道：「小蓮要嫁給我了。」

「真的？」

「當然真的。這樣子你還看不出來？」

阿祥當然看得出來，不過無法讓自己相信有這樣不可思議的事。

「你如果不相信，我讓她自己來說。」

「好！」阿祥深深點頭，「我要聽她親口說一句，我才會相信。」

於是等小蓮換了熱湯來，梅生開口問道：「咱們的事，要不要跟阿祥說明白？」

這時的小蓮，可無法不害羞了；雖不開口，也跟親口說了一樣，阿祥便舉杯向小蓮說道：「恭喜，恭喜！我得改口管你叫嫂子了。」

小蓮越發羞不自勝，放下飯碗便往裡間奔了去；梅生得意地向阿祥一揚眉，彷彿在問：「如何？你相信了吧！」

事情是千真萬確，再無可疑的了。但阿祥的感想很奇怪，這件好事原是他鼓勵梅生去進行的；而在意外順利成功的時刻，他卻覺得有點不大對勁；也有點彷彿替小蓮可惜似地。當然，他更渴望著知道心高氣傲的小蓮，究竟是出於一種甚麼想法，居然肯這樣地委屈自己？

他很想跟小蓮私下談一談。這得找機會；心想，小蓮總不至於從這天起就住在這裡，回頭以送她回邵家為名，可以在路上談。

這樣想停當了，便不肯多喝酒；怕小蓮當他說醉話，不願談正經。梅生哪裡會知道他的心事，殷殷勸酒，阿祥用手掌蓋住杯子，堅持不喝。

正在一個勸、一個辭，相持不下時，小蓮又出現了。「你也少喝一點兒。」她對梅生說，「吃完飯，還得上趟街！」

此時的梅生，自是小蓮怎麼說，他怎麼聽。當下止酒不飲，吃完了飯；受命上街去買火盆與木炭。臨走時說句客氣話，說客人再坐一會。阿祥正中下懷，就老實坐在那裡了。

「你一定很奇怪。」小蓮原是故意遣走梅生，要向阿祥一吐心事，所以自己先開口，「我怎麼會這麼不要臉，自己找上人家的門來？阿祥，你是不是這麼在想？」

「不是！」阿祥想了一下說，「梅生跟我說道，他很喜歡你；倘或能娶了你他會改邪歸正。不過，我沒有想到，會這麼快！」

「我自己也沒有想到。這半年來的種種是非，是誰也想不到。人心可怕！」

有牢騷來了，阿祥希望聽下去，但不願附和，因而默不作聲。

「我想你大概也知道。春雨自以為是馬上『補缺』的芹二姨奶奶，把人家也看成像她一樣；你說好笑不？」

對她這話，阿祥覺得不妨問清楚：「你所說的『人家』，就是你自己？」

「嗯！」小蓮點點頭。

「那麼——」阿祥遲疑了好一會，終於忍不住要說：「我問你句話，你別生氣；你是不是心裡有個芹官呢？」

小蓮滿臉飛紅，想了一下說：「人相處得久了，感情總是有的。不過，我並沒有春雨那種心思。」

「甚麼心思？」

對於阿祥的明知故問，小蓮似乎有些著惱，因而提高了聲音說：「想當芹二奶奶啊！她稀罕，我現在就是要讓她知道，別以為自己了不起；你把芹官看成寶，人家不在乎。」

阿祥恍然大悟，原來她是賭氣，越是口中說不在乎，心裡越在乎。現在是在氣頭上，逞性而行，事過境遷，冷靜下來，想法又不一樣。

於是他平靜地說：「小蓮，我倒要提醒你；你這麼做，是不是前前後後都想過？終身大事，馬虎不得；你將來會不會後悔？」

「不會！」小蓮斬釘截鐵地說：「我做事向來不後悔的。」

談話為梅生打斷了，小蓮訝異他歸來之速，梅生說是出門未幾，想起房東曾留下一個舊火盆，所以只在附近買了木炭。

「不是我不願意買新火盆，我怕你跟阿祥受寒；趕緊買了炭來，先生了火再說。」

「謝謝、謝謝！」阿祥料想這天已無跟小蓮再談的機會，接口說道，「改天再陪你們烤火閒聊。」

小蓮與梅生都留他不住。阿祥到家，恰好散書房；將芹官送到中門，春雨在那裡迎接——不是接芹官，是要留住阿祥有差遣。

「你到雙芝仙館等我。」她說，「我把芹官送到老太太那裡，馬上回來，把送師母的年禮交代給你。」

「今天就送去？」阿祥問。

「你看來得及來不及？」春雨答說，「如果太遠來不及，就明兒上午送亦可以。不過，我得今天就交代給你；明兒一早就要到老太太那裡幫忙『撣塵』，沒功夫跟你說了。」

於是阿祥先到雙芝仙館，進門就遇見三多；只見她穿的是夾袴與薄棉襖，束一根玄色縐紗的帶子，越顯得腰肢婀娜、體態輕盈，不過兩頰凍得紅紅的，快將發紫了。

「芹官呢？」她呵著手問，雙肩都有些往上聳了。

「到老太太那裡去了。」阿祥憐惜地說：「『若要俏，凍得跳』，年底下了，凍出病來，何苦？」

「去你的，無事端端咒我生病。」三多接著又問：「小蓮怎麼樣？你把我的『年貨』送去了，她怎麼說？」

「不是我送去的，我交給你表哥了。我告訴你一件新聞，你一定愛聽。」

「甚麼新聞，你快說！」

「你先去穿上一件衣服，我再告訴你。這件新聞，不但你愛聽，人人愛聽，我不騙你。」

三多領受了他的好意，不過提了個警告：「你要騙我，看我饒得了你！」

於是三多回自己屋子裡去添衣服；阿祥便進芹官的書房，在雲白銅的火盆中續上炭，隨即聽得身後門簾響，轉身一看，不是三多，而是春雨。

不過，三多亦接踵而至，「他說有件新聞，」她對春雨說：「人人愛聽。你正好趕上了。」

「喔！」春雨向阿祥看了一眼，示以警惕，越是人人愛聽的新聞，越要細想一想、能不能說。

阿祥覺得沒有甚麼不能說：「有件事你們再也想不到的。」他看著三多說：「你要管小蓮叫表嫂了！」

「甚麼？」春雨與三多不約而同地失聲驚呼。

「別說你們不相信，我也不相信。不過，是千真萬確的事。」

「怎麼會呢？」三多細看著他的臉色，「你喝了酒了？」

「不錯！我在你表兄那裡喝的酒；不過是小蓮招呼。她做的瓦塊魚，還真不賴。」

「越說越玄了！你別喝醉了吧？」

三多不信，春雨卻知道阿祥不敢無緣無故撒這個謊，同時心裡立刻浮起芹官的影子，覺得這件「人人愛聽」的新聞，此刻還是少說為宜。

於是她很快地向阿祥使了個眼色說道：「我也不大相信。這會兒別說了，先辦正事要緊。三多你先給芹官把大氅送去，怕晚上回來冷。」

「這會兒就送去？」

「隨便你。不過我看這會兒送去的好；秋月煨了一鍋鹿筋在那裡，順便可以跟她要一碗來。」

春雨又說：「外面冷，你的衣服也不夠。你看你臉上，再凍下去，長了凍瘡，那才好看！」

「好吧！」三多已為春雨收服了，馴順地說，「我就去。」

「早去早回，留阿祥在這兒吃飯。」春雨又鄭重叮囑，「小蓮的事也不知是真是假，你千萬別露口風。」

「我知道。」三多又向阿祥說，「回來我再仔細問你。」

當然，春雨先就要仔細問了。阿祥隱沒了一部分以外，可說知無不言，言無不盡，而且還說了他自己的感想。

「她完全是賭氣。嘴裡說不悔，我看遲早會懊悔。不過，如果她真的看中了梅生，那又不同了。」

「梅生是怎麼一個人？」春雨問道，「聽說是個油頭光棍？」

「差不多。反正能言善道，一張嘴甜得很；平時又講究穿著，喜歡他的人也很多。只是真的戒了賭，肯巴結上進，小蓮就算嫁得不錯。」

「那就好！」春雨點點頭，「你是他的朋友，要勸他上進。」

突然間，聽得外面驚惶地急喊：「春雨姐，春雨姐，不得了啦！」是三多的聲音，喊得春雨顏色大變，急忙起身衝了出去；門簾一揭，與三多撞個滿懷，她顧不得胸口疼痛，急急問道：「出了甚麼事？」

「老太太中風了！」

春雨喘了口氣，聽得自己的心跳似打雷一般；不是芹官出了甚麼事，就比較能夠沉著了，「現在怎麼樣，要緊不要緊？」她手扶著椅背問。

「來勢很凶！是在門牌！已到最後一把了，忽然說是：『怎麼我的手發麻？』一句話沒有說完，人倒了下來，幸而秋月扶住，可是人已經昏過去了。」

「昏過去了？」春雨略想一想問道：「你見著芹官沒有？」

「沒有。在老太太屋子裡。」

「我看看去，你別走開。」春雨又對阿祥說，「你也最好別走遠了，就在中門外聽信兒；怕萬一有事找不著人。」

第十七章

萱榮堂外，靜悄悄地聲息全無；堂屋的門開著，春雨走過去探頭一望，才知道一屋子的人，鄒姨娘、季姨娘、上了年紀有身分的下人都在。錦兒看見她，急忙搖一搖手示意，又向裡面指一指；春雨屏息側耳，隨即聽得一陣陣「呼嚕、呼嚕」上痰的聲音。

這時錦兒已走了過來，輕輕將她的衣服一拉，又努一努嘴，示意由迴廊繞到秋月所住的後房。

剛一移動腳步，只聽履聲雜沓；回頭一看，何誠高舉一盞燈籠引路，中間一個四十來歲的，春雨認得，是南京城裡的名醫周少雲，曾替芹官看過病；後面是曹震所用的一個小廝連才，一隻手燈籠、一隻手藥箱。

走到堂屋門口，曹震已迎了出來；見了周少雲，只拱一拱手，隨即親自打簾子肅客入內，卻說一句：「錦兒，替大夫拿藥箱。」

於是錦兒從連才手裡接過藥箱，跟了進去。春雨繞到後面；馬夫人與震二奶奶正好也迴避到秋月臥室裡來，春雨猶待行禮，讓馬夫人搖搖手止住了。

「甚麼時候得的病？」是周少雲在問。

「一個時辰以前。」秋月回答。

「請姑娘拿本書給我。」

這是用本書墊在腕下，要診脈了；春雨去到門邊，找個縫隙張望，正好看到芹官站在靠窗之處，眼淚汪汪地，好不淒楚，以致春雨的心也酸了。

「老太太的脈，左大右濡，是肝風。」

「要緊不要緊？」曹震在問。

「不要緊，不要緊！」周少雲提高了聲音說。

聽得這話，無不心頭一寬；春雨看芹官的臉上也有了喜色。其時周少雲已由曹震與芹官陪著到曹老太太平時起坐的外屋去開方子；女眷無須迴避，馬夫人與震二奶奶便又回到病榻前面，春雨也跟了出去，只見曹老太太面紅如火，口張目閉，喉頭痰響；這樣子說是「不要緊」嗎？不免令人懷疑。

「不要緊了！」芹官走了來說，聲音壓低了，卻壓不住聲音中的興奮，「我馬上要跟周大夫去請他的老師。太太，知道他老師是誰？葉天士！」

這葉天士照傳說是「天醫星」下凡，他單名桂，別號天士，又號香巖；原籍安徽歙縣，明末避兵亂到了蘇州，定居已經三世。祖父都是名醫；不幸的是，他的擅長外科的父親，剛及中年，便已下世。那時葉天士才十四歲；天資卓絕，讀書過目不忘，學醫求知之心特切，從十四歲到十八歲，從過十七個老師。二十歲不到，即已掛牌行醫；醫運又特別好，任何疑難雜症，一經他的手，立刻便有轉機，因而門庭如市。他住在閶門外上津橋門臨運河，泊舟無數，十之八九是江南各地慕名來求醫的；本地的轎馬更不必說，一直停到對門。

對面住的也是個名醫，原籍山西，大概也是避流寇之亂，遷居到蘇州來的；此人姓薛名雪、字生白，能詩善畫，寫得一手極好的蘇字，通周易，還會技擊，真是多才多藝，樣樣勝過葉天士，惟獨運氣不及，門可羅雀；相形之下，自然難堪。有人勸他說：「不是你醫道不好，只為你住在葉天士對門；換個地方住，包你也是應接不暇。」薛生白何甘退避？硬撐著要住在原處；他說葉天士是「時醫」，自稱是「儒醫」。葉天士開的脈案，處的方子，為他批駁得一文不值；還將書齋題名「掃葉山莊」，刻印醫書就用掃葉山莊的名義發售。

葉天士也承認自己是時醫，說過兩句話：「趁我十年運，有病快來醫。」後來因為薛生白咄咄逼人，鋒鋩忒甚；實在有些氣不過，也將書齋起了個名字，叫做「踏雪齋」。

一個「掃葉」，一個「踏雪」，平空為玄妙觀前的茶坊酒肆，帶來了不少話題。於是葉天士被形容得神乎其神；種種佳話，傳遍遐邇。有個傳說，葉天士不但能醫病，還能醫貧。

傳說是這樣：有一天葉天士坐轎出門，遇見一個衣衫襤褸的窮漢攔轎求診。葉天士下轎替他把脈，毫無病徵，不免奇怪。

那窮漢苦笑道：「聽說葉先生是名醫，著手成春，沒有不能醫的病，不知道我的『窮病』，葉先生能不能醫？」

葉天士沉吟片刻答說：「這個病也好治。你晚上到我家來，我替你開方子。」

開的方子只有一味橄欖核。葉天士告訴他說：「橄欖核不要錢，你去多撿些，拿回家去種；等出了芽來告訴我。那時就可以治你的窮病了。」

那人如言照辦，等橄欖發芽去告訴葉天士。從這天起，葉天士所開的方子，必用橄欖芽作藥引；結果是獨門生意，大獲其利。

就因為有這許多神奇的傳說，所以葉天士在無數人的心目中，不僅僅是藥到病除的名醫；簡直是神通廣大，無所不能的救星。

「真是老太太福大命大；偏生就有這麼一位救星！你快去吧，要穿馬褂；外面冷，要多穿衣服。」馬夫人問道：「春雨呢？剛才不是在這兒？」

「在這兒哪！」春雨閃身出現，「大鼈先就送來了，我回去拿馬褂。」

「乾脆我回去穿吧！一來一往，白費功夫。」

「對了！」震二奶奶接口，「你穿了衣服直接到二廳上去等，我叫他們替你預備轎子。見了『天醫星』要磕頭；人家老太太的救星，咱們全家都得替他磕頭。」

「我知道。」說完，芹官轉身就走。

春雨匆匆跟了上去；高擎燈籠，照著芹官，邊走邊問：「葉天士不是在蘇州嗎？聽說他每天要看上百的病號；怎麼會到了南京呢？」

「到南京來也是給人看病——」

「那就不對了！我親耳聽鼎大爺說過，葉天士遠地不出診的。」

「這個病人，來頭不同。他是——」他是江西廣信府貴溪縣龍虎山上來的張天師，奉召入覲事畢，由北京回山，不想行至南京地方，忽然寒熱大作，病勢甚凶。由於事先特頒上諭，著沿途地方官妥善照料；兩江總督怕張天師一病不起，上諭切責照料不周，責任極重，所以下了劄子給江蘇巡撫，延請葉天士，尅日到南京，為張天師診治。昨日剛到，在他的門生周少雲家下榻。

「那真是巧了！難怪太太說老太太福大命大，真的命中就有救星。」

春雨突然打了個寒噤；連手中的燈籠都大大地抖了一下，芹官急急問說：「怎麼啦！」他一伸手去捏一捏她的手臂，「你也比三多好不了多少，不肯多穿衣服。」

「我不是冷。」

「那又為甚麼哆嗦？」

「我是在想——」她遲疑著沒有說下去。

「你別嘔我了，行不行？」芹官有些著惱，「這會兒心裡亂糟糟的，你還陰陽怪氣，給人添煩。」

春雨終於還是說了，「我是想到老太太萬一有個三長兩短，」她異常吃力地說，「只怕一大家人就要散了。」

「這是怎麼說？」芹官站住腳問。

「別停下來！」春雨拉著他說，「這話一時也說不盡，反正也不會到那個地步。」

還是吞吐其詞！芹官雖感不悅，但也沒功夫去生閒氣，只說得一句：「都像你這種心思，只怕老太太有個意外，一大家人倒真是要散了。」

這話像針一樣，刺得春雨心裡；她不知道芹官是真的疑心她曹老太太還不曾撒手西歸，她已在打分手的主意，還是一時口不擇言。就算是無心的一句話，也足以令人傷心了。不過，她當然知道要隱忍；只是反躬自問，話說得也早了些，其咎在己，不必怪人。

因此，她不改常度地照料芹官，加上一件作為禮服的馬褂，親自送到中門；關照阿祥好生照看，然後又回到萱榮堂。

「怎麼樣？」遇見秋月，她第一句就問曹老太太的病情。

「氣喘得好像更凶了。」秋月的眼圈紅了。

「千萬不要這樣，讓太太看了傷心。」春雨又說，「我剛才聽芹官說，葉大夫是因為張天師病了，特為來出診的；老太太這場病遲不發，早不發，偏偏發生在這個當口，原是天可憐見，算好了有天醫星下凡搭救。不要緊，絕不要緊！」

受了春雨的鼓舞，秋月的情緒立刻就轉變了，「是啊！我想以老太太待人厚道，身子又一向健旺，不說造百歲牌坊，壽到八十一定是靠得住的，不該說去就去。而且——」她停了一下，又說，「而且，而且有好些事還沒有交代。」

春雨心中一動，她最關切的，當然是她自己的事；但這話問不出口，略想一想，閒閒提起。

「老太太最關心的一件事，只怕是芹官上京當差。」

「這當然也是。不過最關心的是，」秋月向窗外看了一下，低聲說道：「芹官的親事。」

「喔，」春雨可終於忍不住要問了，「跟你談過？」

「不是跟我，不過有一次跟太太兩個人談，只有我在旁邊。」

語氣中似乎連震二奶奶都不知道這件事；這一點，春雨認為很重要，決定打破沙鍋問到底。

「震二奶奶呢？老太太跟震二奶奶談過沒有？」

「沒有。」

答得簡短，便顯得聲音有力，是確有把握的答語。於是秋月在她心目中的分量，一下子又提高了。

「老太太跟太太怎麼說的呢？」

「老太太問太太的意思，太太說請老太太作主。老太太說總要先有合適的姑娘，才好商量；太太就提到張家的姑娘。」

「哪個張家？」春雨問說，「就是張侯爺家？」

「就是他家。」

「老太太怎麼說呢？」

「老太太說，若是為芹官著想，倒不宜娶富貴人家的小姐。齊大非偶；咱們家不比當年了。倒還是老根兒人家，姑娘又是脾氣好、有見識、有教養的最合適。」

聽得這話，春雨脫口讚了一句：「老太太才真是有見識。」

秋月看了她一眼說：「光有見識也無用，要有這樣的人才好。」

「莫非就沒有這樣的人？」

「有是有一個；太太——」

「太太」兩字剛出口，門簾一閃；秋月急忙住口，定睛看時是冬雪。

「震二奶奶找，快去吧！」

秋月起身走了；春雨也跟了過去，心裡悶悶地只恨冬雪，不遲不早偏偏就在最要緊的那句話上闖了進來！

「春雨也在這裡，正好！」震二奶奶說：「老太太這病看樣子命有救星，當然不要緊了。不過，不是三天兩天就能起床的。該商量個日夜輪班伺候的章程。」

「是！」

「日夜要有得力的人，白天還好，晚上要緊。」震二奶奶說，「剛才我跟太太商量，把老太太對面那間屋子，收拾出來，太太搬了來住。另外春雨、碧文、錦兒都要來值班；春雨，你的意思怎麼樣？」

「當然。」春雨答說，「即使震二奶奶不交派，我也要過來伺候的。」

「是啊！你們都是有良心的。書房放假了，要碧文來值班，想來季姨娘也不會不放。你們四個，逢子午卯酉交班，每人管三個時辰；這個班怎麼輪，你們自己說吧！」

「晚上要緊，秋月當然在晚上。」春雨答說，「還有一個，我看應該是錦兒。」

這一獻議，在震二奶奶正中下懷，「不錯！你跟碧文，還要照料芹官跟棠官，晚上不便。」她趁機又說：「前半夜又比後半夜要緊，前半夜老太太醒著，人也都沒有走；少不得秋月。讓錦兒值後半夜好了。」

誰都沒有想到，震二奶奶居然趁這機會，正好將曹震跟錦兒隔開來，都說她的安排很妥當。

不過春雨又有個建議。

「我在想，總還得有個懂醫懂藥的人，隨時可以請來看看老太太的情形——」

「我懂了！」震二奶奶揮揮手，打斷她的話說，「我也想過。好在老何也這麼大一把年紀了，就住進來也不要緊。秋月，廂房裡是不是堆著老太太的東西？」

「不多只有幾口衣箱。老何要住也住得下。」

「好！這件事我就交給你了。回頭等天醫星來過了，你跟老何接頭，今天就搬進來。」震二奶奶又問春雨：「你跟碧文是白天的班，誰在上半天，誰在下半天，你們自己去商量。」

「這會兒就定規好了。卯時交班，要起得早，我上半天好了。」

震二奶奶點頭說「好」；猶待有言，只見曹震掀簾而入，匆匆問說：「太太呢？」

「不是在老太太哪裡？」震二奶奶問說：「甚麼事？」

「剛才周大夫開了方子交代，藥不妨預備在哪裡，最好稍為慢點服，等他老師看過，比較妥當。老何說方子很好，為甚麼不服？白白耽誤了！我想跟太太回一聲，咱們給老太太灌藥吧。」

「既如此說，自然是早服為妙。」說著，震二奶奶站起身來。

秋月當然領頭，其次是震二奶奶、曹震都進了曹老太太臥室，後跟的春雨遲疑了一下，也踏了進去；只有何謹站在門外。

「你也進來吧！」震二奶奶回頭說了一句。

這時曹震已向馬夫人說知其事，自無不從。於是在何謹指揮之下，春雨、夏雲、冬雪三個人扶起曹老太太，秋月捧藥碗，吹得溫涼了，才由震二奶奶用銀匙掏了湯藥，灌入曹老太太口中。春雨的耳朵尖，側身細聽，並未下嚥。

到得第二匙，不但不曾下嚥，反從脣角流了出來；震二奶奶急忙用手巾接住，回頭看著何謹問道：「怎麼辦？」

「老太太的痰湧了上來，把藥頂住了。能把一口痰咳出來就好了。」何謹吩咐：「春雨，你輕輕兒拍拍老太太的背。」

正在拍著，只聽窗外有人在說：「芹官回來了。」

說也奇怪，這句話剛傳進來，曹老太太的眼睛似乎動了一下；夏雲看得最真切，卻還不敢信任自己，抬眼看時，秋月和震二奶奶臉上都有驚異的神情。顯然地，她們亦都看到了。

還來不及印證彼此所見，芹官已經掀簾而入，氣喘吁吁地卻面有喜色，令人不解所謂。

「別性急！定下心來，慢慢兒說。」震二奶奶摸一摸馬夫人的茶碗，端起來說：「喝口茶，順順氣。」

「我一到，葉老先生正要出門，周大夫把經過情形告訴了他；我就爬下來給他磕了個頭，請他馬上來診脈。他說，張天師哪裡也很要緊，約定在先，不能不去。好在周大夫的藥很穩當，盡可以先服。」芹官接著又說：「葉老先生說，人雖昏迷，其實心裡是清楚；老太太這時候有話說不出來，比咱們更著急。要有個善體老太太心境的人，替她把心裡的話說出來；心情平伏了，自然就不要緊。葉老先生還說：切忌震動，更不宜有暴聲。」

「說得是。」馬夫人急忙說道：「今兒送灶，會有人放炮，趕快告訴他們別放。」

「是！」不知何時出現的錦兒答應著，轉身而去。

「我想。」芹官又說：「善體老太太心情，莫如二嫂子跟秋月；你們兩位跟老太太說吧！」

「好！我來跟老太太說。」震二奶奶又催促曹震：「大夫總快來了，你們哥兒倆該到大門上等著迎接。」

「稍等一等，我要看老太太能服藥了，才能放心。」

「一定能讓你放心，」震二奶奶一面幫著春雨輕拍曹老太太的背，一面在她耳邊說道：「老太太大概都聽見了吧？你老人家的孝順孫子芹官，給人家天醫星磕頭，把他求了來治你的病。葉天士本來不會到南京來的，只為兩江總督非要請他來給張天師治病不可；誰知道你老人家年災月晦，正好遇上了，這不是福大命大、命中該有救星？您老人家別急，以為好些事還沒有交代；儘管把心靜下來，等好了有多少話不能說？」一面說，一面注視著曹老太太的臉色；只以關切過甚，反看不出來是不是有甚麼變化，不過痰聲卻更響了。震二奶奶大為著急，正不知還該說些甚麼時，只聽何謹說道：「使勁拍一下！」

震二奶奶與春雨不約而同地反住了手；震二奶奶很快地領會了何謹的意思，向春雨說一聲：「我來！」然後，聽曹老太太的喘聲；扣準了她往外呼氣，痰湧到喉頭時，拿穩了輕重分量，在她背上拍了一巴掌，隨即聽見「咯咯」兩聲，喘聲立刻減輕了。

「伸指頭到老太太嘴裡，」何謹復又指揮，「把濃痰挖出來。」

這時秋月已放下藥碗，取曹老太太平時所用的銀唾壺遞了給春雨；震二奶奶便伸兩指到曹老太太口中，挖出頑痰稠涎。她偏又照應得周到；看了她丈夫一眼說：「二爺，你該放心了吧！」

「藥，」何謹也說，「老太太一定能受了。」

果然，等曹震帶著芹官走了，仍舊是震二奶奶親自餵藥，慢慢地大半都能下嚥。餵完了藥，又聽何謹的話，餵了些溫水，然後墊高了枕頭，輕輕將曹老太太放倒。一屋子的人，都大大地鬆了口氣。

一直面向著病榻的秋月，突然發現：「太太呢？」

「剛才還在這兒。」冬雪問道，「是不是回去了？」

「我彷彿瞟著一眼，」春雨接口，「好像是到後房去了。」

後房是秋月所住，所以一聽這話，首先入內；連床後都看到了，不見馬夫人。這時春雨也進來了，偶然向窗戶一望，驚詫地說：「太太在那兒幹甚麼？」

於是兩人都推門而出，只見後院青石板上，馬夫人向東方俯伏著。秋月與春雨都明白了，馬夫人必是看到曹老太太初步脫險，正向「真主」禱謝護佑。這是虔敬的儀禮，兩人都不敢造次出聲，也不宜動手去攙扶。

此時秋月轉身入內，取了她自己的一件名為「一裹圓」的斗篷，伺候在旁；等馬夫人站起身來，將斗篷往她身上一披，隨即裹緊。

春雨也走了來攙扶，同時用埋怨的語氣說：「太太也是！這麼冷的天，一雙手就能按在冰涼的青石板上；倘或凍出病來，不是讓老太太又著急！」

「你們千萬別跟老太太說。」馬夫人告誡春雨：「也別告訴芹官。」

「不會。」春雨帶些哭聲地答應著。

瘦小而清秀，一雙眸子，炯炯閃光的葉天士，向曹震與芹官說：「令祖母一定會醒過來。不過，未脫險境；六個時辰以後，謹防有變！」

「這，」曹震用祈求的語氣問道：「這要請葉老先生格外費心，是不是有趨避之道？」

「全靠令祖母自己。能夠世緣上看得破，無所用心；以老人家的體質，不但延年，而且將來右半身的癱瘓亦會慢慢減輕。切忌操心，更忌憂慮。府上孝子賢孫，我想我亦不必多說。」

意思很明顯，千萬不可有家庭不和、子孫不長進、令老人家愁煩的情形；曹震自然恭恭敬敬地答應一聲：「是！」

「我明天非回蘇州不可；這裡有敝門生，足可照料。」葉天士轉臉對周少雲說：「照曹老太太的情形，通氣利尿是不二法門，你記住了。」

「是！」

接著，他又說了許多調護中風該當注意的事；在隔室傾聽的馬夫人、震二奶奶與秋月等人，把他的每一個字都在心裡默誦一兩遍，真正謹記在心了。

送走了葉天士與周少雲，曹震與芹官又回到萱榮堂；據說曹老太太眼睛睜了一下，復又閉上，此刻呼吸已平，正在熟睡，不宜驚擾。

「你們兄弟倆該餓了吧？」震二奶奶說，「咱們就在這裡一塊兒吃了吧！」

「我不餓。」芹官搖搖頭。

「你不餓，也得吃點兒甚麼，喝點兒甚麼。」

「我真的吃不下。」

「小祖宗！你就聽我的勸行不行；不吃不喝，又累又急，弄出點病來，怎麼得了？」震二奶奶又換了哄他的口氣，「乖，朱媽預備了我最愛吃的薺菜蝦仁爛麵餅，你就算陪我。」

芹官這才不語。擺上飯來，匆匆吃罷；震二奶奶正待回自己院子裡歇一歇再來，只見秋月匆匆走了來說：「老太太醒了，找太太、二奶奶。」

「喔！」震二奶奶問道：「太太這會兒怎麼樣？」

原來馬夫人果然中了寒，有些發燒；正服了一碗神麴靠在秋月床上養息，「好一點兒了。」

秋月答說：「我想不要緊。」

「我呢？」曹震問妻子：「要不要進去？」

震二奶奶略想一想說：「你跟芹官都來好了，聽老太太說些甚麼？」

於是曹震夫婦和芹官都到了病榻前面，除了馬夫人就只有一個秋月，其餘的人包括錦兒、春雨在內，都悄悄站在門簾外面。鄒姨娘、季姨娘，與總管嬤嬤，則在夏雲、冬雪所住的下房中聽消息。

「秋月，扶我坐起來！」曹老太太用微弱的聲音說。

「老太太坐一坐，還是躺著吧！」震二奶奶一面跟秋月上前照料，一面說道：「人剛醒過來，不宜勞動；有話過兩天慢慢兒說。」

「不！趁我還有口氣，早早把該交代的話，都交代了，心裡反倒舒服。」

這話也不錯；馬夫人便說：「老太太慢慢兒說，千萬別累著。」

曹老太太閉一閉眼，復又睜開，看著曹震問說：「你給你四叔寫信，別提我的病，他在京裡也夠煩的。」

「是！等老太太完全復元了，我再告訴四叔。」

「只怕沒有復元的日子了！」

聽得這句話，無不心酸；紅了眼圈的秋月強笑道：「老太太也真是！大家剛透過一口氣來，何苦又說這種話！」

「你們也別難過，人總有那麼一天。」曹老太太停了一下說：「我最不放心的是芹官！」一聽這話，曹震便在芹官身後推了一把；正在抹眼淚的芹官，只得裝笑容，上前說道：「老太太別為我操心。我跟朱先生說過了，開年我跟他學八股；大後年已酉，我就可以考舉人了。」

「你有這個志氣，我的口眼就閉了。」曹老太太從震二奶奶看到馬夫人，再看到曹震；最後將視線落在秋月身上，怔怔地看著，讓秋月感到極大的威脅。

「幹麼呀！」秋月窘笑道：「老太太老瞅著我。」

「我也不是不放心芹官，實在說，是捨不得芹官。」曹老太太的視線從秋月移到馬夫人臉上，「芹官是你生的，可是我得說句私話，我總覺得我跟芹官，比你們母子還親──」

「原是嘛！」馬夫人打斷她的話說，「我不過生了他一場，老太太把心血都擱在芹官身上，當然比我更親。芹官自己也是對老太太比我更親熱。」

「就因為這樣子，我更捨不得。我還有點兒私心，要趁早說出來；如果你們不願意，也老實跟我說。」

「沒有誰不願意，老太太就請說吧！」

「我一直在想，熬到芹官幾時娶親了，孫媳婦是我親自挑的；那就是我一生最得意的日子。如今看來是不行了；不過還不死心，我要找一個人替我料理，就像我親自挑選一樣。這個人──」曹老太太徐徐轉眼，看著秋月。

秋月陡覺雙肩沉重不勝，心想這跟「託孤」差不多，何能勝任？因而開口說道：「老太太──」

剛說得三個字，馬夫人搶在前說道：「我知道老太太的意思。秋月伺候老太太這麼多年，老太太喜歡甚麼，討厭甚麼，只有秋月最清楚。將來芹官娶誰，我一定讓秋月代老太太來挑。」

話說得非常懇切；曹老太太臉上浮起笑容，眼睛也似乎亮得多了，於是震二奶奶湊趣地說：「秋月的眼光本來就高人一等，老太太託付的人，真是找對了！」

「這件事我想了不少日子了。」曹老太太說，「秋月，我那次特為交給你的那把鑰匙呢？」

「在這裡。老太太不是交代我隨身帶著，片刻不離嗎？」說著，探手入懷，摸索了半天，才取出一把鑰匙，已磨得晶光閃亮了。

「這把鑰匙開一隻箱子；那隻箱子是我給芹官、棠官娶親的聘禮；我給孫媳婦的見面禮都在裡面了。此外一切花費，大概都不用你們再費心。這把鑰匙，」曹老太太停了一下，鼓勁加重語氣，「我只交給秋月一個人。」

「老太太——」

「別多說！」曹老太太截斷了秋月的話，轉眼看著芹官說：「你聽明白了我的話沒有？」

「聽明白了。」

「你懂我的意思不懂？」

芹官想了一會答說：「我懂了。將來秋月的話，我就只當是老太太的交代；她怎麼說，我怎麼聽就是了。」

「對了。」曹老太太欣慰地說，「就是這話。」

「好了！」震二奶奶接口說道：「老太太把心裡的話，交代清楚，該息著了。有香粳米的粥湯，喝一點兒吧！」

「是的，喝了粥湯就息著吧！」馬夫人向曹震使個眼色，「老太太很累了，絕不能再多說話了。」

曹震點點頭，悄悄退了出去；不久，震二奶奶也跟了出來，向曹震輕聲說道：「你先回去；我等老太太吃完粥、睡安穩了就回來。」接著又交代錦兒：「如今不要緊了，太太暫且不必搬過來；何謹更用不著在這裡伺候。不過，值班照常，錦兒你留下來接秋月。春雨回去早點睡，明兒卯時接錦兒的班。芹官，回頭我叫人送回去。」

「是！」春雨本想等芹官一起回雙芝仙館，由於震二奶奶已有安排，只好一個人先走。到得雙芝仙館，向三多跟小丫頭說了曹老太太的病情，又派三多等門，交代坐夜的老媽子到五更來喚醒她，隨即便上床了。

頭一著枕，心事起伏；第一個想到的是秋月。她真沒有想到，曹老太太對秋月會如此信任；看起來以後還真得好好籠絡秋月。不過以前是「姐妹」的情誼；如今她大權在握，會不會再像往常那樣，毫無架子，這話就很難說了。

既而想到震二奶奶。設身處地替她想一想，其情難堪；曹老太太交那把鑰匙時，彷彿附帶著一句話；如果震二奶奶跟你要這把鑰匙，你可不能給她。然則震二奶奶能容忍嗎？不能，絕不能！她一定會想盡辦法，將秋月手裡的那把鑰匙奪過來。不過，只要曹老太太在世，絕無風波。

再又想到四老爺，想到季姨娘，一直因為有曹老太太在上面籠罩著，凡事不言。倘或曹老太太撒手西歸，四老爺成了名副其實的一家之主；季姨娘就一定會攛掇他起來爭權——季姨娘跟震二奶奶似有不共戴天之仇；到那時候一定站在秋月那邊，鬥震二奶奶，鬥到這個家四分五裂，敗落為止。

這樣想著，何能安然入夢；但以明天要起早，而且必須有精神才能細心照料病人，所以盡力收攝心神，以便入夢。

總算睡著了，但不久就醒了；醒而後睡，睡而復醒，芹官回來，三多服侍他上床，矇矇矓矓地都在心裡。

就這樣半睡半醒也不知道多少時候，突然聽得「鐺」地一聲，醒來自問：這是甚麼聲音？又是「鐺」地一聲，才想起這是雲板。頓時眼前金星亂爆，渾身冷汗淋漓——喪鐘響了！她在心裡說：這個家就快四分五裂了！

高陽作品集・紅樓夢斷系列

五陵遊 新校版

2021年5月三版　　　定價：新臺幣平裝400元　精裝520元

著者	高陽
叢書編輯	黃榮慶
校對	吳美滿
內文排版	極翔
封面設計	兒日

出版者	聯經出版事業股份有限公司	副總編輯	陳逸華
地址	新北市汐止區大同路一段369號1樓	總經理	陳芝宇
叢書編輯電話	(02)86925588轉5307	社長	羅國俊
台北聯經書房	台北市新生南路三段94號	發行人	林載爵
電話	(02)23620308		
台中分公司	台中市北區崇德路一段198號		
暨門市電話	(04)22312023		
台中電子信箱	e-mail：linking2@ms42.hinet.net		
郵政劃撥帳戶第	0100559-3號		
郵撥電話	(02)23620308		
印刷者	世和印製企業有限公司		
總經銷	聯合發行股份有限公司		
發行所	新北市新店區寶橋路235巷6弄6號2樓		
電話	(02)29178022		

行政院新聞局出版事業登記證局版臺業字第0130號

本書如有缺頁，破損，倒裝請寄回台北聯經書房更換。
電子信箱：linking@udngroup.com

ISBN 978-957-08- 5793-1 (平裝)
ISBN 978-957-08- 5800-6 (精裝)

國家圖書館出版品預行編目資料

五陵遊 新校版/高陽著．三版．新北市．聯經．2021年5月．
536面．14.8×21公分（高陽作品集・紅樓夢斷系列）
ISBN 978-957-08-5793-1（平裝）
ISBN 978-957-08-5800-6（精裝）

857.7　　　110005931